Les Sentinelles
New Hope

Ce livre est dédicacé à ma sœur Stéphanie.

Stéph, je ne parlerai pas de ton soutien inconditionnel dans ce projet ni de ton assiduité dans la lecture de mon livre. Je ne dirai rien non plus sur toutes les discussions que nous avons eues où nous avons refait le monde une bonne centaine de fois. Je ne pense pas non plus que je doive parler de toutes les références qu'on se fait sur Kaamelott ou les deux minutes du peuple.

En voyant les choses ainsi, je crois que j'aurais mieux fait de parler de ton petit frère préféré. Là, il y en aurait eu des choses à dire.

(Quant aux autres membres de la famille, ne faites pas les jaloux. Votre tour viendra.)

Théo Dranny

LES SENTINELLES

TOME 1

NEW HOPE

Édition : BoD · Books on Demand, 31 avenue Saint-Rémy, 57600 Forbach, bod@bod.fr
Impression : Libri Plureos GmbH, Friedensallee 273, 22763 Hamburg (Allemagne)

ISBN : 978-2-3225-3291-9
Dépôt légal : Mai 2025

TABLE DES MATIÈRES

CHAPITRE 1 : RÉVEIL

Un *bip*. Voilà la première chose qu'il entendit en reprenant connaissance. Plongé dans le noir complet, il lui fallut quelques secondes pour comprendre qu'il ne voyait rien, car ses yeux étaient fermés. Il essaya immédiatement de les ouvrir, mais sans y parvenir. À nouveau, il entendit cet écho électronique se répéter, mais il ne parvenait toujours pas à déterminer la nature de ce bruit. Après plusieurs essais infructueux, l'inconnu finit par réaliser qu'il ne parvenait pas à bouger ses paupières non pas, car elles étaient entravées, mais, car il manquait tout simplement de force. Il tenta également de mouvoir ses bras, ses jambes et même ses doigts, mais le résultat fut identique. L'homme se concentra alors sur ses différents sens, afin de comprendre ce qui lui arrivait. L'exercice fut laborieux, tant il se sentait affaibli. Il avait l'impression d'être comme un ordinateur qui redémarrait après plusieurs années sans activité. Pour l'instant, tout ce qu'il percevait était ce *bip* inlassable, qui se réitérait en permanence, à un rythme invariable. En se concentrant sur ce son, il parvint à en discerner d'autres, en arrière-plan. Ils étaient lointains et bien trop irréguliers pour qu'il puisse les identifier facilement. À nouveau, le comateux tenta d'écarquiller les yeux, mais il échoua une énième fois. L'individu pesta mentalement avant de chercher une solution, afin de sortir de cette situation. Il essaya donc de parler pour obtenir de l'aide, mais, cette fois encore, son corps refusa de suivre sa volonté. Sans parvenir à trouver une véritable solution, l'homme se résigna à essayer en boucle d'ouvrir ses yeux et ignora ses échecs répétés.

Soudain, son sens du toucher commença à se réveiller à son tour. Pour l'heure, il était incapable de dire s'il était allongé ou debout. Cependant, l'inconnu sentait désormais un contact contre son dos et l'arrière de ses jambes. Puis arriva le tour de l'odorat qui revint gentiment. Une odeur forte et facilement reconnaissable flottait dans l'espace où l'homme se situait. Il savait pertinemment qu'il connaissait ce parfum. Il avait son nom sur le bout de la langue, mais il était incapable de se le remémorer, pour le moment. Conscient que ses forces lui revenaient peu à peu, il réitéra avec plus d'entrain ses essais pour ouvrir les yeux, mais il n'y arrivait toujours pas. En revanche, il continuait d'entendre ce *bip* qui commençait à l'énerver sérieusement. Ce énième son lui permit de prendre conscience qu'il parvenait enfin à distinguer les autres bruits. L'individu ne comprenait pas tout, mais il réalisa qu'il s'agissait de deux voix masculines.

— Je ...ois ...il ... éveille.

— ... Imposs ...n'est ... prêt.

Entendre à nouveau des paroles humaines lui procura une joie immense le faisant sauter sur place. Enfin ... Il l'aurait fait, s'il avait été capable de bouger. Retrouvant peu à peu de l'espoir et des forces, le comateux donna alors son maximum pour continuer sur sa lancée. Il essaya de parler à ces êtres vivants, mais il ne parvint pas à bouger sa bouche ou à faire vibrer ses cordes vocales. De plus, il n'entendit aucune réaction de leur part. Désemparé, l'homme changea son objectif de base et hurla mentalement dans l'espoir que son corps émette un quelconque son pour attirer l'attention des personnes qu'il entendait. Durant ses tentatives, les voix continuèrent de parler, lui donnant ainsi un peu plus d'informations sur la situation.

— Vite ... alerte ... Ma ... dit un des deux autres humains présents d'une voix fluette et légèrement tremblante.

L'individu qui était en train de se réveiller parvint enfin à déterminer qu'il était étendu sur le dos. Le *bip* résonna une énième fois et il finit tout compte fait par mettre un nom sur l'odeur qu'il sentait depuis tout à l'heure. Il s'agissait simplement du parfum d'un désinfectant. En réunissant toutes les informations acquises, l'inconnu parvint à déterminer le type d'endroit dans lequel il se trouvait. Pour lui, il se situait dans un hôpital, une clinique ou, dans le pire des cas, un laboratoire. Les bips qui se répétaient provenaient donc d'un électrocardiogramme, dont le rythme était affolant. Le supposé patient compatit pour le malheureux qui avait cette pulsation, avant de comprendre qu'il s'agissait de son propre cœur qui battait à cette vitesse. Ce son qui provenait de sa gauche continua de retenir son attention. Encore une fois, il tenta d'ouvrir ses yeux, mais il ne parvint qu'à faire trembler ses paupières. Le simple fait d'avoir senti sa peau se déplacer encouragea l'homme, qui refusa de baisser les bras.

— Donnez-lui des sédatifs ! Vous êtes en train de stresser son organisme, ordonna la seconde voix qui, contrairement à la première, était bourrue et dont le ton semblait être menaçant.

L'homme allongé réalisa ainsi que son audition s'était enfin complètement réveillée et qu'il entendait à nouveau correctement ce qu'il se passait autour de lui.

— Regardez ! Ses signes vitaux se stabilisent, fit remarquer la voix fluette.

— Vous allez lui donner ces sédatifs, ou vous préférez qu'il nous claque entre les mains ? répéta de manière autoritaire la voix bourrue.

Le comateux concentra alors toute sa volonté dans l'ouverture de ses yeux, mais n'y parvint toujours pas. Face à ce énième échec, il poussa un juron. Entrouvrir ses paupières : voilà le seul résultat de ses efforts depuis le début de son réveil. Cependant, elles s'étaient rapidement refermées et il n'avait rien pu distinguer. Comme ses pupilles n'étaient pas habituées à la luminosité environnante, il n'avait aperçu qu'un flash blanc.

— Regardez ! Ses paupières tremblent, il essaie d'ouvrir les yeux ! insista la voix fluette.

La personne couchée commença à apprécier de plus en plus cet individu qui semblait être optimiste pour lui.

— Il est seulement en train de rêver. Donnez-lui ce fichu

sédatif avant qu'il ne soit trop tard ! réitéra le second avec une intonation menaçante.

L'homme allongé ne tarda pas à avoir un avis radicalement différent sur cet autre humain.

— Mais, docteur, si je lui redonne une dose, nous risquons d'arrêter définitivement son cœur …

— Faites ce que je dis ! C'est un ordre ! Si on ne fait rien, il risque de se réveiller pour de bon !

— … Bien, capitula la voix fluette.

Tandis que le sujet étendu entendait l'un des médecins prendre son matériel, il parvint enfin à ouvrir les yeux. Totalement ébloui durant les premières secondes, il n'arriva pas à distinguer le moindre détail. Puis, peu à peu, il réussit à observer le lieu. Il commença par repérer la lampe qui l'éclairait frontalement, mais ne s'y attarda pas. Tout était encore flou autour de lui, cependant il parvint à discerner certaines choses particulières, dont les deux hommes qui se trouvaient proches de lui. Il n'était pas certain de leur tenue, mais ce devait être des blouses blanches. Dans cet environnement particulièrement clair, leur observation se trouva être complexe. Néanmoins, ce signe distinctif lui permit de déduire qu'il s'agissait du personnel médical. Il tourna les yeux sur la gauche et vit un trait nébuleux de couleur verte se déplacer sur un arrière-fond noir. Ainsi, pour la première fois, il put observer l'électrocardiogramme qui n'arrêtait pas de biper depuis le début. Une tache floue bien plus massive se déplaça et s'approcha de son bras droit. Instinctivement, celui qui venait de se réveiller la suivit du regard. Il avait beau s'y attendre, la piqûre le prit par surprise.

— Voilà, docteur, je lui ai administré une dose de tranquillisant, mais je vous garantis que vous serez le seul responsable de ce qu'il se passera ensuite ! lança la voix fluette.

Dès que le produit se diffusa dans son organisme, la pulsation cardiaque du sujet augmenta drastiquement. Ce dernier sentit également un regain subit d'énergie et sa vision se stabilisa enfin, le faisant douter de l'efficacité de ce *tranquillisant*. Grâce à cela, il avait désormais accès à plus d'informations sur son environnement. Le plafond, les murs, le carrelage et le mobilier blancs lui confirmèrent qu'il se situait dans un hôpital ou une clinique. Il observa les alentours, mais ne passa pas beaucoup de temps là-dessus. Il se trouvait dans une sorte de salle de laboratoire, à en juger par les divers éléments disposés ici et là. Quelques plans de travail étaient présents, ainsi que de nombreuses armoires de rangements. L'une d'entre elles possédait une porte transparente à travers laquelle diverses fioles étaient entreposées. Le patient ne tenta pas de deviner leur contenu, bien que pratiquement chaque récipient ait une couleur unique. Sans attendre, il essaya de communiquer avec les deux autres humains présents, mais il n'arrivait toujours pas à émettre le moindre son. Il manquait encore de force pour ouvrir sa bouche ou faire vibrer ses cordes vocales.

— Qu'est-ce que vous avez foutu ? Ses constantes s'affolent ! réagit celui qui s'était fait appeler docteur.

En effet, le rythme cardiaque du patient avait encore grimpé. En entendant parler le docteur, l'inconnu allongé reporta son attention sur ce dernier. Le gaillard en face de lui était petit et trapu. Son visage était sévère et son crâne chauve n'aidait pas à le rendre plus sympathique. Comme supposé, il était habillé d'une blouse blanche et avait un stéthoscope autour du cou. Il portait également un badge vert citron à gauche de son torse, mais la personne alitée était trop loin pour y lire ce qui était marqué.

— Désolé, mais il a le droit de se réveiller, répliqua celui à la voix fluette.

Contrairement à son collègue, ce spécialiste était plutôt grand. Sa constitution chétive et ses cheveux blonds lui donnaient un air amical. En revanche, son épaisse barbe particulièrement fournie n'allait pas avec son visage enfantin. Sa tenue était très similaire à celle du premier médecin. Si ce n'est son badge qui semblait être légèrement plus clair. Trop absorbés par leur discussion, les hommes en blouses mirent quelques secondes, avant de réaliser que leur patient avait les yeux ouverts.

— Vous voyez ! Je vous avais dit qu'il se réveillait ! s'enthousiasma celui qui avait procédé à l'injection.

Ce dernier ne perdit pas un instant et s'approcha de l'individu allongé. Il sortit une petite lampe de poche qu'il passa devant les globes oculaires du sujet, afin de vérifier ses réflexes pupillaires. Désormais proche de lui, l'inconnu alité put lire son badge. D'après ce bout de plastique, le soignant à la voix fluette s'appelait Rémi et était un interne à l'hôpital de Saint-Augustin. En lisant ceci, le patient fut rassuré de voir qu'il se trouvait bel et bien dans un hôpital et pas dans une obscure clinique.

— Imbécile ! Savez-vous seulement qui est cet homme ? Donnez-lui une dose de sédatif immédiatement ! hurla l'autre en s'approchant à son tour et en repoussant Rémi.

La personne étendue eut juste le temps de découvrir que le petit bourru s'appelait Stéfan et était chef de service. En entendant que le soignant voulait le rendormir, il redoubla d'efforts pour tenter de parler.

— ... N ... formula-t-il au prix d'une concentration extrême.

— Écoutez ! Il essaie de parler ! s'extasia l'interne.

— N ...

— Justement ! Empêchez-le de se réveiller complètement, ordonna le responsable.

— Non, arriva finalement à prononcer le sujet.

En s'entendant parler, il remarqua que sa voix semblait ne pas avoir servi pendant un long moment.

— Vous entendez ? Il refuse votre traitement.

— Non, répéta celui qui était alité sur le dos.

Il déclara ce mot plusieurs fois, afin de retrouver confiance dans sa faculté de communiquer.

— Il n'est pas en état de prendre ce genre de décision. Donnez-lui ce foutu tranquillisant qu'on en finisse !

Sentant qu'il ne devait surtout pas se rendormir, le patient essaya de faire une phrase, afin de convaincre ses médecins de le laisser se réveiller.

— Non, arrêtez, s'il vous plaît, supplia-t-il, alors qu'il regagnait peu à peu ses facultés.

— Non, docteur, je m'y oppose, protesta Rémi.

— Très bien, je le ferai moi-même. Poussez-vous !

Stéfan, le chauve, se retourna vers un tiroir et en sortit une seringue. Sans perdre plus de temps, il se dirigea à son tour vers le bras droit du comateux, mais l'interne fit barrage avec son corps.

— Vous n'avez pas le droit ! Il a refusé votre traitement ! s'opposa le chétif.

Sans les quitter des yeux, le sujet donna son maximum pour tenter de mouvoir son corps. S'il parvenait à bouger son bras librement, il pourrait ainsi les empêcher de le replonger dans le coma. Néanmoins, il jeta un rapide coup d'œil à son membre, afin de vérifier que ce dernier n'était pas attaché. Il n'avait ressenti aucune entrave, mais il ne savait pas à quel point il pouvait se fier à ses sens fraîchement retrouvés. Dès qu'il eut la confirmation visuelle de cette liberté, il posa à nouveau son regard sur la paire de soignants. Après avoir légèrement bousculé Rémi sans que celui-ci ne cède sa place, Stéfan perdit patience et le repoussa violemment. L'interne dut faire quelques pas en arrière pour garder son équilibre, mais se dépêcha de revenir s'opposer à son supérieur. Pendant ce temps, le patient sentit ses bras trembler et il continua de se concentrer là-dessus.

— Bon sang ! Écartez-vous ! intima le chef de service. Si je ne le fais pas, nous serons tous en danger ! Il nous restait à vérifier l'état de son cerveau, avant qu'il ne se réveille !

— Docteur ! Le patient est conscient et il a choisi de s'opposer à votre traitement, argumenta Rémi. Vous ne pouvez pas décemment le-

Stéfan le poussa une énième fois, mais en mettant encore plus de force. L'interne en perdit l'équilibre et se cogna sur la table d'opération sur laquelle le sujet se trouvait. Il mit quelques secondes avant de se relever, mais elles suffirent pour que le responsable le contourne et s'approche du patient.

— Non ! Je vous en prie ! Ne faites pas ça ! Je ne sais même pas où je suis ni ce que je fais là ! supplia l'homme alité.

Il parvint enfin à bouger son bras droit et il l'éloigna le plus possible du médecin.

— Désolé, mais c'est trop dangereux de vous maintenir éveillé, expliqua Stéfan en lui attrapant le bras. Dans votre état, vous-

Le soigneur chauve fut interrompu par la porte vert citron de la salle qui vola en éclats. Le battant fut arraché de ses gonds et traversa toute la pièce, avant de se briser sur le mur du fond. Étant juste en face de l'entrée, patient et médecins virent l'objet leur passer juste au-dessus de la tête. Toutes les personnes présentes tournèrent leur regard en direction de la porte. Avec stupéfaction, ils virent un robot passer l'encadrement et se tourner vers eux.

— C'est quoi ce bor-, commença Rémi, avant de recevoir une balle entre les deux yeux.

La détonation du coup de feu fit sursauter le binôme restant. En ayant l'impression de voir sa mort arriver, le sujet se concentra dans ses efforts et donna son maximum pour bouger. L'odeur de poudre envahit la pièce, recouvrant celle du désinfectant. La machine bipède leva son bras droit et braqua le chef de service avec une mitraillette. L'individu couché repéra un point rouge se déplacer et le vit disparaître derrière le visage de Stéfan, qui lui tournait le dos. Tandis que ses oreilles sifflaient encore, il essaya de prévenir le docteur.

— Attention ! alerta-t-il.

Malheureusement, son cri fut inutile. L'être mécanique ouvrit le feu une nouvelle fois et abattit le responsable. Sans vie, le corps de ce dernier s'effondra au sol, laissant son sang se répandre sur le carrelage. Durant sa chute, il lâcha le bras de l'inconnu, le libérant de sa prise. Sachant parfaitement qu'il serait le prochain à périr, l'individu se dépêcha d'agir. Toujours alité, il puisa dans toutes ses forces pour rouler sur le côté et tomber de la table. Alors qu'un point rouge apparaissait sur le front du sujet, il parvint à basculer et à entraîner le meuble avec lui. Une troisième détonation se fit entendre et un trou apparut dans le mur proche de la cible. Le fuyard tendit son bras droit devant lui, afin d'amortir sa descente. Cependant, il manquait de force pour y arriver et le carrelage vint douloureusement à la rencontre de son visage. Malgré tout, comme il l'avait espéré, la table se renversa, le cachant momentanément à la vue de l'automate meurtrier. L'homme rampa le plus rapidement possible pour se rapprocher de son couvert et resta allongé à terre. Sa main droite glissa sur le sang répandu de Rémi, mais il n'avait pas le temps de se préoccuper de ce détail. Une fois à l'abri, il commença par essayer de bouger ses jambes et fut plus que ravi de les voir se remuer. Sa joie ne dura pas longtemps, car il ne savait pas encore si ses membres inférieurs supporteraient son poids. Soudain, le sol trembla légèrement et des bruits de moteurs se firent entendre. Le survivant prit son courage à deux mains et risqua un coup d'œil par-dessus sa protection de fortune. Comme il le supposait, le robot était en train de contourner l'obstacle, pour venir l'éliminer. Son apparence humanoïde terrifia le rescapé. La tête de la machine n'avait qu'une bande rouge au niveau des yeux, et un point lumineux se baladait de gauche à droite. L'être mécanique repéra immédiatement sa cible et tourna son arme vers lui, avant de faire feu. Dès que l'automate orienta son bras vers lui, le fuyard se jeta à terre, sans attendre. L'instant d'après, un projectile traversa la table qu'il avait renversée et le manqua de justesse. En voyant que les balles de son agresseur traversaient ce meuble, l'humain ne perdit pas de temps. Sans réfléchir, il se releva et courut vers l'établi le plus proche. Dès que possible, il plongea en avant, afin de se mettre à couvert. Une salve de tirs le manqua de peu, tandis que des trous supplémentaires apparurent dans le mur derrière lui. Le patient ne prit pas le temps de fêter le fait qu'il pouvait à nouveau marcher et resta concentré sur la situation. L'androïde reprit sa progression et s'approcha de sa cible. Ses pas lourds résonnaient dans la salle, augmentant encore plus la sensation de panique chez le survivant. Judicieusement, ce dernier s'éloigna au maximum de l'être mécanique. La machine s'arrêta à l'angle du meuble. L'humain, lui, s'était déjà abrité contre la surface perpendiculaire à la précédente. Néanmoins, il jeta un coup d'œil en direction de son assaillant, qui avança sa jambe droite d'un mouvement brusque et se tourna en direction de sa cible. Il ouvrit feu sans sommation, mais l'homme s'était déjà abrité. Ce dernier avait à peine eu le temps de voir que les bras et les jambes de son agresseur étaient environ cinq fois supérieurs en épaisseur en comparaison avec leur équivalent biologique. L'humanoïde exécuta un demi-tour et passa de l'autre côté du plan de travail. L'inconnu se dépêcha de se remettre à couvert, esquivant de justesse les tirs. Ce coup-ci, il découvrit que la mitraillette de l'androïde était directement fixée mécaniquement sur ses avant-bras, même s'il avait des mains capables de saisir l'arme. Soudainement, le meuble derrière lequel le sujet était à l'abri se retrouva éjecté sur plusieurs mètres. Réagissant au quart de tour, la personne plongea derrière un établi, avant que l'appareil ne puisse mitrailler. Avec une force surhumaine, l'engin venait de donner un coup de poing dans le mobilier, afin de libérer le passage et de pouvoir retrouver sa cible. La tête de l'automate et sa bande rouge lumineuse ne tardèrent pas à se poser à nouveau sur la position du fuyard. Changeant de stratégie, la machine s'approcha du patient et frappa encore une fois le plan de travail derrière lequel il s'était réfugié. Comprenant qu'il devait modifier sa méthode, le survivant courut d'établi en établi. Il était plié en deux et faisait son possible pour ne pas se retourner. Aussi rapidement que possible, il s'approcha de l'ouverture de la porte, tandis que le robot détruisait tout derrière lui. Renversant, à chaque fois, les meubles et le matériel qui était disposé dessus. Quelques fioles se brisèrent au sol, libérant des vapeurs, mais l'être mécanique semblait s'en moquer. Accroupi derrière le dernier établi, l'homme observa la distance qui le séparait de la sortie. Il n'y avait que trois mètres, mais il avait l'impression qu'il n'aurait jamais le temps d'y arriver. L'humanoïde, qui se trouvait à deux plans de travail de lui, détruisit un énième meuble et continua son irrémédiable approche. Tentant le tout pour le tout, l'humain ferma les yeux et compta jusqu'à trois mentalement. Dès qu'il eut fini son décompte, il sprinta aussi vite que possible vers le passage et plongea au travers. Une énième salve de tirs résonna dans la salle, mais manqua le fuyard. De l'autre côté de l'ouverture, le fugitif tomba sur une bouteille de gaz et un briquet. Vu leur disposition, il était possible qu'ils aient été projetés d'un des meubles détruits par le robot et qu'ils aient fini ici. Le survivant se demanda s'il valait mieux fuir, ou si, au contraire, il devait riposter maintenant qu'il en avait les moyens. Après une courte hésitation, il ramassa les deux objets à terre puis se releva. Il s'approcha de l'encadrement de la porte et resta dos au mur. Il avait pris la décision de riposter, car il ne savait pas par où fuir cet endroit. Il avait alors pensé qu'il valait mieux éliminer la menace. Les bruits de pas de l'androïde devinrent de plus en plus forts et le patient commença à douter de l'efficacité de son plan. Subitement, son ennemi sortit de la salle. Sans attendre, l'homme alluma son briquet et ouvrit sa bouteille de gaz, créant ainsi un lance-flammes improvisé. Le feu s'abattit sur l'automate, dont le métal brillant ne tarda pas à rougir. Ce dernier se dépêcha de se tourner vers son opposant. Ses jambes ne bougèrent pas, mais son bassin et toute la partie supérieure de son corps s'orientèrent d'un coup. L'humain vit un point rouge apparaître et se diriger sur son front. Tandis qu'il commençait à faire ses prières, la machine émit un son de détresse et sa bande rouge s'éteignit. Le métal émit un grincement atroce et l'articulation de sa jambe gauche céda. Déséquilibré, l'être mécanique s'écroula à terre. Malgré tout, l'inconnu n'hésita pas un instant et continua de vider sa bouteille de gaz sur son adversaire. Il ne parvint à s'arrêter que lorsque tout le produit fut entièrement consumé. La jambe gauche du robot restait encore debout, mais les autres parties continuèrent à brûler. Certains composants électroniques explosèrent, provoquant de petites détonations. Rassuré de voir que son assaillant ne bouge plus, l'individu, à bout de forces, se laissa glisser au sol sur ses genoux. Indépendamment de lui, sans doute à cause du stress ou de la joie d'être toujours en vie, il éclata de rire.

Il lui fallut un certain temps pour se calmer et finir par se relever. Ses jambes chancelantes ne lui présagèrent rien de bon et il se dirigea rapidement contre une paroi, afin de prendre appui dessus. Le crépi l'empêcha de glisser, tandis qu'il avançait dans une direction au hasard. Tout d'abord, il devait commencer par sortir de cet endroit maudit. Puis, il fallait qu'il trouve des secours. Et enfin, il était plus que nécessaire qu'il découvre pourquoi il ne se souvenait pas de son identité !

CHAPITRE 2 : RENCONTRE

Afin d'éviter de tomber, l'amnésique avançait à pas lents, en prenant appui contre le mur. Toujours en alerte, mais n'étant plus directement menacé, le survivant en profita pour observer son environnement un peu plus en détail. Le couloir dans lequel il se situait n'était pas immense. En tout, il y avait trois portes à gauche et une dernière qui se localisait au bout du corridor. Sur la droite se trouvaient deux ascenseurs et un escalier qui descendait. Sur les parois de l'hôpital, une ligne, du même vert citron que les portes, était dessinée à hauteur d'épaules. Ce trait aussi large qu'une tête était la seule décoration murale visible. Au-dessus des différentes salles, une plaque de la même teinte précisait l'utilité des pièces. En apercevant ces indications avec leur texte en blanc, l'homme se demanda un instant s'il ne s'agissait pas de panneaux de sécurité. Cependant, les inscriptions *Salle d'examens* sur chacune d'elles lui permirent de comprendre qu'il s'agissait simplement d'une faute de goût. Par curiosité, il jeta un regard en arrière et observa la pancarte située au-dessus de l'entrée de la pièce qu'il venait de quitter. Il put ainsi découvrir qu'il venait de se réveiller dans un laboratoire de recherche. Constatant cela, il se fit la promesse de comprendre pourquoi il s'était retrouvé dans un tel endroit. Néanmoins, pour le moment, il avait plus important à faire. En ayant repéré les ascenseurs, il se dirigea immédiatement vers eux, afin de localiser une sortie et de quitter ce fichu hôpital.

Au loin, il entendit une succession de bruits sourds, un peu comme ceux que le robot avait faits lorsqu'il s'était déplacé. Ce son rappela tristement au rescapé qu'il n'était toujours pas tiré d'affaire. Pieds nus, il ne faisait pratiquement aucun bruit en marchant sur le carrelage. Cependant, après avoir repéré ces bruits, il se mit à avancer encore plus discrètement. Arrivé devant les élévateurs, l'inconnu avait retrouvé confiance en ses jambes et parvenait désormais à marcher convenablement, sans l'aide du mur. Sans attendre, il appuya sur le bouton d'appel, tout en observant le plan du bâtiment qui était fixé sur la paroi entre les deux monte-charges. Grâce à cela, il découvrit qu'il se situait au premier étage et que la sortie, quant à elle, était au rez-de-chaussée, à environ trente mètres des ascenseurs. Le son d'une sonnerie ne tarda pas à se faire entendre et l'amnésique s'approcha de la cabine sur sa droite, un sourire aux lèvres, heureux que ce calvaire soit bientôt derrière lui. Il se décontenança lorsque les portes s'ouvrirent et qu'un autre androïde apparut dans l'habitacle. Immédiatement, l'automate leva ses bras et braqua l'humain. À la vision de l'être mécanique, le fuyard avait décampé en direction du fond du couloir. La machine humanoïde tira une salve, mais ses projectiles manquèrent leur cible. Le survivant courut aussi vite que possible jusqu'à la salle au bout du corridor et se précipita à l'intérieur de celle-ci. Il eut tout juste l'opportunité de lire le panneau qui indiquait qu'il s'agissait d'une chambre de radiologie. Dans un premier temps, il ne prit pas la peine de fermer la porte derrière lui et plongea contre le mur à sa droite. Ce réflexe lui sauva la vie, car le robot mitrailla juste à ce moment-là une nouvelle salve. Les balles traversèrent la pièce et percutèrent la paroi du fond en creusant plusieurs trous au passage. En rampant, le rescapé s'approcha de la porte pour la refermer. Il savait que les automates pouvaient les défoncer, mais il n'avait pas d'autre idée dans l'immédiat. Aussitôt que l'accès fut verrouillé, il observa plus en détail ce nouveau lieu. Un imposant appareil à IRM se situait au centre de la salle. En voyant cette installation, un plan se dessina dans l'esprit de l'amnésique. Il ne perdit pas un instant et se précipita du côté des commandes de l'engin. Le poste de contrôle se trouvait dans un petit carré appondu à l'espace principal, avec une vitre donnant sur l'IRM. Tout en le réalisant consciemment, l'homme fut surpris de n'avoir croisé personne jusqu'à maintenant. Habituellement, les hôpitaux étaient plutôt bondés. Alors il lui semblait peu probable que celui-ci soit vide. Il fut d'autant plus étonné, lorsqu'il découvrit que la machine était en état de fonctionnement. Il ne connaissait rien à ce genre d'installation, mais il savait comment enclencher les électro-aimants. Soudain, la porte de la chambre de radiologie vola en éclats, tandis que le survivant se jetait à terre. L'androïde entra et commença à scanner l'environnement de son œil rouge sinistre. Pour que le plan du patient fonctionne, son assaillant devait être relativement proche de l'IRM. Prenant son courage à deux mains, le stratège releva la tête et contempla la salle. Immédiatement, son agresseur le repéra et son buste se tourna dans sa direction. Il leva ses bras et ouvrit le feu avec ses mitraillettes. Dès qu'il avait commencé à bouger, le sujet s'était remis à couvert sans attendre. Les balles détruisirent aisément la vitre, mais manquèrent le fuyard. En ayant pu l'observer, l'inconnu connaissait désormais la position de l'automate. Selon lui, il était actuellement trop loin de l'appareil pour que son idée fonctionne. Il prit son mal en patience et attendit quelques instants. Il se concentra sur les vibrations du sol et finit par sentir les pas du robot. Il en compta trois, avant d'appuyer sur le bouton de mise en service de l'engin. Tout de suite, ce dernier se mit à produire un grand bruit, ainsi qu'un champ magnétique important. Il ne fallut pas longtemps pour que le patient entende le bruit du métal qui se tord. Il releva encore une fois la tête et contempla les résultats de son plan. L'être mécanique tentait tant bien que mal de résister à l'attraction de l'IRM. Déséquilibré, il chuta contre le carrelage, mais planta ses poings à travers le carrelage pour essayer de s'échapper. Malgré cette tentative, l'attraction magnétique fut trop forte pour que la machine en réchappe. L'androïde, réalisant qu'il ne pouvait rien faire et en voyant sa cible à portée de tir, leva son bras droit vers elle. Juste avant qu'il ne puisse faire feu, son membre mécanique fut arraché et alla s'écraser contre l'appareil. Peu après, le reste du corps suivit. Lorsque les deux machines entrèrent en collision, le système s'emballa. Le corps artificiel tordit des parties importantes de l'IRM et une décharge électrique traversa l'automate. L'humain détourna le regard et leva son bras gauche devant son visage pour se protéger. Le moment d'après, tout s'arrêta. Un silence tomba dans la pièce, tandis que le rescapé se tourna une dernière fois vers les engins. Il fut soulagé de ne plus voir l'œil rouge du robot. Afin d'éviter toute surprise, il quitta la salle sans perdre son agresseur du regard, au cas où il viendrait à bouger à nouveau.

Dès qu'il se retrouva dans le couloir, le fuyard courut jusqu'aux ascenseurs et martela le bouton d'appel. N'ayant pas bougé, les portes de l'élévateur s'ouvrirent immédiatement et l'homme se précipita à l'intérieur. Il se dépêcha d'appuyer sur le poussoir du rez-de-chaussée, puis enfonça de nombreuses fois celui de la demande de fermeture de l'habitacle. Ce n'est que lorsque le monte-charge se mit à bouger que le survivant se permit de souffler un coup. Il profita de cet instant pour s'observer dans le miroir présent dans la cabine. Son visage imberbe et ses cheveux noirs faisaient ressortir ses yeux bleu clair qui tiraient fortement sur le gris. Ses bras, tout comme le reste de son corps, étaient plutôt musclés. D'après ses estimations, il devait mesurer un peu plus d'un mètre huitante. Il l'avait senti dès ses premiers pas, mais il ne portait pas de chaussures. Pour le reste, il était habillé d'un simple t-shirt blanc, ainsi que d'un jogging large dans les gris. Il ne réalisa qu'à ce moment qu'il ne portait pas une tenue conventionnelle pour un malade dans un hôpital. Le rescapé avait beau savoir que la personne dans le reflet de ce miroir n'était autre que lui-même, il avait l'impression d'observer un inconnu. En ayant cette réflexion, il commença à se sentir triste. Après tout, il n'avait aucun plan pour le futur. Même s'il parvenait à fuir cet hôpital de malheur, il ne saurait pas où aller ensuite ... Soudain, la cabine s'arrêta brutalement, déséqui-librant le passager. Ce dernier eut à peine le temps de faire un pas en avant pour essayer de retrouver une position stable que l'ascenseur se mit à chuter. L'élévateur ne se contenta pas de tomber, mais il accéléra sa descente. La soudaine prise de vitesse décolla les pieds de l'usager durant un bref instant. Puis, sans prévenir, la cabine s'écrasa violemment au sous-sol.

Le miraculé ouvrit lentement les yeux. Il mit quelques secondes à comprendre pourquoi il était couché à terre. La descente bru-tale qu'il venait de subir lui revint rapidement en mémoire. En respirant, il s'étrangla à moitié et toussa de nombreuses fois. De cette manière, il cracha une quantité importante de poussière. Sans prendre la peine d'observer l'état du monte-charge, l'amné-sique remarqua que ses portes s'étaient complètement tordues, de même que les autres parois. La trappe du plafond s'était brisée en plusieurs morceaux, libérant ainsi le passage, et un des câbles de l'élévateur passait dorénavant par cette ouverture. Après avoir vu cela, l'homme fut plus qu'heureux de se savoir en vie. Il était parfaitement conscient qu'une telle chute aurait pu le tuer. Il aurait suffi que la machine soit à une hauteur à peine plus impor-tante et il serait mort écrasé. L'inconnu décida donc de se relever et prit appui sur son bras gauche. Une vive douleur lui arracha un cri et il retomba lourdement contre le plancher de la cabine. Plu-tôt que de s'en aller, le supplice persista et le survivant se dépêcha de rouler sur le dos. Ce faisant, il libéra son bras de sous son corps et put observer la cause de ce martyre. En constatant l'état de son membre, il fut pris d'un haut-le-cœur. Il souffrait d'une fracture ouverte. Le patient n'avait jamais su faire la différence entre le radius et le cubitus, mais un de ces deux os s'était brisé et avait transpercé sa peau. En évaluant la situation dans laquelle il se trouvait, le rescapé se força à se calmer et à réfléchir à un plan. Il commença par s'asseoir contre une des parois de l'ascenseur, puis il ramassa, avec son bras valide, un morceau brisé de la trappe et retira délicatement son t-shirt. Il prit une profonde inspiration et, d'un coup sec, réaligna son membre brisé. Ce geste lui arracha un nouveau hurlement. Transpirant à grosses gouttes, il se hâta de positionner le bout de métal pour s'en servir d'attelle. Finalement, à l'aide de sa bouche et de sa main droite, il fixa le tout avec son t-shirt qu'il avait préalablement déchiré en bandes. Il savait que ce n'était de loin pas des soins idéaux, mais il ne pouvait rien faire de mieux pour le moment. Exténué après tous ces événements, le blessé resta assis durant plusieurs minutes pour essayer de récupérer quelques forces.

Après un certain temps, l'inconnu se releva et alla observer les portes, en espérant qu'elles soient toujours en état de s'ouvrir. Il avait gardé un minimum d'espoir, mais, dès qu'il avait vu leur apparence, il avait su que les chances étaient faibles. Ses craintes se confirmèrent, maintenant qu'il s'était approché à quelques centimètres d'elles. Même s'il avait eu tous ses bras valides, il n'aurait certainement pas pu forcer le passage. Alors, avec un seul … Autant laisser tomber. Sans y croire, il appuya sur le bouton de demande d'ouverture de la cabine, mais il ne se passa rien. Il porta alors son regard sur la trappe de l'habitacle. L'espace était suffisamment large pour laisser passer un adulte. Cependant, même si, par miracle, il arrivait à se hisser avec son bras droit, il serait probablement coincé entre deux étages. Tandis qu'il réfléchissait à une solution, un bruit sourd retentit contre les portes. Il ne tarda pas à être suivi d'un deuxième, puis d'un troisième et ainsi de suite. L'homme pesta. Les robots avaient dû retrouver sa trace. Leurs attaques répétées tordirent petit à petit le métal et une brèche se créa. Bien que petite, elle permit au moins à celui qui était piégé d'avoir un visuel et de confirmer ses soupçons. Au minimum deux automates se tenaient de l'autre côté de la paroi. Comprenant qu'il était fait comme un rat, le patient désespéra.

— Mais qu'est-ce que vous me voulez, à la fin ! s'énerva le blessé.

Il ramassa un bout de la trappe et se tint prêt à s'en servir comme arme de défense. Désormais, un trou de la taille d'une tête s'était formé entre les portes. Pour éviter de se faire tirer dessus, l'humain s'écarta de l'entrebâillement et fit tout son possible pour se positionner dans un angle mort. Les êtres mécaniques continuèrent de défoncer la cage de l'ascenseur qui menaçait désormais de céder à chaque instant.

— Hey ! Robocop ! cria quelqu'un de l'autre côté. Ça vous dirait d'affronter quelqu'un de votre niveau ?

Les coups cessèrent immédiatement. Se doutant que les androïdes avaient décidé de s'occuper de ce second intrus, le patient s'approcha des portes et regarda de son mieux à travers l'ouverture. Les êtres mécaniques s'étaient désormais tournés face à ce deuxième humain qui leur courait déjà dessus.

— Attention ! Ils ont des mitraillettes ! tenta de prévenir le blessé.

Au moment où les robots ouvrirent le feu, le présumé sauveur se jeta au sol sur ses genoux et glissa sur le carrelage. Les balles des machines lui passèrent juste au-dessus de la tête. Avant que les automates ne puissent changer leur angle de tir, le nouvel arrivant sortit deux épées de nulle part. Il termina sa glissade derrière ses adversaires et se servit de ses armes pour leur trancher une jambe chacun. Déséquilibrés, les êtres mécaniques tombèrent l'un contre l'autre. En une fraction de seconde, le secouriste se releva et planta chacune de ses lames à l'arrière des crânes des assaillants. Leur œil rouge s'arrêta immédiatement et les carcasses s'écroulèrent lourdement contre le carrelage. Le bruit de l'impact fit réaliser à l'amnésique qu'il avait retenu son souffle durant toute cette action et il se dépêcha de respirer à nouveau normalement.

— Je ne sais pas qui vous êtes, mais merci de m'avoir protégé de ces deux-là, dit le patient avec beaucoup de gratitude.

Maintenant que son sauveur avait arrêté de bouger, il put enfin l'observer attentivement. Premièrement, il constata qu'il ne s'agissait pas de son héros, mais de son héroïne. Elle avait de longs cheveux noir de jais qu'elle avait attachés en queue-de-cheval et portait une tenue entièrement noire. Son débardeur mettait en avant ses bras puissants, tandis que son pantalon épousait ses formes. La secouriste faisait environ une tête de moins que le rescapé. Elle finit par se tourner vers l'élévateur et le blessé put ainsi contempler son visage. Instantanément, il trouva ses yeux hétérochromes magnifiques. L'œil droit était de couleur vert clair, avec de légères taches brunes proches de la pupille. Le second, quant à lui, était bleu profond. La jeune femme, qui devait avoir le même âge que le survivant, regarda à son tour à travers la brèche et se figea une demi-seconde en l'observant.

— Alors, c'est après toi qu'ils en avaient ? demanda-t-elle.

— J'en sais rien … Je ne sais même pas ce que je fais là !

— Comment ça ?

— Je … Je ne me souviens de rien. Je ne sais pas qui je suis … tenta d'expliquer l'inconnu.

— Mouais … Je tirerai ça au clair quand on sera sorti d'ici. Écarte-toi des portes, ordonna sa sauveuse.

L'homme eut à peine le temps de reculer d'un pas que sa protectrice donna trois coups d'épée successifs dans la paroi. De cette manière, elle était parvenue à découper un triangle dans le métal de la machine. Le morceau bascula et s'écrasa sur le sol de la cabine. L'ouverture n'était pas très grande, mais elle l'était suffisamment pour qu'un humain puisse s'y glisser. Sans attendre, le blessé se précipita à travers le trou, se libérant ainsi du piège dans lequel il était tombé.

— Merci, commença-t-il. Si vous n'étiez pas intervenue, je serais … Bref, merci !

— Pas de quoi. Je passais simplement par là, quand le vacarme a attiré mon attention. Alors, je suis venue jeter un œil.

Le miraculé la regarda une nouvelle fois de haut en bas. Il constata, à cette occasion, que les lames de celle à qui il devait la vie avaient disparu. Un nombre important d'interrogations affluaient dans l'esprit du patient. Étant trop nombreuses, il posa la première qu'il parvint à saisir.

— Vos yeux ne sont pas de la même couleur ?

— Bien joué, *Sherlock* ... D'autres évidences à mettre en avant ?

— Désolé ... C'est que, heu ... J'aurais plusieurs questions à vous poser.

— Oui, bien sûr. C'est pas comme si l'hôpital se faisait attaquer, qu'on était dans un couloir exposé, que tu avais un bras cassé et donc que tu étais inutile en combat rapproché et qu'un Exécuteur pouvait surgir à tout moment ... déclara ironiquement la demoiselle.

— Ça va, c'est bon, j'ai compris ... Mais j'aimerais quand même savoir ce qu'il se passe.

— Il se passe qu'on était sur le point de fuir cet hôpital. Suis-moi !

La libératrice commença à s'éloigner, avant de s'arrêter et de se retourner vers le rescapé.

— J'imagine que tu n'as rien pour te défendre ?

Sans même attendre une réponse, elle sortit une épée de son dos, se dirigea vers les carcasses des robots et coupa les fixations qui maintenaient les mitraillettes. L'inconnu se demanda où elle parvenait à cacher ses lames. La femme aux cheveux noir de jais se baissa, ramassa l'arme à feu, vérifia le magasin et la lança au survivant.

— Tiens, attrape ça. Ça peut toujours être utile.

Le blessé la saisit au vol avec sa main valide et la positionna de manière à la coincer contre son épaule tout en la tenant avec sa main droite.

— Merci, mais je ne crois pas que je sache m'en servir.

— Qu'est-ce que tu racontes ? Tu viens de la prendre comme un pro et tu la tiens correctement étant donné ton état.

En voyant ce genre de réflexe et en ayant la sensation que le poids de cette arme lui était familier, l'amnésique se questionna sur son passé et supposa qu'il avait dû être militaire.

— Écoutez. Je sais que c'est bizarre, mais je n'ai aucun souvenir. Je viens de me réveiller dans cet hôpital et je ne me souviens de rien d'autre ... Je ne sais même pas comment je m'appelle ! Ce que je viens de faire était sûrement un réflexe, car je n'ai pensé à rien.

— C'est vrai que tu n'as pas une tête de penseur ... Bon, en gros, tout ce que tu dois savoir c'est : d'abord tu vises et ensuite tu tires.

— Merci. J'y aurais jamais pensé tout seul, ironisa l'homme.

— Je sais. Je suis géniale.

— Bref, vous savez comment nous sortir d'ici ?

— Évidemment. On est au sous-sol. Ce qui veut dire que pour sortir, il faut prendre les escaliers là, au fond. Allez, suis-moi !

Elle pointa du doigt le bout du couloir dans lequel ils se trouvaient. D'après son architecture, le miraculé avait l'impression d'être à nouveau au premier étage. Il supposa alors que l'hôpital devait avoir une structure similaire à chaque niveau. L'éclairage était relativement faible. Parmi la dizaine de néons fixés au plafond, seuls quelques-uns étaient allumés. De plus, ils ne l'étaient que par intermittence. À cause de ces clignotements, des ombres étaient projetées en permanence à un rythme irrégulier. Ceci avait pour conséquence de donner l'impression que tout était en train de bouger autour du duo. L'endroit qu'indiquait la jeune femme était partiellement plongé dans l'obscurité et le rescapé ne parvenait pas à distinguer les escaliers que sa sauveuse avait désignés. Après que l'épéiste eut quelque peu rassuré le blessé, ils prirent la direction indiquée. La protectrice ouvrait la marche, suivie de près par son protégé. Le binôme se déplaçait sans un bruit, attentif au moindre son qui pourrait trahir la présence d'un robot.

— Au fait, comment vous vous appelez ? demanda le survivant en brisant le silence qui s'était installé.

La bretteuse tourna sa tête vers lui et le regarda droit dans les yeux. En souriant, elle lui répondit :

— Katherine. Mais, par pitié, appelle-moi Kate.

CHAPITRE 3 : FUITE DE L'HÔPITAL DE SAINT-AUGUSTIN

Prudemment, le duo arriva au bas des escaliers. Ces derniers étaient coudés et leurs marches étaient construites en métal. Sans hésiter, Kate les emprunta, suivie de près par l'amnésique. L'homme observa sa sauveuse et constata qu'elle savait parfaitement ce qu'elle faisait. L'épéiste se déplaçait dans un silence absolu. Elle longeait les murs, toujours tournée face au potentiel danger. Le blessé tenta de l'imiter du mieux qu'il le pouvait. Bien qu'il soit pieds nus, ses pas faisaient légèrement vibrer les marches, provoquant un bruit à chacun d'entre eux. Dès qu'ils arrivaient à un angle de l'escalier, la demoiselle aux cheveux noir de jais s'arrêtait. Elle vérifiait bien que son protégé soit attentif, puis franchissait d'un mouvement sec le virage. De cette manière, si un être mécanique se trouvait là, les deux comparses étaient prêts à réagir.

En arrivant aux dernières marches, des bruits de combat s'élevèrent du rez-de-chaussée. Les cris et les détonations des coups de feu ne laissaient aucun doute quant à ce qui était en train de se passer. Parmi tous les sons, l'inconnu reconnut facilement celui des pas des machines humanoïdes. La peur ne tarda pas à le saisir et il resserra sa prise autour de son arme.

— Ne bouge pas d'ici, je vais aller vérifier si la voie est libre, ordonna la libératrice.

— Pas question ! Je viens avec vous. C'est trop dangereux de nous séparer ! protesta vivement le rescapé.

Sa protectrice se tourna vers lui et lui lança un regard noir. Son visage s'adoucit rapidement, en voyant la main tremblante du blessé.

— Très bien … Dans ce cas, en route, capitula-t-elle.

En étant encore plus prudents que précédemment, ils franchirent les derniers mètres qui les séparaient de leur but.

Dès qu'ils pénétrèrent dans le hall d'entrée, ils furent horrifiés par la scène qu'ils voyaient devant eux. L'endroit était un véritable charnier. Environ une quinzaine de corps gisaient au sol, tous criblés de balles. L'odeur de poudre mélangée à celle métallique du sang vint agresser les narines du binôme. Bien que leur priorité soit de fuir les lieux, la sauveteuse et le blessé se figèrent sur place en découvrant ce tableau morbide. Sans vraiment le vouloir, l'individu aux yeux gris balaya le hall du regard et il aperçut de nombreux détails qu'il aurait préféré ignorer. Les cadavres proches de la sortie étaient couchés sur le dos, tandis que les autres étaient sur le ventre. Visiblement, les robots étaient entrés par la porte principale, prenant par surprise les visiteurs les plus proches. Les personnes restantes avaient certainement tenté de s'échapper, mais sans succès, apparemment. Des éclaboussures de sang étaient répandues un peu partout. Les tableaux accrochés aux murs étaient soit perforés par des balles, soit recouverts de liquide pourpre. La jeune femme fut la première à se ressaisir et tira le bras valide de son protégé pour le forcer à avancer. Kate, en voyant le visage livide de l'amnésique, planta son regard dans le sien et essaya de le rassurer.

— La sortie est juste là. On va s'en tirer !

Elle entreprit alors d'avancer, tandis que l'inconnu la suivait de près. Ils firent leur maximum pour éviter de marcher sur des cadavres ou des flaques de sang. Avec les différents débris répartis au sol, le survivant devait en plus veiller à ne pas marcher sur des bris de verre d'un des nombreux écrans qui avaient été détruits. Ils passèrent à côté du bureau d'accueil et avancèrent aussi vite que possible vers la sortie. Les rayons du soleil commençaient à peine à éclairer l'extérieur de l'hôpital, à travers la baie vitrée. En constatant cela, le survivant sentit un regain d'espoir.

— On y est presque ! encouragea sa protectrice, en continuant d'avancer.

Soudain, la femme aux yeux hétérochromes s'arrêta et se tourna sur sa gauche. Instinctivement, l'amnésique l'imita et s'aperçut qu'elle était en train d'observer un couloir qui était plongé dans l'obscurité.

— Qu'est-ce qu'il y a ? demanda le blessé.

— Je n'en suis pas certaine … Mais on devrait se dépêcher de-

La bretteuse bondit soudainement contre son protégé et le plaqua à terre. Ils chutèrent tous les deux derrière le bureau d'accueil, tandis qu'une pluie de balles commença à leur tomber dessus. Durant son vol plané, l'homme frappa involontairement son bras gauche contre le carrelage, lui arrachant un cri de douleur au passage. Les tirs cessèrent rapidement et le duo en profita pour jeter un coup d'œil en direction de l'origine de l'attaque. Ils découvrirent ainsi quatre bandes rouges s'avancer dans leur direction. Puis, peu à peu, les machines humanoïdes arrivèrent dans la lumière, ne laissant plus aucune place au doute. Le couloir n'étant pas particulièrement large, elles progressaient en colonne de deux. Dès qu'elles arrivèrent dans le hall de l'hôpital de Saint-Augustin, elles se déployèrent en ligne. Celles du centre ouvrirent à nouveau le feu sur les fugitifs. En vitesse, ces derniers s'étaient remis à couvert derrière leur protection de fortune. Le bois épais du meuble et sa géométrie particulière en rectangle creux leur offraient une couverture sommaire.

— Je ne pense pas que le bureau va tenir longtemps ! cria l'inconnu par-dessus les détonations.

— Ce n'est pas ça le problème. Je connais leur tactique, ils nous maintiennent à feu nourri pendant que d'autres nous contournent et nous prennent à revers, rétorqua celle qui avait, encore une fois, sauvé la vie du rescapé.

Le calibre des armes des robots n'était pas suffisant pour parvenir à traverser le meuble. Cependant, s'ils continuaient à tirer de la sorte, le bureau finirait par céder. Comprenant que c'était à son tour d'agir, l'amnésique s'approcha de l'extrémité droite du meuble. Il jeta un regard à Kate qui l'encouragea d'un signe de tête. Il souffla un coup, avant d'inspirer et de bloquer sa respiration. Puis, il sortit sa tête de derrière le couvert et ouvrit le feu. Il prit à peine le temps de viser et appuya sur la détente de son calibre. Il laissa partir trois tirs, avant de relâcher son doigt et de se remettre à couvert. L'instant d'après, des balles passèrent à l'endroit exact où était sa tête une seconde plus tôt.

— Jolis tirs, encouragea la jeune femme. En plein dans la tête de celui de droite. Ils sont combien à nous tirer dessus ?

— J'en ai compté deux. Celui que j'ai abattu s'approchait de nous par la droite. Ça veut dire que le quatrième est en train de nous contourner de l'autre côté …

— J'ai un plan. Tu vas les distraire pendant que je m'occupe de celui qui s'approche.

Sans attendre de réponse, l'épéiste sortit de leur cachette et se dirigea vers l'ennemi sur leur gauche. Sachant pertinemment qu'il ne pouvait l'abandonner maintenant, le survivant se mit encore une fois à découvert et ouvrit le feu. Il tira en rafale sur la paire d'automates qui se trouvait toujours proche du couloir par lequel ils étaient arrivés. Les machines reçurent des balles dans leur torse, mais ne semblèrent pas en souffrir plus que cela. Néanmoins, elles se replièrent dans le corridor. En tirant en rafale, le canon de l'arme du rescapé avait tendance à monter. Pour gagner en stabilité, il utilisa péniblement sa main gauche pour mieux maintenir sa mitraillette. Il mit son absence de douleur momentanée sur l'adrénaline et ne s'en préoccupa outre mesure. Il visa du mieux possible les êtres mécaniques, mais il ne parvenait pas à les toucher. Seuls ses tout premiers projectiles avaient fait mouche. Sans prévenir, l'inconnu entendit un bruit de tôle froissée sur sa gauche. Du coin de l'œil, il vit que Kate venait d'éliminer le robot qui tentait de les contourner. Avec une de ses épées, elle avait donné un puissant coup vertical, découpant en deux la machine. Cette dernière n'avait même pas remarqué son ennemie, car son regard avait été focalisé sur le tireur qui canardait ses semblables. Les moitiés de l'androïde tombèrent lourdement au sol, tandis que la jeune femme sprinta pour s'abriter contre le mur à côté de l'entrée du couloir. Elle parvint à l'atteindre avant que le magasin de l'arme du blessé ne se vide complètement. Réalisant qu'il était à découvert depuis trop longtemps, le rescapé cessa le feu et s'accroupit derrière le meuble. Un silence pesant s'installa alors sur le champ de bataille.

Il fallut quelques instants à l'homme aux yeux gris pour avoir le courage de passer une énième fois sa tête par-dessus son abri de fortune. Il vit sa protectrice qui approchait prudemment de l'accès au corridor, pendant que les deux robots avaient leurs bras tendus devant eux. Soudainement, en moins d'une seconde, les automates changèrent d'équipements et adaptèrent leur stratégie. Sur leurs avant-bras, un clapet s'ouvrit, leurs mitraillettes s'y rangèrent et l'espèce de trappe se referma. Puis, sans que leurs mains ou leurs poignets ne bougent, leurs bras tournèrent sur eux-mêmes. Finalement, le clapet se leva à nouveau et des armes inédites vinrent remplacer les précédentes. Pour le premier, des lance-flammes prirent position, tandis qu'il s'agissait de pistolets lourds pour le second. L'amnésique entendit alors la bretteuse habillée en noir pousser un juron. Se doutant que cela ne présumait rien de bon, il se dépêcha de passer à l'action. Il bloqua sa respiration et tira sur celui qui était équipé de lance-flammes. La balle atteignit sa cible en pleine tête et la machine humanoïde s'écroula au sol. Tandis que la deuxième contournait les restes de son acolyte, le tireur ouvrit également le feu sur lui. Cependant, à la place de la détonation habituelle, un bruit sec retentit. Comprenant qu'il venait de vider le magasin de son arme, l'inconnu se remit à couvert le plus vite possible. Accroupi derrière les restes du bureau, il se mit à réfléchir à la suite des opérations. Vu la position de Kate, il comptait sur elle pour se débarrasser du dernier automate, dès que ce dernier franchirait le couloir. Soudain, une énième détonation résonna et l'individu aux yeux gris tomba à terre en hurlant de douleur. L'ultime robot, équipé de ses pistolets lourds, venait de lui tirer dessus. La balle, d'un calibre plus important que celui des mitraillettes, avait facilement traversé la double épaisseur en bois du bureau, avant de faire la même chose avec la jambe droite du patient. Instinctivement, le blessé se saisit le membre perforé. Il vit une tache sombre imbiber rapidement son vêtement et il comprit qu'il était en train de perdre beaucoup de sang. Au loin, il entendit une autre détonation. Mais les bruits devenaient de plus en plus distants, à mesure que tout autour de lui s'assombrissait. Il crut reconnaître le son du métal qui se fait découper, puis des bruits de pas qui s'approchaient de lui en vitesse. Sans prévenir, des yeux hétérochromes entrèrent dans son champ de vision et il reconnut le visage de la jeune femme aux cheveux noir de jais.

— Ça va aller ! Reste avec moi ! Ça va aller ! répéta-t-elle en boucle.

Il crut entendre le bruit d'un tissu qui se déchire, puis il sentit que sa sauveuse s'affairait à lui apporter les premiers secours. Elle appliqua rapidement un pansement compressif autour de la plaie du blessé, puis l'aida à se mettre debout. Pour cela, elle saisit le bras droit du malheureux et le fit passer derrière sa nuque. Elle décompta ensuite à partir de trois et, en atteignant le zéro, elle se releva avec son protégé. Malgré un équilibre incertain, ils réussirent à rester debout. La position dans laquelle se trouvait l'homme lui permit de n'avoir aucun poids sur sa jambe perforée. Grâce à Kate, ils avancèrent lentement vers la sortie de ce maudit hôpital. À chaque pas, l'épéiste encourageait l'estropié. Ce dernier se sentait peu à peu tomber dans les vapes. Il donna son maximum pour rester éveillé, mais il savait qu'il ne faisait que repousser l'inévitable. Après ce qui lui sembla être une éternité, ils finirent par franchir les portes de Saint-Augustin et se retrouvèrent à l'air libre. Dès qu'ils sortirent, le froid frappa le rescapé, comme un coup de poing en pleine figure. Ce brusque changement de température le sortit temporairement de sa somnolence.

— Ne t'inquiète pas, je connais un docteur qui va te rafistoler en moins de deux, rassura la combattante.

Ce furent les seules paroles que le survivant comprit. Le sursaut de vigueur qu'il avait ressenti avec le froid s'était déjà estompé. De plus, la faible température avait désormais un effet inverse et commençait à l'affaiblir. Désormais sur le point de perdre connaissance, il n'eut plus la force de tenir sur sa jambe et manqua d'entraîner sa sauveuse dans sa chute. De justesse, elle parvint à le retenir et elle l'adossa contre la paroi vitrée de l'hôpital. La dernière chose que l'amnésique entendit fut la plainte de sa protectrice.

— Et après, on dit que ce sont les femmes le sexe faible ...

CHAPITRE 4 : LE DOC

Le corps de l'inconnu se crispa un bref instant, avant qu'il ne se réveille. Il ouvrit les yeux et ses pupilles s'adaptèrent rapidement à la lumière naturelle.

— La belle au bois dormant s'est bien reposée ? interrogea une voix féminine.

Le blessé mit quelques secondes à tout replacer dans le contexte. Actuellement, il était sur le dos de Kate qui le transportait quelque part. Ses bras passaient par-dessus les épaules de l'épéiste, afin que celui qui était cassé ne subisse aucun effort. Les jambes de l'éclopé, quant à elles, passaient entre le corps et les bras de la jeune femme. Ainsi, avec ses mains, elle créait une sorte de siège sur lequel son protégé était assis. Très affaibli, l'estropié ne tarda pas à trembler de froid, avec la faible température matinale. Vu la luminosité ambiante, cela devait faire un certain temps qu'il avait perdu connaissance. Doucement, il tourna la tête sur sa droite et observa les environs. Sa libératrice était en train de les conduire près d'une forêt. Derrière eux s'étendait la ville d'où ils venaient. Elle était entourée par une impressionnante muraille. Pour le moment, le binôme se trouvait au milieu de champs d'agriculture. L'odeur de la terre fraîchement retournée et le chant des oiseaux firent sourire l'homme aux yeux gris.

— J'ai été absent longtemps ? finit-il par demander.

— Environ une heure.

— Dites ... Je peux savoir où vous m'emmenez ? Je croyais qu'on devait aller chez votre ami médecin.

— C'est le cas. Disons simplement que son laboratoire n'est pas en ville.

— Son laboratoire ? s'inquiéta le survivant.

— Ne t'inquiète pas. Même si le nom peut faire peur, c'est

là-bas que tu recevras les meilleurs soins. Mais il nous reste encore environ une heure de marche avant d'y arriver.

Le blessé ne pouvait pas en être certain, mais il lui semblait que sa sauveuse avait accéléré le rythme à partir du moment où il avait repris connaissance. En tout cas, depuis maintenant quelques mètres, il devait utiliser son bras droit pour garder l'équilibre.

— Au fait ... Merci encore pour tout ce que vous avez fait pour moi, dit-il chaleureusement.

— De rien. Mais ce n'est pas pour toi que je fais ça ... Tout ce que je veux, c'est comprendre ce qu'il s'est passé là-bas.

— Dans ce cas, on est deux ... Bordel, depuis quand des robots tueurs se baladent librement en ville ?

— Donc c'est vrai ... Tu as vraiment perdu la mémoire ?

— Vous en doutiez ?

— Écoute, je ne te connais pas. Donc tu pourrais parfaitement me mentir, pour une raison obscure. Alors oui, je ne suis pas certaine que tu aies véritablement perdu tes souvenirs, se justifia Kate.

— Je ... Je ne sais pas quoi vous dire pour prouver que je dis bel et bien la vérité ...

— Je vérifierai ça plus tard. Pour le moment, je vais partir du principe que ce que tu dis est vrai. Si, comme tu le prétends, tu as perdu la mémoire, j'imagine que si je te parle d'Exécuteurs ou du Consortium, ça ne te dira rien.

L'amnésique se concentra en fouillant dans ses souvenirs, mais ces noms ne lui évoquaient pas la moindre chose.

— Si, finit par dire l'estropié. Je crois vous avoir déjà entendu parler des Exécuteurs. C'est le nom des robots qui nous ont attaqués, c'est ça ?

— C'est ça, confirma la demoiselle.

— Par contre, votre Conso – truc, ça ne me dit rien. C'est quoi ?

L'épéiste n'expliqua rien dans l'immédiat. En conséquence,

un silence s'installa, laissant place aux sons de la nature. L'homme aux cheveux noirs regretta cette pause durant leur discussion, car cela lui laissa le temps de repenser à ses lésions. Tout son corps lui hurlait sa fatigue. Sa fracture au bras gauche le faisait grandement souffrir, de même que sa blessure à la jambe. Il profita de cette brève interruption pour observer l'état de son pansement. Bien que le tissu utilisé soit sombre, une tache foncée était particulièrement visible au niveau de sa plaie. Malgré le fait qu'elle soit ralentie, son hémorragie ne semblait pas s'être arrêtée pour autant.

— Vous comptez me répondre, un jour ou l'autre ? demanda l'éclopé de manière un peu agressive, sans qu'il ne le veuille vraiment.

— Une minute ! J'ai l'impression de parler à un gamin ... Je réfléchis jusqu'où je dois remonter dans l'Histoire pour que tu comprennes. Mais ne me parle plus sur ce ton ! Sinon je te laisse tomber là et je me casse, rétorqua Kate.

— Désolé ... s'excusa l'inconnu.

Sa protectrice parcourut encore quelques mètres dans le silence, avant de reprendre parole.

— Je crois que je sais par où commencer, débuta-t-elle. Il y a environ un demi-siècle, les scientifiques ont fait une découverte majeure qui a changé la face du monde. J'imagine que tu sais que l'esprit humain arrive à influencer l'état physiologique.

— Hein ? Vous entendez quoi par là ?

— Pour faire simple, quand ton esprit, ta pensée, croit que tu es malade, ton état physiologique va en souffrir. À l'inverse, quand tu penses aller mieux, ton corps va mieux. Typiquement, l'effet placebo est un exemple parfait du pouvoir de l'esprit sur le corps.

— Ah ouais. Un peu comme le stress qui fait trembler les mains. En quoi ça a changé le monde, ça ? Et qu'est-ce que ça a à voir avec le Conso – truc dont vous m'avez parlé ?

— Deux secondes, j'y viens. Bref, après des années de recherches pour comprendre ces phénomènes, les scientifiques ont prouvé que notre volonté pouvait, à elle seule, influencer notre corps, mais pas seulement. Notre esprit arrive également à modifier l'environnement autour de nous. Ainsi, ils ont mené une étude qui regroupait des milliers de personnes afin de développer leur pouvoir d'influence. Deux choses majeures sont ressorties de cette étude. La première, c'est qu'un faible pourcentage de la population arrivait à matérialiser la force de leur volonté. Moins d'un pour cent des personnes a cette faculté. La seconde chose qui est sortie de cette étude, c'est qu'il y a plusieurs sortes de … pouvoirs. Je ne vois pas comment formuler ça autrement … enseigna la sauveuse.

— Attendez une minute … Vous êtes en train de me dire qu'on a découvert qu'une partie de la population avait des pouvoirs ? Comme des magiciens ?

— On nous appelle des sorciers. C'est plus classe comme ça, je trouve.

— Ouais, c'est ça … C'est pas parce que je suis amnésique qu'il faut me prendre pour un idiot non plus !

— C'est pas moi qui l'ai dit.

— Non mais, sérieusement … Des sorciers ? questionna l'homme, afin d'être sûr d'avoir correctement entendu les explications de sa protectrice.

— Tu ne me crois pas ?

— Je ne vous croirai pas sans preuve. De plus, je ne vois toujours pas le rapport avec un Conso – machin ou je ne sais quoi, s'impatienta le survivant.

Il nota l'ironie de la situation dans laquelle il était. L'épéiste venait de lui raconter quelque chose d'incroyable et il refusait de la croire sans preuve. Pourtant, c'est ce qu'il lui demandait de faire à son sujet, lorsqu'il avait avoué ne pas savoir qui il était.

— Mate-moi cette preuve-là, répliqua Kate.

La prétendue sorcière arrêta d'avancer et tendit son bras droit devant elle. Le duo se retrouva dans une position instable, mais il parvint à garder l'équilibre. Pendant quelques instants, ils restèrent dans cette position, sans que rien ne se passe.

— En effet, c'est impressionnant ... Vous arrivez à tendre votre bras devant vous, nargua l'inconnu.

Il entendit un léger bourdonnement qui s'amplifia rapidement. Puis, par magie, une épée, sortie de nulle part, apparut dans la main de la demoiselle aux cheveux noir de jais. L'arme se matérialisa en partant de la garde, jusqu'à la pointe. Une sorte de nuage de particules aux teintes violettes tournait autour de la lame en même temps que cette dernière apparaissait. Le procédé entier dura moins d'une seconde, mais impressionna grandement le blessé qui resta bouche bée devant cette démonstration. Il comprit ainsi pourquoi il n'avait jamais vu sa bienfaitrice ranger ses armes, ni même d'où elle les sortait. Face à ce spectacle, il ne put s'empêcher de rigoler.

— Alors, convaincu ? questionna la bretteuse. Je regrette que tu sois sur mon dos. J'aurais voulu voir ta tête.

Le rire de l'estropié était contagieux et ils finirent par rigoler ensemble. Après tout le stress accumulé, cette session d'euphorie leur fit du bien à tous les deux. Peu à peu, ils commencèrent à se calmer. La femme douée de magie dématérialisa l'objet qu'elle avait fait apparaître et reprit sa marche. L'invocation disparut par un procédé similaire, mais inverse à son apparition.

— C'est génial ! commenta le rescapé.

— Je sais. Pour en revenir au Consortium, la version abrégée est que lorsque certains ont découvert leur pouvoir, celui-ci leur est monté à la tête. Quelques-uns sont devenus fous, d'autres voulaient diriger le monde, d'autres encore se prenaient pour des justiciers ... ils voulaient sauver le monde. Et c'est ce qu'il s'est passé. Certains sorciers se sont rassemblés et se sont fait appeler : le Consortium. À l'aide de leurs pouvoirs, ils ont pris possession du monde. Maintenant, toutes les grandes villes, ou presque, sont dirigées par quelqu'un doué de magie. Dans chaque cité, un leader, généralement quelqu'un de puissant, a un siège au Consortium. Et, ensemble, ils règnent sur le monde.

— Mais ... Ils ont pu dominer le monde aussi facilement ?

Enfin, ce n'est pas pour dénigrer votre magie, mais une épée face à une arme à feu, vous êtes quand même sacrément désavantagée, non ?

— Si tu as de la chance, tu ne verras pas beaucoup de sorciers… Cependant, la plupart possèdent des pouvoirs incroyables. Il n'y a pas vraiment d'échelle de comparaison… Mais, si je devais faire une estimation, je dirais que la puissance moyenne de quelqu'un doué de magie équivaut à celle d'un bataillon d'infanterie.

— Ah ! Oui… Quand même…

L'inconnu fit un rapide calcul dans sa tête. Si un sorcier équivalait à peu près à cinq cents soldats et qu'environ un pour cent de la population était doté d'un pouvoir, alors les armées avaient dû faire face à une puissance cinq fois supérieure à la leur. Du moins, si elles s'étaient unies. Il commença ainsi à mieux comprendre comment ces êtres étaient parvenus à renverser l'ordre du monde et à le réarranger à leur convenance.

— Mais… Personne ne s'oppose à eux ? Ne me dites pas que vous faites partie de ces gens-là ? supplia l'amnésique.

— Bien sûr que non. Pour qui me prends-tu ? Je fais partie de la Résistance : ceux qui voulaient jouer aux héros. Certains sorciers pensent, comme moi, que ce n'est pas parce que nous avons des pouvoirs que la marche du monde doit changer. On a alors commencé à sauver la veuve et l'orphelin.

— Vous êtes beaucoup de résistants ?

— Je ne sais pas exactement combien on est… Mais on est en minorité, ça, c'est sûr. Et on ne sauve pas beaucoup de monde, malheureusement… précisa Kate.

Pendant qu'ils parlaient, ils s'étaient rapprochés de l'entrée de la forêt. Les arbres bien verts permirent au blessé de déterminer que c'était certainement le printemps. Les végétaux mesuraient facilement des dizaines de mètres de hauteur. Leur tronc, très épais, les aidait à affronter la force des tempêtes. Pour le moment, aucune forme de vie animale n'était visible, mais il était certain que ces bois en regorgeaient. Plutôt que de s'engager sur un chemin, le binôme s'enfonça à travers les conifères. Sans qu'il y ait la moindre indication, la protectrice progressait entre les arbres, d'un pas déterminé. Elle semblait connaître ce bosquet comme sa poche. Bien que naturelle, la forêt n'était pas aussi dense qu'une jungle. Ainsi, la jeune femme pouvait avancer relativement facilement, sans devoir marcher à travers des ronces.

— Ok, je commence à comprendre un peu la situation ... débuta l'estropié. Mais je n'arrive pas à comprendre ce que ces robots, heu ... les Exécuteurs, me voulaient.

— La ville qu'on vient de quitter s'appelle New Hope. Les Exécuteurs sont, en quelque sorte, les forces de police de cette cité. Ceci dit, si ils étaient là spécifiquement pour toi, alors peut-être qu'ils te considèrent comme un ennemi.

— Et c'est une bonne chose ?

— New Hope est contrôlée par le Consortium. Si tu es un de leurs opposants, alors on est fait pour travailler ensemble. Comme on dit, les ennemis de mes ennemis sont mes amis.

Même si le rescapé avait très envie de continuer cette discussion, la fatigue commençait à avoir raison de lui. Ses membres blessés n'aidaient pas et le peu de force qu'il avait récupérée avait déjà été consommé. Il ne relança pas la conversation, mais se força à intégrer tout ce que sa sauveuse venait de lui apprendre.

Après plusieurs minutes de marche, le duo s'était enfoncé profondément dans les bois. L'épais feuillage des arbres filtrait les rayons du soleil, gardant ainsi une température fraîche au sein de la forêt. Toujours torse nu, l'inconnu n'aurait pas dit non à quelques degrés supplémentaires. De nombreux oiseaux chantaient dans les environs. Concernant les autres animaux, seuls les sons des branches qui craquaient témoignaient de leur présence. Il y avait également quelques nuées de moustiques par-ci par-là, mais la porteuse prit la peine de les esquiver. L'odeur de la nature se faisait de plus en plus présente, ce qui aida l'amnésique à se calmer quelque peu. Il voulait oublier au plus vite cette odeur de désinfectant. Il avait observé les environs, mais, peu importe où il regardait, il ne voyait que de la verdure à perte de vue. Dans ces conditions, il n'arrivait pas à déterminer où Kate voulait l'emmener. Elle avait prétendu être à soixante minutes de marche d'un laboratoire, lorsqu'il avait repris connaissance. Cette heure était bientôt passée et ils étaient toujours dans ces bois. Pendant une fraction de seconde, l'homme aux cheveux noirs s'interrogea si la jeune femme n'était pas en train de l'emmener dans un piège. Puis, réalisant que cette idée était totalement improbable, il se calma. De toute façon, aucun humain sensé ne prendrait la peine d'entrer dans un hôpital pris d'assaut par des robots, pour enlever un patient blessé et l'emmener se perdre dans un bosquet. Tandis qu'il s'apprêtait à demander des nouvelles sur la situation à sa sauveuse, celle-ci prit la parole avant lui.

— Regarde, on y est !

— Attendez ... C'est *ça* le laboratoire dans lequel je dois me faire soigner ?

— Il paie pas de mine, je sais. Mais tu verras sa véritable apparence, une fois à l'intérieur, rassura la protectrice.

Le laboratoire ressemblait à un cabanon en bois. Le genre de cabane que les enfants fabriquaient dans la forêt. Elle était petite, délabrée et constituait la seule preuve d'une activité humaine dans les environs. Néanmoins, elle était constituée de quatre murs et d'un toit. Même depuis sa position, l'estropié voyait qu'il manquait certaines planches. En observant cette construction, il avait l'impression qu'un simple souffle serait suffisant pour la faire s'envoler. L'abri de fortune avait été bâti au seul endroit où aucun arbre n'avait poussé. Cette petite clairière était juste assez grande pour contenir la cabane. L'herbe verte autour de la petite maison était parsemée de fleurs blanches. Les plantes rampaient au pied des murs et commençaient à les envahir. Sans hésiter, la sauveteuse entra à l'intérieur du cabanon. Pour franchir le seuil, elle dut se pencher en avant, afin que la tête de son passager ne se cogne pas contre le cadre. Une fois à l'intérieur, la demoiselle se redressa et les cheveux du blessé effleurèrent la toiture.

— Heu … vous êtes certaine de ne pas vous être trompée d'endroit ? questionna l'inconnu en voyant que l'intérieur était complètement vide.

L'épéiste aux yeux hétérochromes ne répondit pas. Elle s'approcha d'un symbole gravé sur le mur de la cabane. Vu l'état de la construction, il fallait vraiment avoir l'œil pour le repérer, à moins, bien sûr, de connaître son emplacement. Le sigle était inscrit sur une planche en bois qui paraissait être totalement pourrie. Elle se situait à mi-hauteur et n'était maintenue que par trois clous qui peinaient à remplir leur fonction. Les lattes adjacentes semblaient avoir disparu depuis quelque temps déjà. À bien y regarder, il manquait un grand nombre de ces bouts de bois pour compléter le mur. Alors que la végétation avait commencé à recouvrir le symbole, Kate l'avait trouvé instantanément. Elle invoqua une petite dague, qui apparut dans sa main droite, et se fit une légère entaille sur son doigt, juste assez profonde pour que son sang perle. Puis, elle traça, avec son hémoglobine, un autre symbole par-dessus le premier. La personne aux yeux gris voulut poser une question, mais avant même de pouvoir la formuler, un flash vert émeraude l'aveugla durant un instant. Sans avertissement, ils se retrouvèrent dans une pièce sombre. En un battement de cils, ils avaient changé de lieu. Les théories se bousculèrent dans la tête de l'amnésique, mais l'une d'entre elles lui parut évidente : ils venaient de se téléporter ! Le blessé en était persuadé. Cela ne pouvait être que ceci. Ils étaient désormais dans un environnement chaud et l'ambiance sonore avait également changé du tout au tout. Quelques secondes auparavant, ils entendaient encore le chant des oiseaux et le bruit du vent dans les arbres. Désormais, tout était beaucoup plus silencieux. Seul un léger vrombissement, qui devait être celui de la ventilation, se faisait entendre. La lumière finit par s'allumer et il découvrit ainsi une pièce blanche très lumineuse. Les murs étaient particulièrement modernes et il était évident que l'endroit était envahi de technologies.

— On s'est téléportés ? C'est ça, hein ? demanda l'estropié surexcité.

Il sourit en pensant à cela. Cependant, la douleur le ramena vite à la réalité. Le froid matinal de l'extérieur avait endormi ses blessures. Néanmoins, désormais de retour au chaud, la souffrance lui revint d'un coup. La protectrice le sentit se crisper dans son dos.

— Ne t'inquiète pas, le Doc va arriver et te soignera en deux secondes.

Au moment où elle finissait sa phrase, une dame entra dans la salle. La douleur et la fatigue obscurcissaient les sens de l'éclopé, si bien qu'il ne comprit rien à la conversation qu'avaient les deux femmes. Il se sentit déposé sur un lit et transporté ailleurs. Le visage d'une personne qui portait des lunettes entra dans son champ de vision et lui dit :

— Ne vous inquiétez pas. Maintenant, inspirez profondément et décomptez à partir de dix.

Pendant que quelqu'un lui disait ceci, un masque fut déposé sur sa bouche et son nez. Il sentit le gaz sortir du masque et il s'endormit. Encore.

Kate regarda l'intervention médicale derrière une vitre. Le bloc opératoire n'avait rien de particulier en soi : la table d'opération se trouvait au centre de la salle, le patient, qui était allongé dessus, était éclairé par de puissantes lampes fixées au plafond. Si nécessaire, les lumières pouvaient être orientées manuellement par la soignante. Actuellement, le Doc était penchée au-dessus de l'individu aux yeux gris et s'affairait à le traiter. Ses robots-assistants lui passaient les outils qu'elle exigeait, pendant qu'elle s'occupait de refermer la plaie laissée par la balle. De nombreuses machines étaient disposées dans cette pièce, sans que l'invocatrice sache vraiment à quoi elles servaient. Visiblement, certaines d'entre elles étaient reliées au blessé, tandis que d'autres s'occupaient de certaines lésions mineures. Pas de doute, la médecin était un génie. En moins de quinze minutes, elle avait arrêté l'hémorragie et recousu la jambe du rescapé. La demoiselle coiffée d'une queue-de-cheval se remémora les événements récents, alors qu'elle continuait d'observer l'opération. L'épéiste ne savait pas trop quoi penser de cet homme qui disait ne se souvenir de rien. Devait-elle, malgré tout, lui accorder sa confiance ? Elle ferma les yeux un moment et réfléchit sérieusement à la question. Selon elle, il y avait trop d'inconnues, pour qu'elle puisse le faire.

Il fallut encore une demi-heure de travail à la chirurgienne pour ressouder les os cassés du bras du patient. Une fois l'opération terminée, le Doc sortit de la salle, laissant ses assistants robotisés amener la personne opérée dans une chambre de réveil.

— Hé bien, Kate, on ne se voit pas pendant plusieurs mois et tu reviens avec un homme à moitié mort. Ce n'est pas très poli tout ça … sermonna la soignante.

Les deux femmes se prirent dans les bras l'une de l'autre, afin de se saluer.

— À moitié mort ? N'exagérons rien non plus.

— Tu crois que tu vas m'apprendre mon travail ? Il avait perdu beaucoup de sang. Heureusement que le pansement compressif a limité les pertes, sinon il serait déjà mort. Il a eu beaucoup de chance. La balle qui a traversé sa jambe n'a pas touché l'os et sa fracture au bras était très nette, il a été facile de remettre les os en place. Mais dis-moi, où est-ce que tu l'as trouvé ? T'es pas folle de me l'avoir amené ? Tu as de la chance que j'aie pour politique de soigner tous ceux qui entrent dans mon labo.

— Il dit qu'il ne se souvient de rien … et ça a l'air d'être vrai, se défendit la demoiselle. Il ne se souvient ni de son nom ni de quoi que ce soit sur notre monde. Il ne sait même pas ce qu'est le Consortium, bon sang !

— Peut-être qu'il fait semblant. Ou alors il te manipule. Je te rappelle que-

— J'en doute, coupa la protectrice. Tu n'as pas vu ce qu'il s'est passé à New Hope ... Je cherche toujours à savoir pourquoi un peloton d'Exécuteurs l'a attaqué ... Si il avait le moindre souvenir de ce monde, il n'aurait jamais réagi de cette façon ... Et puis ... Je sais pas ... Il a une lueur d'innocence dans ses yeux.

— Mouais ... Je l'interrogerai quand il se réveillera. En attendant, montre-moi ton bras, que je nettoie cette plaie, ordonna le Doc.

L'épéiste lui tendit son membre blessé. Elle avait reçu un coup lors du combat avec le dernier androïde. Une balle l'avait éraflée pendant qu'elle lui fonçait dessus. La médecin examina la plaie et y étala un onguent cicatrisant. Immédiatement, l'éraflure se referma sans laisser une seule marque.

— Très efficace, cette pommade, observa la patiente.

— J'ai amélioré l'ancienne formule. C'est plus long à préparer, mais plus rapide pour soigner. Je te montrerai la recette, la prochaine fois que tu viendras me dire bonjour, sans ramener de blessé avec toi. Bon, ton nouvel ami ne devrait pas tarder à se réveiller maintenant. Allons-y, il faut que j'évalue son état mental. Tu dis qu'il ne se souvient de rien ? Moi, je veux en être sûre avant qu'une catastrophe ne se produise.

Toutes les deux se dirigèrent vers la salle de réveil en empruntant un long couloir blanc. Ce corridor était éclairé par une lumière blanche, très agréable, qui compensait le fait qu'il n'y ait pas de fenêtre dans ce bâtiment. Selon la responsable de ce site, les lumières artificielles du laboratoire avaient les mêmes effets que les rayons du soleil. Elle disait ainsi ne pas avoir besoin de perdre du temps à sortir.

Une fois arrivées, les femmes virent que l'inconnu était toujours inconscient.

— Ma parole, il ne fait que dormir celui-là. Il était déjà dans les vapes la moitié du trajet pour venir jusqu'ici, se plaignit Kate.

— Tu devrais en profiter pour changer ton top, conseilla la scientifique.

En effet, afin de poser le pansement compressif au jeune homme, la sorcière avait dû déchirer une bonne partie du haut qu'elle portait à l'hôpital. Elle écouta la proposition du médecin et se dirigea vers une penderie. Elle y trouva un modèle de top semblable à celui qu'elle avait et se changea en vitesse. Le Doc, quant à elle, s'approcha d'un placard. Elle en sortit une seringue remplie d'un liquide incolore et s'approcha de l'amnésique avec son outil à la main.

— Attends ! Il devait pas se réveiller tout seul à la base ? demanda la demoiselle en voyant la soigneuse approcher l'aiguille du bras de l'inconnu.

— C'est ce que je pensais, mais j'ai la flemme d'attendre. Alors, je le réveille moi-même. De plus, tu as dit toi-même qu'il n'arrêtait pas de dormir, répondit la maîtresse des lieux.

Sans plus attendre, elle planta la seringue dans le bras du patient et y injecta le produit.

CHAPITRE 5 : UN NOM

Le survivant ouvrit les yeux, avec une légère sensation de dé-jà-vu. Il était étendu sur un lit, venant tout juste de reprendre connaissance, tandis que deux personnes étaient autour de lui et l'observaient. Contrairement à la première fois, il était allongé dans un vrai lit d'hôpital. Le matelas était bien plus confortable et il avait même des draps bleu pastel comme couverture. Il n'y avait pas non plus d'odeur envahissante de désinfectant. Elle était présente, mais beaucoup plus discrète. Mis à part ceci, une douce lumière illuminait la chambre et dont la couleur chaude se reflétait sur les murs blancs, donnant à la pièce un puissant sentiment de tranquillité. Bien qu'il y ait plusieurs places, le pa-tient était actuellement le seul occupant de la salle de réveil. Des rideaux blancs pouvaient être tirés autour des couches, afin de donner un minimum d'intimité aux malades. Proches de chaque divan, des appareils médicaux étaient prêts à être utilisés. Le res-capé se remémora ce qu'il s'était passé. Il regarda les deux per-sonnes à côté de lui et reconnut instantanément sa sauveuse. Elle était assise au bord du matelas, les sourcils légèrement froncés, comme si elle l'évaluait en ce moment même. De l'autre côté, il y avait cette dame que l'amnésique avait à peine aperçue avant l'opération. C'était une petite femme assez fine. Elle portait une blouse blanche et un stéthoscope autour du cou. Elle avait des lunettes qui mettaient en valeur ses yeux du même vert que celui de l'invocatrice et devait avoir une quarantaine d'années. Ses cheveux mi-longs et attachés étaient noirs et lui arrivaient juste au-dessus des épaules. À son poignet gauche, elle portait un petit bracelet métallique orné d'une pierre aux teintes orange.

— Vous devez être le Doc, dit l'homme. Merci pour les soins, je ne ressens plus aucune douleur.

— En effet, confirma la médecin. Vous êtes dans mon laboratoire. Ici, il y a deux règles primordiales. La première est : on ne blesse personne sous peine de devenir un cobaye vivant pour mes expériences.

— Et la seconde ? se renseigna l'inconnu en perdant son assurance.

— C'est moi qui pose les questions ici, rétorqua sèchement la soignante. La deuxième règle est que c'est moi qui ai toujours le dernier mot.

Le patient comprit alors qu'il avait intérêt à ne pas jouer au malin avec cette dame.

— Kate m'a raconté que vous ne vous souveniez de rien, reprit la soignante. Je viens vérifier que vous dites bien la vérité.

— Et comment vous comptez faire ça ? fit-il en voulant en savoir plus sur le sujet. J'ai peut-être perdu la mémoire, mais ça m'étonnerait que vous ayez développé une machine capable de lire les souvenirs de quelqu'un …

— C'est vrai que, comparé à de la magie, ce serait très surprenant … ironisa le Doc, sans répondre à l'interrogation initiale de son interlocuteur.

Sans ajouter un mot, elle se dirigea vers une armoire, avant d'y sortir un étrange appareil. Il s'agissait d'un casque relié à un écran. La liaison était faite à l'aide d'un câble plat, très flexible et assez long. En la voyant prendre un tel engin, l'individu aux cheveux noirs se demanda s'il n'avait pas parlé trop vite. Il jeta un regard inquiet à sa protectrice qui continuait de le fixer.

— Ne t'inquiète pas, on ne ressent pas la douleur lorsque la scie cachée dans le casque te découpe le crâne, blagua-t-elle.

Le patient déglutit lentement. Il savait que sa sauveuse plaisantait, mais il n'en resta pas moins inquiet. En voyant son visage déconfit, elle décida de lui dévoiler la véritable fonction de cette invention.

— L'appareil qu'elle apporte est un détecteur de mensonges

très évolué, conçu par le Doc. Cette machine ne s'est jamais trompée, précisa-t-elle.

La médecin à lunettes approcha le détecteur près du lit et déposa le casque sur la tête de celui qui venait de reprendre connaissance. Elle mit également une sorte d'électrode sur l'index droit du sujet. Elle déploya en plus une caméra juste en face de sa tête. Ce détail avait échappé au rescapé, bien que l'engin de capture d'images soit légèrement plus grand qu'une main. En voyant tout le dispositif mis en place, même s'il l'avait voulu, l'homme savait qu'il n'aurait rien réussi à dissimuler.

— Voilà, tout est prêt, déclara la scientifique. Le casque analyse vos fonctions cognitives, l'électrode votre rythme cardiaque et la moiteur de votre doigt. La caméra, quant à elle, vérifie toutes vos micro-expressions faciales. Ainsi, je peux contrôler tous les signaux de votre corps et certifier si vous me mentez ou pas.

— Allez-y, je suis prêt.

— De toute façon, prêt ou pas, j'aurais fait ce test. Bon, commençons, expliqua la chercheuse. Nous allons débuter par des questions simples, puis nous rentrerons dans le vif du sujet.

Sans attendre, elle enclencha la machine. Immédiatement, l'appareil émit toutes sortes de bruits. Le patient reconnut le bip caractéristique de la pulsation cardiaque, mais il était incapable de reconnaître les autres sons. Il fallut attendre quelques secondes pour que l'engin finisse de démarrer. Pendant ce moment, les deux femmes observèrent attentivement l'amnésique, ce qui le mit particulièrement mal à l'aise. Après un certain temps, le Doc regarda l'écran du détecteur de mensonges avec un air circonspect.

— C'est étrange, le détecteur de mensonges ne détecte aucune activité cérébrale, commenta-t-elle.

— Ça ne m'étonne pas, ricana Kate.

Ce n'était pas la première fois que sa sauveuse faisait de l'ironie ou des blagues de ce genre. Ce type d'humour procurait du bien au rescapé, car il l'aidait à se détendre quelque peu.

— J'ai trouvé, interrompit la scientifique. Le câble est mal connecté.

Elle corrigea le problème, avant de reprendre le test.

— Bon, c'est parti : comment vous appelez-vous ?

— Je ne sais pas, répliqua l'homme.

L'inventeuse regarda les signaux retranscrits sur la machine. Aucune émotion ne transparut sur son visage, ne permettant pas au patient de savoir si c'était bon ou mauvais signe.

— Où êtes-vous ?

— Je ne sais pas … Dans votre laboratoire ? supposa celui qui avait perdu la mémoire.

— Quel jour sommes-nous ?

— Au risque de donner l'impression de me répéter : Je. Ne. Sais. Pas, dit l'inconnu en hachant ses mots.

— Ça ne sert à rien de vous énerver, recadra calmement la scientifique qui portait un bracelet. Savez-vous ce que les Exécuteurs vous voulaient ?

— Les Exécuteurs ? Ah ! Les robots … Non, je n'en sais rien. Attendez … Ils en avaient après moi ?

— Pourquoi vous étiez à l'hôpital de Saint-Augustin ? poursuivit le Doc, en ignorant l'interrogation du patient.

— Ça risque de vous surprendre, mais … Je n'en sais rien. Mais répondez à ma question ! Les Exécuteurs étaient là pour moi ?

— Malheureusement, c'est impossible à dire avec certitude … renseigna la jeune femme aux yeux vairons.

— Ça veut dire que je suis quelqu'un de connu ? insista celui qui ne savait pas qui il était.

— Tout dépend de ta définition de ce mot. Mais si ils étaient là pour toi, alors oui, tu es probablement connu du Consortium, révéla l'épéiste.

— Mais vous, vous ne savez pas qui je suis … s'attrista le rescapé.

— Désolée, s'excusa la bretteuse.

— Dernière question, intervint la médecin. Que savez-vous de la Résistance ?

— Seulement ce que Kate m'a brièvement expliqué. Le Consortium est dirigé par des sorciers qui veulent être au pouvoir. Tandis qu'à la Résistance, vous vous battez pour que tout le monde soit égal, dit le néophyte.

Après quelques secondes de silence, durant lesquelles la scientifique analysa les données de la machine, elle finit par donner son verdict :

— Vous dites la vérité. Vous n'avez effectivement aucun souvenir, hormis ceux des dernières heures.

— Vous allez enfin me faire confiance, maintenant ? demanda le patient à l'attention de sa protectrice.

— Un peu plus qu'avant, mais je ne sais toujours pas qui tu es, répondit la femme avec les cheveux attachés en queue-de-cheval. Tu n'en as pas l'air, mais tu pourrais très bien être un tueur en série. Mais la confiance viendra, ajouta-t-elle en lui faisant un clin d'œil.

— Très bien. Je vais vous débarrasser du détecteur de mensonges, puis vous pourrez disposer, conclut le Doc en tendant ses mains vers le casque.

— Attends ! interrompit la demoiselle. J'ai une dernière question à lui poser.

— Allez-y. De toute façon, c'est pas comme si j'avais le choix …

— Je me disais qu'il fallait qu'on te trouve un surnom, le temps que tu te souviennes de ton nom. Je vais pas toujours pouvoir t'appeler en disant *toi*.

— Vous avez une idée en tête ? Car je ne pense pas être quelqu'un de doué pour donner des noms …

— Je pense pas qu'un véritable prénom soit une bonne idée. Ça fera bizarre quand tu auras recouvré la mémoire … Pourquoi pas un pseudonyme ? Pourquoi pas : *Shadow* ?

L'amnésique allait protester en entendant ce nom, mais il finit par se résigner. Elle avait tout à fait raison, il lui fallait un pseudonyme pour qu'on puisse l'appeler. Il avait d'abord pensé que *Shadow* était une appellation étrange, mais il remarqua qu'il lui allait plutôt bien. Après tout, il n'était plus que l'ombre de lui-même.

— Intéressant ce nom, approuva-t-il. D'où vous est venue l'idée ?

— Je sais pas trop ... Je le trouve stylé, alors j'ai pensé qu'il t'irait bien. À moins bien sûr qu'il t'évoque quelque chose ou que tu ne l'aimes pas.

L'inconnu crut percevoir une expression de stupeur sur le visage de la scientifique, mais elle fut trop soudaine pour qu'il en soit certain.

— Non, je n'ai rien à y redire, approuva celui qui venait de recevoir un nom.

Après avoir donné sa réponse, la chercheuse lui retira enfin son casque, ainsi que tous les capteurs qu'il avait encore sur lui. La médecin aux cheveux mi-longs alla ranger son matériel, tandis que la sorcière tendit sa main droite vers son protégé.

— Enchanté, moi c'est Kate, se présenta-t-elle.

— Shadow, sourit celui qu'elle avait sauvé en lui serrant la main. Ravi de faire votre connaissance.

— Tout est en ordre, résuma l'inventeuse en se dirigeant vers la sortie. Vous pouvez partir. Sur ce, j'ai des expériences qui m'attendent. À bientôt, Kate.

Elle quitta la chambre avant même que le rescapé ne puisse la remercier ou discuter d'un autre sujet.

— Alors ? Quels sont tes plans pour la suite ? interrogea l'invocatrice.

— Je ... Je ne sais pas trop. J'avoue ne pas savoir par où commencer. Il faudrait que j'essaie de retrouver mes proches, ou des papiers indiquant qui je suis.

— Hmmm, réfléchit la jeune femme en croisant ses bras. La Résistance dispose d'un réseau d'informations important. Naturellement, la plupart d'entre elles sont classifiées, mais tu tomberas peut-être sur quelque chose d'utile là-dedans.

— Ça vaut le coup d'essayer, sourit celui qui venait d'être soigné en retrouvant un peu d'espoir.

— Parfait, alors c'est réglé ! Prochain arrêt, le QG de la Résistance ! sourit à son tour sa sauveuse.

Pour toute réponse, le ventre de l'homme se mit à gargouiller.

— C'est vrai qu'entre les combats et les soins, ton corps a dépensé beaucoup d'énergie, expliqua sa protectrice. Faisons un saut en cuisine, avant de quitter le labo.

L'affamé approuva et retira ses couvertures pour se lever. Ce n'est qu'en faisant ce geste qu'il réalisa qu'il n'était habillé que d'un caleçon. Par réflexe, il tira rapidement les draps pour se couvrir à nouveau.

— Où sont mes habits ? se renseigna-t-il en rougissant.

— Le Doc n'a pas eu d'autres choix que de les découper. Elle devait accéder à tes blessures et ils la gênaient …

— Heu, ok, mais comment je fais, moi, maintenant ?

— Relaxe. Il y a une armoire remplie de vêtements là-bas, dit Kate en pointant une penderie dans la pièce.

Celui qui ne connaissait rien de ce monde se dirigea donc vers le meuble que sa protectrice désignait, à côté duquel un grand miroir se trouvait. Il ouvrit la penderie et s'aperçut qu'elle débordait littéralement de vêtements. Il y avait de tout : des jeans, des shorts, des jupes, des vestes, des manteaux, des baskets, des bottes et la liste était encore longue. Il y avait même des bijoux. En voyant tout cela, le survivant se posa de nombreuses questions.

— Le labo reçoit beaucoup de patients qui ont le même problème que toi, signala la jeune femme, en voyant l'air interrogateur de celui qu'elle venait de nommer.

— Ils sont amnésiques ? blagua ce dernier.

— Mais non, idiot, sourit la demoiselle. Le Doc doit aussi leur couper leurs vêtements. C'est souvent le moyen le plus simple et rapide d'accéder aux blessures. Du coup, elle a décidé d'en mettre à leur disposition. Au fait, tiens, ajouta-t-elle en brandissant un pistolet lourd. Je l'ai ramassé sur un des Exécuteurs tout à l'heure. Il pourra t'être utile.

— Je ... merci, s'exclama Shadow en ne sachant pas quoi faire de cette arme.

— Tu ferais mieux de t'habiller plutôt que de rester là immobile ... proposa sa sauveuse.

L'homme aux yeux gris choisit un jean, un t-shirt blanc, ainsi qu'un pull noir. Se remémorant la température basse qu'il faisait à l'extérieur, il prit également un manteau noir qui lui arrivait à mi-cuisse. Il s'habilla sous le regard amusé de sa bienfaitrice, accrocha son pistolet lourd à un holster sur sa hanche droite, puis se regarda dans le miroir.

— Pas mal, commenta la sorcière. Mais je préférais avant, ajouta-t-elle d'un air malicieux.

— Je vais faire comme si vous n'aviez rien dit.

— Attends. Il te manque un accessoire, déclara l'invocatrice avec un sourire en coin.

Elle fouilla dans l'armoire et cacha un objet dans son dos.

— Ferme les yeux, c'est une surprise.

Le rescapé s'exécuta avec une certaine réticence. Après quelques secondes, il sentit qu'elle lui passait quelque chose dans les cheveux.

— C'est bon, tu peux les ouvrir.

Il fit ce qu'elle demandait, avant d'observer son reflet. La jeune femme lui avait mis une paire de lunettes sur son front. Elles ressemblaient à celles qu'utilisaient les soudeurs.

— Ça me fait un look à la *Visiteur du Futur*, sourit l'inconnu après s'être regardé.

— Tiens, tu te souviens de cette série, mais pas de ton nom ? C'est étrange ton amnésie quand même ...

— Je ne l'explique pas moi-même. J'ai vu mon reflet et c'est ça qui m'a traversé l'esprit.

— Au moins, tu as de bonnes références. Ces lunettes sont spéciales. Ce ne sont pas des lunettes de soudeur, mais un accessoire d'aide à la visée pour le tir. Elles font également vision nocturne. Je pense que ça pourrait t'être utile vu la prestation que tu as faite face aux Exécuteurs à l'hôpital.

— Quoi ? J'ai quand même mis une balle en pleine tête, s'indigna Shadow.

— Ouais, mais après t'as tiré partout sauf sur les autres robots. En plus, ils prenaient tout le couloir. Il fallait le vouloir pour tous les louper.

— Dans la panique, j'ai pas vraiment pris le temps de viser … se défendit l'artilleur.

— Qu'est-ce que je t'avais dit quand je t'ai passé la mitraillette ?

— D'abord on vise, puis on tire. Je sais … Seulement c'est plus facile à dire qu'à faire.

Kate leva les yeux au ciel en entendant cette réponse.

— Bon, bref. Allons manger quelque chose, conclut-elle en prenant la direction de la sortie.

CHAPITRE 6 :
REPRENDRE DES FORCES

La combattante aux cheveux noir de jais conduisit son protégé à travers le dédale de couloirs qui constituait le laboratoire du Doc. Les plafonds des corridors étaient arrondis, un peu comme des tunnels. Les mêmes catelles blanches composaient les murs et le sol. Des plafonniers étaient fixés tous les deux mètres et éclairaient les lieux en suffisance d'une lumière douce. Jusqu'à présent, l'amnésique n'avait pas encore aperçu la moindre fenêtre dans le bâtiment. Ils passèrent sans s'arrêter devant de nombreuses salles. Dès qu'ils s'en approchaient, les portes automatiques de ces dernières s'ouvraient. Derrière ces entrées, il semblait systématiquement y avoir un sas vitré, permettant d'éviter que les laboratoires d'expérimentation se fassent contaminer par des agents extérieurs. Celui qui venait d'être soigné avait juste le temps de jeter un coup d'œil furtif à l'intérieur. Cependant, il n'avait pas compris grand-chose au peu qu'il avait pu voir. Dans certaines pièces, des scientifiques travaillaient sur des robots. Dans d'autres, ils semblaient étudier des animaux. Dans quelques laboratoires, il n'y avait même pas de présence humaine. Seules des machines effectuaient des tests. L'amnésique fut surpris par la grandeur du laboratoire du Doc. La plupart des salles qu'ils venaient de passer étaient vides. En constatant cela, il s'interrogea si beaucoup de personnes avaient disparu ou s'ils s'attendaient à en recevoir des nouvelles.

— Au fait, je ne m'en plains pas, mais ... Je ne dois rien payer pour les soins ou pour les vêtements ? questionna Shadow en brisant le silence qui s'était installé.

— Ah, on ne t'a rien dit ? s'étonna Kate. Chaque minute

passée ici est facturée à cinquante crédits. Ce qui doit faire … Attends un peu … C'est ça. Cinq mille sept cents crédits !

En entendant ce chiffre, l'inconnu fronça les sourcils. Puis, il réalisa qu'il ne connaissait pas la valeur de cette monnaie. Finalement, il se rappela qu'il n'avait pas d'argent sur lui.

— Mais … Je … Que … balbutia-t-il.

La jeune femme se retourna alors vers lui, avec un grand sourire. L'homme mit quelques secondes avant de comprendre qu'elle était en train de se moquer de lui.

— Tss … C'est malin … bouda-t-il.

— Haha, ta tête valait tout l'or du monde !

— Et plus sérieusement ?

— Le Doc ne facture pas ses services, répondit l'invocatrice. Enfin … Disons qu'elle a un partenariat avec la Résistance. Elle nous fournit ses inventions et en échange on lui donne des ressources. Quand j'étais petite, elle m'a dit que rien n'était plus précieux que la vie humaine. Pour elle, facturer ses soins n'a pas de sens.

— C'est incroyablement généreux de sa part, réagit l'amnésique.

— Mais, si tu veux, je peux lui demander de faire une exception pour toi, nargua la bretteuse.

— Mais du coup, elle ne croule pas sous le travail ? questionna Shadow en ignorant sa dernière remarque.

— Non. Premièrement, elle ne s'occupe que des blessures, pas des maladies. Deuxièmement, le laboratoire n'est pas facile d'accès pour quelqu'un de lambda. Disons qu'elle n'offre ses services qu'à ceux qui la connaissent.

— Vous avez parlé de crédits … Je … Je ne connais pas la valeur de cette monnaie, avoua l'individu aux cheveux noirs, désireux d'en connaître plus sur ce monde.

— Quand les sorciers ont pris le pouvoir, ils ont unifié le monde sous un même régime. C'est certainement le seul point positif qui est ressorti de cette rébellion … Du coup, un nouveau système de monnaie a été mis en place. Ils ont choisi d'appeler ça les crédits. Pour te donner un ordre d'idées, cinquante crédits représentent un repas pour deux personnes dans un bon restaurant avec du vin comme accompagnement.

En terminant ces explications, ils arrivèrent au réfectoire du laboratoire.

— Durant les heures de repas, il est possible de commander des menus depuis cet écran, indiqua la jeune femme en montrant un présentoir proche de l'entrée. Des robots-cuisiniers préparent alors le plat demandé et ils viennent te le livrer directement à ta table. Malheureusement, il est un peu trop tôt pour ça ... La cuisine se met en marche à partir de onze heures trente et jusqu'à treize heures trente, pour le repas de midi. Mais il y a toujours de la nourriture froide à disposition. Viens.

Kate le guida jusqu'à un buffet sur lequel de nombreux fruits étaient disposés. Il y avait également quelques gâteaux et des biscuits. L'inconnu mit une poire, une banane et une tranche de cake au citron dans une assiette, avant de rejoindre sa sauveuse qui s'était assise à une table. Elle avait déjà pris deux verres d'eau et en donna un à celui qu'elle avait tiré d'affaire à l'hôpital.

— Merci encore pour tout ce que vous faites pour moi, sourit Shadow, avant de commencer à manger sa banane.

— Ce n'est rien ...

— Si, j'insiste. Si vous n'étiez pas intervenue, je serais ... mort. Sachez que j'ai désormais une dette envers vous et que je compte bien la rembourser, continua de sourire le rescapé.

— Ne te sens pas obligé de faire ça, commença la demoiselle. C'est un heureux hasard que je sois tombée sur toi à l'hôpital.

L'affamé termina de manger son premier fruit, avant de poser une autre question.

— Au fait, comment ça se fait que vous étiez dans cet hôpital ? Si j'ai bien compris, la ville, heu ... New Hope est contrôlée par le Consortium. Vous étiez en mission d'espionnage ?

— C'est confidentiel.

— Sérieusement ?

— Sérieusement.

— Mais ... Je comprends que ça le soit pour les gens affiliés au Consortium, mais ce n'est pas mon cas.

— Effectivement, comme tu t'es fait attaquer par des Exécuteurs, il y a peu de chances que tu leur sois affilié. Mais je ne te connais pas et je ne vais pas révéler des informations à n'importe qui.

En entendant cela, le jeune homme fut un peu déçu. Il est vrai qu'il ne la connaissait que depuis quelques heures, mais il avait l'impression qu'ils commençaient à tisser un lien.

— Je ... Je vous en aurais volontiers dit plus sur moi ... avoua-t-il tristement.

— Écoute, ne le prends pas personnellement. C'est simplement que je suis prudente, tout comme les autres résistants. Notre point fort réside dans le secret. Nous avons déjà été trahis quelques fois et nous en avons payé le prix fort ... Alors, nous avons tendance à nous méfier de ceux qu'on ne connaît pas.

— Je ... Je comprends ...

Un silence s'installa durant lequel Shadow termina de manger son assiette. Il regarda la jeune femme aux yeux hétérochromes, ne sachant comment faire pour qu'elle lui accorde sa confiance.

— Vous ne pouvez peut-être rien me dire sur la Résistance, mais est-ce que je peux en savoir un peu plus sur vous ?

Kate leva un sourcil et resta muette quelques secondes.

— Non, finit-elle par dire. Désolée ... Je suis plutôt quelqu'un de distant ...

À nouveau, l'amnésique fut déçu par cette réponse. Néanmoins, en suivant les conseils qu'elle lui avait donnés, il ne le prit pas personnellement.

— Dans ce cas, c'est quoi la suite du plan ? On avait parlé de se rendre à votre quartier général pour que je puisse consulter votre base de données.

— Nous allons continuer notre route en direction du sud. La

Forteresse se trouve à environ quatre heures de marche depuis le labo du Doc. Quand nous serons proches du QG, je pense qu'un comité d'accueil viendra à notre rencontre.

— C'est plutôt sympa, ça, s'étonna l'individu aux yeux gris.

— Ils viendront t'arrêter, afin de te conduire à notre leader, poursuivit l'invocatrice.

— Attendez … Quoi ?

— Ne t'inquiète pas. Ce n'est que la procédure habituelle.

— Il n'y a pas moyen de simplement m'amener à lui, sans que je sois arrêté ?

— Pas si tu veux pouvoir consulter la base de données. Il faut d'abord qu'on te fournisse un droit d'accès et seul notre chef peut le faire. Il a un don pour juger les autres. Cette procédure permet d'éviter qu'un espion du Consortium ne s'infiltre parmi nous.

— Mais … Bon sang ! Je suis déjà passé sous le détecteur de mensonges. Vous savez donc que je ne me souviens de rien ! Comment est-ce que je pourrais être un espion ?

— Je te l'ai dit, c'est juste la procédure. À mon avis, il ne devrait pas y avoir de problème. Mais peut-être que tu ne trouveras rien d'intéressant dans nos fichiers. Ou alors, il te faudra avoir des accréditations supplémentaires.

— Et j'imagine que pour avoir ces accréditations, il faudra que je rejoigne la Résistance.

— Il y a des chances. Après, c'est à toi de prendre cette décision. Nous ne forçons jamais la main.

— Dans ce cas, autant aller de l'avant, dit celui au passé mystérieux en terminant son verre d'eau. En route !

CHAPITRE 7 :
TRAJET JUSQU'AU QG

Après avoir débarrassé leur table, le duo prit la direction de la sortie du labo du Doc. Shadow enfila son manteau et fut surpris de voir que sa sauveuse restait dans sa tenue légère. Elle avait gardé son pantalon et son top noir, sans prendre la peine de mettre une veste par-dessus. Arrivée au téléporteur, la sorcière s'approcha d'un panneau de contrôle et y tapota quelque chose. L'inconnu regarda cette tablette qu'il n'avait pas vue la première fois, mais ne comprit rien à ce que la jeune femme venait de saisir comme information. Il s'agissait d'une suite de symboles bizarres, comme si le Doc avait elle-même créé ce langage. Avant qu'il ne le réalise, ils se retrouvèrent dans le cabanon en un battement de cœur. Le chant des oiseaux retentit aussitôt et l'odeur de la forêt envahit les narines du binôme. L'air frais de la nature vint chatouiller le nez de l'amnésique, lui décrochant un sourire. Sans perdre un instant, l'invocatrice se mit en marche et s'enfonça dans les bois. Son protégé lui emboîta le pas, sans savoir où ils allaient exactement.

— C'est quoi le symbole que vous avez dû dessiner pour entrer dans le labo ? demanda-t-il pour faire la conversation.

— Le symbole en lui-même ne veut rien dire. C'est simplement pour éloigner ceux qui ne connaissent pas le propriétaire du téléporteur.

— Un peu comme ceux qu'on fait pour déverrouiller les écrans tactiles ?

— Haha, oui. C'est une bonne comparaison.

— Et pourquoi vous devez le faire avec votre sang ?

— Car, en plus du symbole, le système analyse aussi l'ADN de l'utilisateur. Mais le Doc pense bientôt changer de technologie, afin d'avoir quelque chose de plus pratique.

— Pourquoi ne pas scanner simplement l'empreinte digitale de ceux qui veulent rentrer ?

— Qui te dit que ça ne le fait pas ? En fait, le système fait une batterie de tests. ADN, groupe sanguin, maladie sanguine éventuelle, bref, énormément de variables sont évaluées. Elles permettent d'établir l'état de la personne qui veut entrer dans le labo et de s'assurer qu'elle a toutes les autorisations nécessaires pour utiliser le téléporteur.

— C'est quand même plus complexe que ça en a l'air ... Et c'est répandu les téléporteurs ?

— Non. Seule le Doc maîtrise cette technologie. Mais arrête de tourner autour du pot. Je sens bien que tu as quelque chose de précis en tête depuis tout à l'heure.

L'individu au regard gris la regarda et réalisa qu'effectivement, il avait cette interrogation qui revenait sans cesse dans ses pensées. Une question à la fois indispensable et en même temps légèrement honteuse. Il frotta sa main gauche à l'arrière de son crâne et se décida à parler.

— Comment on sait si on peut faire de la magie ou pas ? se renseigna-t-il en chuchotant, comme s'il ne voulait pas qu'elle l'entende.

Kate s'arrêta de marcher. Elle se tourna vers lui, le regarda dans les yeux et lui dit d'une voix grave :

— *Tu es un sorcier, Shadow.*

Le jeune homme se figea un instant en entendant ceci.

— Vous venez de citer *Hagrid* là, non ?

L'épéiste explosa de rire devant la tête qu'il faisait. Petit à petit, elle se calma.

— Désolée, j'ai pas pu m'en empêcher, s'excusa-t-elle entre deux éclats de rire. Plus sérieusement, il n'y a pas de test à proprement parler. Il faut que tu te focalises sur quelque chose que tu aimes beaucoup, ou sur quelque chose que tu te sens obligé de faire. Et après tu te concentres très fort là-dessus.

— C'est tout ? Mais comment je fais pour savoir ce qui me plaît ? Ou ce que je dois faire ?

— Ça, c'est à toi de le découvrir. Certains cherchent pendant toute leur vie leur pouvoir.

— Donc, en fait, les sorciers sont ceux qui ont réussi à trouver leur pouvoir.

— Exactement. Pour une raison qu'on ignore encore, la majorité de ceux qui ont un pouvoir arrive à manipuler l'énergie. On les appelle : les érudits. Ceux qui, comme moi, ont un pouvoir particulier, sont appelés : les arcanistes. Les arcanistes sont très polyvalents. On y trouve de tout. Des gens qui arrivent à voler à ceux qui peuvent lire dans les pensées, en passant par les pyromanciens.

— C'est pas un peu nul de manipuler l'énergie ?

— Méfie-toi des érudits. La plupart d'entre eux développent une force surhumaine en canalisant leur énergie. Avec de l'entraînement, un érudit arrive même à projeter des rayons d'énergie hors de son corps. Le sorcier le plus puissant que je connaisse est un érudit. Il arrive même à modifier l'énergie autour de lui.

— Vous avez dit que j'étais un sorcier. Ça veut donc dire que vous me connaissez ! Alors dites-moi tout ce que vous savez à mon sujet ! Pourquoi vous m'avez menti tout à l'heure ? Si ça se trouve, je-

— Holà ! Du calme, coupa l'invocatrice. Pour commencer, je te l'ai déjà dit, je ne te connais pas. Je ne sais pas qui tu es ni ce que tu faisais avant ... Du coup, je ne sais même pas si tu es doué de magie ou non. Mon imitation, aussi parfaite soit-elle, était une blague. Je ne sais pas si tu te souviens de ce concept, mais il est censé provoquer le rire.

— Ah, c'est ça une blague ? Je confonds avec la souffrance que j'ai ressentie quand j'ai reçu cette balle dans ma jambe ... ironisa l'amnésique.

— Tout ça pour dire que si tu veux savoir si tu es un sorcier, il va falloir chercher par toi-même.

Ils poursuivirent leur route sans échanger un mot. Shadow était trop occupé à se concentrer sur tout ce qu'il venait d'apprendre pour parler et se laissait guider aveuglément par Kate. Ils avancèrent ainsi pendant une heure. La végétation de la forêt devenait de plus en plus dense à chaque pas qu'ils faisaient. Celui qui était escorté était incapable de dire quels types d'arbres il y avait tout autour de lui. Les seuls qu'il arrivait à reconnaître étaient les sapins. Au fur et à mesure, l'air frais de la forêt se réchauffait. Les rayons du soleil peinaient à traverser l'épais feuillage, ce qui expliquait que la température était très agréable.

— C'est pas ça non plus ... murmura la personne aux yeux gris en brisant le silence.

— Qu'est-ce que tu fais ? Tu m'as l'air bien pensif, commenta l'arcaniste aux cheveux noir de jais en continuant de le guider.

— Je teste les pouvoirs qui me viennent à l'esprit.

— Et ? C'est productif ?

— Ben ... Pour l'instant, je n'ai pas réussi à faire brûler l'herbe ou à lire dans vos pensées. Alors, je dirais que : soit ce n'est pas mon pouvoir, soit je manque d'entraînement.

— Tu commences trop fort. Si tu penses que tu peux manipuler les flammes, essaie avec un feu déjà existant. C'est plus difficile de créer quelque chose que de le manipuler.

Légèrement honteux de s'être fait surprendre en train d'essayer de faire de la magie, l'inconnu replongea dans ses pensées et imagina quel pouvoir il pouvait avoir.

Perdu dans ses réflexions, il percuta la jeune femme coiffée d'une queue-de-cheval qui s'était arrêtée brutalement.

— Aïe ! Qu'est-ce que tu fous ? murmura-t-elle à toute vitesse.

— Vous, qu'est-ce que vous faites ? On ne s'arrête pas d'un coup comme ça. Après, faut pas être étonnée que les gens vous rentrent dedans. Et pourquoi on chuchote tout à coup ?

questionna Shadow qui, par réflexe, avait imité l'invocatrice et s'était mis à parler à voix basse lui aussi.

— J'ai entendu une branche craquer sur notre droite.

— Oui. On est dans une forêt. C'est normal qu'il y ait des bruits dans une forêt, dit l'amnésique en réalisant que les oiseaux s'étaient tus et que seuls les arbres grinçaient au gré du vent.

— Pas dans celle-ci. Pas loin d'ici vivait un scientifique dérangé qui mélangeait l'ADN de plusieurs animaux.

— Et alors ? Il a réussi à faire des loups qui brillent dans la nuit ? interrogea ironiquement son protégé.

— Ce n'est pas le *Chien de Baskerville* qu'il a recréé, mais ce qu'on appelle des Liépants. Des chimères à tête de lion, une queue à tête de serpent et un corps de guépard. Elles ont également un poison très puissant dans leurs crocs. Si elles te mordent, elles t'injectent le poison et tu meurs en quelques minutes. Oh et elles peuvent se camoufler comme des caméléons.

— Effectivement, c'est un peu plus dangereux que des loups qui brillent ... dit l'homme d'une voix tremblante.

Il vit Kate se concentrer sur la direction d'où provenait le bruit. Discrètement, elle fit apparaître une épée à lame fine dans chacune de ses mains. Son binôme l'imita en dégainant son pistolet lourd, mais ne savait pas où viser.

— Qu'est-ce que t'attends ? lui demanda la sorcière. Mets tes lunettes. Tu pourras les voir.

— Quelles lunet-, commença l'amnésique avant de se souvenir de la paire que lui avait donnée sa sauveuse.

Il les mit sur son nez et, sans attendre, une interface apparut. L'image de la demoiselle fut détourée et entourée d'une aura couleur lapis-lazuli. Il regarda ensuite dans la même direction qu'elle et vit une autre image détourée, celle-ci par un halo rouge. Malgré la situation, il ne put s'empêcher de trouver cet accessoire trop classe. Cependant, l'allure effrayante du monstre qui était à trente mètres d'eux lui rappela le danger imminent.

— Si tu vois quelque chose entouré de rouge, tire ! ordonna sa protectrice.

L'inconnu visa avec son pistolet, bloqua sa respiration et ouvrit le feu. La balle sortit du canon de l'arme à vive allure et alla se loger dans la créature. Le projectile l'atteignit entre les deux yeux, la tuant presque sur le coup. La chimère émit un jappement de détresse, avant de s'écrouler à terre.

— Hourra ! s'écria le tireur.

— Les Liépants ne chassent jamais seuls, le prévint l'arcaniste.

À ce moment, deux autres chimères bondirent derrière eux. La bretteuse se retourna en un éclair et planta ses lames dans le corps de celle qui l'attaquait. Ses armes s'enfoncèrent profondément dans le buste de la bête. Avant que l'animal ne termine son saut, l'invocatrice retira ses épées d'un geste extrêmement vif. La créature, quant à elle, mourut avant même de toucher le sol. Shadow, pour sa part, pivota sur lui-même et tira sur la seconde bestiole. Il ouvrit le feu, une fois. Deux fois. Trois fois. Mais rien à faire, il n'arrivait pas à la toucher. Avant qu'il ne puisse tenter une technique différente, le carnivore le percuta de plein fouet, le projetant violemment à terre. Heureusement pour lui, le monstre lui avait seulement couru dessus. Il aurait pu lui sauter au cou, toutes griffes dehors, mais il ne l'avait pas fait. Apparemment, la chimère semblait vouloir jouer avec sa proie avant de l'abattre. Projeté par la charge de la bête, le combattant aux yeux gris cogna lourdement le plancher des vaches et, sous le choc, laissa échapper son arme. Le prédateur finit sa course et se retourna vers son futur repas. La tête de lion poussa un hurlement, tandis que la queue en tête de serpent s'orienta en direction de l'homme aux cheveux noirs, en sifflant. Le Liépant se jeta sur son futur repas lorsqu'il lâcha un jappement de douleur. Kate avait accouru pour sauver son protégé en plantant une de ses épées dans le flanc de la bestiole. Le chasseur donna un coup de patte de guépard qui força la jeune femme à parer l'assaut avec son autre invocation. Dans le mouvement, la guerrière avait dégagé sa lame qui était plantée dans la bête. Les deux armes de la demoiselle étaient maculées de sang. La sorcière fit un geste brusque et le liquide rouge fut propulsé, rendant aux objets leur éclat métallique. Le prédateur sortit toutes ses griffes et rugit face à son ennemie. Les adversaires se mirent à se tourner autour, chacun jaugeant l'autre. L'amnésique aux yeux gris réalisa alors qu'il n'était plus directement en danger. Il fouilla du regard les environs pour trouver son arme, qui gisait au sol, juste derrière l'animal qui avait arrêté de bouger. Soudain, la créature bondit sur la bretteuse. Elle donna un coup de griffes au niveau de la poitrine de la jeune femme qui para l'attaque en faisant un x avec ses deux épées. L'escrimeuse luttait pour essayer de repousser la chimère, mais cette dernière appuyait de tout son poids sur elle, déterminée à venger ses semblables. Cédant peu à peu, l'arcaniste ploya le genou sous la force de son adversaire. Shadow décida d'agir avant qu'il ne soit trop tard. Il se releva et courut en direction de son arme, avant de plonger en avant. Il ramassa son pistolet et fit une roulade pour amortir son saut. Il se retourna, visa le Liépant et ouvrit le feu. Le tir atteignit la tête de lion de la bestiole qui n'eut pas le temps de comprendre ce qu'il venait de se passer. Sans vie, le prédateur bascula sur le côté, libérant son ennemie du poids de sa masse. L'invocatrice se releva et dématérialisa ses épées.

— Heureusement que je suis là pour vous sauver, dit le tireur avec un sourire triomphant.

— Si tu avais atteint ta cible plus tôt, j'aurais pas eu besoin de te sauver moi aussi, souligna Kate.

— Bon ... disons qu'on est quitte.

— C'est vrai, oublions la fois où je t'ai sauvé de l'hôpital ou celle où je t'ai conduit au labo du Doc ...

— Comment ça se fait qu'il y a des chimères qui se baladent librement ici ? demanda celui qui ne connaissait rien de ce monde en voulant changer de sujet avant d'être encore plus embarrassé.

— Personne n'a pris le temps de toutes les tuer. Du coup, elles ont proliféré. Elles peuvent doubler leur population en un mois. Disons aussi qu'elles sont très dissuasives. C'est pour ça que le QG de la Résistance est relativement proche de ces créatures.

— Quelle bonne idée … comme ça, au lieu de vous faire attaquer par le Conso-truc, vous vous faites attaquer par des chimères. J'avais pas vu tout de suite, mais c'est logique dans le fond, déclara ironiquement l'amnésique.

— D'habitude, elles ne viennent pas aussi près de la base. Ces chimères sont une première défense contre les intrus. Comme ces Liépants ne sont utilisés par aucun camp, ils dissimulent notre présence et dissuadent les simples passants, se défendit l'épéiste. Et c'est le Consortium … C'est pas compliqué pourtant.

Ils reprirent leur route en continuant de débattre un moment sur la présence de ces monstres ici. Après un certain temps, le novice replongea dans ses pensées pour déterminer s'il maîtrisait la magie.

À la suite d'une autre heure de marche en silence, la jeune femme prit la parole.

— On y est, regarde, dit-elle avec une pointe d'amusement dans la voix.

Shadow sortit de ses pensées, après avoir réalisé que son pouvoir n'était pas d'invoquer des armes comme sa protectrice, et resta bouche bée devant la vue qui s'offrait à lui. Ils se trouvaient au bord d'une falaise qui s'étendait de l'est à l'ouest et qui avait l'air de ne jamais se terminer. Sur leur droite, le tumulte reconnaissable d'une cascade se faisait entendre. L'homme aux cheveux noirs utilisa sa main droite comme visière pour se protéger du soleil et scruta l'horizon devant lui. En contrebas, il y perçut un village entouré de champs, à côté de la rivière que la cascade devait alimenter. Au pied de la falaise, une forêt s'étendait sur de nombreux kilomètres. Depuis leur hauteur, la végétation semblait être petite, mais il était évident que ce n'était pas le cas. Les bois desquels le duo venait de sortir s'arrêtaient à trois petits mètres du vide. Sur cette distance réduite, seuls des rochers aux teintes rouges constituaient le sol, ainsi que la paroi de la falaise. La vue depuis cet endroit était tout bonnement magnifique. Cependant, elle donna un léger vertige au miraculé de l'attaque de l'hôpital.

— C'est *ça* le QG ? s'étonna l'homme aux yeux gris en apercevant le village entouré par les cultures.

Le bourg était petit et semblait être relativement calme, ce qui le déconcerta. S'il s'agissait bien du quartier général de la Résistance, il s'attendait à ce que cet environnement regorge de vie. Il plissa les yeux pour mieux discerner les détails, essayant de trouver quelque chose qu'il aurait manqué. Il semblait y avoir essentiellement des fermes et quelques maisons. Néanmoins, il y avait également, en son centre, un petit château qui y siégeait. Ce dernier monument jurait avec le reste du village.

— Tu verras quand on y sera. Allez viens, suis-moi, lança Kate.

Elle se rapprocha du bord de la falaise et se pencha dans le vide pour regarder en bas.

— On ne va quand même pas devoir descendre cette falaise en escaladant la paroi ou je ne sais quoi d'autre ? demanda l'amnésique.

La sorcière se redressa et se tourna vers lui. Elle avait un grand sourire qui illuminait son visage.

— Bien sûr que non. On va simplement sauter en bas.

Shadow s'apprêtait à la questionner quand la jeune femme aux yeux hétérochromes se laissa tomber en arrière. Le survivant bondit pour la rattraper. Enfin, c'est ce qu'il aurait voulu faire mais, pris au dépourvu, il n'eut pas le temps de réagir. Il vit l'arcaniste basculer et disparaître dans le vide. Au bout de quelques secondes, le rescapé se ressaisit et s'approcha du bord. Il regarda dans le vide en se penchant en avant. De là où il était, il ne parvenait pas à détailler le bas de la falaise. Il mit les lunettes de combat sur son nez en espérant qu'elles lui permettraient de voir plus de détails, mais il n'observa rien de nouveau. Tout ce qu'il distinguait était les rochers qui l'attendaient en contrebas. Il se redressa et fit deux pas en arrière. Choqué, il n'arrivait pas à comprendre le geste de sa sauveuse. Après un certain temps, il parvint à se calmer et se mit à réfléchir de manière rationnelle. Si sa protectrice avait sauté de cette manière dans le vide, il devait forcément y avoir un moyen pour qu'elle s'en sorte. Après tout, il ne connaissait rien de ce monde. Peut-être qu'un téléporteur s'activerait durant sa chute et l'emmènerait dans un endroit sûr ? De toute façon, il n'avait pas d'autre choix que de lui faire confiance et de plonger à son tour dans le vide. Après tout, trop occupé à réfléchir à sa potentielle magie, il n'avait pas été attentif à leur trajet et il ne savait pas comment retourner au laboratoire du Doc, ni même à New Hope. De plus, il n'était pas certain de s'en sortir seul s'il tombait à nouveau sur les Liépants. Le jeune homme ferma les yeux un instant, tandis que l'ironie de la situation lui arrachait un sourire. Il avait demandé plusieurs fois à l'invocatrice de lui faire confiance. Cependant, alors qu'elle lui avait déjà sauvé la vie à de multiples reprises, il se permettait de douter d'elle. L'inconnu rouvrit les yeux et s'élança vers la falaise. Quand il fut au bord, il prit appui sur sa jambe droite et sauta dans le vide.

Même s'il s'attendait à la chute, il hurla tout le long de la descente. Il vit le sol se rapprocher dangereusement et il se mit à paniquer. Est-ce qu'il ne venait pas de se condamner stupidement ? Soudain, il remarqua quelque chose bouger dans sa vision périphérique et il tourna la tête. L'amnésique aperçut alors deux drones voler tranquillement à côté de lui. Les machines utilisaient un scanner sur lui et semblaient l'identifier. Les appareils volants possédaient huit gros rotors qui devaient leur permettre de facilement soulever de lourdes charges. D'ailleurs, leurs proportions semblaient suffisantes pour qu'un humain puisse monter dessus. Shadow ne put s'empêcher de regarder en bas et vit la terre ferme arriver de plus en plus vite. Après quelques instants encore, les drones se rapprochèrent de lui. Dans cette situation, celui qui avait sauté dans le vide ne voyait pas comment s'en sortir. Les machines finirent par s'effleurer l'une et l'autre, puis elles s'éloignèrent en tendant un filet entre elles. Le sol continuait de se rapprocher excessivement rapidement, ce qui ne préconisait rien de bon. Les drones se positionnèrent sous le rescapé avant de ralentir progressivement et tout doucement leur descente. La personne se retrouva prise dans le filet et remercia mentalement ces engins de lui sauver la vie. Les aéronefs continuèrent leur décélération, jusqu'à déposer délicatement leur passager à terre. Une fois que tous les trois eurent atterri, l'amnésique bondit hors du filet et essaya de reprendre son souffle. Pour cela, il se pencha en avant, les mains sur les genoux, et se mit à respirer bruyamment. Il releva la tête et vit, adossée contre un arbre, la sorcière avec un sourire en coin.

— Alors ? Impressionné ? questionna-t-elle.

— Plus ... jamais ... ça ... parvint à prononcer le jeune homme tremblant sous l'effet de l'adrénaline.

— En tout cas, merci de m'avoir fait confiance, ajouta-t-elle. Ça m'aurait ennuyé de devoir remonter pour te chercher.

Kate le laissa reprendre ses esprits pendant quelques minutes avant de déclarer :

— Allez viens, il nous reste de la route à faire. On ferait bien de se remettre en marche.

Sans attendre de réponse, elle prit la direction de la rivière. L'individu aux yeux gris lui emboîta le pas, les jambes toujours tremblantes. Exactement comme celle qui était en haut de la falaise, la forêt ici-bas s'étendait à perte de vue. Le grondement de la cascade se faisait entendre et était plus assourdissant qu'en haut des rochers.

— Ce serait trop vous demander de bien vouloir me dire ce qu'il vient de se passer ? interrogea quasiment en criant celui dont le cœur battait encore la chamade.

— Du calme. Du calme. Le seul moyen de rejoindre le QG

depuis notre point de départ était de descendre cette falaise. La Résistance a vite compris que la manière la plus sûre pour contrôler tous ceux qui venaient par ici était de déployer une armée de drones qui patrouille nuit et jour le long de la paroi rocheuse. Ainsi, si ils t'identifient comme faisant partie de notre camp, ils te sauvent de ta chute mortelle. Sinon ...

— Mais ... Je ne fais pas partie de la Résistance ! lança Shadow. Sauf si, attendez ... J'en fais partie ?

— Je ne pense pas, répondit l'arcaniste. J'ai bien observé ta descente. Les drones ont mis longtemps avant de décider de venir à ton secours. Je pense plutôt qu'ils ont pris leur décision après avoir identifié les lunettes du Doc.

— Donc, si je comprends bien, il suffit d'avoir un gadget associé à la Résistance pour passer votre système de sécurité ? C'est pas une énorme faille, ça ? Et puis, qu'est-ce qui se serait passé si j'étais descendu en escaladant ou avec un parachute ?

— C'est simple. Les drones t'auraient abattu. Mais tu as raison, il suffit d'avoir un accessoire de la Résistance pour que tu sois sauvé de la chute. C'est pour ça qu'un comité d'accueil va venir t'arrêter et t'escorter.

Le survivant du massacre de l'hôpital tiqua sur un point de l'explication de sa protectrice.

— En fait, vous n'étiez pas certaine que les drones interviendraient, non ? Qu'est-ce qui se serait passé si j'avais perdu les lunettes durant ma chute ?

— J'étais pratiquement certaine que ce ne serait pas le cas.

— Pratiquement certaine ? Ça veut dire quoi ça ?

— Environ septante pour cent, avoua la jeune femme.

— Je vous déteste, laissa échapper l'amnésique.

Kate se tourna vers lui et lui fit un clin d'œil.

— Bref, si tu veux en savoir plus sur ces drones, il faut les voir comme des éclaireurs. La Résistance est aussitôt prévenue en cas d'intrusion et une équipe est déployée en fonction de la menace détectée. Je pense qu'un commando de quelques soldats viendra à notre rencontre. Je sais que ce n'est pas très engageant, mais c'est notre procédure. Donc, quand ils seront là, il faudra que tu te laisses faire. Je te promets que ça ne sera pas très long.

Shadow se tourna vers la falaise et scruta la paroi. Il y aperçut des dizaines de points qui s'y baladaient. Il comprit que le bruit de la cascade avait camouflé le son généré par les pales des drones.

Ils prirent la direction de la rivière, avant de suivre son courant. Ils avancèrent pendant plusieurs minutes, avant que la sorcière ne s'arrête soudainement.

— Ils sont là, dit-elle, tandis que son protégé n'avait encore rien remarqué. Rends-toi sans opposer de résistance. De toute façon, vu ton talent pour le tir, tu n'arriverais à rien.

— Merci. Je vois que vous me tenez en haute estime ... commenta son binôme.

À peine avait-il fini sa phrase que cinq ombres bondirent tout autour de lui et le menacèrent avec leurs armes. L'individu au regard gris observa rapidement les nouveaux venus. Les cinq ombres étaient en réalité des militaires. Chacun d'entre eux était armé d'un fusil d'assaut ainsi que de trois grenades attachées à la ceinture. Ils portaient également un uniforme réglementaire. Leur tenue était tout en rouge cadmium. Leur pantalon était uni et avait cinq grandes poches. Deux sur les hanches, deux sur les fesses et une sur la cuisse droite. Ils portaient tous des bottes de combat en cuir noir. Une ceinture noire permettait non seulement de maintenir leur pantalon en place, mais également d'y accrocher des grenades. La boucle de la ceinture avait été peinte du même rouge que les vêtements. Les hommes armés portaient un t-shirt noir d'une matière qui semblait pouvoir à la fois les garder au chaud et au frais. Par-dessus, ils étaient habillés avec une veste rouge de la même teinte que le reste. La veste avait une fermeture éclair qu'ils avaient fermée jusqu'en haut du sternum environ. Brodé en noir, le nom de chacun d'eux était inscrit sur leur poitrine, ainsi qu'un signe qui devait certainement préciser leur affectation. Pour tous les militaires présents, ce symbole était un bouclier en forme d'écu. Ces insignes distinctifs étaient scratchés sur la gauche de leur torse. Sur le côté opposé de leur buste, il y avait une énième poche. Comme toutes les autres, elle était à fermeture éclair. C'était surprenant, mais aucun des membres de cette troupe n'avait de couvre-chef. À l'exception de l'un d'entre eux, ils avaient tous un symbole représentant un simple trait noir vertical sur leur épaule droite. Celui qui avait un insigne différent était également plus grand que ses camarades, en plus d'avoir des épaulettes plus travaillées que celles de ces derniers. L'accent circonflexe qu'il avait sur son uniforme devait probablement indiquer qu'il s'agissait du commandant de cette unité. Le dessin le plus simple devait donc correspondre au grade de soldat. Par ailleurs, en constatant que le supposé leader ne portait qu'un revolver, l'amnésique supposa qu'il devait être un sorcier.

— Ne bougez plus ! ordonna le commandant.

— Il est avec moi, informa l'épéiste.

Un militaire, parmi les cinq qui entouraient Shadow, s'approcha de lui. Il utilisa la bretelle de son arme pour la mettre dans son dos et sortit une paire de menottes. L'inconnu aux cheveux noirs, ayant été prévenu par l'invocatrice, se laissa arrêter. Le fantassin lui mit les mains dans le dos et lui passa les entraves. Bien qu'il se soit laissé faire, le franc-tireur avait été brusque durant sa manœuvre.

— Hey ! Doucement ! se plaignit celui qui venait de sortir du coma.

Le soldat l'ignora complètement.

Le nouveau prisonnier se mit à douter du bien-fondé de cette mise en scène. Cependant, il savait qu'il s'agissait du moyen le plus rapide qu'il connaissait pour accéder à une base de données et ainsi trouver des informations sur qui il était.

— Cet individu a pénétré dans une zone de restriction sans autorisation. Ce sera à Magellan de décider de son- ... Kate ? Kate, c'est bien toi ? La vache, ça fait super longtemps qu'on s'est vus, déclara celui qui, selon l'homme aux yeux gris, devait être doué de magie.

— Artémis ? Excuse-moi, je ne t'avais pas reconnu. C'est donc toi que Magellan a envoyé pour escorter notre invité, répondit la sorcière.

Son interlocuteur était grand, blond et avait une carrure de boxeur. Ses cheveux étaient coupés court, comme pour ses camarades. En un coup d'œil, il était facile de remarquer qu'il inspirait le respect de ses subalternes. Même s'il ne portait aucune arme, il paraissait être le plus intimidant.

— Eh oui. Il a préféré envoyer son meilleur élément au cas où.

— C'est ça, c'est ça. Alors, toujours capitaine de la garde à ce que je vois.

— On ne se refait pas, comme on dit. Mais dis-moi plutôt qui tu nous amènes là ? demanda le gradé en observant l'intrus.

— Je m'appel-

— Ce n'est pas à toi que j'ai posé la question ! le coupa sèchement le militaire.

— Voici Shadow, présenta la résistante. Il a perdu la mémoire. Je l'ai sauvé pendant que l'hôpital de Saint-Augustin à New Hope se faisait attaquer par les Exécuteurs.

L'amnésique crut voir dans les yeux bruns d'Artémis une pointe de fureur à la mention de son nom. Mais elle disparut aussi vite qu'elle était venue pour être remplacée par de la curiosité. Les soldats, eux, continuaient de fusiller l'étranger du regard, sans baisser leurs armes.

— New Hope ? Qu'est-ce que tu faisais là-bas ?

— Je regrette, c'est confidentiel.

L'arcaniste et son camarade se regardèrent un bref instant en silence avant d'échanger un sourire.

— Sacrée Kate, tu ne changeras donc jamais.

Sur ce, il passa derrière le détenu et le poussa en avant, afin de se mettre en route. Tous les sept prirent ainsi la direction de la base de la Résistance.

Durant le reste du voyage, les quatre gardes qui surveillaient Shadow ne le quittèrent pas des yeux un seul instant et gardèrent constamment leurs armes pointées sur lui, pendant que l'invocatrice et Artémis discutaient de tout et de rien en tête de la troupe. C'est en voyant l'uniforme des résistants de dos que le captif put distinguer un autre détail. À l'arrière de leur veste, un R majuscule de couleur rouge passereau était cousu. La faible différence entre les deux teintes rendait la lettre difficilement distinguable. Au bout d'une heure de marche à travers la forêt, ils arrivèrent aux champs entourant le village. N'étant plus abrités par l'épais feuillage de la végétation, les rayons du soleil vinrent frapper directement le groupe. Le brusque changement de température se fit bien ressentir et le prisonnier commença à regretter d'avoir pris un manteau. Le détenu n'y connaissait rien en culture, mais il reconnut celle du maïs. Pour le moment, aucun agriculteur ne se trouvait dans les champs, même si quelques fermes étaient disséminées dans les environs. Puis, après encore une heure de voyage, l'équipe arriva aux portes de la base des résistants. Il s'agissait du château que l'homme aux cheveux noirs avait aperçu en haut de la falaise. D'après son apparence, il avait dû être érigé durant le Moyen Âge. Les pierres avec lesquelles il avait été bâti étaient très anciennes, mais avaient gardé leur clarté. Malgré les ravages du temps, il tenait toujours fièrement debout. Le château était assez classique. Il avait une forme carrée avec une tour à chaque extrémité et un donjon en son centre. Les toits des bâtiments étaient coniques avec des tuiles sombres. Ces constructions s'élevaient à une vingtaine de mètres de hauteur. Le chemin de ronde faisait tout le tour de la muraille. Certains créneaux avaient néanmoins rendu l'âme depuis le temps.

— Je n'y connais pas grand-chose en château, mais il n'est pas dangereusement exposé ? Non mais sérieusement … il n'est pas en surplomb de quoi que ce soit et on peut le repérer depuis la falaise. Autrement dit, vous ne voyez pas venir les ennemis, mais eux vous voient de loin, réfléchit Shadow à voix haute.

— Je me demandais quand tu allais poser une nouvelle question, lança la jeune femme aux cheveux noir de jais, sans répondre aux interrogations de l'amnésique.

— J'avoue ne pas être rassuré, quand je suis entouré par quatre personnes armées et deux sorciers ... répliqua le captif au regard gris. Mais, puisqu'on en est là, j'aurais encore deux ou trois choses à dire concernant le confort de ces menottes.

— La ferme ! ordonna le blond d'un ton sec et intransigeant.

Le prisonnier l'insulta mentalement, mais obéit.

Ils arrivèrent près des portes et s'arrêtèrent à une dizaine de mètres. Ils attendirent devant pendant quelques minutes.

— Vous ne devez pas dire un mot de passe ou je ne sais quoi pour vous identifier ? interrogea celui qui ne connaissait rien de ce monde.

— La ferme ! ordonna à nouveau le capitaine. On attend, c'est tout.

L'inconnu tourna sa tête en direction de sa protectrice et leva un sourcil en signe de questionnement. Cette dernière leva simplement les yeux au ciel et le laissa se débrouiller avec ses réflexions. Après quelques secondes d'attente supplémentaires, les battants en bois finirent par s'ouvrir. Au lieu de donner sur l'intérieur d'une cour de château, le décor fut totalement différent. De l'autre côté de l'entrée, une gigantesque ville était apparue. Elle était très moderne avec de nombreux gratte-ciel. De multiples lumières illuminaient la métropole qui était plongée dans la nuit. Shadow ne savait pas comment réagir en voyant ce spectacle. Un mélange d'incompréhension et d'admiration, voilà ce qu'il ressentait face à cette cité à l'allure peu rassurante.

— Bienvenue dans La Forteresse, déclara fièrement Kate. Pour répondre à ta prochaine question : oui, les portes du château fonctionnent comme la cabane qui mène au labo du Doc. Il s'agit d'un portail de téléportation.

CHAPITRE 8 : LA FORTERESSE

À une centaine de mètres derrière le portail, la ville se dressait fièrement dans l'obscurité de la nuit. Sans la présence de la lune ou d'une quelconque étoile, seule la lumière artificielle de la cité illuminait les environs. Les imposants immeubles du quartier général de la Résistance semblaient défier les nouveaux venus. Avec l'allure d'un éclair jaune slalomant entre les bâtiments, un monorail parcourait la métropole à vive allure. La transition entre la lumière du soleil de l'endroit où se trouvait Shadow et l'obscurité nocturne de l'autre côté du téléporteur était vraiment étrange. En parlant du portail, ce dernier avait des reflets vert émeraude dans ses bords. Ses contours suivaient presque parfaitement l'encadrement des portes. En les voyant légèrement tressauter, le néophyte se demanda à quel point ce système était stable. Est-ce qu'il y avait un risque que la machine s'arrête pendant qu'il était en train de passer le portail ? Et si c'était le cas, que se passerait-il ? Avant qu'il ne puisse réellement réfléchir à la question, un soldat le poussa dans le dos, afin qu'il se remette en mouvement et suive Kate et Artémis qui avaient déjà repris leur route. Le prisonnier eut juste le temps de repérer le poste de contrôle situé à droite de l'autre côté du téléporteur, avant de le franchir. La transition entre les deux environnements fut brutale. L'ambiance sonore et la température changèrent du tout au tout. La chaleur des rayons du soleil fit place à la froideur de la nuit. De la même manière, le chant des oiseaux et le bruit des pousses qui se plient au gré du vent furent remplacés par la cacophonie de la ville. Le vacarme des travaux ainsi que celui de la circulation firent sursauter le détenu. Même si, de ce côté du portail, il faisait nuit, La Forteresse semblait être totalement réveillée. Le captif, qui s'était arrêté après avoir franchi le téléporteur, fut une nouvelle fois tiré de ses pensées par une bousculade. Le gradé venait de saisir ses menottes et l'avait poussé en avant. Ils passèrent devant le poste de contrôle que l'inconnu avait repéré un peu plus tôt. Dès que les soldats en faction reconnurent le militaire aux cheveux blonds, ils ouvrirent la barrière qui bloquait le passage et les laissèrent passer.

— Préparez un véhicule à la caserne, nous allons en avoir besoin, ordonna le chef de groupe au passage.

— Compris, fit un fantassin en faisant un salut.

L'équipe marcha la centaine de mètres qui les séparait des premiers bâtiments civils. La route sur laquelle ils avançaient, tout comme le reste des rues, était illuminée par des lampadaires à forte puissance lumineuse. Lorsqu'ils se trouvaient sous leur éclairage, il était difficile de faire la différence avec les rayons du soleil. En revanche, il suffisait de lever les yeux pour constater le ciel noir de la nuit.

— Heu … C'est moi ou les gens me regardent bizarrement ? questionna Shadow en observant la réaction des premiers habitants qu'il croisait.

En effet, depuis que la troupe avait été aperçue par les citadins, ces derniers commençaient à se rassembler autour du groupe, dévisageaient le détenu et commençaient à s'échanger quelques mots en chuchotant. Certains curieux restaient chez eux, mais regardaient la petite escorte depuis leurs fenêtres, derrière leurs rideaux. Un enfant partit même en courant en voyant les militaires et leur prisonnier. Jusqu'à ce qu'ils remarquent l'escouade, les résidents de la cité s'occupaient de leurs petites affaires. La majorité des personnes semblaient commercer. Certains achetaient à manger, d'autres des équipements technologiques dont le captif ne connaissait pas l'utilité. Il fut surpris de constater que la vente d'armes était libre. Certains marchands étalaient leurs produits mortels à la vue de tous et vantaient les mérites de leur efficacité. L'amnésique réalisa que dans un monde en guerre, il était normal que ce genre d'articles soit devenu monnaie courante. A contrario de cette ambiance d'inquiétude, quelques citadins payaient des journaux et les lisaient en buvant des cafés, comme si tout était normal. Mais tous cessèrent rapidement leur activité et se mirent à fixer l'étranger.

— Il est vrai qu'un homme menotté entouré par cinq militaires, ça n'attire pas du tout l'attention, ironisa Kate.

Malgré la situation, le néophyte sourit à cette réponse.

— Ignore-les. Dans pas longtemps tu seras devant Magellan et l'avis du peuple sera ta dernière préoccupation, compléta Artémis.

Après quelques pénibles minutes de marche sous les regards accusateurs de la population, ils atteignirent un bâtiment imposant. Il n'était pas particulièrement haut, mais occupait une très grande surface. Sa géométrie simple de forme rectangulaire le différenciait des constructions voisines, qui étaient toutes partiellement arrondies. Le nouveau venu aux yeux gris n'avait pas de preuves sur lesquelles appuyer sa théorie, seulement, il avait la sensation que toute cette métropole avait été créée récemment. Les rues, les toits, les trottoirs, les façades, tout était en parfait état. Il n'avait aperçu aucun tag dans la cité ni aucun nid-de-poule sur les routes. Les seuls chantiers qu'il avait repérés semblaient concerner des immeubles supplémentaires. Pour en revenir au bâtiment qui lui faisait désormais face, il comptait trois étages. La porte d'entrée était gardée par deux soldats et d'autres fantassins supplémentaires étaient disposés tout le tour à environ dix mètres d'intervalle entre eux. L'inscription au-dessus de l'accès vint confirmer à l'inconnu qu'il s'agissait bel et bien d'une caserne. Sur toutes les façades extérieures du cantonnement militaire, des drapeaux étaient accrochés. Sur le chemin, Shadow avait déjà remarqué ces armoiries. Il devait, sans nul doute, s'agir du drapeau de la Résistance : un R rouge passereau, sur un fond rouge cadmium. La lettre discrète était entourée de cinq symboles noirs. Il y avait, au-dessus de la consonne, un écu.

Puis, dans le sens inverse des aiguilles d'une montre : un œil ouvert, un couteau, un arc et un fusil. Il devait certainement y avoir une explication derrière ces symboles, mais l'amnésique ne la connaissait pas encore. Pour lui, cela représentait les différentes forces armées de ce camp. Du moins, si l'œil représentait bel et bien les sorciers. La paire de gardiens de l'accès à la caserne salua son supérieur lorsque celui-ci s'approcha. Le prisonnier et la troupe entrèrent dans le bâtiment et traversèrent un long couloir entouré de portes gris métallisé. Ils traversèrent le corridor et arrivèrent aux garages de la caserne où un véhicule noir les y attendait déjà. Il n'était pas compliqué de comprendre que ce moyen de transport était blindé. Ce large fourgon semblait à l'épreuve de n'importe quel assaut. Sans dire un mot, le groupe se sépara en deux équipes. Trois des francs-tireurs, la femme aux yeux hétérochromes et l'individu au regard gris entrèrent à l'arrière du véhicule. Le capitaine de la garde et le dernier soldat montèrent à l'avant du blindé. L'intérieur du fourgon était divisé en deux. La première partie était l'habitacle dans lequel il y avait le conducteur et le copilote, tandis que la seconde était constituée de deux bancs qui se faisaient face. Les banquettes étaient disposées dans le sens de la longueur du blindé. Le détenu estima que dix personnes pouvaient facilement tenir sur ces sièges. Les différentes parties étaient délimitées par une paroi métallique noire sur laquelle une grille permettait la communication à travers le fourgon. Kate saisit les menottes de celui qu'elle avait guidé jusqu'ici et les attacha à une fixation du véhicule.

— J'y suis obligée. C'est simplement une mesure de précaution, murmura la demoiselle.

— C'est vrai que sans ça, j'aurais tenté de fuir face aux quatre soldats qui ne me lâchent pas des yeux, à Artémis qui, j'en suis sûr, peut me mettre KO d'un coup de poing et face à vous qui pouvez matérialiser une arme par la pensée ... répliqua le prisonnier.

Le véhicule démarra, sans un bruit. Ce n'est qu'en sentant

l'accélération du blindé que le captif réalisa que le moteur tournait. En comprenant cela, l'inconnu en déduisit que leur moyen de transport devait être électrique. Comme le fourgon était dépourvu de vitre dans la partie arrière, Shadow n'eut aucune idée de la direction qu'ils prenaient. Il aurait bien voulu observer la ville par le grillage qui le séparait du chauffeur et de son copilote, mais l'un des deux avait tiré une petite plaque, bouchant ainsi l'ouverture.

Au bout de ce qui devait être une demi-heure de route, le véhicule freina et s'arrêta. Celui qui était entravé entendit les portes avant claquer et comprit qu'ils étaient arrivés à destination. La sorcière détacha ses menottes de la structure et le capitaine ouvrit la porte arrière du fourgon. Les cinq passagers descendirent du véhicule. Ils se trouvaient devant un gratte-ciel imposant et entièrement vitré. Le détenu n'en était pas sûr, mais vue depuis le bas, la tour semblait se rétrécir de plus en plus en direction du sommet. Il était quasiment certain que cela ne venait pas d'un effet d'optique. Cet immeuble était isolé des autres infrastructures et avait une vue dégagée sur trois cent soixante degrés. Il s'agissait visiblement du plus grand bâtiment de la ville. La première pensée qu'eut l'amnésique en voyant cette construction fut que ce qui devait être le bureau de Magellan était volontairement plus haut et éloigné du reste des habitations afin qu'aucun tireur ne puisse atteindre le dernier étage depuis un toit voisin. Tout d'abord surpris d'avoir eu cette réflexion, cette pensée finit par venir le conforter dans l'idée qu'il devait avoir un passé de militaire. L'invocatrice le poussa gentiment dans le dos pour qu'il sorte de sa rêverie et se remette en marche. Ainsi, ils pénétrèrent dans le quartier général de la Résistance.

CHAPITRE 9 : MAGELLAN

Le capitaine aux cheveux blonds prit à nouveau la tête du groupe et le guida dans le bâtiment. Ils franchirent sans encombre les portes gardées de la tour et poursuivirent leur route sur le tapis rouge qui les conduisait directement jusqu'aux ascenseurs. Le tissu ressortait particulièrement bien sur le sol en marbre noir de l'étage. Le hall d'entrée était rempli de vie. Un va-et-vient incessant semblait être la cause principale de cette agitation. Comme cela s'était déjà produit dans la rue, les personnes que le prisonnier croisait lui lançaient des regards suspicieux. En constatant cela, l'inconnu tiqua. Il pouvait comprendre que les civils lui lancent de tels regards, car ils ne devaient pas être habitués à voir des militaires embarquer un détenu. Cependant, s'il s'agissait de la procédure de la Résistance, alors ceux qui travaillaient dans cette tour devaient voir régulièrement ce genre d'événements. Est-ce que Kate lui avait donné la véritable raison derrière ces regards ? Ne parvenant pas à trouver une réponse à cette interrogation, le captif se remit à contempler les alentours. La troupe passa devant un bureau d'accueil, au-dessus duquel de nombreuses télévisions étaient suspendues. Shadow n'eut pas le temps d'observer distinctement les images, mais il semblait s'agir d'une simple diffusion de journal. Les décorations dorées, sur les murs du même noir que le sol, donnaient une véritable sensation de prestige à ce bâtiment. Par ailleurs, les individus, qui avançaient d'un pas pressé, portaient tous des tenues élégantes. Presque tous étaient habillés d'un tailleur ou d'un costume. Lorsque le groupe d'Artémis arriva devant la dizaine d'ascenseurs, ce dernier appuya sur le bouton d'appel de celui qui était le plus éloigné de la porte d'entrée. Contrairement aux neuf autres élévateurs, l'amnésique n'avait vu aucun utilisateur appeler celui-ci. Juste avant de rentrer dans l'habitacle, il jeta un coup d'œil sur sa droite et remarqua une zone dans laquelle de nombreux canapés et fauteuils étaient disposés, ainsi qu'un bar. Avant qu'il ne puisse plus observer ce qui semblait être une zone de détente, sa protectrice le poussa doucement dans le dos et le força à entrer dans la cabine. Dès que la petite troupe fut rentrée au complet, le capitaine de la garde appuya sur le seul bouton du panneau de commande. L'absence de plus d'interrupteurs empêcha l'observateur de connaître le nombre d'étages de cette tour. Au moment où le gradé eut appuyé sur le poussoir, une petite trappe s'ouvrit dans le mur juste à côté. Le militaire posa alors sa main droite sur une zone bien précise et aligna également son visage avec l'encadrement. L'homme aux yeux gris se douta que le panel qui venait de se révéler scannait l'empreinte de sa main. Il aperçut également un faisceau bleu qui devait contrôler l'iris du chef de groupe. Il ne fallut qu'une demi-douzaine de secondes d'analyse pour qu'un bip de validation retentisse et que le monte-charge se mette en marche. Les portes se refermèrent et ils commencèrent leur longue ascension. Après seulement quelques mètres d'élévation, la cage sortit des murs bétonnés de la base du bâtiment et continua sa progression contre la paroi extérieure. Ce ne fut qu'à ce moment-là que le détenu réalisa que les cloisons de l'habitacle étaient transparentes. Avec stupéfaction, il découvrit ainsi la beauté de La Forteresse, tout le long de la montée. Il aurait aimé en profiter davantage, mais les soldats l'empêchaient de pouvoir observer correctement la cité. Après un certain temps, que Shadow n'arrivait pas à estimer, ils finirent par arriver à leur destination. Les portes de l'élévateur s'ouvrirent alors sur un immense bureau qui occupait l'entièreté de l'étage. La pièce, contrairement à l'accueil, était entièrement vitrée avec de nombreuses fenêtres. Un gigantesque bureau occupait le centre de l'espace, tandis qu'une multitude de projections holographiques occupaient plus de la moitié de la superficie du meuble. Sur la plupart des écrans virtuels, du texte défilait en continu. Sur certains, des sortes d'interfaces graphiques semblaient représenter des champs de bataille et l'état actuel des troupes. La salle gardait une ambiance similaire à celle du hall d'entrée. De fait, les couleurs rouge et noir dominaient les autres. Un tapis rouge allait de l'ascenseur jusqu'au bureau. Le sol en marbre était impeccable et semblait neuf. Depuis cette pièce, il était facile d'observer la métropole dans son ensemble. Debout, au fond du bureau, dos à l'élévateur et face à la ville, se tenait une personne. Artémis saisit la chaîne entre les menottes du détenu et poussa l'amnésique vers l'avant. Les fantassins, quant à eux, resserrèrent les rangs autour de leur prisonnier. Seule l'épéiste paraissait indifférente face à la situation.

— Ainsi donc le voici, commença l'homme qui était de dos. Voici celui qui, à peine arrivé, est au cœur même des discussions de mes chers concitoyens ...

— Seigneur Magellan, voici Shadow. Il a, semble-t-il, perdu la mémoire. Kate nous l'a amené après l'avoir sauvé d'une attaque à l'hôpital de New Hope, dit le gradé en faisant son rapport.

Le leader de la Résistance garda le silence pendant quelques secondes, puis se tourna face aux nouveaux venus.

— C'est donc vrai ? Tu ne te souviens de rien ? Si c'est le cas, qui t'a donné ce nom ? demanda le maître des lieux.

Il se tourna vers la sorcière et l'observa un instant.

— C'est toi, n'est-ce pas ? ajouta-t-il, avant de reporter son attention sur le menotté. J'imagine donc que tu ne te souviens pas de moi ?

Maintenant qu'il était de face et qu'il s'était rapproché, le rescapé du massacre de l'hôpital parvenait à mieux voir le dénommé Magellan. Il était petit, chauve et avait les yeux vert clair, avec des taches brunes proches de la pupille. À en juger par les traits de son visage, il devait avoir la cinquantaine. Par ailleurs, son faciès était traversé par une vieille cicatrice qui partait de son œil gauche et passait sur son nez, jusqu'à atteindre le coin de sa bouche. Malgré sa taille et son âge, il semblait avoir de puissants muscles et avait, de toute évidence, l'expérience du combat.

— Comme Artémis vient de vous l'expliquer, je ne me souviens de rien, résuma celui qui venait de sortir du coma. Mais d'après ce que vous venez de dire, vous me connaissez. C'est pour ça que je suis venu ici. Je veux en apprendre plus sur qui je suis. Kate m'a révélé que vous avez une base de données importantes. J'ai pensé que je pourrais y trouver des informations qui m'aideront à me souvenir de mon passé.

Pendant une fraction de seconde, le chef de la Résistance lança un regard noir à l'arcaniste. Cette dernière avait les bras croisés et ne détourna pas les yeux de son supérieur.

— Tu imagines bien que notre base de données contient de nombreuses informations sensibles, résuma le dirigeant de la cité. Pour quelle raison est-ce que je t'y donnerais accès ?

Il s'approcha très près du captif et l'étudia de la tête aux pieds. Ce dernier, impressionné par le maître des lieux, ne sut quoi répondre.

— Comme Artémis l'a dit, commença l'invocatrice. Je lui ai sauvé la vie. Ensuite, je l'ai amené au Doc pour qu'il se fasse soigner et le Doc en a profité pour évaluer l'état de sa mémoire. Elle a conclu qu'il l'avait bel et bien perdue.

— Ça, c'est à moi d'en décider, grogna le cinquantenaire défiguré.

— Mais puisque tout le monde vous le dit ! s'indigna l'amnésique.

La suite se passa si vite que le prisonnier n'eut pas le temps de comprendre ce qu'il lui arrivait. Subitement, le leader de la Résistance tendit son bras droit vers lui et une espèce d'aura bleutée recouvrit le corps de l'inconnu. L'individu avec la cicatrice replia ensuite son bras contre son épaule. Par magie, Shadow fut arraché du sol et jeté contre les vitres à l'autre bout de la pièce. Après avoir été lancé, le halo couleur saphir qui l'entourait disparut. Cependant, dès qu'il retomba à terre, la lumière réapparut sur son corps et il défia encore une fois la gravité. Toujours sous la volonté de Magellan, il vola à travers le bureau et passa par une fenêtre qui était ouverte. La panique saisit immédiatement le malheureux lorsqu'il se retrouva à planer au-dessus du vide. La hauteur vertigineuse ne laissa aucun doute quant à son destin tragique, s'il était amené à chuter.

— Tu crois que ton avis m'intéresse ? Tu n'es rien ! Tu m'entends ? Rien ! hurla le dirigeant de la Résistance. Les décisions que je prends affectent des millions de vies. Alors, ce n'est pas parce que trois personnes différentes me disent que tu as perdu la mémoire que je vais les croire sur parole. Je ne peux me fier qu'à des preuves tangibles. Les enjeux sont trop importants pour que je me permette de me fier à l'avis d'une seule personne.

Le néophyte aux cheveux noirs, tétanisé par la peur, ne fit aucune remarque. La vue qu'il avait admirée lors de la montée en ascenseur lui semblait désormais terrifiante.

— Dans ce cas, tu n'as qu'à le mettre à l'épreuve, proposa Kate. Si il accomplit une mission pour nous, cela prouvera qu'il n'a pas l'intention de nuire à notre camp. De plus, ça m'étonnerait qu'il ait besoin d'un haut niveau d'accréditation pour tomber sur les informations qu'il cherche.

Magellan sembla peser le pour et le contre durant quelques secondes, avant de rapatrier le malheureux prisonnier à l'intérieur, d'un simple mouvement de bras. Le sorcier le déposa au sol, avant de rompre sa magie. L'aura couleur saphir disparut du corps de l'inconnu qui tremblait de peur. Il resta à terre quelques instants, le temps de se remettre de ses émotions. L'invocatrice s'approcha de lui et l'aida à se relever. Toujours terrifié, il ne se sentait pas en état de parler, mais il lança un regard de remerciements à sa sauveuse. Cette dernière le gratifia d'un sourire réconfortant, avant de se retourner vers son chef.

— Alors ? Qu'en dis-tu ? questionna-t-elle.

— L'idée est intéressante, avoua son supérieur. Très bien. Shadow, si tu veux pouvoir accéder à notre base de données, tu vas devoir effectuer une mission pour nous. Sauf si tu préfères tenter ta chance dans une des villes du Consortium. Après tout, là-bas, tu comprendras peut-être pourquoi ils veulent ta mort.

— Est-ce que j'ai vraiment le choix ? commenta le rescapé, avec une voix légèrement tremblante. La dernière fois que j'étais dans l'une de leurs cités, ils ont envoyé des robots pour me tuer ! Et ici, si j'ai l'audace de m'opposer à vous, je risque également de me faire tuer ...

— Ce n'est pas tout à fait exact. J'ai juste utilisé ma magie pour que tu comprennes qui je suis. Si tu le désires, tu peux rester vivre ici, en tant que réfugié. Seulement, sans preuve de ta volonté de nous aider dans le conflit qui nous oppose au Consortium, je ne te donnerai aucun accès à notre base de données. Après, tu peux toujours tenter ta chance en demandant à tous ceux que tu croises si ils te connaissent. À toi de voir.

Le détenu réfléchit un instant. Le moyen le plus rapide d'obtenir des informations sur son identité était de rejoindre la Résistance, afin d'accéder à leurs serveurs. Cependant, est-ce qu'il voulait vraiment prendre parti dans ce conflit mondial dont il ne connaissait rien ? Pouvait-il se fier à cet érudit qui pouvait le tuer à tout moment ? Il tourna la tête en direction de Kate et prit sa décision. Au moins, dans ce camp, ils ne semblaient pas tous vouloir sa mort. Sa sauveuse l'aiderait certainement à retrouver sa mémoire. Après tout, même si elle avait dit ne l'avoir secouru que pour comprendre ce qu'il s'était passé, elle semblait avoir un bon fond.

— Très bien ... J'accepte, conclut-il.

— Parfait, sourit le dirigeant de La Forteresse. Dans ce cas, voilà ta mission. Tu vas devoir apporter ce disque de données au Doc, exposa-t-il en saisissant l'objet qui était sur son bureau. Tu n'as pas besoin de savoir ce qu'il contient. Sache simplement que si tu regardes ce qu'il y a dedans, je le saurai et ta mission sera ratée.

— Je ... Très bien, répondit celui qui portait les lunettes de combat.

— Oh et afin de t'épauler dans cette mission, tu seras accompagné par Katherine et Aivi. Elles me tiendront informé de ton avancée. Sur ce, sortez tous de mon bureau, sauf Artémis.

CHAPITRE 10 : DISCUSSIONS

Shadow, Kate et les soldats prirent l'ascenseur et quittèrent le bureau. L'ambiance était pour le moins étrange : d'un côté, les fantassins continuaient de le fusiller du regard et ne le lâchaient pas une seconde des yeux, certains mouvements de leur corps trahissaient leur impatience et leur envie de le frapper. Tandis que de l'autre côté, la jeune femme semblait parfaitement détendue. Toujours secoué par l'expérience que Magellan venait de lui faire vivre, l'amnésique ne savait pas à quoi s'en tenir et préféra garder le silence et la tête baissée. Arrivés au rez-de-chaussée, l'arcaniste et lui ne se dirigèrent pas vers la sortie de la tour, mais la sorcière le guida vers un ascenseur différent. Les soldats, après avoir fait un salut militaire à la résistante, partirent sans dire un mot. Néanmoins, leur gestuelle indiqua à l'inconnu qu'il valait mieux pour lui ne pas se faire arrêter une fois de plus. En attendant que les portes de l'élévateur ne s'ouvrent, le jeune homme les regarda s'éloigner. Il vit ainsi les francs-tireurs remonter dans leur véhicule blindé et partir. Lorsqu'ils furent dans le nouvel habitacle, la demoiselle aux cheveux noir de jais appuya sur le bouton du dixième niveau. Son protégé ne savait pas si cet ascenseur pouvait accéder à tous les étages, mais il semblait y en avoir en tout cas une cinquantaine, ainsi que cinq sous-sols. Devant le regard interrogateur de son binôme, l'invocatrice donna une explication :

— C'est l'étage des chambres. Je te propose qu'on s'y installe un moment. Puis, quand ce sera l'heure, nous irons manger à la cafétéria. On va dormir ici cette nuit et on partira demain à l'aube. Si tout va bien, la mission sera terminée demain après-midi.

— Attendez ... On peut revenir sur ce qu'il vient de se passer ?

— J'ai appuyé sur le bouton de cette machine et, grâce à la

technologie, elle va nous amener directement au bon étage. On appelle ça : un ascenseur, blagua Kate.

— Je voulais parler du fait qu'un homme, que je viens de rencontrer et qui semblait me connaître, vient de me faire passer à travers une fenêtre sans même me toucher !

— Ah ... Ça ? Tu viens de rencontrer Magellan, notre chef, et c'est le meilleur érudit que je connaisse.

— Attendez, ce qu'il vient de faire, c'était de la manipulation d'énergie ?

— Exactement. Il a modifié ton énergie potentielle, en créant une force qui s'oppose à l'attraction terrestre, ce qui t'a fait léviter. Ensuite, il t'a déplacé à sa guise et t'a fait sortir par la fenêtre.

Shadow la regarda, choqué.

— Mais ... C'est *ça*, la magie ?

— C'est une forme de magie, oui.

Celui qui ne connaissait rien de ce monde mit un moment pour intégrer l'information.

— Et vous savez d'où il me connaît ? questionna-t-il.

— Aucune idée. Il a peut-être lu des rapports sur toi. Mais il aime beaucoup les secrets ... Je ne suis pas certaine qu'il te l'expliquera de lui-même ... Désolée.

— Ou alors, vous me cachez la vérité ...

L'épéiste poussa un soupir.

— Je sais que je suis mal placée pour te dire ça, puisque je ne te fais pas encore confiance, mais tu devrais un peu plus croire en moi. Je t'ai déjà sauvé la vie plusieurs fois, après tout.

— Écoutez ... J'ai envie de vous faire confiance. Mais je ne peux pas nier les faits. Depuis que je suis arrivé ici, tout le monde me dévisage. Vous avez prétexté que les gens n'avaient pas l'habitude de voir quelqu'un se faire embarquer par des militaires. Ça, je veux bien le croire pour les civils. Mais ça m'étonnerait que les personnes qui travaillent dans cette tour n'aient pas l'habitude de voir ça. Si c'est votre protocole, alors ça ne devrait pas les choquer autant !

— Et qu'est-ce que tu en déduis ? interrogea la bretteuse en plantant son regard dans le sien.

— Je ... Je me demande si je n'étais pas un ennemi de la Résistance ...

Il regarda attentivement la réaction de sa protectrice, mais il ne vit rien qui trahissait de la gêne ou de la surprise dans sa gestuelle.

— Je comprends pourquoi tu es arrivé à cette conclusion, mais laisse-moi te dire que tu te trompes, dit-elle après quelques secondes de mutisme. Crois-moi, si tu étais un de nos ennemis, je le saurais. Notre méfiance est due à une autre raison. À ton avis, combien de nouveaux membres est-ce que nous accueillons, habituellement ?

— J'en sais rien ... Vu la taille de La Forteresse, je dirais une centaine par semaine.

L'invocatrice laissa échapper un sourire.

— Il faudra que je me souvienne de celle-là, rigola-t-elle. Tu es bien loin du compte ... Tu es le premier, en cinq ans.

L'amnésique fut choqué en entendant cette information.

— Mais ... Comment c'est possible ? Avec un tel ratio, la Résistance aurait dû s'effondrer il y a bien longtemps, après une quelconque bataille, non ?

— Je t'avais dit qu'on était en infériorité, rappela la jeune femme. Nous parvenons à rester debout, car nous sommes extrêmement prudents. Mais il est clair que si nous ne parvenons pas à changer la situation prochainement, nous risquons d'être définitivement vaincus ...

Un silence s'abattit dans la cage, durant lequel l'homme aux cheveux noirs ne savait pas quoi dire.

— Bref, c'est pour ça que tout le monde te regardait bizarrement, reprit la sorcière aux yeux hétérochromes. Même si tu viens de subir le protocole, ce n'est pas quelque chose que nous avons l'habitude de pratiquer. Satisfait ?

— Je ... Désolé d'avoir douté de vous ...

— Ce n'est rien. Je te l'ai dit, moi aussi je donne difficilement ma confiance. Et j'imagine que ça ne doit pas être évident à vivre tout cela ...

Une sonnerie plutôt discrète se fit entendre et ils sortirent tous les deux à l'étage que Kate avait sélectionné. Les murs étaient constitués de plaques de pierres noires poncées. Elles reflétaient un peu la lumière blanche qui éclairait les lieux. Au sol, de la moquette rouge recouvrait tout le couloir, étouffant le bruit des pas de tous ceux qui marchaient dessus. Des portes, noires également, étaient espacées de manière régulière. Un fin fil de métal doré parcourait les encadrements pour augmenter leur esthétisme. Chose étrange, il n'y avait aucun numéro pour identifier les entrées. Au moment où Shadow entendit les portes de l'ascenseur se refermer derrière lui, il remarqua qu'ils avaient oublié un petit détail.

— Les idiots ! Ils ne m'ont pas retiré mes menottes ! s'écria-t-il.

— Ah bah quand même ... Il était temps que tu t'en rendes compte !

Le survivant du massacre de l'hôpital essaya de les briser avec sa force, mais il parvint simplement à se meurtrir les poignets. Le bruit de ses chaînes de menottes résonna dans le couloir désert. La résistante le regarda s'agiter pendant quelques instants avant de faire apparaître une clef dans sa main droite.

— Je me demande ce que tu ferais sans moi.

— Je continuerais à me faire mal aux mains, sans doute ? Attendez, vous le saviez ?

— Je voulais savoir au bout de combien de temps tu finirais par t'en rendre compte ...

— Alors ? Votre curiosité est satisfaite ? questionna le menotté.

La protectrice leva les yeux au ciel, le libéra de ses entraves et dématérialisa la clef. En se remémorant les paroles de Magellan, une réflexion traversa l'esprit de l'individu qui portait un manteau.

— Au fait, c'est qui cette Aivi ? interrogea-t-il tandis que, malgré lui, il était toujours ébahi par l'apparition et la disparition de la clef.

— C'est moi, répondit une voix informatique.

L'amnésique se retourna, mais ne vit personne derrière lui.

— Qui ça, moi ?

— Moi.

— Mais vous êtes où ?

— Elle est là, révéla l'arcaniste en pointant du doigt un point au-dessus de l'inconnu aux yeux gris.

Ce dernier leva la tête, mais ne découvrit que le plafond.

— Elle est invisible ? Ou alors c'est une mouche. Non, je sais :

Un sourire apparut sur le visage du rescapé.

— Elle est dans les conduits d'aération, conclut-il.

Lassée par les inepties de son protégé, l'invocatrice s'approcha de lui et lui mit ses lunettes de combat. En plus de l'interface habituelle, un amas de pixels se constitua dans le couloir jusqu'à former une jeune femme. Cet avatar féminin avait un corps composé de plusieurs nuances d'orange. Il mesurait à peu près la taille de Kate, mais il la dépassait de quelques centimètres. Bien que son apparence soit humaine, son visage était figé et n'exprimait aucune émotion. Seule sa bouche bougeait lorsque l'hologramme parlait. Son teint orangé rendait difficile la perception des couleurs, mais il semblait avoir de longs cheveux foncés, détachés.

— Bonjour, Shadow. Je suis l'intelligence virtuelle utilisée par les résistants : Aivi. Je suis enchantée de faire votre connaissance.

— Waouh. Vous avez créé une intelligence artificielle ? Vous avez pas peur que ça finisse comme *Terminator* ?

— Premièrement, Aivi est une intelligence virtuelle et non une intelligence artificielle. Deuxièmement, ce n'est pas nous qui l'avons créée. Nous ne faisons que l'utiliser. Et troisièmement, c'est une source d'information très utile. Grâce à elle, tu peux, à tout moment, accéder à nos bases de données, renseigna l'épéiste.

— C'est vrai ? réagit son protégé. Aivi, donne-moi toutes les informations que tu as sur moi, s'il te plaît.

— Je ne crois pas que – commença la sorcière.

— Analyse en cours. Analyse terminée, coupa le programme informatique. Désolée, je n'ai pas compris votre demande. Pouvez-vous reformuler la question ?

Le nouvel utilisateur regarda l'être holographique avec un air déçu.

— Avant que tu ne t'emballes, j'allais t'expliquer qu'Aivi peut te fournir plein d'informations, tant qu'elles ne sont pas classifiées. Certaines informations sont rendues publiques, tandis que d'autres nécessitent un certain niveau d'accréditation. Tu peux essayer, mais, de manière générale, les informations sur les personnes enregistrées dans la base de données de la Résistance demandent un niveau d'accès. De plus, comme tu viens de l'expérimenter, la compréhension d'Aivi est encore un peu limitée ...

L'amnésique regarda à tour de rôle les deux femmes qui se tenaient près de lui.

— Dans ce cas, qu'est-ce que tu peux me dire sur le pseudonyme de *Shadow* ? finit-il par tenter.

— Analyse en cours, commença le logiciel.

— Je te l'ai dit. Je trouvais simplement ce nom stylé, répéta sa protectrice.

— Analyse terminée. Je regrette, vous ne possédez pas les droits nécessaires pour accéder à cette information, termina l'hologramme.

La réponse n'était pas celle que le jeune homme attendait. Néanmoins, elle lui confirma qu'il existait bel et bien quelque chose sur ce pseudonyme dans cette base de données.

— Allez, un peu de patience, sourit l'épéiste. D'ici demain soir, tu devrais avoir les informations que tu cherches.

Dépité, l'inconnu finit par poser une autre question qui le travaillait depuis le début de cette conversation.

— C'est quoi la différence entre une intelligence virtuelle et artificielle ? se renseigna-t-il tout en regardant attentivement l'amas de pixels qui s'était formé.

Il était impressionné par le réalisme du corps féminin numérique qu'il voyait à travers les lunettes. Elle semblait porter un pantalon, ainsi qu'un t-shirt quelconque. Il s'avança dans le couloir pour l'observer de plus près. Tandis qu'il se déplaçait autour de l'hologramme, l'avatar ne bougea pas et l'utilisateur put le contempler sous tous les angles.

— Analyse en cours. Analyse terminée. Une intelligence virtuelle, ou I.V., est une intelligence limitée qui ne peut prendre de décision que dans la limite définie par l'utilisateur. Une intelligence artificielle, ou I.A., est une intelligence capable d'apprendre par elle-même, mais aussi de se développer et d'évoluer sans l'intervention de l'utilisateur, éduqua Aivi.

— Merci. Hé mais … ça fait combien de temps que tu es dans ces lunettes ?

— Je ne suis pas vraiment dans vos lunettes, Shadow. J'utilise juste sa projection holographique et son micro pour communiquer avec vous. La taille des serveurs où je me situe prouve que je ne peux pas entrer dans vos lunettes de combat.

— Oui, bon, comme tu veux. Depuis quand tu peux communiquer avec moi ?

— Depuis que vous avez utilisé ces lunettes. Soit quatre heures, douze minutes et cinquante-six secondes très exactement.

— Allez, il est temps que je te montre notre chambre, intervint Kate.

— Notre ? Vous avez bien dit notre chambre ? demanda son protégé, surpris.

— C'est le protocole. Lorsqu'une personne est évaluée par un agent, l'agent susnommé ne doit jamais quitter la personne évaluée, le renseigna le programme informatique.

L'épéiste les conduisit à travers le couloir qui, en y pensant, ressemblait à celui d'un hôtel. Sans que rien ne la discerne des autres, l'arcaniste s'arrêta devant une porte bien précise. En voyant ce manque d'indication, le néophyte comprit qu'il s'agissait d'un système de sécurité mis en place par la Résistance. Sans connaître les plans de cet étage, il était impossible de s'y orienter. Dans un éclat violet, la jeune femme fit apparaître une clef dans sa main et déverrouilla l'accès à leur chambre.

— C'est bien pratique ce pouvoir de matérialisation, constata son binôme, toujours aussi impressionné par l'utilisation de la magie.

— Tu n'as pas idée du nombre de fois où j'ai oublié mes clefs quelque part ... laissa échapper l'invocatrice.

Ils pénétrèrent ainsi dans ce qui s'apparentait à une suite d'un hôtel. Contrairement au couloir, les murs en crépi blanc donnaient un aspect lumineux à la pièce. Une baie vitrée qui donnait sur la ville, deux lits séparés, une télévision contre une paroi et une petite salle de bains, voilà ce qui allait leur servir de lieu de repos jusqu'au lendemain matin.

— On se croirait dans un véritable hôtel. C'est vraiment votre chambre ? se hasarda le jeune homme, admiratif devant ce luxe.

— Non. La mienne est à un autre étage. Les chambres qui sont ici sont prévues pour de la surveillance de suspects, comme toi.

— Vous mettez au même étage tous les suspects ?

— Écoute ... Je suis pas encore certaine de pouvoir te faire confiance. Alors, je crois pas que je vais te révéler dans les détails toute notre procédure. De plus, comme je te l'ai dit, nous ne croulons pas sous les demandes d'adhésion de nouveaux membres. Nous sommes les seuls à cet étage. Par ailleurs, c'est moi qui prends le lit côté fenêtre.

— Ha, je comprends. C'est une crise autoritaire. Vous me traitez comme un criminel parce que vous pouvez matérialiser une arme n'importe quand et me menacer avec. C'est tout simplement de l'abus de pouvoir !

Kate et Shadow se lancèrent dans un combat de regards jusqu'au moment où ils éclatèrent de rire.

— T'es un idiot, tu le sais ça ? dit la sorcière en se calmant gentiment.

— Non … je ne sais rien de moi, avoua tristement l'amnésique en baissant la tête.

Un silence rempli de gêne plana pendant un petit moment.

Afin de se mettre un peu plus à l'aise, le réfugié accrocha son manteau aux crochets situés à l'arrière de la porte d'entrée, avant de se rendre dans la pièce de vie.

— Bref, commença son protégé en brisant le silence. Vous avez raison sur un point : nous ne pouvons pas dire que la confiance règne entre nous. Cependant, on en aura peut-être besoin, pour notre mission de demain. Alors, si on essayait de faire un peu plus connaissance ?

— Ce n'est pas une mauvaise idée, répondit l'invocatrice en s'asseyant sur son lit. Mais … Tu peux vraiment me donner des informations sur toi ?

— Je … Je ne sais pas … avoua l'inconnu en prenant place sur le lit en face de sa sauveuse.

— Bon, réfléchissons. Tu dis que tu ne te souviens de rien. Pourtant, tu as compris mes références à *Harry Potter* et tu as cité *Le Visiteur du Futur* et *Terminator*. Donc, tu dois tout de même avoir certains souvenirs, non ?

— Je … Je vous l'ai dit, je ne l'explique pas moi-même. Je connais les noms de ces œuvres. Mais je suis incapable de vous dire ce qu'elles racontent …

La demoiselle le regarda avec un air méfiant durant quelques secondes. Son œil droit vert et l'autre avec son bleu profond semblèrent transpercer la peau de son protégé et lire directement en lui.

— Désolée, finit-elle par dire. Je vois bien dans ton regard que tu ne me mens pas … Mais … C'est difficile à croire, tu ne trouves pas ?

— J'en sais rien … Pour ma part, je suis toujours abasourdi par l'existence de la magie. Non mais … Vous avez vu comment c'est stylé ? J'avoue que j'étais terrorisé quand Magellan m'a fait passer par la fenêtre. Mais ça doit être incroyable d'avoir un pouvoir !

La bretteuse laissa échapper un nouveau sourire, face à l'enthousiasme de son interlocuteur.

— Quoi ? J'ai dit quelque chose de drôle ? demanda-t-il en voyant sa réaction.

— On peut dire ça … Disons que ça me rappelle l'excitation que j'avais quand j'étais une gamine et que j'ai vu la magie pour la première fois.

— Vous … Vous pouvez refaire apparaître une épée ? questionna timidement l'amnésique.

L'arcaniste tendit son bras droit devant elle et fit apparaître l'objet souhaité dans un nuage de particules tourbillonnant. La création ressemblait à celles des chevaliers de l'époque moyenâgeuse. La lame droite était un peu plus longue qu'un bras, même si sa largeur ne dépassait la moitié de celle de sa paume. Le métal brillant reflétait la lumière du plafonnier, révélant également l'état impeccable du tranchant. La poignée en cuir permettait une bonne prise en main de la part de la jeune femme. En observant plus en détail, Shadow remarqua que l'objet semblait avoir été fait sur mesure pour l'invocatrice. En voyant le regard rempli d'étoiles de son protégé, la bretteuse tendit son arme vers lui. Elle la tourna, de manière à présenter le pommeau contre son binôme, tandis qu'elle la tenait par la lame.

— Tu veux l'essayer ? proposa-t-elle.

Timidement, le jeune homme saisit la poignée et souleva l'épée. Il fut surpris par le poids de l'objet. Il portait toujours, dans son holster, le pistolet lourd que la guerrière lui avait donné. Cependant, la masse du calibre était bien ridicule comparée à celle de l'invocation. Il se demanda comment l'escrimeuse pouvait se battre avec autant de facilité, malgré le fait qu'elle utilisait des armes aussi dépassées technologiquement.

— Je peux vous poser une question ?

— Je t'écoute.

— Pourquoi des épées ?

Kate laissa échapper un sourire.

— Car ce sont des armes incroyables. Avec elles, je peux accomplir l'impossible. Un jour, j'ai même vu mon héros parer des balles de revolver avec sa lame.

— Vous avez un héros ?

— C'est une longue histoire. Mais il m'a secourue, alors que j'avais été faite prisonnière ...

Le néophyte au regard gris avait de la peine à y croire. Sa sauveuse semblait capable de tout affronter. Qui était donc suffisamment doué pour la battre et la retenir contre son gré ? Pendant qu'il pensait à cela, une autre interrogation lui traversa l'esprit.

— Au fait, vous créez les armes de toutes pièces ou vous les invoquez depuis quelque part ? demanda-t-il en redonnant l'objet à sa propriétaire.

— Je ne me suis jamais posé la question ... Je n'ai qu'à voir la lame dans ma tête et elle apparaît dans ma main, révéla cette dernière en faisant disparaître l'objet. Au fait, est-ce que des souvenirs te sont revenus ? Je me dis qu'il y a peut-être des chances pour que tu aies eu un flashback ou quelque chose de similaire.

— Non ... Je n'ai rien eu de ce genre, jusqu'à présent ...

L'amnésique se passa la main gauche derrière la tête pour cacher sa gêne, lorsqu'une idée lui traversa l'esprit.

— Vous avez dit quelque chose d'intéressant tout à l'heure.

— Je dis toujours des choses intéressantes, se défendit la jeune femme.

— Les seuls moments où je me suis souvenu de quelque chose, c'est quand vous avez parlé de certaines œuvres, précisa l'inconnu en ignorant la remarque de sa sauveuse.

— Tu espères donc que si je te parle de séries, de films ou de mangas, ça ravivera ta mémoire ? questionna l'épéiste.

— Ça vaut le coup d'essayer, non ?

— Après tout, pourquoi pas ...

Ils passèrent ainsi plusieurs heures à discuter des mangas préférés de l'invocatrice. Le rescapé parvenait à saisir toutes les références qu'elle faisait. Cependant, il ne se souvenait de rien, jusqu'à ce que la demoiselle aux cheveux noir de jais ne lui en parle. Tous les deux ne parvenaient pas à saisir comment la mémoire du jeune homme fonctionnait. Ils avaient l'impression que la compréhension de ces références ne venait pas de lui. Sans s'en rendre compte, l'heure du souper approcha et ils se rendirent à la cafétéria pour se sustenter. Ils mangèrent un bon repas au premier étage, sous les regards curieux de beaucoup de monde. Kate lui raconta qu'elle était connue pour prendre ses repas seule, ce qui pouvait expliquer le fait que Shadow se fasse observer de la sorte. Après avoir avalé leur nourriture, ils retournèrent dans leur chambre, tout en continuant de chercher à en savoir plus sur l'amnésie du survivant du massacre de l'hôpital.

— C'est tout de même fou que tu n'aies encore rien appris sur toi, finit par commenter la sorcière.

— Ce n'est pas tout à fait vrai ... commença son protégé.

L'invocatrice lui lança un regard appuyé qu'il ne sut comment interpréter. Se sentait-elle trahie, car il lui avait soutenu ne rien savoir à son sujet ?

— J'ai l'impression que j'étais un ancien militaire ou un combattant, révéla celui au passé mystérieux. À l'hôpital, je pense avoir eu des réflexes que peu de civils auraient. D'instinct, j'ai su utiliser les armes que j'ai trouvées. De plus, en arrivant à La Forteresse, j'ai fait certaines analyses sur la géométrie de la ville, notamment sur des angles de tir de sniper.

— Tu étais peut-être bien un mercenaire, alors ...

— Ça existe toujours ? Enfin ... Je veux dire ... J'ai l'impression que désormais, on fait partie soit de la Résistance, soit du Consortium. D'après ce que vous m'avez dit, je ne pensais pas qu'il existait des mercenaires.

— C'est plutôt rare, mais ça arrive. Ces personnes s'allient au plus offrant. De fait, on pourrait penser qu'ils sont neutres. Concrètement, ils font des missions à hauts risques. De cette manière, s'ils se font capturer, ils ne peuvent livrer aucune information vitale à l'ennemi. Bien souvent, ils ont une vie de solitaire.

— Si j'en étais bien un, est-ce que le Consortium pourrait vraiment chercher à vouloir ma mort à ce point ? questionna l'amnésique.

— Laisse-moi réfléchir une minute ... Est-ce que le Consortium voudrait tuer un de leurs ennemis ? fit semblant de réfléchir sa protectrice.

— Ok, ok ... J'ai compris. C'est donc probable que j'en étais un ...

— Ça ne sert à rien de trop te prendre la tête avec ça, pour le moment. Tu auras bien plus d'informations quand on aura fini la mission et que tu auras accès à notre base de données.

L'inconnu resta muet pendant un moment, réfléchissant à tout cela.

— Bon ... heu ... je ne sais pas vous, mais une bonne douche me ferait du bien, proposa Shadow en brisant le silence.

— Vas-y en premier, répondit Kate.

Sur ces mots, il entra dans la salle de bains, ferma la porte, se déshabilla et pénétra dans la cabine de douche. L'eau chaude vint frapper son corps avec force. Ce ne fut qu'à cet instant qu'il prit conscience de la fatigue qu'éprouvait son organisme. Les muscles de ses jambes et de ses bras se mirent à trembler. En se lavant, il put à nouveau constater le travail impeccable qu'avait réalisé le Doc. Il n'y avait aucune cicatrice sur son corps, malgré le fait que, pas plus tard que ce matin, une balle avait transpercé sa jambe.

Il sortit de sa douche après de longues minutes de détente et se sécha. Il aperçut des sous-vêtements propres disponibles dans un tiroir et en prit un. Il voulut s'habiller, mais devant l'état poussiéreux de ses vêtements, il préféra mettre seulement un caleçon propre et un peignoir. Puis il retourna dans la chambre.

— Dites, il y a moyen de laver nos vêtements, ou ... ? demanda le supposé mercenaire.

L'épéiste mit sur pause l'animé qu'elle était en train de regarder et répliqua :

— Bien sûr, princesse. C'est à côté de la piscine.

— Ça va, ça va … la salle de bains est libre si vous voulez y aller.

— Qu'est-ce que tu entends par là ? Tu veux dire que je ne suis pas propre ? Ou que je sens mauvais ?

— Heu … du calme. Je voulais juste vous dire que-

— Je plaisante. C'était une blague. Bref, je vais aller me détendre moi aussi.

— Je crois qu'il faudrait qu'on se mette en phase, point de vue humour.

La guerrière leva les yeux au ciel et entra dans la pièce pour prendre sa douche. L'amnésique, quant à lui, lâcha ses vêtements sales par terre. Une idée lui traversa l'esprit quand ses lunettes percutèrent le sol. Il les ramassa et les mit sur son nez.

— Aivi, t'es là ?

— Évidemment, Shadow. Que puis-je faire pour vous ? dit-elle en se matérialisant devant lui.

— C'est un peu gênant … Donne-moi des infos concernant Kate, essaya l'individu aux cheveux noirs, curieux.

— Analyse en cours. Analyse terminée. Voici les informations publiques que je peux vous révéler. Katherine alias Kate est une arcaniste. Elle peut matérialiser et dématérialiser des épées ou des clefs. Ses deux parents sont vivants. Elle fait partie des Sentinelles. Toutes ses opérations sont classées confidentielles.

— C'est quoi les Sentinelles ?

— Analyse en cours. Analyse terminée. Les résistants ont fractionné leurs forces armées en plusieurs divisions afin d'exploiter au maximum les points forts de leurs hommes. Respectivement, il y a : les gardes, qui s'occupent de la protection des civils et qui font office de police.

En même temps qu'il expliquait ce rôle, un écu apparut à côté de l'avatar.

— Les soldats, qui mènent les raids contre les forces ennemies.

En tournant dans le sens des aiguilles d'une montre, d'autres symboles vinrent compléter le premier. Un fusil prit place proche de l'écu, puis ce fut au tour de l'arc.

— Les patrouilleurs, qui protègent les environs de La Forteresse. Les assassins : je ne crois pas devoir préciser ce qu'ils font.

Cette fois, ce fut le couteau qui se matérialisa et, pour terminer, l'œil ouvert.

— Les espions, qui se chargent de tout ce qui concerne les renseignements. Et les Sentinelles. Cette dernière faction a la particularité d'être polyvalente. Les Sentinelles sont considérées comme des troupes d'élite, car elles doivent savoir remplir n'importe quel rôle suivant la mission.

— Waouh. Ça en fait des groupes dans ce camp.

Un R majuscule apparut au centre du cercle que formaient toutes les divisions.

— Ensemble, ces troupes forment la Résistance : ceux qui se battent pour la justice et qui protègent les faibles. Avez-vous encore des questions ?

— Attends deux secondes. Je réfléchis … Ça y est, j'en ai une, sourit triomphalement l'inconnu. Comment Kate a découvert son pouvoir ?

— Analyse en cours. Analyse terminée. Elle a découvert son pouvoir grâce au test que le Doc a mis au point.

— QUOI ? Mais elle m'a dit qu'il fallait qu'on le découvre soi-même ou je ne sais quoi ! cria furieusement le supposé mercenaire. Bon. Quel est ce test, Aivi ?

— Analyse en cours. Analyse terminée. C'est simple. Le test consiste à vous prélever de l'épiderme pour l'analyser. Une série d'examens est ensuite effectuée sur cet échantillon.

— Et il faut quel matériel pour le faire ?

— Un kit de test de sorcellerie et un échantillon à tester.

— Où je peux trouver un de ces kits ?

— Dans n'importe quelle pharmacie ou bâtiment militaire.

— Indique-moi le kit le plus proche de ma position.

— Analyse en cours. Analyse terminée. Le kit le plus proche

se trouve à l'infirmerie de ce bâtiment, qui se situe au deuxième étage.

— Parfait. Alors, on y va, s'exclama l'amnésique en se dirigeant vers la porte de la chambre.

— Je regrette, Shadow. Mais vous ne pouvez pas vous déplacer selon votre bon vouloir, intervint le programme informatique en activant une alarme sonore.

— Chut ! Tais-toi ! Arrête ça, Aivi ! Je t'en prie. Tu vas me faire repérer par Kate.

— C'est le but, Shadow, souligna l'intelligence virtuelle.

— Je croyais qu'on était amis. Désactive cette alarme, s'il te plaît. Sinon Kate va me-

— Kate va te quoi ? questionna une voix féminine derrière lui.

Celui qui pensait être un ancien militaire se retourna lentement et vit la sorcière avec une serviette autour du corps, les cheveux trempés et une épée à la main.

— Me demander gentiment d'aller me coucher et de ne plus bouger ? tenta-t-il d'une voix faible et tremblante.

— Pas avant que tu me dises où tu voulais aller.

Le suspect ne lui répondit pas.

— Il allait à l'infirmerie chercher le kit de sorcellerie, dévoila l'avatar.

— Traîtresse, laissa échapper l'homme.

— Merci, Aivi. Maintenant : au lit, Shadow. Et n'en sors pas, ordonna la jeune femme.

— D'abord, vous m'expliquez pourquoi vous ne m'avez pas dit qu'il y avait un test pour savoir si on est un doué de magie ou pas.

L'invocatrice baissa sa lame, mais la garda en main.

— Au laboratoire du Doc, quand je t'ai demandé ce que tu voulais faire, tu m'as dit que tu voulais retrouver ta mémoire. Plus tard, quand tu m'as posé des questions sur la magie, je t'ai donné quelques informations là-dessus. Je me suis dit qu'il n'était pas nécessaire de te faire un cours poussé sur ce sujet, puisque tu allais certainement recouvrer la mémoire rapidement.

C'est pour ça que je n'ai pas parlé du test de sorcellerie. Si tu es un sorcier, tu le sauras en recouvrant tes souvenirs. Comme le test est plutôt long, je me suis dit que tu préférais retrouver tes souvenirs en priorité. Ça te va comme explication ?

— Je ...

— Maintenant, si tu me dis que tu préfères passer le test avant d'obtenir l'accès à la base de données, on peut aller le faire.

— Non ... Vous avez raison. Une chose après l'autre. D'abord on fait cette mission, ensuite je récolte tout ce que je peux sur moi dans votre base de données, puis, si nécessaire, je ferai le test.

— Parfait. Dans ce cas, va dans ton lit. Je finis de me sécher et on va dormir. Demain, une mission importante nous attend et on se lèvera à l'aube.

Kate attendit que son interlocuteur aille se coucher sur son lit avant de dématérialiser son épée puis de retourner dans la salle de bains. Au bout de plusieurs minutes, la bretteuse en ressortit et alla aussi se coucher sous sa couette. Son protégé fut surpris en la voyant, car, comme lui, elle dormait en sous-vêtements. Par respect, il détourna le regard et fixa un mur, le temps qu'elle se glisse dans ses draps.

— Bonne nuit, fit-elle.

— Bonne nuit, répondit le survivant du massacre de l'hôpital en enlevant ses lunettes de combat.

— Si tu tentes quoi que ce soit pendant que je dors, du genre : aller à l'infirmerie sans moi, je te frappe, prévint l'invocatrice.

Le rescapé opina de la tête, comprenant bien qu'elle ne plaisantait pas. La jeune femme éteignit la lumière et se tourna sur le côté, dos à son binôme. Sur ce, ils ne dirent plus un mot et s'endormirent.

CHAPITRE 11 :
UNE NUIT AGITÉE

Shadow se réveilla dans une pièce inconnue. Tout autour de lui était sombre. Seules quelques faibles lumières éclairaient les lieux. Il entendit des bruits venant de derrière la porte. Quelqu'un finit par toquer trois fois, ce qui agaça l'individu aux yeux gris.

— Qu'est-ce qu'il y a ? s'entendit dire l'amnésique d'une voix colérique.

— Nous subissons une attaque, monsieur. Nous avons besoin de votre aide pour repousser l'ennemi, monsieur, annonça la voix derrière la porte.

— Décidément, vous êtes incapables de faire quoi que ce soit sans moi, s'entendit dire une fois de plus le supposé mercenaire.

Il se leva, enfila une tenue qu'il ne parvint pas à distinguer, avant de sortir de la chambre.

Il se retrouva directement sur un balcon et distingua deux armées en contrebas. Aucun des camps ne semblait avoir d'artillerie lourde ou de véhicule. Tous les combats se faisaient à pied, au corps-à-corps. Sans un mot, Shadow évalua la situation et l'endroit où il se situait. Il remarqua deux choses. La première : que la zone où les combats étaient les plus violents était en plein centre du champ de bataille. La deuxième : qu'il se trouvait à environ vingt mètres de hauteur. Sans douter une seule seconde de ses capacités, le jeune homme sauta du balcon. Instinctivement, il agita ses bras, ce qui amortit sa chute. Dès que ses pieds touchèrent le sol, il se précipita en direction du centre du champ de bataille. Un premier adversaire arriva devant lui, mais, d'un simple revers de bras, il le tua. Un second ennemi apparut et tira sur lui avec un fusil d'assaut. Immédiatement, une sorte de mur se dressa devant celui qui avait perdu la mémoire et absorba l'impact des balles. Ensuite, d'un nouveau geste du bras, le combattant au regard gris renvoya les balles sur son opposant. Après cet échauffement, le protagoniste se remit en marche en direction de la zone de combat. Juste avant d'entrer en scène, le militaire profita un instant du bruit du champ de bataille qui semblait lui être familier. Puis, en enchaînant une série de mouvements de bras, il rentra dans la mêlée en poussant un cri de guerre.

CHAPITRE 12 :
UNE ARME PLUS ADAPTÉE

Shadow fut réveillé en sursaut lorsque Kate lui secoua le bras.

— Debout. On a une mission, je te rappelle, dit gentiment la jeune femme. Ça va ? T'es tout en sueur.

— Ça va … Je … J'ai fait une espèce de cauchemar très réaliste, répondit l'homme.

— Et qu'est-ce qu'il s'y passait ? interrogea la sorcière en s'habillant.

— Je sais pas trop … c'était la guerre, je crois. Et avec mes mains et mes bras, je contrôlais une espèce de pouvoir, dévoila l'amnésique en s'habillant lui aussi.

L'invocatrice se figea une demi-seconde en entendant cela, avant de se ressaisir et de terminer de se vêtir. L'inconnu remarqua la réaction de la demoiselle et tiqua.

— Attendez … C'était plus qu'un rêve ? demanda-t-il.

— Hein ?

— Vous vous êtes figée un bref instant, quand je vous l'ai raconté.

— C'est vrai ?

— Oui ! Donc, c'étaient mes souvenirs ! J'ai un pouvoir !

— Attends un peu, tu veux … calma l'arcaniste. Je te rappelle que, premièrement, il s'agit d'un rêve. Ça peut effectivement être tes souvenirs ou alors le pur produit de ton imagination. Hier, tu as vécu beaucoup de combats et découvert l'existence de la magie. À partir de là, ton cerveau peut facilement imaginer le reste. Ensuite, tu te bases sur ma réaction pour valider la véracité de tes propos ? Tu trouves pas que tu te précipites un peu ?

— Dans ce cas, pourquoi est-ce que vous vous êtes figée sur place ?

— Je te l'ai dit, je ne m'en suis même pas rendu compte. T'es certain de ce que tu as vu ?

— Mouais ...

— Écoute, si tu dis que ce sont tes souvenirs qui refont surface, c'est bon signe. Mais t'es sûr que c'est ça et pas un simple rêve ? J'imagine que tu as très envie d'y croire. Je te demande simplement de ne pas trop te précipiter sur les conclusions.

Le survivant du massacre de l'hôpital la regarda quelques secondes, avant de détourner le regard et de mettre un t-shirt. Elle disait vrai. Il ne savait pas si ce qu'il avait vu était des souvenirs ou une simple création de son cerveau. En y réfléchissant, il n'avait pas le sentiment d'avoir accédé à sa mémoire. Silencieusement, il termina de ramasser ses affaires et de se préparer.

Quand tous les deux furent prêts, ils descendirent au premier étage, celui de la cafétéria. Contrairement à la veille, ils ne croisèrent pratiquement personne. Comme il était très tôt, aucun professionnel n'était encore présent pour les servir. Fournissant du pain et des fruits, en passant par le fromage, un buffet impressionnant et bien garni accueillait les nouveaux venus. Puis, un peu plus loin, de nombreuses tables de taille et de forme variées permettaient aux gens de s'asseoir où ils le voulaient. Kate et Shadow ne s'en privèrent pas et se remplirent l'estomac. La guerrière aux yeux hétérochromes expliqua à son protégé que son statut au sein de la Résistance lui permettait d'avoir quelques privilèges, notamment le fait d'être logée et nourrie. La cafétéria étant plus vide que la veille, le néophyte en profita pour contempler un peu plus l'endroit. Tout le mobilier était construit dans le même bois. Il devait s'agir d'érable, mais l'observateur ne s'y connaissait pas très bien. Au sol, un joli parquet clair égayait les lieux. Pour apporter un peu de tranquillité, quelques fontaines et plantes étaient disposées ici et là. Lorsque la salle était vide, le bruit de l'eau généré par les fontaines était apaisant et les fleurs apportaient une subtile odeur naturelle. Pour sublimer tout ceci, de nombreuses lampes stylisées illuminaient la cafétéria. Mais la pièce maîtresse était sans doute le gigantesque lustre qui était suspendu en plein centre. De couleur or, ses multitudes de cristaux en verre donnaient un effet élégant à cet environnement. Pendant qu'il prenait son déjeuner, le rescapé aux cheveux noirs observa tout cela avec intérêt.

— Il faut encore qu'on passe à l'armurerie avant de partir, informa l'invocatrice en finissant son chocolat chaud. On va essayer de trouver une arme qui te correspond mieux que ce pistolet lourd.

Son binôme acquiesça et termina de boire son café. Il regarda par une fenêtre et constata qu'il faisait toujours nuit dehors.

Après avoir fini de manger, ils empruntèrent un ascenseur et descendirent à l'armurerie qui était au cinquième sous-sol.

— Cet étage est protégé et surveillé en permanence, informa Kate dans l'élévateur. Si tu veux une arme quelle qu'elle soit, tu la trouveras ici.

Dès qu'ils sortirent de la cabine, ils se firent arrêter par un militaire borgne, armé d'un revolver. L'amnésique eut juste le temps d'apercevoir toutes sortes d'équipements rangés dans des râteliers dans des pièces protégées par de lourds barreaux métalliques, avant que le garde ne leur saute pratiquement dessus. Contrairement à l'ambiance luxueuse des étages supérieurs, le cinquième sous-sol se concentrait sur la défense et la sûreté du lieu. Les murs étaient épais et en acier, empêchant toutes sortes de communication par onde radio d'entrer ou de sortir d'ici. Des néons suspendus au plafond agissaient comme seule source lumineuse.

— Nom, division, grade et raison de votre venue, ordonna-t-il en menaçant Shadow.

— Du calme, répondit l'épéiste. Il est avec moi.

Le garde détourna le regard de l'étranger et écarquilla l'œil en reconnaissant la sorcière.

— Mouais. Comme vous le voulez, madame. Mais toi, sache que je t'ai à l'œil ! dit le fantassin en ne cessant de braquer celui qu'il n'avait jamais vu auparavant.

— Bordel ! Quelqu'un va-t-il m'expliquer pourquoi tout le monde se méfie autant de moi ? s'énerva l'inconnu en haussant le ton.

La lumière tremblota dans l'armurerie, avant de rapidement se stabiliser. La protectrice baissa l'arme du militaire en l'éloignant avec le bras.

— Je te l'ai dit, on n'aime pas trop ceux qu'on ne connaît pas par ici. On a déjà été trahis plusieurs fois … justifia-t-elle calmement. Ne le prends pas personnellement.

Elle tira gentiment son protégé par le bras pour le guider dans les dédales de l'armurerie. De fait, ils s'éloignèrent du garde qui continuait de fusiller du regard l'amnésique qui lui tournait le dos. La jeune femme raconta à son binôme que la guerre avait rendu tout le monde méfiant et que ce n'était pas une affaire personnelle. En progressant dans le couloir, l'homme aux yeux gris fut impressionné par la quantité de rangées entières remplies d'armes qui étaient entreposées ici. Toutes étaient cadenassées et placées derrière d'épaisses grilles. En voyant cette infrastructure, le nouveau venu se doutait qu'un redoutable système d'alarme devait également être mis en place. De nombreuses caméras étaient disposées dans cet espace. Elles étaient orientées de manière à couvrir chaque recoin de la zone, rendant impossible le fait de ne pas se faire voir en passant par ce couloir.

— On va te trouver une arme appropriée à ton style de combat, l'informa l'épéiste. Pour ça, on va effectuer une simulation de conditions de bataille. Tu auras à ta disposition toutes les armes que tu veux. C'est à toi de choisir celle avec laquelle tu te sens le plus à l'aise. Tu peux également changer d'arme pendant l'exercice, si tu te rends compte que celle que tu as choisie ne te correspond pas. À la fin de la simulation, on saura quelle arme tu dois prendre.

Le supposé mercenaire hocha de la tête, même s'il n'avait pas compris en quoi consistait cette simulation.

Ils finirent par entrer dans une salle de cinq cents mètres carrés totalement vide qui était au bout du corridor. La pièce était entièrement faite de dalles blanches, aussi bien sur le sol que sur les murs et le plafond. Shadow allait poser une question, mais la résistante donna la réponse avant qu'il n'ait le temps de la formuler.

— C'est ici qu'ont lieu les simulations. Oh et quoiqu'il se passe, débrouille-toi pour survivre, dit Kate en retournant vers la porte, laissant son protégé seul à l'intérieur avec ses dizaines de nouvelles interrogations.

La jeune femme entra une série de commandes sur un petit panneau de contrôle qui se trouvait à côté de l'entrée. Cet écran, tout comme le reste, était blanc immaculé. Tandis que la sorcière saisissait des données sur son interface, un bruit discret se fit entendre dans le dos de l'amnésique. Naturellement, il se retourna pour voir ce qui générait ce son et fut subjugué par ce qui était en train de se passer sous ses yeux. À deux mètres de lui, quelques dalles parmi celles qui composaient le sol se décomposèrent en plusieurs petits carrés. Cet effet créa un trou de forme rectangulaire par lequel une table commença à s'élever. Le meuble, également de couleur blanche, monta jusqu'à hauteur d'homme, avant de se stabiliser. Automatiquement, les dalles qui avaient disparu ressurgirent de l'ouverture et la rebouchèrent. Celui qui s'apprêtait à effectuer la simulation se retourna une fois encore pour demander à sa sauveuse si elle avait vu ce qu'il venait de se passer. Ce n'est qu'à cet instant qu'il remarqua qu'elle avait déjà quitté la salle. L'inconnu fit alors volte-face et observa plus en détail l'objet qui venait de sortir du sol. Sur la table qui était sortie de nulle part, toutes sortes d'équipements étaient entreposées :

des armes à feu, des armes de jet, des armes blanches, des explosifs et des objets dont le survivant du massacre de l'hôpital ne connaissait même pas l'utilité. Repensant à son combat contre les Exécuteurs, il choisit, sans trop d'hésitation, une mitraillette comme moyen de défense. Il scruta ensuite le reste de la pièce en s'interrogeant si quelque chose d'autre était apparu. Soudain, il reconnut la voix d'Aivi l'appeler depuis son accessoire.

— Shadow ! Shadow ! Faites attention. Une vague d'ennemis arrive dans trente secondes.

— Comment ça une vague d'ennemis ? Hey, explique-moi, dit-il en mettant ses lunettes, tout en étant légèrement paniqué.

— Analyse en cours. Analyse terminée. Vous êtes dans une simulation de combat avancée. Des vagues d'ennemis vont arriver en continu pour tester vos réflexes, votre instinct de survie et votre combativité. Faites de votre mieux pour vous en sortir, lança l'intelligence virtuelle d'un ton encourageant.

— Dans quoi je me suis fait embarquer encore ? se plaignit le jeune homme. Vu que j'ai le droit à tout pour m'aider. Je peux garder mes lunettes de combat ?

— Oui.

— Alors, je suis prêt !

Soudain, le supposé mercenaire entendit une nouvelle fois le son qu'avaient fait les dalles lorsqu'elles s'étaient animées un peu plus tôt. Il porta donc son regard en direction du bruit et découvrit ce qu'il se passait au fond de la salle. Une partie des structures composant la pièce s'étaient détachées, créant un trou dans le sol. Les dalles désormais libérées s'étaient mises à tournoyer de manière frénétique, formant ainsi un tourbillon. L'amnésique ne parvenait pas à comprendre comment tout cela fonctionnait. Avant qu'il ne puisse trouver une explication crédible, le balai des dalles s'arrêta brutalement, révélant, de cette manière, l'Exécuteur qui était apparu en leur centre. L'agitation du mécanisme du simulateur n'avait mis qu'une seconde pour se déployer, voltiger et redevenir aussi calme qu'à l'origine. Abasourdi, l'homme fut ramené à la réalité en apercevant l'œil rouge du robot tueur qui s'activa et scanna l'environnement. L'être mécanique repéra immédiatement son adversaire et tourna la tête vers lui. Avant qu'il ne puisse sortir des armes de ses avant-bras, le combattant profita du coup d'avance qu'il avait. Il ne perdit pas un instant, le visa et lui tira dessus. Une salve de balles partit sans attendre et toucha l'androïde en pleine tête. L'automate fut désactivé et s'écroula à terre.

— C'était plus facile que ce que je pensais, dit fièrement l'humain.

Tandis qu'il s'apprêtait à fêter cette victoire, un autre adversaire apparut à l'intérieur de la pièce, de la même manière que le premier.

— C'est trop facile, déclara l'artilleur en l'apercevant.

Il visa ce second ennemi, mais une paroi apparut entre lui et sa cible. Les dalles qui composaient le sol s'étaient dispersées un instant, avant de se réassembler en cet obstacle. L'inconnu courut se mettre à couvert derrière l'abri et s'approcha du bord. Il risqua un coup d'œil et vit son opposant qui commençait à contourner le mur. Shadow se mit alors en position et attendit que son adversaire apparaisse dans son viseur. Dès que l'être mécanique arriva dans son champ de vision, l'embusqué l'abattit d'une nouvelle salve de tirs. Cette fois, le tireur aux yeux gris n'eut pas l'opportunité de se vanter, car il entendit deux autres androïdes apparaître. Ne voulant pas se faire prendre en tenaille, l'artilleur prit les devants. Il franchit l'obstacle et élimina le premier Exécuteur en lui tirant en pleine poitrine. Le second eut le temps de se mettre à couvert derrière une paroi qui était apparue et riposta en mitraillant sur son ennemi. Ce dernier s'abrita derrière le premier mur, essoufflé. Il essaya de riposter, mais il tirait systématiquement à côté de sa cible. Comprenant que la panique lui faisait faire n'importe quoi, il se remit à l'abri derrière sa protection de fortune et se força à se calmer. Quand il fut prêt, il passa à l'action. Il commença par inspirer profondément, puis bloqua sa respiration. Pour finir, il passa sa tête de l'autre côté de la paroi et ouvrit le feu. Il se servit de la structure et appuya le canon de son arme contre, afin de gagner en stabilité. Ce coup-ci, les balles atteignirent leur cible en plein cœur. Les impacts désactivèrent immédiatement la machine qui arrêta ainsi de bouger. Les jambes de l'automate finirent par céder sous son poids et il bascula en avant. En percutant le sol, le robot explosa, noircissant les dalles alentour. L'amnésique fut fier de lui et rassuré de ne pas entendre le son que faisaient les éléments de la salle lorsqu'ils amenaient un Exécuteur. À la place, après ce dernier tir, le terrain d'entraînement se transforma complètement. Les dalles se mirent à se déplacer à une vitesse folle et à s'assembler de manière à composer d'autres structures. Seules celles qui se trouvaient sous les pieds de l'utilisateur ne bougeaient pas. Les assemblages qui venaient d'être créés s'associèrent à différentes constructions, formant un ensemble particulièrement complexe. Quand les mouvements cessèrent, les carreaux prirent des teintes variées, jusqu'à former un décor totalement surprenant au vu de la situation. Désormais, Shadow était dans une espèce de forêt. Il observa ce nouvel environnement et n'arriva pas à déterminer comment tout cela était possible. La végétation était apparue d'un coup. Il ne s'agissait pas de projection holographique, car il parvenait à saisir les branches et les feuilles des arbres. Même s'il savait que tout ceci avait été généré à partir des dalles du sol, la texture ressemblait à s'y méprendre à celle d'un véritable végétal. Dans ce cadre complètement différent, il ne parvenait pas à voir où se finissait la pièce. Il avait la sensation d'être dans une véritable forêt. Même les sons étaient reproduits. Des chants d'oiseaux résonnaient, des branches craquaient et il entendait également le clapotis de l'eau. Seule l'odeur trahissait l'authenticité du lieu. L'inconnu n'avait aucune idée pour expliquer la manière dont tout ceci était possible.

— Analyse en cours. Analyse terminée. Nous allons maintenant procéder à la deuxième partie du test. Au vu de vos résultats sur la première partie, vous devriez essayer une arme de précision, dit Aivi.

— Ne dis pas n'importe quoi. Je n'arrive pas à viser sous pression, répondit celui qui se faisait évaluer. Une telle arme me serait inutile. Au moins, avec les tirs automatiques, j'ai plus de chances de toucher.

— Faux. Votre problème ne vient pas de votre visée. Le souci vient de la panique que vous éprouvez lorsque vous êtes sous le feu ennemi.

— C'est bien ce que je dis …

— Oui, mais avec une arme silencieuse, l'ennemi pourrait ne jamais vous voir. Vous pourriez donc l'abattre sans problème avant qu'il ne vous tire dessus, argumenta le programme informatique.

— Bon. Ça vaut le coup d'essayer.

En suivant ce conseil, le combattant retourna à la table où toutes les armes étaient entreposées. Alors que toute la salle s'était métamorphosée, ce meuble et son contenu étaient restés en place. L'amnésique aperçut une pile de fusils de précision parmi les différents objets. Il les regarda tous, ne sachant pas les différencier. Il en choisit un au hasard dans le tas et s'en saisit. Au moment où il soulevait cet équipement, un canon bleu royal attira son regard. Là, sous les autres, se trouvait une arme magnifique aux yeux du supposé mercenaire. Il la dégagea de sous la pile et la prit dans ses mains. L'objet était à la fois léger et élégant. Son nouveau propriétaire constata que le magasin, qui était énorme pour un fusil de ce genre, pouvait contenir vingt et une munitions.

— Analyse en cours. Analyse terminée. Voici un sniper D3A74. Ce fusil de précision est polyvalent, grâce à ces deux modes de tir. Par défaut, il est en mode de tir unique. Mais il est possible de passer en tir en rafale en maintenant le bouton situé sur le côté droit de sa poignée. Son canon de cent cinq centimètres de long lui confère une puissance de feu redoutable.

Attention cependant à ce que les ennemis ne viennent pas trop proches. Il est fabriqué à partir d'un alliage d'aluminium et de fibres de carbone, ce qui lui procure une masse totale de cinq cents grammes avec un magasin plein. Il est également équipé d'un silencieux ainsi que d'un absorbeur de chaleur qui réduit fortement le rayonnement thermique des tirs. Grâce à cela, c'est une arme furtive de haute qualité. Elle est également équipée d'une bretelle pour pouvoir facilement la porter dans votre dos. Il est possible de rabattre la crosse, afin de diminuer légèrement ses dimensions pour le transport. Pour ce que j'en sais, c'est un prototype unique en son genre.

— Waouh, ne put s'empêcher de dire Shadow.

Il soupesa plusieurs fois l'arme et fit quelques manipulations avec pour la prendre en main. Il visa un arbre particulièrement éloigné pour tester la précision de ce fusil. Le coup atteignit exactement la branche que l'artilleur visait. En constatant ceci, le tireur d'élite laissa échapper un sourire. Tandis qu'il n'en revenait toujours pas d'avoir un tel équipement en sa possession, il entendit le bruit de trois Exécuteurs qui se matérialisaient quelque part dans la forêt. L'amnésique étudia la zone autour de lui et y aperçut un terrain en surplomb, à l'abri des regards. Il y alla aussi discrètement que possible et se mit à couvert. Il chercha du regard ses cibles lorsque ses lunettes détourèrent la silhouette d'un robot en contrebas. Le jeune homme sourit, impatient de tester sa nouvelle arme sur une cible mouvante. Il se positionna à plat ventre et posa le D3A74 à terre, à l'aide de son bipied. Puis il l'appuya la crosse contre son épaule droite et visa. Son index était en contact avec la détente, mais il ne l'enfonça pas. À travers ses lunettes et celle du sniper, il n'eut aucun mal à viser sa cible. Il appuya lentement sur la détente jusqu'au cran d'arrêt, puis attendit le moment parfait pour la presser. L'artilleur calma sa respiration et ouvrit le feu. La balle quitta le canon du fusil à toute vitesse. Elle vola droit en direction de l'androïde et fit un trou de trois centimètres dans la tête de ce dernier. Tout cela se passa en un instant et pratiquement sans un bruit. Le tireur d'élite aperçut les deux autres cibles et les extermina de la même manière. Lorsque l'ultime adversaire s'effondra, le décor de la salle changea encore une fois pour revenir à son état initial.

— Félicitations. Tu as trouvé une arme qui te correspond, dit Kate en entrant par la porte. Et maintenant, direction le labo du Doc ! On a un colis à transmettre, ajouta-t-elle en agitant le disque de données qu'elle avait dans sa main droite.

— Je peux vous poser une question avant ? demanda l'inconnu en mettant son sniper dans son dos et en rejoignant la résistante. Qui a créé les Exécuteurs ?

— Aucun des deux camps, si c'est ça ta question. La vérité est ironique. Ils ont été créés quelques années avant qu'on découvre les pouvoirs des sorciers. Ils étaient censés faire régner la justice sur Terre, lui répondit la jeune femme. Une police améliorée en somme ... Mais le Consortium s'en est emparé et les a reprogrammés pour en faire une force armée.

Le duo passa rapidement au dépôt de munitions, afin que l'artilleur puisse en avoir une réserve avec lui. Il glissa ainsi trois magasins d'armes supplémentaires dans les poches de son manteau. Puis, ils sortirent du bâtiment et prirent une voiture pour se rendre à la sortie de la ville. En parcourant la cité, Shadow avait passé l'intégralité du trajet à regarder dehors. Il voulait bénéficier de ce voyage pour rattraper tout ce qu'il avait manqué lorsqu'il était un prisonnier à l'arrière du véhicule blindé. Contrairement à la veille où la métropole grouillait de vie, les rues étaient désertes. L'amnésique en profita pour observer les différentes architectures. Il y avait beaucoup d'immeubles, mais également quelques habitations individuelles. Presque toutes les infrastructures étaient similaires. Les plans de la cité avaient certainement été réalisés par un seul spécialiste. En supposant que La Forteresse avait été construite en urgence et récemment, le néophyte trouvait que tout cela prenait sens. Cependant, il ne savait pas pourquoi une telle métropole avait dû être bâtie aussi vite et se demanda alors si son hypothèse était vraiment crédible.

L'invocatrice amena la voiture le plus proche possible du portail téléporteur. Ils descendirent à un parking qui se situait proche du point de contrôle de l'armée. Ils s'approchèrent à pied des soldats qui les contrôlèrent, sans prendre trop de temps. Même s'il s'agissait d'une vérification de routine, cette fois encore, les gardes furent brusques avec Shadow. Mais, quand ils reconnurent la bretteuse, les fantassins changèrent d'attitude et laissèrent le duo passer.

L'épéiste traversa le portail en premier. Son protégé, lui, prit son temps et passa d'abord sa main droite. Il était fasciné par le fait de la voir disparaître derrière cette espèce de nappe informe verdâtre qu'était le portail, pour la voir réapparaître du côté du château. Au bout de quelques secondes, il sortit de ses pensées et traversa le téléporteur.

CHAPITRE 13 :
RETOUR AU LABO

Kate et Shadow parcoururent rapidement la distance entre le château et la falaise. Ils traversèrent facilement les champs qui entouraient l'entrée de La Forteresse. L'air frais du matin fit valser les pousses, ainsi que les branches de la forêt. L'amnésique aperçut de loin quelques personnes qui travaillaient dans les prés entourant le quartier général de la Résistance. Certains étaient à pied, tandis que d'autres conduisaient de grandes machines agricoles. De ce côté du téléporteur, le soleil venait de se lever depuis à peu près une heure. Le froid matinal était encore présent et le givre recouvrait l'herbe de même que les feuilles des arbres. Les rayons de l'étoile venaient réchauffer la peau, donnant à l'ensemble une température agréable. Dans la forêt, elle était bien plus basse, car la forte végétation empêchait la lumière de passer à travers. Durant le trajet, les deux nouveaux camarades continuèrent de parler de mangas. Le jeune homme hésita plusieurs fois à poser des questions sur ce monde de magie qu'il était en train de découvrir. Cependant, en sachant qu'il obtiendrait ces informations d'ici la fin de la journée, il se retint de les formuler.

— Bon. Et comment on remonte là-haut ? demanda le survivant du massacre de l'hôpital lorsqu'ils arrivèrent au pied de la falaise.

— Comme ça, dit l'arcaniste en se rapprochant d'une pierre que rien ne distinguait des autres.

Elle invoqua une dague et se fit une légère entaille sur son index, avant de révoquer son arme. Puis, avec la goutte de sang qui perlait sur son doigt, elle traça un symbole sur la roche. Le néophyte ne savait pas ce que ce glyphe signifiait, mais il remarqua qu'il était différent de celui qu'elle avait tracé dans la cabane du Doc. Une fois le signe terminé, la pierre brilla d'une lumière orange et chaude. Deux drones apparurent alors à côté de la jeune femme, avant de se poser. Les rotors des engins s'arrêtèrent jusqu'à se stopper complètement et la sorcière put embarquer dessus. Ces appareils étaient les mêmes que ceux qui avaient rattrapé Shadow durant sa chute mortelle de la veille. Contrairement au jour précédent, il eut tout le temps de les observer attentivement. Il repéra ainsi un détail qui lui avait échappé jusqu'à maintenant : entre leurs huit rotors, il y avait un petit siège pour permettre à un passager de s'y installer. L'espace entre le fauteuil et les pales était réduit, mais garantissait néanmoins la sécurité de l'usager. L'épéiste coiffée d'une queue-de-cheval monta sur le premier drone, puis tourna la tête vers son protégé. Ce dernier, perdu dans ses observations, mit un petit moment avant de sentir le regard de la résistante sur lui. Lorsqu'il remarqua qu'elle l'attendait, il s'empressa de grimper sur le second appareil. Dès que la machine détecta le poids de son utilisateur, elle démarra ses rotors qui gagnèrent facilement de la vitesse. Quand il fut prêt, l'aéronef décolla et s'éleva à la suite de celui de la protectrice. Tous deux montèrent rapidement en haut de la falaise et y déposèrent leurs utilisateurs.

— C'est pas douloureux de vous couper le doigt dès qu'il faut tracer ces symboles ? questionna Shadow en descendant de son moyen de transport.

Bien que le fait d'être assis au milieu des moteurs était très impressionnant, le jeune homme avait pu profiter de la montée pour regarder la vue qui s'offrait à lui. Découvrant ainsi un magnifique paysage d'une forêt verdoyante, baignée dans une ambiance magique qui était due aux teintes rosées des nuages matinaux.

— On s'y habitue. Mais bon, c'est pas pire que la dissection de la rate à chaque fois qu'on doit retirer de l'argent, répondit l'invocatrice.

— Quoi ? Vous devez vraiment faire ça ?

— Bon sang ! Bien sûr que non. Tu imagines un peu ? Ce serait grotesque, ricana la sorcière.

Son binôme se retint de la frapper doucement dans l'épaule, tandis que Kate reprit sa marche l'air de rien. Ils s'enfoncèrent dans la forêt par laquelle ils étaient passés à l'aller. Juste avant de s'enfoncer dans les bois, l'individu aux yeux gris lança un ultime regard derrière lui pour observer le panorama magnifique.

Le duo avait cessé de discuter en entrant dans les bois. L'un comme l'autre se souvenaient de l'attaque des Liépants qu'ils avaient subie la veille. Aucun des deux ne souhaitant revivre cet événement, ils préféraient se faire discrets dans leurs déplacements. La protectrice ouvrait donc la marche, se déplaçant de manière parfaitement silencieuse, en évitant les branches tombées au sol ou n'importe quel élément pouvant générer du bruit. Son protégé l'imitait en donnant le meilleur de lui-même, sans pour autant parvenir à rivaliser avec elle. Néanmoins, il parvint à réduire au minimum le son généré par ses pas. En sentant la présence de son D3A74 dans son dos, il fut quelque peu rassuré. Avec de la chance, il n'aurait pas à s'en servir. Dans le cas contraire, il serait mieux équipé que la veille.

Lorsqu'ils arrivèrent à l'endroit où ils avaient vaincu les chimères, les corps de ces dernières avaient disparu. Il restait des traces de sang sur le sol et l'herbe était couchée là où les cadavres avaient été abandonnés. La guerrière s'approcha des marques dans le terrain et commença à les analyser.

— Je n'aime pas ça … lança-t-elle. Tu vois comme l'herbe est pliée ici ? Ça révèle que les corps des Liépants ont été déplacés il y a peu de temps.

En effet, comme l'arcaniste venait de le faire remarquer, les brins d'herbe étaient courbés en suivant une direction bien précise. De plus, la terre, ameublie par l'humidité de la forêt, était marquée, ce qui confortait cette théorie.

— Et les traces dans le sol, juste là, prouvent que quelqu'un ou quelque chose a tiré les carcasses par ici, analysa Shadow en suivant du doigt une empreinte de pas sur l'herbe.

Lui-même venait de découvrir qu'il avait quelques talents de pisteur. Il ne s'en plaignit pas, au contraire, il jugea cette aptitude particulièrement utile. Grâce à cela, il vit très clairement la distinction entre les empreintes de pas qui s'étaient approchées des cadavres et celles qui s'étaient éloignées en les portant. Le second jeu de marques était bien plus profond, indiquant que la masse de ce qui avait laissé ses traces avait augmenté. La constatation de tout cela renforça sa pensée sur le fait qu'il était un militaire, avant de perdre la mémoire. Il se mit alors à imaginer à quoi sa vie d'avant devait ressembler. Le rêve encore frais qu'il avait fait durant la nuit vint s'ajouter à ses pensées, rendant la distinction entre imagination et réel plus confuse.

— Analyse en cours. Analyse terminée. Si je puis me permettre, à la vue de l'état du terrain, je dirais que les chimères ont été déplacées il y a un peu moins de vingt minutes, intervint Aivi, interrompant les réflexions de l'amnésique.

— Vingt minutes ? répéta Kate avec une pointe d'inquiétude. Viens. Il faut qu'on bouge de là ! ordonna-t-elle brusquement.

— Pourquoi ? Ça peut bien être des animaux qui ont fait ça, supposa le novice qui ne parvenait pas à déterminer à quoi appartenaient les empreintes de pas. On est dans une forêt après tout. Ça pourrait également être des chasseurs qui les ont ramassés.

— Je peux t'assurer que non. Et c'est bien là le problème. Je sais qui a fait ça. Ce sont les Exécuteurs !

— C'est débile. Pourquoi des machines auraient besoin de nourriture ?

— Ce n'est pas pour eux. Le Consortium possède également ses propres chimères. Des créatures faites pour une seule chose : pister leur proie. Je parie que, quand on a fui New Hope, ils nous ont pistés avec ces chimères. Les Exécuteurs ont ramassé les restes de celles qu'on a tuées et ils les ont rapportées pour nourrir les leurs.

— Et elles ont l'air de quoi ces bestioles ? s'inquiéta le supposé mercenaire en mettant ses lunettes de combat.

— On les appelle les Traqueurs. Ce sont de très gros chiens de chasse. Ils ont un odorat surdéveloppé, une ouïe aussi fine que possible et une vue extraordinaire. Quand ils te trouvent, ils te lâchent plus, lui expliqua la demoiselle aux cheveux noir de jais.

— Est-ce qu'ils ont des dents comme les tigres à dents de sabre et des griffes aussi longues qu'un couteau ? demanda le tireur d'élite en saisissant son arme dans son dos, la voix tremblante.

— Exactement. Comment tu sais ça ?

— Parce qu'il y en a un, à cinquante mètres dans cette direction, chuchota Shadow en pointant l'endroit avec son sniper.

L'invocatrice matérialisa immédiatement une épée fine dans chacune de ses mains et se tourna dans la même orientation que son protégé.

— C'est trop tard pour fuir. Ils savent où nous sommes, annonça la sorcière.

Le Traqueur ne bougea pas. L'artilleur était persuadé que la bête savait qu'ils l'avaient vue. Tel un prédateur, elle se contenta de fixer ses futures victimes. Puis, sans prévenir, l'énorme chien de chasse redressa la tête en arrière, avant de pousser un hurlement terrifiant. Ses congénères répondirent alors à son appel, générant ainsi une sorte d'écho un peu partout dans la forêt. Ces cris ressemblaient à ceux des loups, mais en étant beaucoup plus terrifiants. Les chimères avaient localisé leurs proies et s'apprêtaient à donner la chasse. Mû par l'instinct, l'amnésique tira sur la créature qui hurlait et l'abattit avant qu'elle n'ait eu le temps de finir son cri.

— COURS ! lui ordonna Kate.

Sur ces mots, elle s'élança à toute vitesse. Son protégé, pour sa part, se lança sur ses talons. L'arcaniste menait la course et l'inconnu la suivait sans réfléchir à la direction qu'ils prenaient. La jeune femme se déplaçait avec agilité entre les arbres, tandis que son binôme commençait déjà à avoir les jambes en feu. Avant qu'il n'ait le temps de comprendre, l'escrimeuse pivota sur elle-même et tua un Traqueur qui les avait rattrapés. La bête avait ouvert sa gueule en grand, essayant de mordre le bras droit du tireur avec ses crocs impressionnants. La bretteuse l'avait stoppé d'un puissant tranchant horizontal. La lame était passée dans la gueule du monstre, avant de ressortir de l'autre côté, le décapitant pratiquement.

— Plus vite ! On y est presque ! lança l'invocatrice en reprenant son trajet.

L'artilleur n'eut même pas la force de répondre et se concentra sur sa course. Il savait que s'il s'arrêtait maintenant, la mort le rattraperait. Malgré ses efforts, la demoiselle le distançait rapidement. Il entendit alors un bruit sur son flanc gauche et réagit à l'instinct. Il n'y réfléchit pas à deux fois pour s'arrêter et viser dans cette direction. Il chercha sa cible, mais même ses lunettes de combat ne la trouvaient pas. Il se retourna brusquement lorsqu'un craquement de branche retentit dans son dos. Cette fois encore, il n'y avait pas de chimère, mais juste des arbres et des arbustes. Les monstres jouaient avec lui et s'amusaient à le tourmenter. Les créatures poussèrent des grognements et autres jappements, mais l'amnésique fut incapable de discerner distinctement l'origine de ces cris. Soudain, une tache floue se mut dans son champ de vision. Shadow aperçut cette silhouette se déplacer non pas horizontalement, mais verticalement. Il leva donc les yeux et découvrit ainsi où les prédateurs s'étaient cachés. Les Traqueurs avaient escaladé les arbres et encerclaient totalement leur proie depuis les hauteurs. Comprenant parfaitement qu'en restant sur place il n'avait strictement aucune chance de s'en sortir, le jeune homme partit en courant dans la dernière direction où il avait aperçu Kate. Dès qu'il se mit en mouvement, une des chimères lui bondit dessus et le percuta de plein fouet. L'animal planta ses griffes dans l'épaule droite du tireur d'élite et le fit tomber au sol. Durant sa chute, les doigts de l'artilleur se crispèrent et un coup de feu partit lorsqu'il enfonça la détente. Un jappement retentit, tandis qu'un liquide chaud se répandit sur les mains du supposé mercenaire.

Un peu sonné, le rescapé mit quelques instants à comprendre où il était. Couché sur le dos contre la terre ferme, il avait le torse et la partie inférieure du corps qui étaient écrasés par la chimère qu'il venait d'abattre involontairement. Reprenant ses esprits, la proie tenta de se libérer le plus vite possible, mais le poids de l'espèce de chien de chasse géant rendait la tâche bien plus difficile que prévu. La détonation de l'arme à feu avait refroidi les ardeurs des autres Traqueurs. Cependant, en comprenant que leur cible était piégée, une dizaine de monstres ne tarda pas à se rapprocher. Après être redescendus des arbres, ils formèrent un cercle qui rapetissait trop rapidement aux yeux de la personne empêtrée. Le survivant du massacre de l'hôpital essayait tant bien que mal de se libérer, mais il ne parvenait pas à décoincer ses jambes du cadavre qui l'écrasait. Il paniqua de plus en plus en voyant la mort se rapprocher de lui. Comprenant qu'il n'arriverait pas à se dégager à temps, il changea de stratégie. Bien que sa position soit loin d'être idéale, il visa la créature la plus proche au travers de la lunette de son D3A74 et ouvrit le feu. Tandis que la balle quittait à toute vitesse le canon bleu royal du fusil de précision, la détonation fit sursauter les animaux. Le projectile fonça droit en direction de sa cible, mais la manqua de plusieurs centimètres. Cet échec porta non seulement un coup au moral déjà bien bas de Shadow, mais le recul de l'arme, combiné à sa mauvaise position, lui provoqua une douleur au bras. Le jeune homme poussa un juron et retenta sa chance. Cette fois-ci, il prit le temps de saisir correctement son sniper et parvint à l'épauler. Il se dépêcha d'appuyer sur la détente et une autre détonation retentit dans la forêt. À nouveau, la balle manqua sa cible et alla se perdre dans les bois. Néanmoins, la tenue correcte du fusil permit au tireur d'éviter de se blesser inutilement.

— Bordel ! C'est pas le moment ! Concentre-toi ! se dit-il à voix haute.

— Je vous rappelle que vous pouvez passer en mode de tir en rafale en pressant le bouton là, l'informa Aivi en lui montrant le bouton à travers l'interface des lunettes de combat.

Le combattant, qui avait complètement oublié la présence de l'intelligence virtuelle, la remercia mentalement. Il suivit son conseil et changea le mode de tir, mais n'ouvrit pas immédiatement le feu. Les deux décharges précédentes avaient prouvé aux chimères que leur cible était toujours capable de se défendre, malgré sa situation défavorable. Les Traqueurs progressèrent donc avec prudence, mais continuaient de se rapprocher inlassablement. L'index de l'artilleur se mit à trembler sur la détente, pendant qu'il luttait contre son instinct pour ne pas la presser. Afin de maximiser ses chances, il voulait attendre que les créatures soient au plus proche de lui. Soudain, il sentit la masse qui lui écrasait la moitié du corps augmenter. La gueule aux dents de sabre d'un des prédateurs ne tarda pas à apparaître au-dessus du cadavre de son congénère. Tandis que cet animal rapprochait ses crocs de sa proie, tout en laissant un filet de bave couler, Shadow passa à l'action et contre-attaqua. Il lui fallut trois tentatives pour abattre la chimère la plus proche. Les nouvelles détonations furent également le signal qui provoqua l'assaut des monstres restants. Les animaux se mirent alors à courir en zigzag et se précipitèrent sur le tireur. Ce dernier visa celui qui arrivait le plus rapidement sur sa position et l'abattit en trois coups. Se souvenant que le magasin de son arme était limité et que, dans cette position, il ne parvenait pas à accéder à son stock de munitions, le prisonnier repassa en mode de tir en coup par coup. La panique qu'avaient engendrée ses détonations rapprochées avait totalement désorganisé la formation des bêtes, offrant une chance de survie à l'amnésique. Se forçant à rester calme, il visa une énième bestiole et l'abattit. Il répéta cette opération à de multiples reprises, éliminant ainsi un bon nombre de ses ennemis. À mesure qu'il avait retrouvé son calme, la précision de ses tirs avait également augmenté. Même si la puissance de son arme lui permettait d'abattre ces animaux en un seul coup, il ne parvint pas à se débarrasser de tous, avant qu'il ne finisse de vider son magasin. Les deux dernières chimères, voyant le massacre de leurs camarades, étaient parties se réfugier derrière des arbres. Le combattant visa l'une d'entre elles et ouvrit une énième fois le feu, mais un sinistre *tic* retentit. Comprenant son échec, il s'en voulut d'avoir mis autant de temps pour toucher ses cibles et frappa le sol de rage. Sachant pertinemment que ses chances de survie étaient maigres, il retenta de se dégager, avant que les ultimes Traqueurs ne se ressaisissent.

— Bordel ! C'est pas vrai ! maugréa l'individu piégé, en constatant la vacuité de ses efforts.

Les deux créatures finirent par comprendre que leur cible était prise au piège et se mirent à lui bondir dessus. Avec un regain de courage, elles poussèrent un puissant hurlement et foncèrent à vive allure sur l'artilleur. La proie piégée poussa un juron, n'ayant aucune idée sur la manière de se sortir de cette situation.

— Ne perdez pas espoir trop tôt, le rassura Aivi. Les renforts arrivent.

Dès qu'elle eut terminé sa phrase, Kate sauta par-dessus son protégé et les corps des chimères qui le bloquaient. Sans s'arrêter, elle fonça contre les animaux, ses épées prêtes à taillader. Elle prit ainsi par surprise les dernières bêtes qui, emportées par leur élan, ne pouvaient plus éviter la confrontation. Tandis que le trio allait se percuter, les monstres tentèrent de mordre leur nouvelle ennemie en utilisant leurs puissants crocs. Au dernier moment, l'invocatrice sauta et fit une pirouette en l'air. Les gueules des chimères se refermèrent à l'endroit où les jambes de la sorcière se situaient l'instant d'avant. En étant au-dessus de ses adversaires, la jeune femme donna deux puissants coups avec ses lames. Les armes décrivirent des arcs de cercle qui traversèrent sans peine la nuque des animaux, les tuant immédiatement. Sans vie, les cadavres des Traqueurs glissèrent au sol et finirent leur course de part et d'autre de Shadow qui était toujours incapable de bouger. Dès que ses pieds touchèrent à nouveau la terre ferme, la bretteuse fit demi-tour et s'approcha de son protégé. Sans prendre le temps de faire une blague sur la situation dans laquelle il se trouvait, elle l'aida à se dégager. Ensemble, ils eurent la force nécessaire pour légèrement soulever les corps et ainsi libérer l'amnésique.

— Merci. Excellent timing, dit-il une fois debout, alors qu'il n'en revenait pas d'être vivant.

— On n'a pas le temps pour les remerciements. Il faut continuer à fuir. Ça, c'était la première vague de Traqueurs. Il y en a toujours deux : celle qui piste les proies et celle qui guide les Exécuteurs jusqu'aux proies, répondit Kate. Allez, on y va !

Sans tergiverser plus longtemps, ils reprirent leur course interminable dans la forêt.

CHAPITRE 14 :
COURSE-POURSUITE

Après quelques minutes de course, l'épéiste se retourna pour vérifier où en était son protégé. Ce dernier peinait à tenir le rythme et se situait à une vingtaine de mètres derrière elle. La jeune femme aux yeux vert et bleu étouffa un juron et repartit en arrière le chercher.

— Qu'est-ce que tu fous ? demanda-t-elle.

— J'en … peux … plus … peina à formuler son binôme.

La bretteuse continua de regarder en direction de leurs enne-mis, laissant quelques secondes de récupération à Shadow. Le supposé mercenaire respirait à coups de grandes bouffées, faisant son possible pour essayer de retrouver son souffle. Le point sur le côté qu'il avait, ses jambes en feu et son épaule blessée qui le lan-çait lui donnaient une image relativement précise quant à leurs chances de s'en tirer. La sorcière l'observa quelques instants, tirant ses propres conclusions. Ils ne tardèrent pas à entendre les hurlements des chimères s'approcher, démoralisant le duo encore un peu plus.

— Allez ! On doit continuer ! encouragea l'arcaniste qui savait pertinemment que la suite allait être compliquée.

— Pour aller où ? interrogea son camarade en reprenant son souffle. On n'aura jamais le temps de rejoindre le labo du Doc avant qu'ils ne nous rattrapent.

La guerrière s'étonna qu'il en soit arrivé à la même conclusion qu'elle. Elle réfléchit un moment et trouva une solution précaire.

— Recharge ton arme et garde des munitions à portée de main.

Le combattant aux cheveux noirs s'exécuta sans comprendre le plan.

— C'est fait.

— Parfait. Ça va être risqué, mais voilà le plan : continue d'avancer tout droit, en courant en arrière. Avec ton arme, tu te charges d'abattre les Exécuteurs dès qu'ils se montrent. Laisse-moi me charger des Traqueurs qui se rapprocheront un peu trop. Tu me fais confiance ?

Shadow la regarda dans les yeux et n'hésita pas plus longtemps. Ce plan était loin d'être parfait, mais il n'en avait pas d'autre à proposer et ils n'avaient pas le temps d'y réfléchir davantage.

— Évidemment que je vous fais confiance !

— Je compte sur toi pour ne pas me tirer dessus, ajouta l'invocatrice en lui faisant un clin d'œil.

L'amnésique lui répondit d'un sourire réconfortant, avant de se mettre à courir à reculons.

L'exercice fut particulièrement complexe. Après les quelques pas que le jeune homme venait de faire, il se rendit compte qu'il allait forcément finir par trébucher. Il se retourna donc et courut en tournant le dos à ses poursuivants. À la place de se fier à son sens visuel, il se basa sur son ouïe pour déterminer la proximité de ses ennemis. Au moment où il eut un doute sur la distance qui les séparait, il stoppa sa course et se retourna. Au loin, entre les arbres, il remarqua des bouts de métaux apparaître entre les feuillages. Le tireur d'élite épaula son arme et visa. Dès qu'il aperçut une partie d'un robot dans la lunette de son fusil de précision, il ouvrit le feu. La seconde d'après, il vit sa cible basculer en arrière. Sans attendre plus longtemps, il fit volte-face et reprit sa course interminable. Il répéta cette opération quelques fois, avant que l'avantage numérique des poursuivants ne finisse par se démarquer. Désormais, lorsqu'il se retournait, l'artilleur apercevait très clairement plusieurs androïdes qui lui fonçaient dessus et, juste devant eux, les énormes chiens de chasse qui bondissaient en poussant des hurlements. Le sniper ne pouvait plus se permettre de rester statique plus d'une seconde. Lorsqu'il faisait volte-face, il avait déjà son arme épaulée et tirait le plus vite possible, avant de reprendre sa fuite. Désormais à une portée adaptée à leurs mitraillettes, les automates avaient commencé à répliquer. Les êtres mécaniques ouvraient le feu sur l'inconnu, mais ne parvenaient pas à le toucher. Le fuyard essayait au maximum de s'aider des abris naturels de la forêt pour se protéger. Lorsqu'il se retournait pour tirer, il le faisait à chaque fois derrière un arbre, de manière à réduire le plus possible l'exposition de son corps. Bien souvent, les végétaux finissaient criblés de balles, lorsqu'il reprenait sa course. À de multiples reprises, il aperçut Kate s'occuper des Traqueurs qui continuaient de gagner du terrain sur eux. La sorcière courait parallèlement à l'amnésique, mais ne semblait pas être la cible des robots. Profitant de cela, elle bondissait latéralement en tranchant les chimères qui s'approchaient trop de son acolyte. Étant plus rapide que Shadow, l'épéiste parvenait facilement à remonter à sa hauteur pour continuer de le couvrir. Le tireur d'élite, qui captivait l'attention des êtres mécaniques, dut veiller plus d'une fois à la position de la jeune femme avant d'ouvrir le feu. Bien souvent, la guerrière était en train d'éliminer un des molosses, tandis que son binôme abattait un des Exécuteurs. Le duo parvint ainsi à résister pendant quelques minutes qui leur parurent bien longues. Malheureusement, inlassablement, les machines gagnaient du terrain. Dès que la distance se réduisait, leur puissance de feu augmentait, mettant de plus en plus en danger les fuyards. Leur course-poursuite les amena jusqu'à une colline à faible dénivelée.

Néanmoins, ce qui devait arriver finit par se produire. L'individu aux yeux gris se retourna une énième fois et tira en plein dans la tête de l'Exécuteur le plus proche qui se trouvait à cinquante mètres de leur position. Au même moment, la bretteuse taillada un monstre qui s'apprêtait à bondir sur l'amnésique, alors qu'il était à deux mètres de lui. Pendant que l'artilleur se retournait pour continuer à courir, il aperçut un autre ennemi sortir de derrière la carcasse de celui qu'il venait d'abattre. Le temps que l'inconnu puisse aligner son viseur avec sa cible, l'automate eut l'opportunité de faire feu un coup. La balle de l'humain troua la tête de l'être mécanique, en même temps que celle du robot traversa le genou droit de l'escrimeuse. Le projectile perfora l'articulation de la combattante dans le sens de la largeur, tandis que l'énergie de l'impact la fit tomber au sol. La demoiselle poussa un hurlement de douleur et porta instinctivement ses mains à son membre meurtri. Les épées de l'invocatrice se révoquèrent instantanément dans un nuage violet, la laissant totalement désarmée. Le tireur d'élite poussa un juron et se plaça entre elle et leurs poursuivants. Désormais dans une position statique, il eut plus de facilité à viser, mais il savait qu'il n'allait pas tarder à être blessé, voire pire. Il se concentra principalement sur les androïdes et leur tira dessus, avant que ces derniers ne puissent l'avoir dans leur ligne de mire. Cependant, les Traqueurs restants vinrent le perturber, le forçant à détourner le regard de là où les robots allaient arriver. Shadow fit tout son possible pour continuer à garder tous ces ennemis éloignés de sa sauveuse et de lui-même. Cependant, une chimère parvint à tromper sa vigilance et lui bondit dessus depuis le flanc gauche. Le supposé mercenaire eut juste le temps de se retourner, mais ne put rien faire pour se défendre. Alors qu'il s'attendait à recevoir une morsure, une lame vint se planter dans la tête de l'animal et le cloua à terre.

— Fuis ! Retourne au QG chercher Artémis ! ordonna Kate.

La sorcière se tenait péniblement sur sa jambe gauche, tandis que la droite semblait inanimée. Afin de garder son équilibre, la jeune femme prenait appui sur l'arme qu'elle tenait dans sa main droite. En voyant son état, l'artilleur savait pertinemment qu'il lui était impossible de résister face aux ennemis restants.

— Je refuse de vous abandonner ! dit-il. Peu importe ce qu'il va se passer, on l'affrontera ensemble !

Un nouvel Exécuteur apparut au loin et l'amnésique l'abattit immédiatement. Quelques hurlements de Traqueurs se firent entendre, mais ils avaient encore quelques secondes avant qu'ils n'arrivent sur eux.

— Vous m'avez sauvé la vie plus d'une fois. Maintenant, c'est à moi de le faire ! ajouta le jeune homme.

— Si tu savais … murmura l'arcaniste, sans que son protégé ne l'entende. Shadow, on n'a pas le temps de discuter ! reprit-elle plus fort. Ils ne vont pas me tuer, mais me capturer, puis m'emmener à la prison de New Hope. Va chercher Artémis et venez me libérer là-bas !

Avant que le tireur d'élite ne puisse répondre quoi que ce soit, l'épéiste lui donna un coup de coude et le déséquilibra. La configuration du terrain fit tituber le supposé mercenaire qui finit par dévaler la pente de la colline. À mi-chemin, il s'emmêla les pinceaux et trébucha, terminant sa course en se rappant contre le sol. Il se releva rapidement et ne tarda pas à apercevoir les robots qui s'approchaient de sa protectrice. Serrant les poings de rage, le rescapé se résolut à appliquer le plan de la guerrière. Il tourna les talons et détala en direction de La Forteresse.

Le fuyard sprinta autant que possible. Il courut aussi longtemps qu'il le pouvait. Douloureux, tout son corps lui hurlait de s'arrêter, mais il savait pertinemment qu'il ne pouvait pas se le permettre. Kate était en train de se faire capturer par le Consortium, et il ne devait pas perdre un instant. De mémoire, il fonçait aussi vite que possible en direction de la falaise. En plus d'être à bout de forces physiquement, le survivant du massacre de l'hôpital était fragilisé psychologiquement. Il n'arrêtait pas de se demander ce que sa protectrice était en train de subir et si elle allait s'en sortir. S'il avait été plus fort, il aurait pu se défendre plus efficacement et ainsi la sauver. C'était uniquement parce qu'elle était restée pour lui qu'elle avait fini par se prendre une balle dans le genou. Si seulement il avait un pouvoir … Avec cela, il aurait pu l'utiliser contre les poursuivants et-. Soudain, une idée lui traversa l'esprit.

— Aivi ! Aivi, tu peux contacter la Résistance ? se renseigna le coureur à bout de souffle.

— Analyse en cours. Analyse terminée. Je suis désolée, Shadow, mais ces lunettes ne sont pas prévues pour communiquer. Je peux seulement améliorer l'interface utilisateur et capturer des vidéos.

Le fuyard enregistra l'information et continua sa course folle.

Tout à coup, il entendit un bruit derrière lui. Sans s'arrêter, il regarda par-dessus son épaule, mais ne vit strictement rien. Au fond de lui, le sprinteur avait espéré que c'était sa protectrice qui l'avait rattrapé. Une image d'elle en train de se tenir debout avec le genou en sang lui fit rapidement réaliser la stupidité de son espoir. Soudain, il entendit une fois de plus ce bruit venant de son dos. Ce coup-ci, le sniper s'arrêta et s'abrita derrière un arbre, avant de se mettre à observer les environs. Puis, il les aperçut. Deux des Exécuteurs l'avaient poursuivi et se précipitaient dans sa direction. Sans hésiter, le jeune homme épaula son arme, visa et tira. Il abattit le premier robot d'une balle en pleine tête, puis passa au second. Cependant, il ne parvenait pas à le trouver à travers la lunette de son fusil de précision. Il recula alors sa tête, mais ne parvint toujours pas à le repérer. Afin de ne pas rester à découvert plus longtemps, l'individu aux cheveux noirs se remit derrière son arbre. Il respirait bruyamment, en cherchant à reprendre son souffle. Il inspira à fond, puis passa sa tête de l'autre côté du tronc. Il eut beau chercher, il ne vit que la forêt et ses arbres qui s'étendaient à perte de vue, sans la moindre trace de l'automate.

— Aivi, tu vois quelqu-

Un coup de poing, sorti de nulle part, s'écrasa sur la joue gauche du combattant. La violence du choc propulsa le fuyard au sol. À moitié sonné, il ne réagit pas quand son ennemi le souleva de terre à une main en le saisissant à la gorge. L'être mécanique le plaqua contre le tronc d'un épicéa et le frappa à répétition dans le ventre. Privé d'oxygène, le champ de vision de l'inconnu commença à diminuer, tandis que la panique s'empara doucement de lui.

— *Tu abandonnes encore ?* s'entendit penser le tireur d'élite.

Le blessé reçut un nouveau crochet en plein dans l'estomac, ce qui lui coupa le souffle.

— *Tu n'en as pas marre de te reposer sur les autres ? De te faire maltraiter ?*

Toujours tenu à la gorge, l'amnésique se fit frapper en plein sur son nez et il se mit à saigner.

— *Alors, bats-toi !*

Il réalisa subitement qu'il tenait encore son arme dans la main droite. Mettant ses ultimes forces dans ce geste, il leva son bras et tira plusieurs coups sur l'androïde. Le recul du D3A74 lui provoqua une douleur au bras, mais il se réjouissait de cette légère souffrance, car cela signifiait qu'il était toujours vivant. Le robot tomba à la renverse et lâcha sa victime par la même occasion. Le rescapé chuta lourdement sur le sol et toussa plusieurs fois en reprenant sa respiration. Il voulut rapidement se relever, mais ses bras ne supportèrent simplement pas son poids et il s'écroula face contre terre. Littéralement à bout de forces, Shadow lutta au maximum pour garder les yeux ouverts et éviter de sombrer dans l'inconscience.

Lorsqu'il rouvrit les yeux, plusieurs heures s'étaient écoulées. Le fuyard se releva d'un bond et reprit sa course, remarquant à peine qu'il avait retrouvé les forces suffisantes pour faire cela.

— Aivi, tu pouvais pas me réveiller ?

— Bien sûr, mais vous ne me l'aviez pas demandé, répondit-elle simplement.

Le blessé fut surpris du comportement du programme informatique dans un premier temps, avant de se souvenir que c'était une machine et donc qu'elle ne pouvait faire que ce qui lui était ordonné. Le repos involontaire qu'il avait pris avait eu l'effet bénéfique de lui redonner un minimum d'énergie. En revanche, la plaie qu'il avait à l'épaule lui faisait bien plus mal qu'avant. Le tireur d'élite fit de son mieux pour courir tout en bougeant son bras droit le moins possible.

Après de longues et douloureuses minutes de course, l'artilleur finit par arriver au bord de la falaise. Il n'hésita pas une seconde et sauta dans le vide. Les drones vinrent automatiquement l'analyser et le sauver de sa chute mortelle. À peine avait-il touché le sol, qu'il se remit à courir en direction du quartier général de la Résistance.

Il arriva à l'entrée du château couvert de sueur et exténué.

— Halte ! On ne bouge plus ! cria un garde en le menaçant.

— Je dois voir Artémis de toute urgence ! cria Shadow à son tour en se rapprochant des portes. Kate est en danger !

— J'ai dit : ON NE BOUGE PLUS ! hurla le professionnel en mettant sa main droite dans son dos.

— C'est une urgence ! répéta l'amnésique en continuant d'avancer. La vie de Kate est en danger ! Laissez-moi voir Artémis, bon sang ! s'indigna le rescapé en bousculant le militaire qui lui bloquait le passage.

Ce dernier sortit un taser de derrière son dos et l'utilisa sur l'hystérique. Une souffrance éclatante traversa le corps du supposé mercenaire. La décharge raidit complètement le corps du tireur d'élite qui tomba à terre. Il eut juste le temps de lancer un regard noir au soldat et de l'insulter mentalement, avant de perdre connaissance.

CHAPITRE 15 :
INTERROGATOIRES

La personne évanouie fut tirée de ses rêveries par un seau d'eau. Le liquide glacé la fit sursauter comme jamais. Ses cheveux et ses vêtements se plaquèrent contre sa peau, tandis que des gouttes gelées coulèrent le long de son dos. Elle eut à peine le temps de comprendre qu'elle se trouvait dans une salle d'interrogatoire, que la douleur liée à sa blessure se réveilla.

— Bien dormi ? Tu me dis si je te dérange, demanda ironiquement le militaire qui l'avait aspergée.

Celui qui devait être le maître des lieux portait fièrement l'uniforme de sa faction. Il se tenait debout, les bras croisés, à côté de sa victime. Ses cheveux bruns, raides et mi-longs, accentuaient les traits durs de son visage. Le prisonnier, lui, était assis sur une chaise métallique et avait les mains attachées par des menottes. Les bracelets métalliques étaient reliés par une chaîne au centre d'une table du même matériau, qui était devant lui. Les entraves avaient de fines gravures qui les recouvraient complètement. La salle était petite et sombre. L'unique lumière venait d'un vieux néon qui se balançait au-dessus de la table, déformant les ombres en continu. Ce seul et unique meuble séparait l'individu entravé et l'interrogateur. Des sangles, ainsi que des points de fixation en cuir, se trouvaient également sur la table. Le sol était constitué de plaques de métal qui résonnaient à chaque pas du maître des lieux. Sur la droite de la personne menottée, un faux miroir recouvrait pratiquement l'entièreté du mur.

— Qu'est-ce qu'il y a ? Ils t'ont coupé la langue quand ils t'ont arrêté ?

Le détenu resta muet.

— Il y a deux solutions pour que tu sortes d'ici. Soit tu coopères et tu me dis ce que je veux savoir, soit je te fais parler par la force et tu sortiras d'ici les pieds devant.

— Je veux parler à votre chef. Je ne parlerai qu'à lui et uniquement à lui, finit par dire l'interrogé.

— Haha ha. Comme si tu pouvais imposer tes décisions ici, ricana l'autre. Je vais te dire un secret. Ici, le temps ne s'écoule pas. Ici, personne ne t'entend et personne ne te voit. Ici, je suis ton dieu. J'ai le pouvoir de vie et de mort sur toi. Alors, réfléchis avant de parler et réfléchis bien.

— Tu es le dieu de l'ennui ?

— De l'humour ? Que je suis déçu. Je m'attendais à mieux de ta part, dit l'homme en faisant un signe vers le miroir de la salle.

À peine quelques secondes plus tard, la porte derrière le captif s'ouvrit et un garde apporta une petite pochette en cuir. Son supérieur la saisit et la posa sur la table, devant les yeux de sa victime. Pendant que le sous-officier aux cheveux bruns déballait la pochette, le subordonné qui la lui avait apportée ressortit de la pièce. Le maître des lieux prit son temps pour révéler le contenu de ce qu'il avait demandé.

— J'adore ce moment. Ce moment où mon nouveau jouet découvre avec horreur les outils que je vais utiliser pour le faire parler.

Sous le regard du prisonnier, la sacoche permit au tortionnaire de mettre en valeur les différentes armes qu'elle contenait. Une dizaine de couteaux, de scalpels, d'aiguilles et de marteaux de tailles et de formes variées furent ainsi déballés, de même que d'autres ustensiles non reconnaissables dans l'immédiat. Afin d'accentuer la pression psychologique que l'interrogateur était en train d'installer, il sortit quelques outils qu'il prit le temps de passer devant les yeux de sa future victime. Il commença par un couteau de seize centimètres. Puis, ce fut au tour d'un marteau, d'une paire de ciseaux, d'un tournevis, d'un clou et, pour finir, un scalpel. Il extirpa encore plusieurs objets avant de poser sur la table une seringue avec un liquide étrange de couleur turquoise à l'intérieur. Le militaire regarda les armes à sa disposition et choisit le scalpel. Dans un geste théâtral, il l'agita sous les yeux du blessé assis qui le suivit du regard.

— Tu imagines les souffrances que je vais t'infliger avec cette petite lame ? commenta le militaire tout guilleret.

L'individu entravé resta muet.

— Mais je ne suis pas quelqu'un de cruel … poursuivit le sadique. Si tu me dis exactement ce qu'il s'est passé et quel est votre plan, alors je ne te ferai aucun mal.

— Je ne comprends pas de quoi tu parles …

— Pourquoi est-ce que vous choisissez toujours la voie la plus douloureuse … se lamenta le maître des lieux.

Le sous-officier se leva et fit le tour de la table pour se rapprocher de sa future victime. Il approcha son visage de cette dernière et elle put ainsi discerner ses yeux verts.

— PARLE ! MAINTENANT ! hurla-t-il, sans crier gare.

Le brusque changement d'intonation fit sursauter la personne entravée qui finit par donner une réponse.

— D'accord. D'accord. Je vais tout te dire …

— Je le savais. Les gens craquent toujours face à la menace de la torture … Commençons par le début. Où est ton acolyte ?

— Dans ton cul.

Le sourire de l'interrogateur s'effaça.

— Tu sais, ton aplomb ne te sauvera pas … Ici, tu n'as personne à impressionner.

Le tortionnaire lui saisit alors brusquement les bras, tira d'un coup sec et les fixa à la table avec les sangles en cuir qui s'y trouvaient. Sans attendre, il lui planta le scalpel dans son avant-bras droit. La lame s'enfonça facilement dans le membre. L'outil entra dans la peau sur un centimètre environ, faisant hurler la victime lorsque l'objet pénétra dans sa chair.

— Quel est votre plan ?

— JE NE SAIS PAS ! hurla l'individu torturé.

— Mauvaise réponse.

Le militaire remonta en direction de l'épaule avec son outil de torture. La lame étant toujours plantée dans le membre, le scalpel taillada le reste du bras. La victime hurla de plus belle, tandis que son sang sortait de sa plaie béante.

— OÙ EST TON BINÔME ?

La victime hurla en continu, incapable de formuler le moindre mot. Le sadique retira le scalpel rouge d'hémoglobine et le reposa sur la table.

— Tu ne veux pas répondre ? Et si on s'occupait de ce genou blessé, dans ce cas ?

La victime entendit son sang goutter par terre. Elle regarda son interrogateur de ses yeux vert et bleu. Des larmes ruisselaient sur ses joues.

— Allez vous faire voir ! lui lança Kate.

Shadow se réveilla en sursaut dans une cellule. Il était couché à même le sol, contre la pierre froide. Les fantassins qui l'avaient arrêté n'avaient même pas pris la peine de le déposer sur le lit qui était placé juste à côté. L'amnésique mit quelques secondes avant de comprendre pourquoi il se retrouvait dans un tel endroit. Le souvenir de la douleur provoquée par le taser ne tarda pas à revenir, apportant son lot de questions avec. Il ne comprenait pas pourquoi ce garde avait été aussi brusque avec lui. Après tout, il cherchait juste à prévenir Artémis qu'il fallait tout de suite partir sauver l'invocatrice. Au lieu de cela, il perdait son temps dans une geôle miteuse, empestant le renfermé. La pièce de six mètres carrés était entièrement construite en pierre. Sur les murs de son cachot, des glyphes étaient dessinés de manière particulièrement rigoureuse. L'espace entre les symboles était identique avec une précision bien trop élevée pour que cela n'ait qu'un rôle décoratif. Tous similaires, les glyphes représentaient une forme particulièrement complexe, entièrement noire.

— Bien dormi ? demanda une voix connue.

Le prisonnier se retourna en direction de la source du bruit. Derrière les épais barreaux en fer, à côté de la seule source lumineuse des environs, un militaire blond toisait le détenu. Deux soldats se trouvaient à côté de la cellule et tournaient le dos à l'individu aux yeux gris. Les soldats portaient leur arme devant eux, prêts à engager le combat si nécessaire.

— Artémis ! s'exclama l'inconnu en reconnaissant le capitaine. Il n'y a pas de temps à perdre ! Kate est en danger ! enchaîna-t-il rapidement.

— Doucement. Doucement. Commence par le début, tu veux.

— Je vous donnerai les explications en route. Mais on doit aller la sauver !

— Je ne sais pas si tu as remarqué, mais tu es en prison. Et il n'y a pas de *nous* qui tienne, déclara le militaire d'un ton hargneux.

Le captif dévisagea son interlocuteur. Il ne comprenait pas pourquoi tout le monde dans ce camp refusait de lui accorder sa confiance. Il savait qu'ils étaient méfiants envers les nouveaux venus, mais qui serait assez stupide pour s'en prendre à un résistant pour ensuite revenir se livrer à eux ?

— Bon ... Vous ne m'aimez pas et j'ai compris ... Et comme vous avez l'air d'être une sacrée tête de mule, je vais tout vous dire. Mais si jamais on arrive trop tard pour secourir Kate ... menaça l'amnésique.

— Il faut dire que t'as pas vraiment le choix ...

— Arrêtez de faire des réflexions inutiles ! On ne peut pas se permettre de perdre plus de temps !

— D'abord, tu vas m'expliquer pourquoi tu tiens tant que ça à la sauver ? Je veux dire ... tu la connais à peine.

— Je ne la connais pas, c'est vrai. Mais elle m'a sauvé la vie. Et c'est la seule qui soit sympa avec moi. Enfin ... la plupart du temps.

— Si tu le dis ... Allez, dis-moi tout.

Le tireur d'élite lui raconta ainsi la course-poursuite qu'il avait vécue avec la jeune femme.

— C'est pour ça qu'il faut aller la secourir maintenant, conclut Shadow après avoir rapidement résumé l'histoire.

— Je vais en parler à Magellan. Il faut qu'on mette sur pied une opération de sauvetage, décida le capitaine de la garde en quittant la zone de détention.

— Sortez-moi de là, alors ! À deux, on sera plus convaincants, exigea le prisonnier en saisissant les barreaux de sa geôle à pleines mains.

— Désolé, je ne peux pas prendre ce risque, lança le militaire à la carrure de boxeur, sans se retourner.

— Que j'aille me faire voir ? répéta le tortionnaire. Voilà un langage bien grossier de la part d'une demoiselle ...

La souffrance empêcha la sorcière de se calmer, ce qui la poussa à répondre à l'interrogateur.

— Tu veux que je me répète ? nargua-t-elle.

De sa main gantée, le sous-officier inséra son index de quelques millimètres dans l'entaille de sa victime, lui arrachant un cri de douleur.

— Ha ... Quelle douce mélodie que tu me chantes là, commenta-t-il.

Pour éviter de satisfaire le maître des lieux, l'épéiste serra les dents et fit son possible pour retenir un autre cri, malgré le fait que le militaire à côté d'elle remontait son doigt le long de sa blessure.

— Mais revenons-en à mes exigences. Dis-moi où est Shadow ?

Il arrêta de toucher le bras de l'invocatrice à la fin de sa phrase, lui permettant de ne plus se concentrer pour s'empêcher de hurler de douleur. La souffrance la gênait pour réfléchir correctement, mais la question l'étonna néanmoins.

— Je ne vois pas de qui vous parlez, finit-elle par déclarer.

L'homme aux yeux verts poussa un profond soupir.

— Tu ne pourras pas dire que je ne t'ai pas laissé le choix ... grommela-t-il. Mais tu as beaucoup de chance. J'ai reçu l'ordre de ne pas te tuer. Tu vas donc simplement souffrir jusqu'à en perdre la raison.

— La vraie torture, c'est de t'entendre parler !

La claque prit la jeune femme par surprise. Le temps qu'elle tourne à nouveau la tête vers son tortionnaire, ce dernier posa sa main droite sur le genou blessé de la guerrière et serra légèrement sa prise dessus. La bretteuse se crispa immédiatement, mais continua de refuser de laisser échapper le moindre cri de douleur.

— Si tu me dis quel est votre plan, j'arrête sur-le-champ et, qui sait, tu auras peut-être même le droit d'avoir une cellule.

L'arcaniste lui lança un regard de défi, mais resta, une fois de plus, muette.

— Très bien ... N'oublie pas que toute la douleur qui va suivre sera entièrement de ta faute.

Il se tourna vers le miroir sans tain et fit un trois avec ses doigts. Peu après, un garde apporta une bassine remplie d'eau qu'il déposa sur la table en métal, avant de quitter la pièce en vitesse. En voyant le contenant entre ses bras, l'épéiste comprit tout de suite le châtiment qu'elle allait subir.

— Je sais que c'est *old school*, mais beaucoup de résistants ont craqué après ça, dit le maître des lieux.

Il se plaça alors à côté de l'invocatrice et posa sa main droite derrière le crâne de celle-ci. Puis, avec force, il lui plongea la tête dans le récipient. Kate, juste avant d'avoir la tête sous l'eau, avait pris une profonde respiration. Elle essaya bien de se débattre, mais, avec ses deux bras toujours attachés à la table, elle n'était pas dans une bonne position pour tenter de rivaliser avec la force de son tortionnaire. Trop rapidement aux yeux de la jeune femme, ses poumons furent en feu. Juste au moment où elle allait manquer d'air, l'interrogateur lui sortit la tête de l'eau en la tirant par les cheveux. Trop occupée à inspirer tout l'oxygène possible, elle fit abstraction de la douleur crânienne que le geste du militaire lui avait provoquée.

— Es-tu prête à me dire où vous cachez Shadow ?

La résistante resta muette.

— Pourquoi ce regard si surpris ? questionna le sadique. Tu te doutais bien qu'on savait qu'il était entre vos mains, non ?

Comme avant, la sorcière ne donna aucun renseignement.

— Bon ... C'est parti pour le deuxième *round* !

Il plongea une seconde fois le visage de l'épéiste dans l'eau et la maintint fermement durant près d'une minute. La bretteuse se débattit au maximum, mais elle ne parvint à produire aucun résultat concluant. En agitant ses jambes, elle ne réussit qu'à se faire mal à son genou droit blessé. La guerrière aux cheveux noir de jais commença à sombrer dans l'inconscience, lorsqu'elle fut brusquement retirée hors de la bassine. Elle toussa longtemps, tandis qu'elle cherchait à reprendre son souffle.

— Alors ? Quel est votre plan ? demanda le tortionnaire.

— ... Sauver le monde ! lâcha la demoiselle.

— Mauvaise réponse !

L'interrogateur lui mit une fois encore la tête sous l'eau, avant qu'elle ne puisse retrouver sa respiration. Il la retira à nouveau juste avant qu'elle ne perde connaissance.

— Tu sais ... Tout le monde finit toujours par parler sous la torture. Ce n'est qu'une question de temps. Le fait que tu cherches à prolonger ce moment ne sert strictement à rien. Si ce n'est de satisfaire ton côté masochiste ...

Kate lui lança un regard noir.

— Il te suffit de me dire ce que je veux savoir pour que tout s'arrête.

L'invocatrice remua ses lèvres, mais aucun son n'en sortit.

— Qu'est-ce que tu dis ? s'intéressa le sous-officier en approchant son oreille de sa bouche pour mieux entendre.

La résistante saisit l'occasion et lui mordit l'oreille droite. Elle serra sa mâchoire, aussi fort que possible. Le militaire aux cheveux bruns hurla de douleur et la frappa à plusieurs reprises avec son poing gauche. Les crochets atteignirent la jeune femme dans le ventre, mais elle ne lâcha pas prise. Le tortionnaire fit son maximum pour se libérer, mais ne parvint pas à obtenir le moindre résultat. Sans que la bretteuse le réalise, un garde entra dans la pièce et essaya également de les séparer. Tout à coup, les dents de la sorcière s'entrechoquèrent, arrachant un bout de la partie supérieure de l'oreille droite de son bourreau. L'homme fut ainsi libéré et trébucha à terre. L'agresseuse, pour sa part, se dépêcha de cracher le morceau de peau et le sang qu'elle avait dans la bouche. Elle n'eut pas le temps de profiter de la vision de son interrogateur se roulant de douleur au sol, car le soldat la frappa à de nombreuses reprises.

Le nez en sang, l'invocatrice ne remarqua pas immédiatement que le sadique s'était relevé. Il saisit le fusil d'assaut du franc-tireur et plaqua le canon contre le genou gauche de la guerrière. En la regardant droit dans les yeux, il appuya sur la détente. La balle traversa sans peine l'articulation de l'arcaniste qui hurla de douleur. Son corps se crispa violemment et, sans s'en rendre compte, elle planta ses ongles dans ses paumes.

— Profite de ce moment, commença le tortionnaire. Si tu penses avoir souffert jusque-là, alors tu n'es pas prête pour la suite des événements ...

Il termina sa phrase en lui donnant un coup de crosse en plein visage, puis quitta la salle.

Artémis rentra dans la zone de détention pendant que Shadow s'occupait en vérifiant la mobilité de son épaule blessée. Incapable de tenir en place, c'était la seule idée qu'il avait trouvée pour se vider la tête et s'empêcher de paniquer. Malheureusement, le contrôle des soins apportés par la Résistance n'avait aucun effet sur son état psychologique et il était tout autant inquiet, si ce n'est plus, qu'avant. Néanmoins, dès qu'il entendit les bruits de pas du capitaine de la garde, l'amnésique se releva et se précipita aux barreaux.

— Alors ? On peut enfin aller secourir Kate ? se renseigna-t-il au moment où son seul espoir entra dans son champ de vision.

— Magellan a décrété que tout résistant capturé était livré à lui-même, lâcha le blond.

— Quoi ? Mais c'est dégueulasse !

— Je sais, mais les ordres sont les ordres …

— On s'en fout des ordres. Moi, je pars la libérer !

— Et comment tu vas faire en étant enfermé ici ? lui demanda le militaire. Tu crois peut-être que tu es le seul à vouloir la sauver ? Je la connais depuis plus longtemps que toi. Tu n'imagines même pas tout ce qu'on a vécu elle et moi ! dit le gradé en frappant contre les barreaux de la geôle.

— Non et je m'en fous. Vous êtes sûrement son ami, mais en attendant, vous ne faites pas grand-chose pour l'aider, répliqua le prisonnier.

— Et qu'est-ce que tu veux que je fasse ?

— Pour commencer : libérez-moi. Pourquoi je suis en cellule, d'ailleurs ? Pour avoir voulu vous prévenir que Kate s'est fait enlever ?

— Tu ne peux pas comprendre …

— Alors expliquez-moi ! lança le tireur d'élite d'un ton déterminé.

Artémis le regarda étrangement pendant une demi-seconde. Puis il s'en alla, sans ajouter un mot.

— Libérez-moi ! Libérez-moi ! Libérez-moi ! répéta en boucle Shadow jusqu'à ce qu'il se retrouve désespérément seul.

L'épéiste luttait pour rester concentrée et ne pas sombrer dans le désespoir. Afin d'éviter qu'elle ne se vide de son sang, des soignants étaient venus s'occuper de ses blessures les plus graves. Ces personnes avaient été particulièrement brusques avec la prisonnière, mais elles lui avaient tout de même posé des pansements sur ses genoux. La douleur était toujours présente et faisait atrocement souffrir la jeune femme, mais elle ne risquait plus de mourir à cause de cela. Afin de la soigner, les bras de la sorcière avaient été libérés des entraves de la table pour ensuite être attachés au dossier de sa chaise. Brusquement, la porte sur sa gauche s'ouvrit et son tortionnaire entra à nouveau. Un épais bandage entourait son oreille droite, ainsi qu'une partie de sa tête. Il lança un regard noir à sa victime, avant de s'approcher d'elle. Avec force, il tourna le siège de l'invocatrice. Il prit ensuite appui sur les genoux de l'arcaniste, puis il approcha une fois encore son visage de celui de Kate. Le poids du sous-officier sur ses articulations fit crier la résistante qui essayait tant bien que mal de se retenir de hurler. Sachant pertinemment qu'elle n'avait aucune chance de s'échapper, elle ne se débattit même pas. La demoiselle regarda avec crainte le militaire au regard vert, les larmes aux yeux. Il était si proche de son visage qu'elle sentait son souffle contre sa peau. Après de longues secondes dans cette position, il finit par se redresser, avant de s'asseoir sur le bord du bureau. Il tapotait frénétiquement ses doigts sur une grande boîte en bois qui n'était pas là auparavant. La combattante coiffée d'une queue-de-cheval n'avait même pas remarqué la présence de cette caisse et ne savait pas depuis combien de temps elle se trouvait ici. La souffrance qu'elle ressentait en permanence embrouillait ses pensées et ses ré-flexions. Aussi ironique que ce soit, la douleur était la seule chose qui l'empêchait de perdre connaissance. Néanmoins, elle devait lutter pour garder ses yeux ouverts.

— Tu n'es qu'une garce. Tu le sais, ça ? Comment as-tu osé me mordre ? finit par dire l'interrogateur. Mon seul réconfort, c'est que tu vas payer au centuple ce que tu m'as fait subir. Comme je te l'ai dit, j'ai reçu l'ordre de te laisser en vie. Mais mes supérieurs n'ont pas précisé dans quel état tu devais être … Oh, mais j'y pense. Ton bras gauche est encore entier, lui. À moins que tu ne préfères que je m'occupe de ton visage ?

L'invocatrice le regarda sans répondre. Elle n'en avait simple-ment pas la force.

— Plus de blague ? Plus d'espoir ? Est-ce que ça vaut le coup que je te pose une question ? Après tout, la nuit est encore longue ... Je vais prendre le temps de m'amuser un peu, avant de te donner la chance de me parler de votre plan.

Le sous-officier aux cheveux bruns se tut pendant quelques secondes. Seules les gouttes de sang s'échappant de la blessure du bras droit de la jeune femme et tombant sur le carrelage ainsi que la respiration haletante de la sorcière se firent entendre.

— J'ai trouvé ! lança le tortionnaire. On va tirer à pile ou face. Face : je te casse plusieurs fois le bras gauche, pile : je te découpe ton joli visage.

Le sadique sortit une vieille pièce de monnaie et la lança en l'air. Il la rattrapa de sa main droite et, d'un mouvement fluide, la posa sur son bras gauche.

— Tu es prête ? Quel suspense !

Avec un grand sourire, il révéla le destin de sa victime. La détenue regarda le bout de métal et y découvrit le côté pile.

— Pile ? Bof, tant pis, je vais quand même te casser le bras, dit le militaire en souriant.

— Vous ferez moins le malin quand la Résistance viendra me sauver, répliqua la demoiselle d'une voix faible et tremblante.

Cette seule phrase avait demandé à Kate toute sa concentration et la majeure partie de ses forces. Le bourreau sourit et sortit un marteau de la boîte qu'il avait rapportée. De vieilles traces de sang coagulé s'étaient incrustées sur le bout de la masse en bois.

— Vois-tu, tu n'es pas la première résistante qu'on capture. Et tu sais ce que j'ai découvert sur vous ? Vous êtes des lâches. Ils ont tous parlé. Tous ! Sans exception ! Et tu sais ce qu'ils ont dit ? Ils ont dit que Magellan n'envoyait jamais d'équipe de secours. Jamais ! Même pour son enfant !

Ces paroles eurent l'effet d'un coup de poing dans le ventre de la captive. Elle le savait. Elle l'avait toujours su, mais elle espérait quand même qu'Artémis viendrait la chercher. Elle arrêta de retenir ses larmes, tandis que le tortionnaire se leva et s'approcha de son bras gauche.

Shadow entendit des bruits de pas et se précipita contre les barreaux.

— Laissez-moi avec le prisonnier ! ordonna le gradé, dès qu'il arriva dans le champ de vision du détenu.

Sans discuter l'ordre donné par leur supérieur hiérarchique, les deux fantassins saluèrent le capitaine de la garde, puis quittèrent leur poste. L'individu aux cheveux noirs et le blond attendirent de les voir disparaître à l'horizon, avant de discuter.

— Est-ce que tu es prêt à mettre ta vie en jeu ? interrogea le militaire.

— Si c'est pour sauver Kate, oui !

L'homme en uniforme rouge cadmium sortit alors les clefs de la cellule de ses poches et libéra son camarade.

— Tiens, tu auras besoin de ça, dit-il en lui tendant ses affaires.

L'amnésique saisit le D3A74 et le mit dans son dos, avant de poser les lunettes de combat sur son front. Même s'il ne possédait ces accessoires que depuis peu, il se sentit à nouveau entier lorsqu'il les revêtit.

— Magellan s'est enfin décidé à envoyer une équipe pour aller chercher Kate ? demanda le détenu.

— Non. Mais c'est toi qui as raison. Au diable les règles quand nos amis sont en danger. Viens, allons sauver Kate !

CHAPITRE 16 : ÉVASION

Artémis guida Shadow à travers le bâtiment. Le fugitif ne chercha pas à comprendre ce qui avait fait changer d'avis le gradé à la carrure de boxeur et se laissa entraîner par son libérateur. Comme le cerveau de l'opération connaissait les rondes des gardes, ils parvinrent sans encombre à atteindre la sortie. Les seules fois où les rencontres étaient inévitables, le blond utilisait les privilèges de son statut et congédiait ses subordonnés. Le tireur d'élite resta silencieux tout le long du trajet, trop effrayé à l'idée de perdre plus de temps en étant renvoyé en cellule. Malheureusement, la prison était construite de manière à n'avoir qu'un seul chemin d'accès. Ceci obligeait toute personne entrante ou sortante à emprunter le poste de contrôle principal. Jusqu'ici, le militaire avait choisi un tracé permettant d'éviter de passer sous des caméras, mais ils n'allaient pas pouvoir échapper à la surveillance électronique plus longtemps. Le capitaine s'arrêta à un angle, juste avant le point de contrôle. Il sortit une paire de menottes et se tourna vers l'amnésique.

— Tiens, mets ça, ordonna-t-il. Cela attirera moins l'attention.

— Et pour mon arme et mes lunettes ? questionna le supposé mercenaire.

Le responsable aux yeux bruns ne répondit rien. Son expression faciale trahissait le fait qu'il n'avait pas pensé à ce point-là.

— Prenez-les sur vous, proposa l'évadé.

— Impossible. Mes hommes savent que je ne porte que mon revolver et que je ne l'utilise pratiquement jamais.

L'artilleur retira son manteau noir et le déposa au sol. Il mit alors son D3A74 à l'intérieur, de même que ses lunettes, puis enroula le tout avec son vêtement qu'il tendit ensuite à son nouveau camarade.

— Tenez. De cette manière, les gardes ne verront pas de quoi il s'agit.

— Ça peut marcher ... commenta Artémis.

L'inconnu au regard gris enfila ainsi les menottes, tandis que le militaire blond glissait les affaires de son détenu sous son bras droit. Quand ils furent prêts, ils prirent la direction de la sortie.

L'accès permettant d'entrer dans le bâtiment carcéral était un couloir suffisamment large pour que trois adultes puissent se tenir côte à côte. Ce chemin était délimité par un grillage en fer qui montait jusqu'au plafond. Une signalisation indiquait que le système était électrifié. À l'extrémité de ce couloir, une porte en barreaux limitait le passage. Seuls ceux qui avaient reçu une autorisation pouvaient franchir cet obstacle. Le soldat posté à cet endroit avait un petit habitacle spécialement conçu pour lui. Deux fenêtres placées à nonante degrés l'une de l'autre lui permettaient de communiquer avec les individus qui se trouvaient dans le corridor d'accès ou ceux qui se situaient dans le hall d'accueil du centre de détention. Plusieurs caméras étaient fixées au plafond, leurs champs de vision orientés de manière à recouvrir l'ensemble du parcours.

— Capitaine ! salua le franc-tireur en faction au poste de contrôle, au moment où le binôme arriva devant sa fenêtre.

— J'amène ce prisonnier au bureau de Magellan. Il souhaite le voir en personne, répondit le blond.

Le garde lança un regard suspicieux à Shadow qui baissa rapidement les yeux.

— Vous connaissez la procédure, poursuivit le militaire. J'ai besoin de la demande de transfert signée, ainsi que de votre pièce d'identité qui vous sera restituée lorsque le prisonnier sera de retour.

— Écoute ... Magellan est quelqu'un de très pris. On n'a pas le temps de suivre la procédure. J'emmène ce gars maintenant et je le ramène dès que possible, tenta le gradé.

— Je regrette, je ne peux pas-

— Soldat ! Est-ce que vous voulez vraiment être de corvée latrine pour les six prochains mois ? menaça Artémis.

— ... Non ...

— Bien. Dans ce cas, laisse-nous passer.

— Néanmoins, vous allez devoir signer une décharge, ajouta le fantassin.

L'homme à la carrure de boxeur saisit le stylo qui lui était tendu et s'empressa de signer.

— Voilà. Ce sera tout ?

— C'est en ordre ..., capitula le garde en appuyant sur le bouton d'ouverture.

Une partie du grillage se replia derrière le tireur d'élite, enfermant le duo à l'intérieur du corridor. L'amnésique n'avait pas remarqué la variation des tiges de fer à cet endroit qui permettait au système de s'articuler. Il commença à s'inquiéter en comprenant qu'ils étaient pris au piège, mais se força à rester stoïque en voyant que le gradé était parfaitement calme. Pendant que les pièces mécaniques se déplaçaient, une lumière rouge apparut et le son d'une alarme retentit. Quand la première partie du grillage fut en place, la porte commença alors à s'ouvrir. L'artilleur ne comprit qu'à cet instant que ce système permettait en fait d'agir comme un sas, afin de ne laisser entrer ou sortir qu'un nombre limité de personnes à la fois.

— Merci, soldat, dit le blond en poussant son complice dans le dos pour qu'ils se remettent en marche.

Le franc-tireur ne répondit rien, mais fit un salut à son supérieur.

Dès qu'il se retrouva à l'air libre, le sniper constata qu'il faisait encore nuit, ce qui ne manqua pas de le surprendre. Il ne savait pas exactement combien de temps il était resté dans les vapes, mais il ne s'attendait pas à ce que le soleil soit déjà couché. Il s'énerva en réalisant les précieuses heures qu'ils avaient perdues à cause de la stupide méfiance de la Résistance à son égard. Néanmoins, l'air frais de l'extérieur lui fit du bien et il prit une profonde inspiration, avant de lâcher un long soupir. L'évadé observa les environs et constata que la tour de Magellan était assez éloignée de sa position. La prison avait été construite à l'écart de la cité. En voyant que la tour centrale de La Forteresse était sur sa gauche, Shadow put en déduire la direction de la sortie de la ville.

— Et maintenant ? Quelle est la suite du plan ? demanda-t-il à Artémis.

Le capitaine le conduisit jusqu'au parking du bâtiment carcéral, avant de sortir la clef de son véhicule et d'appuyer dessus. Les phares d'une jeep vert kaki s'enclenchèrent un bref instant en réponse au signal. Le capitaine installa son prisonnier à la place du passager, pour ensuite le libérer de ses entraves et lui rendre, une nouvelle fois, ses affaires.

— Bien. Il ne nous reste plus que le poste de contrôle à la sortie de la ville à passer, avant d'être officiellement libres, résuma le militaire.

— Combien de temps avant qu'ils ne remarquent la supercherie de notre plan ? se renseigna le fugitif.

— Je dirais une heure …

— Alors, en route ! lança le tireur d'élite.

Durant le trajet, l'évadé réalisa que le fait d'avoir remis ses lunettes sur son front signifiait également le retour de sa camarade holographique. En se souvenant que l'intelligence virtuelle avait déclenché une alarme alors qu'il essayait de se rendre au kit de test de sorcellerie le plus proche, il se demanda pourquoi rien ne s'était encore produit.

— Est-ce qu'Aivi ne risque pas de nous dénoncer ? s'inquiéta l'individu aux cheveux noirs.

Le gradé, concentré sur la route, ne lui répondit pas immédiatement.

— Non, ça m'étonnerait. À moins qu'elle n'en ait reçu expressément l'ordre, finit par expliquer celui à la carrure de boxeur.

— Analyse en cours. Analyse terminée. Vous savez, vous pouvez me poser directement la question, intervint la principale concernée.

— Désolé … J'avais peur que tu ne déclenches une alarme si je t'activais, s'excusa Shadow.

— Sachez que je suis toujours active. Je n'ai pas déclenché d'alerte, car je ne comprends pas vos actions.

— On part sauver Kate, annonça l'artilleur.

— Souhaitez-vous que je fasse une demande de renforts ? proposa l'avatar.

— Je croyais que tu étais incapable de faire ça, réagit l'amnésique.

— Je suis incapable de le faire en dehors du réseau de la Résistance. Actuellement, ce réseau n'est disponible qu'ici, au sein de La Forteresse.

— Bref, pas de renfort, déclina le survivant du massacre de l'hôpital.

Ils étaient à mi-chemin du portail de la ville lorsque les sirènes se mirent à retentir. L'évadé observa Artémis qui le regarda à son tour, d'un air dépité.

— Bordel … Ils ont déjà remarqué ton absence.

Cela faisait tout juste une demi-heure qu'ils avaient quitté le centre de détention et la circulation importante dans la cité avait considérablement ralenti leur évasion. Afin d'éviter d'attirer l'attention, le capitaine de la garde avait pris soin de respecter scrupuleusement le Code de la route. Néanmoins, en entendant les sirènes retentir, il enfonça l'accélérateur et activa un gyrophare portatif qu'il fixa sur le toit. En tant que militaire gradé, il était normal qu'il se comporte ainsi dans une situation d'urgence. Grâce à cette ruse, les autres véhicules s'écartèrent sur leur chemin, leur permettant de se rendre à proximité du portail de téléportation en moins de dix minutes. Il ne leur restait qu'un poste de contrôle à passer. Le cerveau de l'opération arrêta la jeep sur le côté de la route et en descendit. Son complice, sans connaître son idée, l'imita et sortit du véhicule.

— Bon, voilà le plan, commença le gradé. Tu ne dis rien et tu me laisses faire.

— Pourquoi on n'utilise pas la jeep afin de passer en force à travers le portail ?

— En cas d'évasion de prisonnier, des herses sortent du sol sur la route menant au portail, afin d'éviter qu'un véhicule ne puisse le franchir. Des poteaux sortent également au milieu de la route, pour stopper net toute tentative.

En comprenant que son camarade connaissait parfaitement la procédure de la Résistance, Shadow savait qu'il avait meilleur temps de se taire et de laisser un pro prendre le relais. Surtout qu'Artémis n'était pas n'importe qui, au sein de ce camp. Avec un peu de chance, il parviendrait sans doute à duper les gardes en faction. Sans dire un mot, le fugitif et son sauveur s'approchèrent à pied de l'entrée gardée par une troupe de cinq personnes. Depuis qu'ils avaient parqué la jeep, le binôme était passé à côté de cinq herses. Les piques acérés réfléchissaient l'éclat des lumières artificielles des lampadaires. La barrière du poste de contrôle était abaissée et les militaires étaient prêts à engager le combat, si nécessaire. Quatre francs-tireurs avaient leur arme en position *patrouille*, tandis que le dernier avait son fusil d'assaut dans le dos. Celui-ci s'avança vers son responsable, lorsqu'il le vit arriver.

— Gardes, je viens de recapturer le prisonnier. Allez chercher de l'aide au QG pendant que je le surveille, leur ordonna le gradé en tenant son complice par le bras.

— Désolé, capitaine, lui répondit le soldat avec l'arme dans le dos. Mais on a reçu un ordre du QG disant qu'on ne devait pas quitter le fugitif des yeux nous aussi. Selon nos informations, il a déjà réussi à vous échapper une fois.

— Je suis votre supérieur direct ! Vous allez vraiment discuter mes ordres ?

— Vous m'en voyez désolé, capitaine. Mais l'ordre vient de Magellan lui-même.

Pendant que le blond discutait avec ses subordonnés, une petite voix arriva aux oreilles du faux détenu.

— Analyse en cours. Analyse terminée. Shadow, si vous voulez avoir une chance de sauver Kate, il faut que vous fassiez quelque chose. La discussion du capitaine Artémis et des gardes ne mènera à rien. Si ce n'est de vous faire perdre du temps.

L'amnésique enregistra l'information et étudia attentivement la scène. Un plan stupide lui traversa l'esprit. Dans un premier temps, il se refusa à le mettre en pratique et continua de chercher une meilleure idée. Finalement, ne voyant pas d'autre option, il le mit à exécution.

— Écartez-vous ou je tire, cria l'évadé en se libérant de son complice et en pointant son D3A74 sur ce dernier.

Tous se figèrent. Les fantassins pointaient leurs fusils d'assaut sur le tireur d'élite. Le militaire gradé, pour sa part, ne comprenait pas le plan de son acolyte.

— Écartez-vous de mon chemin ! répéta l'homme au regard gris. Déposez vos armes sur le sol et écartez-vous !

Les soldats semblèrent hésiter, mais ne bougèrent pas. Les cinq fantassins gardèrent en joue le fugitif, réfléchissant à la meilleure option pour sauver l'otage. Face aux canons des fusils, le menteur se mit à douter de l'efficacité de son plan.

— Faites ce qu'il dit, ordonna calmement le militaire blond en rentrant dans le jeu du preneur d'otage, après avoir compris son plan culotté. Inutile de faire couler du sang.

Les francs-tireurs se regardèrent et, d'un commun accord, obéirent à l'ordre. Ils baissèrent leurs fusils tous en même temps et reculèrent de quelques pas. Shadow et son camarade avancèrent lentement en direction du portail. Ils ne devaient pas leur laisser une chance de retourner la situation en essayant de sauver le capitaine. L'amnésique continua de tenir son otage en joue, tout le long du trajet qui les séparait de la sortie. Ils traversèrent le téléporteur sans qu'aucun garde ne tente quoi que ce soit.

— Continue de me menacer le temps qu'on s'éloigne suffisamment du château, murmura Artémis.

— Oui. Ce serait bête qu'ils se rendent compte que je n'ai pas de cartouche chambrée, lui répondit l'artilleur un sourire au coin des lèvres.

Le militaire écarquilla les yeux de surprise, mais aucun de ses subalternes ne se douta de la véritable raison de cette réaction.

— Si quelqu'un nous suit, je tue le capitaine, cria l'évadé face aux fantassins.

Sans rajouter un mot, les deux compagnons sortirent de la cité en utilisant le téléporteur.

Lorsqu'ils furent suffisamment éloignés du château, le faux preneur d'otage libéra son complice.

— Bien joué pour le plan, lui dit ce dernier.

— Je ne sais pas d'où l'idée m'est venue, mais je voyais bien que les soldats ne nous auraient pas laissés passer autrement.

— T'as sans doute raison. Bon, dépêchons-nous !

Sans perdre plus de temps, ils se mirent à courir en direction de la falaise.

CHAPITRE 17 : INFILTRATION

Après plusieurs heures, ils arrivèrent sans encombre aux abords de New Hope. Ils avaient couru le plus longtemps possible, mais ils avaient été obligés d'alterner course et marche à cause de l'endurance de Shadow. Le duo avait pris position derrière les derniers buissons de la forêt, afin de pouvoir observer la cité sans être repéré. Contrairement à la fois précédente, l'amnésique était conscient et il put ainsi examiner la ville dans laquelle il était, en quelque sorte, né. New Hope était une petite bourgade d'environ dix mille habitants, à en juger par sa taille. Elle était entièrement entourée d'une muraille qui mesurait approximativement huit mètres de haut. Cette protection était construite avec du béton, donnant un effet très lisse à l'ensemble. De là où il était, le tireur d'élite ne distinguait que les toits des plus grands bâtiments. Il reconnut celui de l'hôpital à l'ouest de la ville. Au centre de New Hope se trouvait une architecture imposante, largement plus grande que les autres. L'homme aux yeux gris n'avait aucune idée de la fonction de cette infrastructure. La seule chose qu'il pouvait déduire était son importance élevée pour le Consortium, à cause de sa taille. Étrangement, aucun édifice ne s'élevait suffisamment haut dans la partie est de la cité pour être visible depuis l'extérieur. La plupart des toits étaient recouverts de tuiles orange, donnant presque un effet reposant. Il y avait quelques immeubles, mais ils ne dépassaient pas les quatre étages de haut. Parmi tous ces bâtiments, le supposé mercenaire aperçut trois tours radios réparties dans toute la ville. Ce détail étonna le combattant aux cheveux noirs. De par sa taille réduite, il ne comprenait pas pourquoi New Hope avait besoin d'avoir autant d'antennes d'émission. Il mit cette question de côté et se tourna vers Artémis.

— Bon et maintenant, c'est quoi le plan ? lui demanda-t-il.

— Si ce que tu m'as dit est vrai, alors le Consortium a emmené Kate en prison. Il faut donc qu'on trouve un moyen pour s'infiltrer en ville. Une fois à l'intérieur des murs, Aivi devrait pouvoir nous guider jusqu'à là-bas.

— Aivi, tu confirmes ? se renseigna l'artilleur.

— Analyse en cours. Analyse terminée. Je ne dispose pas d'un plan complet de la cité. Cependant, je devrais pouvoir vous préciser les ruelles à emprunter. De plus, je ne dispose d'aucune information sur les patrouilles du Consortium en ville.

— La question est : comment on fait pour rentrer ? réfléchit Shadow.

Il regarda à travers la lunette de son D3A74 et observa l'entrée imposante de New Hope. Ces lourds battants ne s'articulaient que sous l'effet d'un puissant mécanisme. Même la force d'une vingtaine de personnes travaillant ensemble ne permettrait pas d'entrouvrir l'accès à la bourgade.

— Je compte trois Exécuteurs postés là ... annonça le sniper.

Les portes montaient jusqu'à quatre mètres de haut. Les profonds sillages au sol démontraient la masse de ces objets, ainsi que le mouvement titanesque qu'ils devaient faire pour s'ouvrir. Sur chacun des battants, le drapeau du Consortium était fièrement accroché. Les fanions avaient une bande blanche verticale entourée de deux larges lignes bleu cobalt. Les tissus se terminaient en pointe et donnaient l'impression d'indiquer la terre.

— Pour l'instant, on peut seulement attendre et étudier le terrain, expliqua le militaire. Par exemple, tu te souviens de quelque chose de particulier sur cette ville ?

— Vous êtes pas censé en savoir plus que moi ? Je vous rappelle que j'ai perdu la mémoire ...

— Et moi, je te rappelle que je suis le capitaine de la garde de La Forteresse. Je ne m'occupe pas des autres villes. Alors, je répète ma question : tu te souviens de quoi sur New Hope ?

— Pas grand-chose … Pendant notre fuite avec Kate, j'étais évanoui.

— Super. Avec ça, on est sûr de pouvoir la sauver, déclara ironiquement le blond. Bon, la cité est entourée de murailles de huit mètres de haut, comme tu peux le voir. Il y a deux entrées : une au nord et une au sud. Le seul moyen pour accéder à l'intérieur de l'enceinte est de passer par ces accès. Si on tente d'escalader la muraille, on se fera repérer à mi-chemin et ce sera fini. Comme tu l'as dit, nous ne pouvons pas passer par la force. Les trois Exécuteurs ne nous poseront pas de problème, mais s'ils donnent l'alerte, c'est fichu. Et comme ce sont des robots, ils peuvent la donner en moins de cent millisecondes. Donc, c'est impossible d'entrer de cette manière. Pour le moment, tout ce qu'on peut faire, c'est attendre et observer ce qu'il se passe. On aura peut-être l'occasion de passer lors de la relève.

L'amnésique aurait voulu se précipiter et forcer le passage pour aller secourir celle à qui il devait la vie, mais il savait qu'Artémis avait raison. S'ils fonçaient dans le tas sans un plan d'action bien ficelé, ils allaient se faire abattre sans avoir pu tenter quoi que ce soit. À contrecœur, ils attendirent patiemment, cachés à environ trois cents mètres en face de l'entrée sud de la cité. Pour avoir un meilleur angle de vue tout en restant dissimulés, ils grimpèrent à un arbre à l'orée de la forêt.

Au bout de plusieurs heures d'attente dans un silence total, ils virent un rassemblement de travailleurs se diriger vers la porte pour entrer dans la ville. Ces honnêtes gens accomplissaient des tâches à l'extérieur de la bourgade, sous le regard intransigeant des soldats et des androïdes. Durant leur surveillance, le tireur d'élite avait pu observer un peu les environs et était rapidement tombé sur ce groupe de citoyens. Il s'agissait principalement d'agriculteurs qui s'occupaient des champs entourant la cité. Shadow avait remarqué que les cultures de New Hope s'étendaient majoritairement du côté nord. Ceci devait être une conséquence directe de la position du quartier général de la Résistance. En positionnant les champs de ce côté-ci, les attaques ennemies venant du sud épargnaient les cultures. Néanmoins, certaines pousses germaient dans cette région de la cité. Ces civils portaient tous des habits bruns. À travers la lunette de son arme bleutée, l'artilleur eut du mal à distinguer plus de détails. À l'arrivée de l'équipe, les lourds battants pivotèrent et un interstice apparut. Le bruit sourd de l'ouverture se fit entendre jusqu'à la position des espions.

— Si on veut avoir une chance d'entrer, il faut qu'on se mélange à ce groupe de personnes, chuchota le gradé.

— Vous êtes fou ? On n'a pas le même type de vêtements. On va se faire repérer en un instant et on risque de mettre en danger la vie de ces gens, protesta le sniper.

— Très bien. Alors, comment on entre ? Parce que moi, je n'ai vu aucune relève pour la garde à l'entrée. Donc, si on veut avoir une chance, c'est maintenant ! répliqua le militaire au physique de boxeur.

— Je ne sais pas … Mais une question me travaille depuis un bon moment … Vous ne seriez pas un sorcier, par hasard ?

— Si. Mais je ne crois pas que mon pouvoir sera utile ici.

— Et c'est quoi ? insista le néophyte qui sentit une pointe de jalousie germer en lui.

— Je suis un érudit. Je manipule l'énergie. Enfin, ça, c'est les grandes lignes. En vrai, tout ce que je peux faire, c'est décupler ma force et tirer des rayons d'énergie. En gros, ça me donne la force de briser un mur à mains nues. Bref, ma magie est très pratique en combat de mêlée, mais elle n'est pas adaptée à de l'infiltration.

— Au contraire, c'est plus qu'utile ! Vous pouvez concentrer votre force où vous voulez dans votre corps ?

— Affirmatif.

— Eh bien, dans ce cas, j'ai un plan, déclara fièrement Shadow. Suivez-moi. Nous allons au pied de la muraille, à l'est.

Artémis le suivit sans comprendre.

Une fois en position, l'amnésique lui révéla son plan.

— Le principe est simple. Vous concentrez votre énergie dans vos jambes et vous sautez, avec moi, par-dessus la muraille.

— C'est loin d'être aussi idiot que ce que je pensais, dit le gradé à la carrure de boxeur. Mais je n'ai jamais essayé de faire ça avant. Théoriquement, je peux concentrer mon énergie dans tout mon corps. Mais je ne l'ai jamais fait ailleurs que dans mes bras. De plus, quelqu'un pourrait très bien nous repérer et on ne sait pas sur quoi on va atterrir de l'autre côté.

— Je sais que ce n'est pas l'idéal, mais je pense qu'on a plus de chances en passant par là qu'en essayant de forcer les portes de la ville. C'est pas comme si on avait vraiment le choix …

Le militaire opina de la tête, avant de fermer les yeux et de se concentrer. Ne pouvant absolument rien faire pour l'aider, le tireur d'élite se contenta de le regarder. Le visage de l'érudit trahissait sa concentration. Petit à petit, une sorte de fine couche bleutée se mit à entourer les jambes du sorcier. La couleur saphir de l'aura s'intensifia, jusqu'à recouvrir entièrement les membres inférieurs d'Artémis. En constant ceci, Shadow repensa immédiatement au sort que Magellan avait utilisé sur lui. Quand le capitaine de la garde fut prêt, il saisit son binôme par la taille et sauta. Il dosa mal la force dans ses jambes et ils se retrouvèrent largement au-dessus de la muraille. Au milieu du saut, le stratège réalisa qu'il n'avait pas pensé à l'atterrissage. Au moins, ils n'allaient pas retomber sur quelqu'un. Cependant, les pavés de la rue paraissaient être particulièrement durs. Heureusement, le militaire eut un excellent réflexe et insuffla de l'énergie dans ses jambes pour amortir l'impact, l'empêchant ainsi de se briser les membres inférieurs. Lorsqu'ils touchèrent à nouveau le sol, l'homme aux cheveux noirs se laissa tomber sur les genoux.

— La prochaine fois que j'ai une idée pareille, ne m'écoutez pas …

— T'inquiète. C'est ce que je comptais faire, répondit le blond.

Kate fut réveillée par une violente claque de la part de son bourreau. Elle venait d'ouvrir les yeux, mais elle n'en pouvait déjà plus. À cause de ses blessures, elle avait perdu énormément de sang et elle ne parvenait pas à rester concentrée plus de quelques secondes. Elle ne comprenait plus rien à la situation. Son tortionnaire aux cheveux bruns semblait dire quelque chose d'important, d'après son expression faciale. Cependant, la jeune femme ne saisissait pas ses paroles. La seule chose qui occupait son esprit était la douleur et le froid qui envahissait l'entièreté de son corps. Elle se concentra sur ce que le sous-officier lui disait, mais tous les sons étaient distants et faibles. Elle tenta de redresser sa tête, mais elle en fut tout bonnement incapable.

— ... viennent d'entrer en ville ...

— *Quoi ? Qui est en ville ?* voulut demander la sorcière.

Elle mit quelques instants pour réaliser qu'elle n'avait fait que penser ses paroles, sans réussir à les prononcer. Avant de partir, le militaire du Consortium lui mit une droite dans son bras gauche et l'invocatrice hurla de douleur. Elle regarda son membre violacé qui était toujours attaché à la table par les liens en cuir. Des flashs de l'interrogateur la frappant à de multiples reprises avec sa masse lui passèrent devant les yeux. Les nombreuses fractures qu'elle avait subies donnaient à son bras une position et une forme horrible. Son tortionnaire mit sa tête pansée dans le champ de vision de la bretteuse et lui sourit, avant de quitter les lieux. La captive l'insulta mentalement, incapable de communiquer de manière audible. Elle essaya de rester éveillée aussi longtemps que possible, mais ses forces l'abandonnaient. Sa vue s'assombrit et elle perdit connaissance.

CHAPITRE 18 :
LE QUARTIER EST

Shadow et Artémis progressèrent dans New Hope en avançant seulement dans des ruelles sombres. Après leur entrée en ville, plus ou moins discrète, ils n'avaient pas perdu de temps et s'étaient rapidement mis à la recherche de Kate. Le duo suivait les indications d'Aivi et se rapprochait peu à peu de la prison. Pour être le plus discrets possible, ils avaient décidé de ne communiquer que si cela était absolument nécessaire. L'amnésique avait mis les lunettes de combat sur son nez et l'intelligence virtuelle lui montrait le chemin en réalité augmentée. Pour l'instant, ils ne virent aucun signe indiquant qu'une alerte avait été lancée. Les bâtiments entre lesquels ils passaient étaient usés par le temps et semblaient particulièrement vétustes. La majorité des constructions étaient en bois, chose qui étonna le tireur d'élite. Les quelques édifices dont il avait pu observer les toits dépassant la muraille n'étaient pas faits en ce matériau. De plus, les routes, les allées et les ruelles de cette partie de la ville n'étaient pas goudronnées. Le sol n'était pas entretenu et il ne restait que de la terre qui, avec l'humidité de la nuit, devenait glissante et se changeait doucement en boue. Certaines maisons avaient même des trous béants dans leurs façades, laissant l'air frais s'engouffrer dans les foyers. Apercevoir une cité dans cet état fut un choc pour Shadow. À côté d'elle, La Forteresse semblait déborder de richesses.

À force de se mouvoir en longeant les murs pour éviter d'être repérés, les deux sauveurs avaient mis en place une sorte de procédure dans leurs déplacements. Celui qui était en tête de groupe s'arrêtait à la fin de la ruelle et vérifiait que la voie était libre. Ensuite, il donnait le signal et l'autre se précipitait dans une allée différente. Puis à son tour, le nouveau meneur surveillait les alentours pendant que son camarade traversait la rue. À force, ils n'avaient même plus besoin de parler, chacun connaissant parfaitement son rôle. À leur grande surprise, ils ne croisèrent pas grand monde. La nuit était tombée il y avait seulement quelques heures de cela, mais il n'y avait déjà plus aucune âme qui vive dans les rues. Tout ce qu'ils virent fut quelques binômes de soldats en patrouille, mais aucun citoyen. Le rescapé du massacre de l'hôpital fut étonné de rencontrer des gardes humains pour la première fois. Après tout, lors de son réveil, ainsi que dans la forêt, il n'avait croisé que des Exécuteurs. Puis, avec du recul, il trouvait évident que des hommes occupent également cette fonction. Équivalents à ceux de la Résistance, les militaires portaient tous un uniforme. Le leur était bleu cobalt, tout comme les quelques drapeaux qui flottaient ici et là dans New Hope. En commençant par le bas, ils portaient des bottes de combat en cuir noir. Leur pantalon de couleur unie avait six poches. Deux sur les fesses, deux sur les hanches et deux sur les cuisses. Une ceinture blanche avec une bague en argent leur permettait de porter des grenades et quelques magasins à munitions. Les fantassins avaient également un pull blanc qui était coincé dans leur futal. Par-dessus, ils avaient un grand manteau de la même couleur que leur pantalon et qui pouvait se fermer à l'aide de cinq boutons dorés. Des parures blanches venaient décorer la tenue, de même qu'une bande achrome qui parcourait les manches jusqu'à leur extrémité. Les revers de la veste et du pantalon étaient également ment blancs. Selon les observations de l'amnésique, les grades du Consortium se situaient sur les épaules des uniformes. En tout cas, les soldats avaient un point blanc qui était cousu à cet endroit. À force d'avancer dans la bourgade, Shadow se perdit dans ce dédale de ruelles. De temps en temps, il parvenait à se situer, grâce aux repères qu'offraient l'imposant hôpital et le bâtiment central facilement repérable. Néanmoins, dès qu'un mur venait gêner son champ de vision, le tireur d'élite se sentait égaré. Heureusement, Aivi lui donnait toutes les indications dont il avait besoin pour continuer à progresser dans la bonne direction. Sans qu'il en connaisse la raison, son regard fut souvent attiré par les différentes tours radios de la cité.

Cela faisait déjà une petite heure qu'Artémis et lui se déplaçaient furtivement dans la ville. D'après le plan de l'intelligence virtuelle, le bâtiment carcéral se situait proche du centre de New Hope et il leur restait environ la moitié de la distance à parcourir. Les nombreuses patrouilles des francs-tireurs les obligeaient à effectuer des détours et à perdre beaucoup de temps à attendre qu'elles s'éloignent de leur position. Plus d'une fois, le duo se lança des regards, trahissant leur impatience grandissante. Tous les deux voulaient retrouver au plus vite leur amie. Soudain, des éclats de voix retinrent l'attention de l'individu habillé d'un manteau sombre.

— ... que tu mérites ! lança un des soldats.

Shadow stoppa son binôme en le saisissant par le bras, avant de faire demi-tour et de s'approcher de la source de cette discussion. Aussi discrètement que possible, il jeta un regard dans l'avenue. Deux hommes en uniforme bleu toisaient une personne en habits bruns. Ce citoyen était à terre et tentait de se relever. Ses avant-bras et ses jambes étaient couverts de boue. Tandis qu'il prenait appui sur ses mains pour se mettre debout, un des militaires lui donna un coup dans le dos, le faisant à nouveau tomber au sol.

— Si tu veux te relever, tu vas d'abord devoir t'excuser ! menaça le fantassin en uniforme.

— ... Je- ... Pardon, monsieur, s'excusa le malheureux qui se faisait battre.

— T'as entendu quelque chose, toi ? demanda le comparse de celui qui était habillé en cobalt.

— Non ... Et toi ?

— Moi non plus. Qu'est-ce que tu as dit ?

— Pardon, monsieur ! répéta plus fort celui qui était toujours à terre.

Il essaya une énième fois de se remettre debout, mais il reçut un autre coup dans le flanc qui l'en empêcha.

— Et de quoi tu t'excuses, vermine ? continua de provoquer le premier franc-tireur.

— Désolé d'avoir mis de la boue sur vos bottes ... continua de se confondre en excuses le pauvre malheureux.

En entendant cela, le combattant novice prit une décision. Il saisit l'arme au canon bleu royal qui était dans son dos et sortit de la ruelle. Alors qu'il s'apprêtait à interpeller les fantassins, quelque chose le tira en arrière avec beaucoup de force. Artémis venait de le ramener dans la ruelle et le plaquait contre le mur.

— Non mais t'es malade ! cria l'érudit en chuchotant. Tu pensais faire quoi, là ?

— T'as bien vu ! Je peux pas laisser cet homme se faire frapper par des soldats aussi cruels ! se défendit le tireur d'élite.

— T'as oublié pourquoi on est là ?

— Absolument pas ! Mais je ne peux pas fermer les yeux sur ce genre de comportement !

— Et qu'est-ce que tu penses que ça va changer ? Même si tu parviens à sauver ce gars, le Consortium l'a déjà identifié. Si tu lui viens en aide, ils le retrouveront et le feront parler pour qu'il leur dise tout ce qu'il sait sur la Résistance ! révéla le sorcier. Si tu veux secourir les gens de cette ville, il va falloir libérer New Hope.

— Tu veux que je laisse couler le fait que ces soldats sont en train de battre un civil parce qu'il a marché à côté d'eux et que de la boue a éclaboussé leurs jolies bottes cirées ? demanda Shadow.

— Exactement ! confirma le capitaine de la garde. C'est triste, mais c'est comme ça que fonctionne cette ville. Si tu essaies de sauver ce gars maintenant, tu peux être certain qu'il ne passera pas la nuit ...

L'amnésique serra les poings de rage. C'était donc cela, une zone dirigée par le Consortium ? Quelles autres injustices avaient lieu en ce moment même dans cette cité ? Petit à petit, celui qui ne connaissait rien de ce monde commença à comprendre l'espoir que représentait la Résistance pour ces civils, de même que l'importance de leur combat.

— Allez, viens. Ne perdons pas plus de temps ici, lança Artémis en libérant son camarade de sa prise.

L'artilleur jeta un dernier regard dans la rue et aperçut le citoyen habillé de brun se faire rouer de coups. Il lui fallut fournir de grands efforts pour ne pas surgir et arrêter ces militaires inhumains. Cependant, il savait que l'érudit avait raison. La meilleure chose à faire, dans l'immédiat, était d'aller tirer Kate des griffes du Consortium. Avec elle, il trouverait sûrement un moyen d'aider les gens d'ici. En pensant à tout cela, celui qui avait perdu la mémoire envisagea pour la première fois d'intégrer sérieusement la Résistance.

Durant le reste de leur trajet, Shadow vit d'un tout autre regard les patrouilles du Consortium. Dans son esprit, ils prirent tous le même aspect que ceux qui avaient battu le malheureux. Leurs armes parurent également être plus menaçantes, un peu comme si le tireur d'élite prenait enfin conscience qu'elles étaient là.

Finalement, alors qu'ils étaient à quelques rues à peine de la prison, l'intrus aux yeux gris finit par comprendre pourquoi les tours radios retenaient autant son attention. Pris d'un doute, il regarda à travers la lunette de son D3A74 et aperçut ce qu'il redoutait. En haut de la construction, il vit quelqu'un faire de nombreux allers-retours. Le jeune homme aux cheveux noirs remarqua qu'il avait quelque chose de relativement long dans ses mains. L'obscurité ne l'aida pas à discerner les détails, mais lorsqu'un reflet de la lune apparut sur une partie métallique de la chambre à cartouche, il réalisa qu'il s'agissait d'une arme à feu. D'un coup, le néophyte comprit son erreur. Ce n'était pas une tour radio qu'il était en train d'observer, mais bel et bien un mirador. La personne en haut était un garde en train de surveiller les alentours de la ville. Entre ceci et le peu de civils présents dans les rues, soit un couvre-feu était imposé, soit la population craignait trop les militaires pour sortir. Dans les deux cas, les habitants de cette cité ne devaient pas avoir la vie facile. En voyant que, à nouveau, son acolyte n'avançait plus, Artémis le tira par le bras et le força à se remettre à couvert dans une ruelle sombre.

— Qu'est-ce que tu fous ? demanda-t-il, légèrement agacé par le comportement de son binôme.

— Pourquoi vous ne m'avez pas expliqué la situation en détail ? questionna à son tour l'infiltré aux yeux gris.

— Quand est-ce que j'aurais eu le temps de t'en parler ? Et qu'est-ce que ça aurait changé ?

— Qu'est-ce que ça aurait changé ? répéta l'artilleur. Vous vous foutez de moi ? C'est une chose d'entendre parler d'un conflit. C'en est une autre de voir le régime martial mis en place par le Consortium !

Le capitaine de la garde le regarda, légèrement surpris. Pour lui, cette scène n'avait rien d'extraordinaire. Il avait grandi en plein milieu de cette guerre et ne parvenait pas à comprendre ce qui choquait autant son camarade.

— Tu veux aider tous ces gens ? questionna l'érudit.

— Bien sûr que oui ! Quelqu'un doit leur montrer qu'il faut se battre. Les gens ont le droit d'être libres !

— C'est justement pour ça que la Résistance se bat ! Mais pour l'heure, tu dois faire un choix. Soit tu t'arrêtes toutes les deux secondes pour comprendre tout le mal que crée le Consortium, soit tu m'aides à sauver Kate. Mais on n'arrivera pas à faire les deux ce soir !

Shadow connaissait déjà sa réponse. Cependant, il ne répondit pas immédiatement. Tout à coup, un mouvement dans le dos du sorcier attira son attention. À l'autre bout de la ruelle dans laquelle ils se trouvaient, deux militaires du Consortium venaient de se rencontrer. Par mimétisme, Artémis, caché derrière une poubelle, regarda dans la même direction que lui et observa à son tour le duo.

— Dis-moi si l'un d'entre eux a une étoile à douze branches sur ses épaules, murmura le capitaine.

Le tireur d'élite regarda une fois encore à travers la lunette de son D3A74 et discerna plus de détails. Les belliqueux se faisaient face, mais le plus grand d'entre eux tournait le dos à l'amnésique. Celui qui était face à lui avait un pansement qui protégeait son oreille droite, ainsi qu'une partie du sommet de son crâne. Leurs tenues étaient légèrement différentes de celles de leurs camarades. Leur manteau avait des décorations supplémentaires sur les épaulettes. Le grade de l'individu au pansement était une croix en forme de x. L'autre, pour sa part, comme l'érudit l'avait deviné, avait une étoile à douze branches.

— Celui qui nous tourne le dos a cette étoile, révéla le combattant aux cheveux noirs.

— Bordel ! laissa échapper le blond à la carrure de boxeur.

— Aivi, tu peux lire sur les lèvres ? demanda l'artilleur en remettant les lunettes de combat sur son nez.

— Analyse en cours. Analyse terminée. Programme de lecture sur lèvres activé.

— ...-onnière refuse de parler. Mais elle finira par craquer, cette garce, dit l'être virtuel en interprétant les mouvements de la bouche. Non. Malheureusement, nous sommes toujours sans nouvelles du général.

La personne avec le pansement se tut durant quelques instants. Il devait, sans doute, écouter ce que son interlocuteur lui répondait.

— C'est qui ce général ? se renseigna le néophyte.

— Aux dernières nouvelles, il est mort.

— Ce n'est pas ce qu'ils ont l'air de penser.

— Je retourne essayer de trouver ces informations. Ce coup-ci, elle parlera. Je vous le promets ! poursuivit Aivi en recommençant à lire sur les lèvres de l'homme à l'oreille blessée.

Elle arrêta de parler pendant quelques secondes avant de dire :

— Je – je n'échouerai pas cette fois, monsieur.

Le militaire fit un salut à son supérieur hiérarchique avant de tourner les talons et de rentrer dans une infrastructure.

— Analyse en cours. Analyse terminée. D'après ces nouvelles informations, la probabilité que Kate se trouve dans ce bâtiment est de nonante-neuf virgule six pour cent, annonça l'intelligence virtuelle.

Shadow et Artémis se regardèrent et, d'un hochement de tête, ils décidèrent de se rapprocher de la construction en question. Il y avait une paire de gardes devant l'accès à la prison qui n'avait en apparence qu'un seul étage, mais l'amnésique pensait bien qu'il y avait des sous-sols. À nouveau, un couple de drapeaux aux bandes bleu cobalt et blanches entourait la porte d'entrée. Contrairement au reste des infrastructures, cet édifice était bien entretenu. Par ailleurs, le bâtiment carcéral marquait la limite entre deux parties de la ville. A contrario des rues que le duo avait empruntées jusqu'à maintenant, la route qui menait au centre de détention était entièrement goudronnée et était dans un état impeccable. Le militaire au grade avec l'étoile à douze branches était reparti en empruntant la direction du centre de la bourgade, autrement dit : sur la voie goudronnée. Il était évident que les civils soumis au Consortium vivaient dans la partie pauvre de la cité, tandis que l'armée et les fidèles à ce camp occupaient la moitié riche.

— Voilà le plan, résuma le capitaine de la Résistance après avoir analysé la zone. D'après ce que l'adjudant a dit, Kate se fait certainement torturer dans la prison. Nous n'avons donc pas un instant à perdre. Si on veut entrer le plus rapidement possible, il nous faut une diversion. L'un d'entre nous attire les gardes à l'extérieur pendant que l'autre va chercher Kate. Peu importe ce qu'il se passera ensuite, rendez-vous au labo du Doc.

— Et qui va faire la diversion ? questionna le tireur d'élite.

— Je m'en occupe. Je crois avoir reconnu celui qui était de dos. C'est un général du Consortium, lui aussi. Et si c'est bien le sorcier auquel je pense, j'ai une revanche à prendre, répondit le militaire à la carrure de boxeur.

Sans attendre, il se leva et commença à se diriger en plein sur le bâtiment carcéral. Avant qu'il ne s'éloigne trop, l'homme aux yeux gris lui saisit le poignet et lui dit :

— Ne vous faites pas tuer. Sinon Kate ne me le pardonnera pas.

Artémis tourna sa tête vers lui et lui fit un clin d'œil, avant de partir en courant.

CHAPITRE 19 : SAUVETAGE

Sans hésitation, le capitaine de la garde de la Résistance prit la direction de l'entrée de la prison. À mi-chemin, il sortit son revolver et ouvrit le feu. Shadow fut surpris de le voir sortir une arme, lui qui disait ne jamais s'en servir. Il faut croire qu'il en avait toujours une avec lui, en cas de force majeure. Avant que les soldats ne puissent réagir, l'érudit les abattit tous les deux avec son pistolet. Le résistant arrêta sa progression et attendit que les renforts ennemis sortent de l'infrastructure. Le bruit généré par les tirs mit en alerte la cité de New Hope. De puissants projecteurs s'allumèrent sur les miradors et se mirent à balayer les environs à la recherche de la source des détonations. Rapidement, cinq fantassins franchirent la porte du centre de détention et découvrirent l'intrus. Ayant l'avantage de l'effet de surprise, Artémis eut le temps d'abattre quatre d'entre eux. Cependant, son arme se retrouva à court de munitions et il ne pouvait pas se permettre de la recharger ainsi à découvert. Le sorcier rangea alors son pistolet et sprinta sur son dernier adversaire. Le néophyte n'en fut pas certain, mais il crut percevoir une fine aura couleur saphir entourant le corps de son camarade. Le militaire du Consortium ouvrit le feu sur son opposant. Sans explication, le soldat manqua tous ses tirs et l'érudit arriva à portée de frappe. Le capitaine de la Résistance donna un violent crochet du droit dans le visage de son ennemi. La puissance du coup projeta le malheureux trois mètres plus loin. La force de cette attaque surprit l'amnésique, avant qu'il ne se rappelle que le gradé à la carrure de boxeur pouvait amplifier sa force comme il le souhaitait. Quand tous les fantassins furent battus, le blond se mit à courir dans la direction qu'avait prise le militaire qui portait l'insigne de l'étoile à douze branches. Moins d'une minute après, une demi-douzaine de gardes sortit prudemment de l'édifice, avant de se lancer à la poursuite d'Artémis. Des coups de feu se firent entendre quelques secondes plus tard. En peu de temps, les bruits de la poursuite s'éloignèrent. Shadow sortit alors de sa cachette, pour ensuite se précipiter dans le bâtiment carcéral.

Une fois à l'intérieur, il balaya du regard la pièce dans laquelle il était. La diversion du capitaine avait fait sortir tous les soldats de là. Du moins, c'est ce qu'il semblait. Des escaliers menaient à des étages inférieurs et il était, pour l'heure, impossible de dire si d'autres ennemis s'y trouvaient. Cette première salle servait de zone d'accueil pour ceux qui venaient rendre visite aux prisonniers. Il y avait quelques tables et des chaises disposées un peu partout. Nul doute que les professionnels devaient y jouer aux cartes. Dans un coin de la pièce, il y avait un distributeur de boissons et une fontaine à eau. Au milieu de tout ceci, un bureau rond se dressait fièrement. Le sol avait une texture assez particulière. L'intrus n'en était pas certain, mais il supposa qu'il s'agissait d'un matériau isolé électriquement. Les murs étaient peints en gris, donnant un aspect froid à l'environnement. Quelques lampes murales éclairaient l'ensemble. Des fenêtres avec du vitrage teinté peinaient à laisser passer la lumière extérieure, tandis qu'une odeur d'humidité flottait un peu partout. Au fond de cette salle, à l'opposé de l'entrée, il y avait une autre porte. Le sauveteur n'avait aucune idée où elle conduisait, car il n'y avait aucune inscription autour d'elle. Guidé par son instinct, le combattant aux yeux gris descendit les escaliers métalliques en vitesse. Il se rendit rapidement compte que les marches s'enfonçaient profondément sous terre.

— Aivi, t'as pas quelque chose pour m'aider à trouver Kate ?

— Analyse en cours. Analyse terminée. Je suis désolée, Shadow. Je ne trouve aucune information sur l'endroit où sont retenus les prisonniers.

— Comment ça, tu ne trouves aucune information ? Tu disais

que tu n'en avais aucune sur New Hope. Attends ... Ça veut dire que tu as piraté leur réseau ? questionna son utilisateur en descendant les marches quatre par quatre.

— Oui. Depuis que nous sommes dans la ville, j'ai commencé à les pirater. J'ai réussi au bout de sept minutes et trente-sept secondes.

— Pourquoi tu ne nous as rien dit ? Non, oublie. C'est pas le moment. Trouve-moi les plans de cet endroit.

— Analyse en cours. Analyse terminée. Les plans de cette prison sont maintenant téléchargés et intégrés dans vos lunettes de combat.

Le jeune homme s'arrêta un petit moment dans les escaliers et analysa les nouvelles données. L'intelligence virtuelle venait de lui projeter les plans de la ville à travers ses lunettes de combat. Il vit ainsi qu'il possédait désormais une carte complète de la cité et les plans de certaines infrastructures. Aivi adapta l'interface pour ne montrer que la carte du bâtiment carcéral. Le tireur d'élite fit rapidement défiler les plans. Le rez-de-chaussée correspondait bien à un hall d'accueil. Les étages inférieurs étaient, quant à eux, compartimentés en quinze geôles chacun. Cependant, le dernier étage était différent.

— Okay. Selon ces plans, on vient de quitter l'étage administratif et on se dirige vers le premier sous-sol. Il y en a trois en tout. Tout en bas, il doit y avoir les salles d'interrogatoires, récapitula l'amnésique.

Il descendit les escaliers quatre par quatre, tout en essayant de faire le moins de bruit possible. La diversion d'Artémis avait vidé le rez-de-chaussée et le premier sous-sol, mais pas les autres. À partir du second, les cellules étaient gardées par des Exécuteurs. Ils patrouillaient dans un long couloir qui passait entre deux séries de cachots. Il y avait sept zones de détention par côté, plus une au fond du corridor. L'intrus ne prit pas bien le temps d'observer les pièces, mais il vit quand même quelques détails. Le revêtement était le même que celui au rez-de-chaussée. L'effet isolant devait être volontaire, afin d'empêcher d'éventuels ennemis de faire passer un courant dans le sol pour faire griller les processeurs des robots. Les geôles, quant à elles, semblaient faire dans les dix mètres carrés. Des barreaux en fer délimitaient leur accès vers le couloir, tandis qu'un mur en crépi les séparait les unes des autres. Depuis sa position, Shadow ne put voir l'intérieur des cellules. Deux androïdes patrouillaient à chaque étage. Ils faisaient des allers-retours de manière parfaitement synchronisée. Ils ne marchaient jamais dans le même sens, couvrant de cette façon toute la zone avec leur champ de vision. Pour les assister dans leur tâche de surveillance, quatre caméras étaient disposées dans le couloir et également une pour chaque cellule. Ainsi, les êtres mécaniques étaient capables de voir tout ce qu'il se passait dans la partie du bâtiment qu'ils étaient chargés de contrôler. L'infiltré ne pouvait pas se permettre de perdre du temps à tenter de passer en douce. Alors, il ne fit pas dans la finesse. Il sortit son D3A74 et inspira profondément. Aussi vite que possible, il élimina l'Exécuteur qui venait de face. La balle l'atteignit en pleine tête. Avant que le robot ne s'écroule, le sniper se débarrassa du second de la même manière. Les carcasses d'automates tombèrent au sol, pratiquement en même temps. Il s'était débarrassé du duo de surveillants en deux balles. Cependant, les coups de feu qu'il avait tirés avaient captivé l'attention du reste des androïdes. De plus, en voyant que quelque chose était en train de se passer, les prisonniers commencèrent à s'agiter. Ils crièrent et frappèrent leurs barreaux dans une cacophonie totale. La majorité d'entre eux applaudissait l'élimination de leurs gardiens mécaniques. Le tireur d'élite entendit d'autres machines monter les escaliers et savait que cela n'annonçait rien de bon. Par conséquent, il se mit à couvert derrière un mur et attendit qu'elles s'approchent suffisamment pour les abattre. Heureusement, les automates ne semblaient pas très malins. Ils arrivèrent devant l'artilleur en file indienne. Ce qui lui permit de les abattre très rapidement. Avec des tirs bien placés, il les élimina successivement. Une fois que le dernier fut à terre, l'artilleur cherella des clefs pour déverrouiller les geôles.

— Shadow, ces cellules sont contrôlées de manière informatique. Il n'existe pas de clef mécanique pour les ouvrir, le renseigna le programme informatique en devinant ce qu'il essayait de faire.

— Alors qu'est-ce que tu attends ? Fais-le !

— Analyse en cours. Analyse terminée. Les individus enfermés en prison ont été jugés dangereux pour la société. Les libérer serait un risque. Voulez-vous quand même le faire ? prévint Aivi.

— Évidemment ! Ce n'est un risque que pour le Consortium, répondit le combattant au regard gris, sans vraiment réfléchir aux conséquences de cette décision, sur le moment.

Toutes les portes des cachots s'ouvrirent sur-le-champ. Les détenus n'hésitèrent pas un instant et se précipitèrent dehors. Ne voulant pas gâcher cette chance, ils faisaient tout pour sortir le plus vite possible de cet endroit. Le tireur d'élite demanda aux évadés qu'il croisait s'ils avaient vu une jeune femme aux cheveux noir de jais. Pratiquement tout le monde l'ignorait, trop occupé à quitter ce centre de détention. Néanmoins, l'un d'eux s'arrêta devant lui et lui expliqua qu'il avait entendu des hurlements féminins venant des salles d'interrogatoires. L'amnésique le remercia et se précipita au dernier sous-sol, en partant du principe qu'il avait éliminé tous les robots qui surveillaient les prisonniers.

Kate fut réveillée par le bruit des coups de feu. Sa vision était troublée. Tous les sons étaient lointains et elle ne pouvait pas bouger d'un iota sans souffrir le martyre. Une odeur de sang et de mort flottait dans la pièce.

— Tu entends ce bruit ? C'est celui de tes amis qui meurent, lui dit le sous-officier. Le meilleur dans tout ça, c'est que s'ils parviennent jusqu'ici, je les tuerai sous tes yeux.

La résistante rassembla toutes ses forces pour lui répondre.

— N ... Non, supplia-t-elle.

— Que dis-tu ? Tu veux parler maintenant ? Tu ne crois pas que c'est un peu tard pour ça ? nargua-t-il avec beaucoup de sadisme dans la voix. Mais tu as de la chance. Mon supérieur veut entendre toutes les informations que tu as ... Alors, parle ! C'est ton ultime chance.

L'épéiste n'eut même pas la force de répliquer.

— Très bien, tu l'auras voulu. Tes amis vont donc mourir sous tes yeux, conclut-il.

Il s'installa en face de la jeune femme et lui sourit. Puis, il tourna sa chaise de nonante degrés, avant de s'asseoir dessus. Ainsi positionné, il était pile en face de la sortie, le dos bien droit. Il dégaina un revolver et le braqua en direction de l'entrée. Il vérifia le magasin de l'arme puis regarda Kate dans les yeux et lui sourit à nouveau. Son regard vert sonda celui de l'invocatrice. Lentement, comme s'il la narguait millimètre par millimètre, il tira le chien en arrière et arma son revolver. La prochaine personne qui passerait ce seuil se prendrait une balle dans la tête avant même de pouvoir remarquer son meurtrier.

Shadow arriva en bas des dernières marches. Il était désormais devant la seule pièce fermée des salles d'interrogatoires. Il observa les environs et ne repéra rien de particulier. Pressé par le temps, il se décida à entrer à l'intérieur, avant d'avoir contrôlé le reste de l'étage. Il mit sa main sur la poignée et la tourna lentement, se préparant mentalement à devoir affronter un éventuel garde.

La bretteuse reconnut le bruit d'une porte qui s'ouvre et puisa dans ses ultimes forces pour prévenir Artémis. Lui seul était assez fou pour tenter de la sauver. À bout de forces, le seul son qu'elle produisit fut une espèce de râle.

Le secouriste entendit un bruit venant de derrière le battant. Pensant au pire, il ne perdit pas une seconde de plus et entra d'un coup dans la pièce. Il fut stoppé net dans son élan, quand il vit le canon d'un revolver pointé dans sa direction. Il reconnut le militaire qui tenait cette arme, puisqu'il avait un pansement autour de son oreille. Instinctivement, Shadow leva son D3A74 à son tour et menaça le belliqueux affilié au Consortium avec.

— Toi ? rugit l'individu en face de la blessée. Qu'est-ce que tu fais ici ?

Il pointait son revolver sur le nouveau venu, mais n'avait pas ouvert le feu.

— T'es idiot toi, non ? Je viens la sauver ! répliqua l'amnésique en se tenant prêt à faire feu.

Le canon bleuté de l'arme refléta la lumière froide de la salle, tandis que les deux hommes s'intimidaient mutuellement.

— Holà, holà. Doucement. Essayons de garder notre sang-froid … Sérieusement, qu'est-ce que tu fous là ?

— Je viens de te le dire ! Je suis là pour la sauver !

Le bourreau rigola pendant quelques secondes, avant de se ressaisir. Le tortionnaire changea de cible et visa la demoiselle à la place. Le supposé mercenaire décida de ne pas ouvrir le feu, considérant que le risque que le tir de son ennemi ne blesse l'invocatrice était trop important.

— Je dois avouer que la situation m'échappe. Je ne pensais pas avoir à te faire face, Shadow.

— Posez cette arme si vous voulez sortir d'ici vivant ! exigea le sauveur, qui tiqua sur le fait qu'il connaissait le pseudonyme que Kate lui avait donné.

— Je ne fais rien de mal. On ne fait que discuter ici. Pas vrai, très chère ?

Une espèce de râle résonna contre les murs. Ce son fit prendre conscience au tireur d'élite de l'état de son amie et le terrifia. Il avança dans la pièce et s'approcha doucement de sa protectrice. Le sous-officier, toujours assis, eut un léger mouvement de tête comme s'il écoutait quelque chose.

— Apparemment, les ordres ont changé, commenta-t-il en se

levant doucement. Je vais faire ce que tu as dit. Je vais partir et vous laisser vous en aller, tous les deux.

Le tortionnaire se dirigea doucement vers la sortie.

— Au moindre geste suspect, je tire, menaça l'apprenti secouriste.

Il ne comprenait pas ce changement soudain de comportement, mais ce n'était pas le moment de s'en préoccuper. Il avait là l'occasion de sauver celle à qui il devait la vie et il n'avait pas besoin d'en savoir plus.

— Si, comme je le pense, tu as perdu la mémoire, tu devrais faire des recherches sur le nom de *Logan*, ajouta énigmatiquement le militaire en uniforme tout en se dirigeant vers la sortie. Tu as de la chance, ma chère. Si ça avait été quelqu'un d'autre qui passait cette porte, je l'aurais tué sous tes yeux, ajouta-t-il en s'enfuyant.

L'artilleur le regarda s'éloigner, jusqu'à ce qu'il sorte de son champ de vision. Puis, il baissa son arme, la mit dans son dos et observa les blessures de la jeune femme. En découvrant ce qu'elle avait subi, il eut un puissant haut-le-cœur. Les bandages couverts de sang au niveau de ses genoux ainsi qu'à son bras droit ne présageaient rien de bon. Quand il regarda son bras gauche, il crut être rassuré en ne voyant pas de sang, mais changea rapidement d'avis en voyant la couleur de ce dernier. Son membre gauche était déformé et violacé par endroits. Il comprit immédiatement que ce bras avait été fracturé de nombreuses fois. L'amnésique approcha son visage de celui de la demoiselle.

— Kate, vous m'entendez ?

Le regard de l'arcaniste traumatisée était vide. Elle avait les yeux mi-clos. Seuls les légers mouvements dus à sa respiration prouvaient qu'elle était toujours vivante. En voyant ses multiples blessures, le tireur d'élite savait qu'il devait la porter pour sortir d'ici et qu'elle allait souffrir durant le trajet. Afin de minimiser sa douleur, il la libéra des entraves fixées à la table. Puis, il arracha les lanières en cuir. Finalement, avec ces attaches et son arme, il créa une sorte d'attelle qu'il utilisa pour immobiliser quelque peu le bras gauche de l'épéiste. Dès que ce fut fait, il la souleva de sa chaise en la portant entre ses bras. Il ne perdit pas un instant et remonta les escaliers pour fuir ce bâtiment de malheur.

CHAPITRE 20 :
ENTRE LA VIE ET LA MORT

Durant sa course, Shadow remarqua à peine ce qu'il se passait autour de lui. Il était bien trop concentré sur sa tâche de ramener la jeune femme au Doc. Il constata cependant qu'une partie de la ville était en proie aux flammes. D'après la provenance des cris et des hurlements, tous les affrontements avaient lieu à l'est de la cité. Sans doute pour se défendre, les prisonniers fraîchement libérés avaient érigé une barricade qu'ils avaient ensuite enflammée pour ne pas subir une attaque depuis cette direction. Néanmoins, la maîtrise du feu avait dû leur échapper, car les habitations adjacentes s'étaient mises à brûler, elles aussi. En courant à travers la bourgade avec la sorcière entre ses bras, le sauveteur ne prêta pas attention aux scènes de violence qui se déroulaient autour de lui. Les évadés s'étaient regroupés en petites troupes et affrontaient les Exécuteurs qui n'hésitaient pas à les abattre. D'autres fugitifs se contentaient de s'éloigner le plus possible des lieux. Le libérateur de l'invocatrice ne faisait que fuir et esquivait toutes les zones dangereuses. Des coups de feu retentissaient un peu partout dans la ville. L'odeur de poudre venait s'ajouter à celle du sang et des flammes, donnant à l'ensemble un résultat nauséabond. L'hémoglobine des personnes abattues se mélangeait à l'humidité de la terre, rendant le sol des plus glissants. Des cris d'hommes, de femmes et d'enfants se faisaient entendre un peu partout, alors que des sirènes s'élevaient des quatre coins de New Hope. Tandis que les miradors éclairaient les zones d'affrontement dans un ballet macabre. Pour s'échapper rapidement, l'amnésique, qui se demandait si ce geste avait vraiment été une bonne idée, supplia Aivi de lui indiquer les rues à prendre pour rejoindre en vitesse l'entrée de la bourgade. Dans une ruelle adjacente, il entraperçut un combat entre des humains, mais ne s'en mêla pas. Il arriva, non sans mal, à la sortie de la cité qui n'était plus gardée. D'une manière ou d'une autre, les androïdes qui surveillaient l'accès à la ville avaient dû intervenir pour la protéger. Le supposé mercenaire, conscient de sa chance, franchit sans attendre les portes qui le menaient à la liberté, hors de cette localité ravagée par les combats. Shadow était inconscient la dernière fois qu'il avait fait ce trajet. Désormais, c'était la résistante qui l'était. Plus il s'éloignait de la prison et plus les sons des affrontements s'amenuisaient. Après avoir passé les lourds battants de New Hope, il n'entendit plus aucun son de bataille, mais ne s'arrêta pas de courir pour autant. Depuis déjà plusieurs minutes, les muscles de ses bras criaient de douleur, n'étant pas habitués à porter le poids d'un être humain.

— Aivi, tu sais où est le labo du Doc ? interrogea l'artilleur en courant en direction de la forêt.

— Analyse en cours. Analyse terminée. Sa localisation exacte est inconnue.

— C'est impossible ! Kate m'y a amené l'autre jour, réfléchit le survivant du massacre de l'hôpital en parlant à voix haute.

Le tireur d'élite supposa donc que la compréhension de l'intelligence virtuelle était limitée. En conséquence, il devait reformuler sa question pour qu'elle puisse mieux interpréter sa demande.

— Je sais, s'exclama-t-il. Aivi, amène-moi à la cabane du Doc.

— Analyse en cours. Analyse terminée. J'ai calculé un itinéraire pour vous y rendre le plus vite possible. Temps estimé d'arrivée, selon votre rythme de course actuel, vingt-huit minutes et cinquante-huit secondes.

— Pas de temps à perdre !

Le sauveteur courut en suivant le parcours que le logiciel avait établi à travers ses lunettes en lui faisant aveuglément confiance. Il regardait à peine devant lui. Son regard revenait sans cesse sur sa protectrice et n'arrivait pas à s'en détacher. Il sentait que sa respiration devenait de plus en plus faible. Ses yeux s'étaient fermés et elle était complètement amorphe.

Enfin, il arriva, à bout de souffle, à la cabane, pile au temps estimé.

— Très bien. Maintenant, il faut que je fasse le symbole avec du sang au bon endroit, dit-il en réfléchissant à voix haute et en balayant l'intérieur de la construction en bois du regard.

Il essaya de se remémorer la scène qu'il avait vue lors de sa première visite. Il retrouva la planche sur laquelle la jeune femme avait dessiné son mystérieux glyphe. Il s'en approcha et reproduisit le symbole aussi bien qu'il s'en souvenait, avec son propre sang. Rien ne se passa. Il le dessina encore et encore, mais le mécanisme refusait de se déclencher. Les paroles de Kate lui revinrent à l'esprit. Il dessina une énième fois le sceau, mais avec le sang de la demoiselle à la place du sien. Le résultat fut le même que les essais précédents. C'est alors qu'il se rappela qu'en plus de l'analyse sanguine, le système vérifiait l'empreinte digitale. Shadow se tourna vers la sorcière et observa l'état de ses bras. Il en déduisit que son bras droit serait celui qui la ferait le moins souffrir. N'ayant pas d'autre option, il lui saisit délicatement l'index de la main droite.

— Je suis désolé, s'excusa-t-il en commençant à faire le glyphe avec le doigt de la blessée.

Dès le premier mouvement, la douleur la réveilla et lui fit pousser un hurlement. Son libérateur se força à ne pas s'arrêter. Ils devaient entrer au labo à tout prix. Les taches brunes sur le pansement de l'invocatrice s'humidifièrent à nouveau et s'assombrirent, indiquant que l'entaille dans le bras de l'épéiste s'était remise à saigner abondamment. L'amnésique s'excusait en boucle auprès de son amie, mais il savait qu'il devait continuer. Il devait la sauver !

Une fois le symbole complètement tracé, ils furent transportés dans le labo, dans un éclair vert émeraude. Le néophyte ignora le léger vertige dû à la téléportation et se précipita à l'intérieur des couloirs. Il ne lui restait plus qu'à trouver la soigneuse. Toujours dans ses bras, la demoiselle respirait bruyamment. Elle luttait pour respirer, pour survivre.

— Ça va aller ! Accrochez-vous !

Le sauveteur répétait ces mots en boucle. Il le faisait autant pour encourager son amie que lui-même. Au détour d'un couloir, il finit par tomber sur le Doc qui parlait avec un assistant. Le bruit de ses pas avait déjà attiré l'attention des deux personnes, mais le tireur d'élite les appela à l'aide pour qu'elles viennent à sa rencontre.

— Hé ! Aidez-la ! cria-t-il.

À bout de souffle et de force, il vit la scientifique se précipiter vers lui tandis que l'autre homme partit chercher un brancard. En voyant l'état de Kate, la médecin ne perdit pas de temps. Elle ne posa aucune question et commença immédiatement à évaluer l'état physique de la victime. La soignante passa une lampe de poche devant les yeux de la patiente pour évaluer son état, le temps que l'assistant revienne. Elle regarda également les multiples blessures qu'elle avait subies et son visage prit un air inquiet. Shadow ne releva même pas la réaction du Doc, trop occupé à se soucier de la demoiselle qui était dans ses bras. Afin d'optimiser le temps, la maîtresse des lieux et lui s'étaient déjà mis en route pour la salle d'opération. La doctoresse regarda les doigts des pieds et des mains de l'invocatrice et découvrit que certains commençaient à se noircir. L'infirmier revint rapidement avec la civière et l'artilleur posa délicatement la jeune femme dessus. Le groupe repartit de plus belle en courant en direction du bloc opératoire.

Sur place, la résistante fut déposée sur la table d'opération. Le Doc et son second ne perdirent pas un instant. Le collaborateur courut vers une armoire vitrée, fermée à clef, dans laquelle se trouvaient des poches de sang. La soigneuse lança au néophyte un bandage et lui ordonna de refaire celui du bras droit de Kate, afin d'arrêter momentanément le saignement. L'homme aux yeux gris s'exécuta sans poser de questions. Il n'était pas expert, mais en retirant le pansement posé par le Consortium, il vit à quel point il était mal fait. La médecin à lunettes, elle, fit de même avec les bandages autour des genoux de sa patiente. Dès qu'elle eut fini de mettre une compresse sur les plaies de la blessée, elle aida son assistant à poser une perfusion sanguine. Un électrocardiogramme fut également branché et le rythme cardiaque dangereusement lent de la sorcière retentit dans la pièce. Shadow remarqua que son amie avait de plus en plus de mal à inspirer. Avant que les soignants ne puissent finir de poser la perfusion, l'épéiste cessa totalement de respirer. Son rythme cardiaque chuta également et le Doc détourna les yeux de sa tâche.

— Son organisme est en train de lâcher. Fais-lui du bouche-à-nez pour lui envoyer de l'oxygène ! ordonna-t-elle.

L'assistant se dirigea vers un autre appareil dans la salle, tandis que le supposé mercenaire s'exécuta et envoya tout l'air qu'il pouvait dans les poumons de la jeune femme, sans souffler trop fort. La poitrine de la demoiselle se redressa, avant de s'affaisser lentement. Le secouriste répéta plusieurs fois son opération, en suivant les instructions de la cheffe du bloc opératoire. La soignante termina rapidement de poser sa perfusion et s'approcha de sa patiente. Elle poussa le sauveur de la victime et saisit l'objet que son second apportait. L'amnésique découvrit alors qu'il s'agissait d'un respirateur. La doctoresse le plaça sur le visage de la traumatisée et commença la respiration artificielle. Le combattant aux cheveux noirs observa les blessures de son amie et vit que les nouveaux bandages étaient déjà recouverts de sang. La scientifique saisit une seringue et injecta son contenu dans le corps de l'invocatrice. Les sons de l'électrocardiogramme se stabilisèrent quelque peu, mais restèrent relativement faibles.

— Tu ne sers plus à rien ici, annonça le Doc en jetant la seringue dans une poubelle spécialement prévue pour. Sors de là !

Shadow la regarda, se sentant un peu perdu. Le collaborateur s'approcha de lui et le poussa doucement vers la sortie du bloc. Au même moment, un robot se déploya du plafond, au-dessus de la table d'opération. L'automate, qui n'avait rien d'humain, avait de multiples bras qui s'approchaient de la jambe droite de Kate. Sur chacune des articulations de la machine se trouvaient différents outils pour pouvoir effectuer n'importe quelle opération. Le tireur d'élite eut juste le temps de voir que la soignante découpait les bandages qu'ils venaient de mettre autour du genou droit de la demoiselle, ainsi que ses vêtements, avant qu'il ne soit sorti du bloc opératoire.

Six très longues heures passèrent durant lesquelles l'individu au regard gris ne pouvait qu'attendre et s'inquiéter. Depuis qu'il avait été chassé de la salle d'opération, il faisait les cent pas dans le couloir. De temps en temps, il s'arrêtait pour regarder à travers un des hublots de la porte de la pièce sans comprendre ce qu'il voyait. Le Doc semblait travailler de concert avec le robot, mais le jeune secouriste ne voyait pas ce qu'ils faisaient au corps de Kate. Finalement, alors qu'il venait tout juste de s'asseoir, la chirurgienne sortit du bloc opératoire.

— Je viens de finir de soigner ses genoux et son bras droit. Les blessures sont refermées et le sang semble avoir retrouvé sa circulation. Je pense que ses membres sont sauvés, mais je dois encore m'occuper des multiples fractures de son bras gauche. Elle devrait s'en tirer. Toi, tu devrais aller te reposer … informa-t-elle.

— Merci de m'avoir tenu au courant, mais je vais rester ici et attendre que vous ayez fini.

La médecin retourna au bloc opératoire et l'amnésique repartit dans ses pensées. Il n'avait toujours pas remarqué que ses propres vêtements et ses mains étaient couverts de sang. Les nouvelles encourageantes qu'il venait de recevoir lui permirent de relâcher un peu la pression qu'il avait accumulée jusqu'à maintenant. Il regarda ses mains brunies à cause de l'hémoglobine de son amie et les vit trembler comme jamais. Constatant cela, il décida de faire un tour aux toilettes pour les laver.

À son retour, ses pensées s'étaient légèrement calmées et les propos du bourreau de son amie lui revinrent en mémoire.

— Aivi, t'as des infos sur un certain Logan ? se renseigna l'artilleur pour se changer les idées.

— Analyse en cours. Analyse terminée. Désolée, Shadow. Ces données sont classées confidentielles.

— Bordel ! J'en ai marre de toutes ces cachotteries, se plaignit-il. Bref… Tu saurais pas où est Artémis par hasard ?

— Analyse en cours. Analyse terminée. Malheureusement, Artémis ne possède pas de moyen de localisation sur lui.

— Ça m'aurait étonné aussi. T'aurais pas une bonne nouvelle pour moi ? Parce que là, entre Kate qui a été torturée, la Résistance qui me traite comme un criminel, ma perte de mémoire et le fait que je parle à une machine, je suis au fond du gouffre.

— Demain sera une journée ensoleillée avec des températures allant jusqu'à vingt-trois virgule quatre degrés Celsius.

Son interlocuteur sourit, malgré lui.

— Sinon, pourquoi tu commences la plupart de tes phrases par : Analyse en cours. Analyse terminée et des fois non ? s'intéressa le supposé mercenaire en imitant une voix synthétique.

— La majorité des requêtes que vous me faites nécessite que je traite un flux d'informations stocké dans les serveurs de la Résistance. D'où le fait que je doive les analyser avant de pouvoir vous répondre. Mais quand vous me demandez quelque chose d'imprécis ou une question personnelle, ces informations étant stockées dans ma mémoire locale, j'y ai un accès immédiat.

— Donc tu as le bulletin météorologique dans ta mémoire locale ?

— C'était une blague. J'ai été programmée avec une personnalité qui a de l'humour.

— Si je comprends bien, quand je te pose une question pour

laquelle tu n'as pas de réponse dans ta mémoire locale, tu dois te connecter aux serveurs de la Résistance pour obtenir ces informations. Dans ce cas, pourquoi on n'a pas appelé des renforts plus tôt ?

— Ce n'est pas tout à fait le cas, commença l'intelligence virtuelle. Je ne peux accéder aux serveurs de la Résistance seulement quand ces lunettes, ou tout autre objet avec lequel je suis connecté, se trouvent au sein de La Forteresse. Dès que c'est le cas, je fais une copie des informations contenues dans les serveurs que je compresse à un ratio extrêmement élevé. Lorsque je dois retrouver un renseignement précis, je dois alors parcourir la copie des données des serveurs que j'ai avec moi et les analyser.

— Je comprends pas bien la différence entre les deux cas... Pour l'un comme pour l'autre, tu as les données dans ta mémoire, non ?

— Vous avez parfaitement raison. Peut-être que cet exemple vous aidera à comprendre. Admettons que vous me posez des questions sur Kate. Je vais commencer par effectuer une analyse, afin de rechercher toutes les informations que je possède mentionnant son nom. Puis, je vais en faire une synthèse en classant les informations confidentielles de celles rendues publiques. Une fois que l'analyse est terminée, je suis capable de répondre à votre requête. Néanmoins, si après cela vous me posez une nouvelle question sur elle, je posséderai déjà toutes les données la concernant, je n'aurai donc pas besoin de refaire ce travail d'analyse. Est-ce que cela vous semble plus clair ?

— Je crois avoir compris. En gros, on pourrait te comparer à une sorte de super moteur de recherche. Enfin, si cette comparaison n'est pas offensante pour toi.

Aivi imita un rire.

— Shadow, je ne possède pas de sentiment. Je ne peux donc pas me sentir offensée, expliqua-t-elle. Votre comparaison n'est pas tout à fait exacte, mais elle est plutôt bonne.

Après une longue discussion entre l'avatar et l'artilleur, le Doc finit par ressortir du bloc. L'amnésique se leva immédiatement et la regarda en ne sachant pas à quoi s'attendre.

— Elle va s'en tirer, rassura la médecin. Elle a failli me lâcher deux trois fois entre les mains, mais elle est stabilisée, désormais.

— Génial ! cria le secouriste avec un grand soulagement. Je peux aller la voir ?

— Elle est en salle de réveil. Tu peux attendre à côté d'elle si tu le souhaites, mais je te prierais de la laisser dormir. Par ailleurs, si t'as quelques minutes à m'accorder, j'aimerais bien savoir ce qu'il s'est passé.

Le tireur d'élite lui parla de la mission, de l'enlèvement de l'invocatrice et de son sauvetage.

— Il y a quelques détails troublants dans cette histoire.

— Comment ça ? demanda le néophyte.

— Hé bien, primo, les Exécuteurs n'ont pas essayé de vous tuer.

— Je sais pas ce qu'il vous faut ! La course-poursuite dans les bois n'était pas une balade de santé, s'indigna le survivant du massacre de l'hôpital.

— Ce n'est pas ce que je voulais dire. Ils vous ont attaqués, mais pas mortellement. Ce sont des machines de combat, des tireurs hors pair. Cependant, ils ne semblaient viser que vos jambes, d'après ce que tu m'as raconté. Ils devaient sans doute vouloir vous capturer. Crois-moi, si ils avaient reçu l'ordre de vous abattre, vous ne seriez plus là.

— Ah ouais ? s'étonna l'artilleur, surpris par cette révélation.

— Secundo, une équipe de secours aurait dû être envoyée pour sauver Kate.

— Je ne sais pas comment fonctionne la Résistance, mais Magellan n'a pas jugé nécessaire de le faire.

La chercheuse écarquilla les yeux à l'annonce de cette nouvelle, mais n'insista pas sur ce point.

— Bien, tu dois avoir hâte de retrouver Kate après ce que vous avez traversé. Je ne vais pas te retenir plus longtemps.

D'ailleurs, merci de l'avoir sauvée, déclara la médecin en lui tendant la main.

— Merci à vous de l'avoir soignée, sourit Shadow en la lui serrant.

Il prit ensuite la direction de la pièce indiquée.

— Une dernière chose. Pourquoi as-tu pris tous ces risques pour quelqu'un que tu connais à peine ? questionna le Doc pendant qu'il s'éloignait.

— C'est simple, exposa le jeune homme sans se retourner. Elle est la seule à me traiter comme son égal et pas comme une espèce de monstre dont il faut se méfier.

CHAPITRE 21 :
KATE SE RÉVEILLE

Shadow entra dans la salle de réveil et y vit celle qu'il considérait déjà comme son amie. Elle était allongée dans un lit et dormait paisiblement. Plusieurs appareils servant à contrôler son état de santé étaient reliés à elle, mais leurs signaux paraissaient être normaux. Alitée sur le dos avec une couverture bleutée, la jeune femme avait le visage détendu, ce qui rassura l'amnésique. Il y avait tout juste quelques heures, son expression faciale trahissait l'état de souffrance dans lequel elle s'était retrouvée. La sorcière était dans une partie isolée de la pièce, ce qui lui permettait de ne pas subir les désagréments des chambres à plusieurs occupants. De toute façon, elle était actuellement la seule patiente présente. Un rideau permettait de dissimuler son lit à la vue des autres. Les murs et le carrelage blancs reflétaient la lumière orangée du soleil qui était reproduite artificiellement par une lampe murale. Cette source lumineuse était juste à côté du lit de l'arcaniste. Il était possible de diminuer l'éclairage, via des lamelles de stores. Cette lueur reproduisait véritablement celle de l'astre céleste. Le néophyte se demanda pourquoi ne pas avoir simplement installé une fenêtre classique plutôt que ce simulacre. Si la bretteuse le souhaitait, elle pouvait également allumer une petite lampe de chevet qui se trouvait sur une table de nuit sur sa droite. Le protégé regarda la jeune femme dormir et ressentit une forte satisfaction en sachant qu'il lui avait sauvé la vie. Quelque part, c'était un juste retour des choses. Il s'approcha du lit de la seule personne avec qui il avait véritablement discuté et s'assit sur une chaise qui était juste à côté. Il voulut attendre son réveil, mais quelques instants après s'être installé, il s'assoupit. Maintenant qu'elle était tirée d'affaire, la fatigue accumulée du secouriste le rattrapa. La mission de sauvetage l'avait épuisé et la fuite avec Kate dans ses bras n'avait pas aidé.

Shadow se retrouva sur le champ de bataille. Chaque fois que quelqu'un venait sur lui, il agitait ses bras et l'ennemi était balayé. N'ayant encore croisé aucun opposant à sa hauteur, il trouva cette confrontation particulièrement ennuyeuse. L'individu aux cheveux noirs reconnaissait bien là le style de l'adversaire : une attaque sans coordination qui finissait en mêlée générale. Pestant contre son ennui, il arriva au cœur de la mêlée et, instantanément, le moral de son camp augmenta.

Inlassablement, un énième guerrier se dressa face à lui.

— Tu m'as l'air trop confiant. Je vais te montrer ce qu'est la véritable puissance, lança le nouveau venu.

L'ennemi fit une sorte de sphère avec ses mains tout en s'accroupissant. En continuant son geste, il rapprocha ses mains de sa hanche droite alors qu'une lumière rouge commençait à apparaître au sein de celles-ci. Puis d'un coup, il tendit ses mains en direction du combattant aux yeux gris et les ouvrit en même temps. Un torrent de flammes se dirigea subitement à toute vitesse sur lui, sans qu'il ait l'occasion de l'esquiver.

L'amnésique sursauta violemment, rompant son sommeil. Après un bref instant, il réalisa qu'il était toujours dans la même salle. Il ne savait pas combien de temps s'était écoulé, mais il estima qu'il avait dû dormir pendant plusieurs heures. Il s'étira et regarda Kate. À sa grande surprise, elle avait repris connaissance et l'observait également.

— Enfin réveillé ? sourit-elle avec une voix qui trahissait son état de faiblesse. Ça va ? Tu avais l'air de faire un cauchemar.

— Ce n'était rien. Mais ce serait plutôt à moi de vous demander si ça va. Vous avez failli mourir ! Et plusieurs fois en plus !

— Je suis un peu faible, mais ça va, merci. Où est Artémis ? C'était une bonne idée de l'envoyer me chercher.

— Heu … actuellement, je ne sais pas où il est. On s'est séparés devant la prison. Il a vu un général du Consortium parler avec votre tortionnaire et a décidé de le suivre.

L'invocatrice aux cheveux noir de jais fronça les sourcils. Son visage montrait qu'elle réfléchissait à ce qu'elle venait d'entendre.

— Mais … ça veut dire que c'est toi qui m'as sauvée ! comprit-elle.

— Comme ça, on est quitte, commenta Shadow avec un grand sourire.

— Ça explique le sang sur tes vêtements, continua de réfléchir la demoiselle. Merci. Sincèrement, je n'aurais jamais pensé que ce soit toi mon sauveur.

— Merci, ça fait plaisir … réagit son camarade en se sentant sous-évalué.

— Non. Ce n'est pas ce que je voulais dire … C'est juste que … On se connaît à peine, quoi.

— C'est marrant, le Doc vient de me faire la même remarque.

— Et tu lui as répondu quoi ?

— Que vous étiez la seule qui ne me traitait pas comme un monstre dont il fallait se méfier.

— Je te l'ai déjà dit. La Résistance a du mal à accorder sa confiance aux nouveaux visages. Bref, en tout cas, en me sauvant, tu viens de gagner la mienne, lui confia la bretteuse en souriant.

— Merci, sourit à son tour son protégé. Du coup, je peux vous tutoyer maintenant ?

L'arcaniste éclata de rire.

— Je me demandais quand tu allais le faire. Je ne sais même pas pourquoi tu me vouvoyais. Alors que, si ça se trouve, tu es plus vieux que moi, le taquina la jeune femme.

Tous les deux se mirent à rire, partageant la joie d'être en vie après ce qu'ils venaient de traverser.

— C'est peut-être une question bête, mais pourquoi vous – heu ... tu n'as pas utilisé tes pouvoirs pour t'échapper ? se renseigna l'homme en se calmant doucement.

— Il n'y a pas de question bête. Seulement de mauvaises explications. Bref, tu veux la version courte ou longue de l'explication ?

— Courte. J'ai déjà trop d'informations à retenir.

— Les scientifiques ont mis au point un système qui inhibe les pouvoirs des sorciers. Du coup, aucun prisonnier du Consortium ne peut utiliser ses pouvoirs tant qu'il est dans la prison, ou qu'il porte des menottes ... Ça va ? Tu m'as l'air songeur.

— Ce système, il serait pas basé sur des glyphes présents sur les murs de la cellule ?

— Si, c'est exactement ça. Comment tu le sais ?

— En voulant chercher des secours, la Résistance m'a enfermé dans une cellule avec ce système anti-magie. Est-ce que ça voudrait dire que je suis un-

— Ne t'emballe pas, le coupa l'invocatrice. Aujourd'hui, toutes les cellules ont ce système.

Le tireur d'élite baissa la tête, légèrement honteux de s'être précipité sur l'idée d'être potentiellement doué de magie.

Pendant quelques secondes, un silence s'installa dans la salle. Seuls les sons des machines reliées à la blessée brisaient le calme.

— Je repensais au comportement de ton tortionnaire, dit l'amnésique en relançant la discussion.

La combattante se crispa quand les souvenirs liés à ce militaire lui revinrent.

— Je trouve qu'il a eu une attitude bizarre en me voyant. Comme s'il avait vu un fantôme. En plus, le nom qu'il m'a donné, *Logan*, m'évoque quelque chose, mais pas assez précisément pour que je sache quoi. Et puis, il m'a appelé *Shadow* !

— Je ne peux pas t'aider. À ce moment-là, je ne comprenais plus rien à ce qui m'entourait. Quant à ton nom, j'ai dû le mentionner sans m'en rendre compte durant une séance de torture ...

Le Doc entra dans la pièce à cet instant et, en voyant sa patiente en train de papoter, marcha rapidement vers elle.

— Déjà réveillée ? Je sais que tu es coriace, Kate, mais à ce point ...

— Il faut dire que j'ai de qui tenir, plaisanta la demoiselle en faisant un clin d'œil au médecin.

La soignante examina les différents moniteurs qui surveillaient les fonctions vitales de l'épéiste.

— Tout m'a l'air ok. Il te faut seulement du repos. Une semaine au lit et tu seras en pleine forme.

— Une semaine ? s'écria la jeune femme surprise. Mais tu te fous de moi ? Dès demain, je retourne au QG. Ils doivent savoir que la mission a échoué.

— La mission ? Quelle mission ? Celle dont Shadow m'a parlé ? demanda le Doc.

— On devait t'apporter un disque de données. Mais le Consortium me l'a pris pendant ma capture.

L'artilleur réalisa à ce moment-là qu'il n'avait plus du tout pensé à ce maudit disque. Dans le feu de l'action, il semblerait que même la sorcière n'y avait plus songé. Dans le cas contraire, elle le lui aurait donné, vu qu'il s'enfuyait en direction de La Forteresse.

— Mission ou pas, j'ai dit une semaine de repos ! conclut la scientifique avant de tourner les talons et de partir.

— Elle est stricte, mais elle a raison. Tu devrais dormir, déclara le combattant aux cheveux noirs une fois que la chercheuse eut quitté la pièce.

— Je sais. Mais je m'inquiète pour Artémis. C'est pas normal qu'il suive si longtemps un général ... À moins que ce soit celui de New Hope ! supposa l'épéiste. Tu l'as vu, ce type ? Il ressemblait à quoi ?

— Eh bien ... Je ne l'ai vu que de dos, mais il a les cheveux blancs, courts. Il doit faire environ un mètre nonante et avoir soixante ans à tout casser. Je dis ça, mais je ne me base que sur mon ressenti.

— Ça doit être lui.

— Et c'est qui, lui ?

— Le responsable de New Hope. Il s'appelle Anderson. Il a été un des premiers humains à avoir des pouvoirs et il a participé au soulèvement des sorciers.

— En gros, c'est un méchant quoi.

— Oui, mais l'un des plus gentils.

— Comment ça ? insista le néophyte en fronçant les sourcils.

— Durant le soulèvement, il a minimisé les pertes humaines en convainquant les autres de ne pas exterminer ceux qui ne possèdent pas de magie, mais de les diriger, contrairement à ce qui était prévu à la base.

— Et tu appelles ça un gentil ?

— Non. Mais sans lui, il n'y aurait plus de personne sans pouvoir.

Pendant un instant, Shadow songea au massacre qu'aurait représenté la disparition des individus dénués de toute magie. Il chassa en vitesse cette pensée et remercia Anderson pour sa force de persuasion.

— Et c'est quoi son pouvoir ? finit-il par demander.

— Anderson est un érudit. C'est l'un des meilleurs dans son domaine. À ce qu'on raconte, il est pratiquement capable de tout.

— C'est pour ça que tu t'inquiètes pour Artémis. Anderson est puissant.

— Je ne m'inquiète pas pour lui, protesta Kate en rougissant légèrement.

— Bref. Assez parlé pour le moment. Je vais te laisser te reposer. Quand Artémis reviendra, je lui dirai de venir te voir, dit le tireur d'élite en se levant de sa chaise.

La jeune femme lui sourit.

— Merci. Mais je ne suis pas fatiguée. Alors, si tu dois aller faire quelque chose, je viens avec toi. Après tout, ma mission est de te surveiller.

— Non seulement je ne pense pas que ce soit une bonne idée de te lever dans cet état, mais en plus, je n'ai rien à faire.

— C'est ça, c'est ça. Comme si tu n'allais pas faire le test pour savoir si tu es un sorcier.

— Il y a un kit de test ici ? réagit l'artilleur surpris, avant de se rappeler qu'Aivi lui avait déjà donné cette information.

— Évidemment qu'il y en a un. On est dans le labo du Doc. C'est elle qui a mis au point cette technique. Par contre, le kit ici est un peu différent des autres. Disons que c'est une version bêta du système actuel.

Le supposé mercenaire voulut protester, mais il savait que la demoiselle avait raison. Il devait déterminer s'il avait un pouvoir ou non.

— Bon d'accord. Mais ne compte pas sur moi pour te porter.

— Tu me laisserais marcher ? Après ce que je viens de subir ? s'indigna la jeune femme avec humour.

Elle tendit les bras vers son sauveur.

— Porte-moi, esclave !

— Tu sais que t'es énervante ?

— Moi ? interrogea l'invocatrice de manière enjouée. Non.

CHAPITRE 22 :
LE TEST DE SORCELLERIE

Pour se rendre dans la salle dans laquelle le test allait être effectué, Shadow avait poussé Kate dans une chaise roulante. Cette dernière s'était amusée à lui demander plusieurs fois de la porter, sans que son souhait ne se réalise. Désormais habillée d'une blouse de patient, la sorcière avait guidé son protégé à travers le dédale labyrinthique du complexe. L'arcaniste avait avoué à l'amnésique que, lors de sa première visite au laboratoire, elle s'était perdue pendant plusieurs heures avant de revenir à son point de départ. Aux yeux du survivant du massacre de l'hôpital, elle avait désormais l'air de connaître parfaitement les lieux. Il avait donc suivi aveuglément les instructions de son amie pour avancer dans ces couloirs. Le chemin qu'ils avaient emprunté se composait d'une succession de longs corridors, tous semblables. Ils avaient perdu leur aspect reposant de l'hôpital. À la place, ils ressemblaient davantage à un environnement technologique. Des successions de plaques métalliques formaient le sol et les parois, tandis que des lumières vertes éclairaient l'ensemble. Ici et là, des câbles électriques dépassaient des plaques qui étaient volontairement mal fixées. Sans doute, le Doc devait être en train de travailler dessus. Les lumières vertes étaient des bandes de LED de faible épaisseur, espacées tous les demi-mètres. La majeure partie du temps, les couloirs étaient déserts. Cependant, ils avaient croisé, occasionnellement, des scientifiques, ainsi que des robots. Les êtres mécaniques étaient de toutes les tailles et de toutes les formes possibles. Certains volaient, d'autres roulaient et certains parvenaient même à marcher. Il était arrivé qu'ils entrevoient ce qu'il se déroulait dans les salles devant lesquelles ils étaient passés, lorsque la porte était mal fermée. De cette manière, ils avaient été témoins d'expériences incroyables, surprenantes ou incompréhensibles, voire les trois en même temps.

— Ce labo est un peu une représentation de l'esprit du Doc. Elle est la seule à savoir parfaitement s'orienter et ce qu'il s'y passe, avait commenté l'épéiste.

— Pourtant, t'as l'air de le connaître comme ta poche.

— Seulement les endroits où je suis déjà allée. Mais je pense que je ne connais pas le tiers du laboratoire.

Perdu dans ses pensées liées à tout ce qu'il s'était passé devant ses yeux, le supposé mercenaire n'avait pas réalisé immédiatement qu'ils étaient arrivés à destination.

La salle dans laquelle ils venaient d'entrer était d'une taille environ deux fois plus importante que celles devant lesquelles ils étaient passés pour arriver jusqu'ici. Cependant, le lieu était presque entièrement vide. Il ne comportait qu'une table en son centre et une baie vitrée qui donnait sur une zone isolée. Une porte transparente permettait de passer d'un côté ou de l'autre du verre. Sur le meuble blanc qui était au centre, il y avait une simple boîte en bois. Tout comme les différentes pièces du laboratoire qui faisaient penser à un hôpital, cet espace était entièrement blanc et une lumière chaude l'illuminait. Le sol et les murs étaient composés d'une succession de dalles blanches.

— L'endroit où on se trouve est la salle de test. C'est ici qu'on va découvrir ton pouvoir. Enfin, si tu en as un.

— Et la vitre, c'est pour quoi faire ?

— La découverte de certains pouvoirs peut parfois être violente. Alors la deuxième salle est là pour protéger les observateurs. Je serai de l'autre côté de la vitre quand tu feras ton test.

— Ok. Et la boîte sur la table ? Il y a un mini-scientifique qui va entrer dans mon corps et étudier mon ADN de près ? plaisanta Shadow.

— Haha, t'imagines … non. Il faut que tu découvres par

toi-même ce qu'il y a dans cette boîte. Ça aussi, ça fait partie du test.

— Bon. J'imagine que tu veux que je t'amène de l'autre côté ?

Kate opina de la tête.

Celui qui allait se faire examiner entra dans la seconde partie de la pièce et tourna le fauteuil roulant de son amie, de sorte qu'elle soit positionnée face à la boîte.

Quand ce fut fait, il s'approcha doucement de l'objet en bois en s'attendant à tout. Maintenant qu'il était plus proche, il estima que les dimensions de l'espèce de coffret étaient à peu près les mêmes que celles d'un bagage à main. Juste avant de poser sa paume dessus, il lança un regard à la jeune femme qui l'encouragea d'un sourire. Le couvercle ne pouvait pas être retiré, mais pouvait seulement glisser sur le sommet de la boîte. L'espèce de coffret en bois était joliment entretenue. Deux fines bandes noires faisaient tout le tour du socle, tandis que sur le sommet, ces bandes formaient un losange. Les angles étaient polis et le bois verni reflétait légèrement la lumière environnante. L'artilleur souffla un coup et ouvrit le couvercle en fermant les yeux, il s'attendait à une explosion ou à quelque chose dans ce genre-là. Mais il n'y eut aucun flash lumineux ni aucune détonation. Seul un léger son se mit à s'échapper de la boîte. Le combattant au regard gris rouvrit les yeux et observa l'intérieur de l'objet. Le bruit venait d'une mini-télévision devant laquelle se tenait une petite sculpture très réaliste d'un robot docteur. L'amnésique regarda rapidement en direction de l'invocatrice qui était morte de rire derrière la baie vitrée. Il voulut l'insulter, mais une petite voix attira son attention.

— Analyse en cours. Analyse terminée. Qui vient me déranger pendant mon feuilleton ? demanda une voix informatique assez grave.

— Aivi, c'est toi ?

Les paroles synthétiques que le tireur d'élite venait d'entendre ressemblaient plus à celles d'un humain masculin, mais la manière de parler était identique à celle du programme informatique qui se trouvait dans ses lunettes. La question émanait de la petite sculpture dans la boîte.

— Tu m'prends pour qui ? J'suis l'ancêtre d'Aivi.

— Il y a d'autres intelligences virtuelles ? Je croyais qu'elle était la seule.

— Aivi est unique en son genre. Elle est comme ma petite sœur, s'tu veux. On a tous les deux été créés par le même génie. Elle est ma version deux point zéro. À l'époque, quand j'ai été démarré pour la première fois, j'ai-

— Ce n'est pas pour être impoli, mais je ne suis pas là pour écouter les vieilles histoires d'un robot.

— Les jeunes d'nos jours … ils ont plus le temps pour rien. Bon. J'imagine qu't'es là pour le test ?

— Exactement. Donc, si vous pouviez-

— Alors, c'est parti !

L'androïde médecin éteignit sa télé et sortit de la boîte. Pour se déplacer, il déploya des ailes de taille réduite qu'il avait dans son dos et s'envola. Il les agita de la même manière qu'une libellule et s'en servit pour voltiger. Il fit face à son patient et le regarda de haut en bas. Puis, il rapetissa encore jusqu'à ce que le sujet du test ne le vît plus.

— Tu m'entends toujours, p'tit gars ? Alors écoute, voilà comment que ça se passe : j'vais entrer dans ton corps et analyser ton AD truc. Pendant que j'fais ça, je risque de déclencher ton pouvoir. Ou pas. C'est un peu surprise, surprise quoi. Alors surtout, panique pas.

À nouveau, Shadow se tourna vers la sorcière, qui éclata de rire une seconde fois. N'arrivant pas à savoir si tout cela était vraiment sérieux, il reporta son attention sur l'être mécanique.

— Vous êtes sûr que vous savez ce que vous faites ? Parce que vous ne savez même pas prononcer le mot : ADN.

— Oh là, mollo, mollo. T'es qui pour juger les autres ? Hein ?

Je critique ton look ridicule, moi ? Je crois pas. Alors, laisse-moi travailler.

Sur ce, le robot se mit à marmonner dans sa barbe, bien qu'il n'en ait pas, et entra par le nez dans le corps de l'artilleur. Ce dernier, quant à lui, regarda Kate d'un air paniqué. Ce qui eut pour effet de faire rire une troisième fois la jeune femme. Le supposé mercenaire entendit la voix de l'automate qui continuait de se plaindre depuis l'intérieur de son corps. Il ne parvenait pas à distinguer ses paroles, mais il semblait être en train de ronchonner.

Après plus d'une demi-heure d'attente sans qu'un pouvoir quelconque ne se manifeste, l'androïde sortit du corps du sujet de test et retrouva sa taille normale.

— J'sais pas si c'est ce que tu voulais ou pas, mais j'ai pas trouvé une trace de magie en toi, p'tit gars.

Quelque chose à l'intérieur de l'amnésique se brisa en entendant ces mots. Il est vrai que cette nouvelle ne changeait rien pour lui. Il n'avait jamais eu de pouvoir. Ce n'est pas comme s'il avait perdu quelque chose. Et pourtant ... il l'avait tellement espéré.

— Vous ... vous êtes sûr ? s'inquiéta Shadow.

— Évidemment. J'sais ce que je fais, moi, dit le robot en retournant s'asseoir devant sa télévision. Aucun doute. T'es pas un sorcier. Mais ton AND a qué'que chose de bizarre. Mais j'sais pas ce que c'est. Alors, me demande pas. En tout cas, c'est pas d'la magie.

La boîte se referma automatiquement et le bruit de la télévision ainsi que les plaintes de l'être mécanique s'évanouirent. Le jeune homme aux yeux gris resta debout, silencieux. Son regard continuait de fixer la boîte pendant plusieurs secondes. Lentement, il s'en détourna et rejoignit l'invocatrice dans l'autre pièce.

— Je suis désolée. J'étais persuadée que tu avais des pouvoirs, essaya de le consoler la bretteuse.

— Je ne veux pas en parler, lâcha sèchement son camarade.

Il n'avait pas eu l'intention de répondre sur ce ton, mais il était trop tard pour revenir en arrière.

Il ramena son amie dans sa chambre et l'aida à se coucher dans son lit. Le sauveur avait l'impression que tout autour de lui était devenu plus sombre.

— Je vais faire un tour. Il faut que je réfléchisse à tout ça, annonça l'artilleur tandis qu'il s'éloignait du lit.

— Hey, l'interpella Kate en lui attrapant le poignet dès qu'il se retourna. Si tu veux en parler, je suis là.

Son protégé la regarda, lui fit un sourire triste et se libéra de sa prise en douceur. Il lui assura que tout allait bien, puis quitta la pièce. Lorsqu'il se retrouva dans le couloir, il décida de se changer les idées en explorant le laboratoire du Doc. Il avançait dans les couloirs sans vraiment prêter attention à ce qui l'entourait.

Après de longues minutes de solitude, il alluma ses lunettes de combat.

— Dis, Aivi, t'as déjà voulu quelque chose plus que tout au monde ?

— Analyse en cours. Analyse terminée. Je ne ressens pas de désir, Shadow. Ma programmation ne contient pas de sentiment.

Bien qu'il soit en train de bouder, le tireur d'élite fut content d'entendre à nouveau la voix de l'intelligence virtuelle dans sa version féminine.

— As-tu déjà perdu quelque chose ? interrogea-t-il.

— Analyse en cours. Analyse terminée. J'ai déjà perdu des combats lors de simulations.

— C'est pas ce que je demandais … Est-ce que tu sais comment surmonter la déception ?

— Analyse en cours. Analyse terminée. Shadow, vous semblez ne pas aller bien. La série de questions que vous m'avez posée m'indique que vous souffrez d'une légère dépression. Vous devriez parler à un humain pour vous faire aider. Plusieurs études précisent que dans septante-six virgule quatre pour cent des cas, parler de ses problèmes à son entourage suffit à les résoudre.

Le supposé mercenaire s'arrêta de marcher et s'adossa contre un mur avant de se laisser glisser sur le sol.

— Le problème, c'est que je n'ai pas beaucoup de personnes dans mon entourage. En fait, je n'en ai qu'une ...

— Ça prouve que vous savez choisir vos amis.

L'amnésique sourit tristement. Une lampe du couloir s'éteignit quelques secondes, avant de se rallumer.

— Disons surtout que les autres ne me choisissent pas ... Et je ne pense pas avoir le droit de l'embêter avec mes problèmes quand je pense à ceux qu'elle a déjà affrontés.

— Les amis sont là pour se soutenir dans les moments difficiles, conclut l'avatar.

Le jeune homme rigola légèrement avant de se relever et de repartir dans la direction par laquelle il était venu.

— Quand je pense que je viens de recevoir une leçon d'humanité par une I.V., plaisanta-t-il.

L'être virtuel imita un rire puis l'artilleur éteignit ses lunettes. Après avoir recherché son chemin durant plusieurs minutes, avant de demander de l'aide à Aivi, il retourna dans la chambre de son amie. Cette dernière regardait un animé sur la télévision qui était accrochée au mur. Lorsqu'elle vit son sauveur approcher, elle mit l'épisode sur pause et tourna la tête vers lui. Le survivant du massacre de l'hôpital vint s'asseoir sur le bord du lit et hésita quelques instants avant de prendre parole. En croisant les yeux hétérochromes de l'arcaniste, il se décida à engager la conversation.

— On fait un deal ? Je te parle de mon problème et ensuite tu me parleras de ce que tu ressens. Ok ? proposa-t-il.

— Avant ça, ça te dit qu'on aille manger quelque chose ? Je meurs de faim, avoua l'invocatrice.

Ce n'est qu'à ce moment-là que le tireur d'élite réalisa qu'il n'avait rien mangé depuis la veille et son ventre se mit également à gargouiller. Il approuva d'un signe de tête et ils se rendirent tous les deux à la cantine du laboratoire.

Durant le trajet et leur repas, le supposé mercenaire lui parla de son sentiment d'échec ainsi que de la part de lui qui ne croyait pas aux résultats du test.

— Et en plus mon ADN serait particulier sans pour autant que j'aie des pouvoirs ? Non. Il y a quelque chose de louche.

Kate l'avait écouté sans dire un mot. Quand son sauveur eut fini, elle détourna le regard quelques secondes.

— Je suis désolée, Shadow. Si tu veux, on pourra demander au Doc d'enquêter sur ton ADN. Mais … Je ne m'y connais absolument pas dans ce domaine. Je ne peux pas te rassurer à ce niveau-là. Jusqu'à présent, le test ne s'est jamais trompé …

Son binôme digéra l'information en silence.

— Tu penses que ça changerait quelque chose si le Doc regarde plus en détail mes résultats ?

— Je ne peux pas te promettre qu'elle réussira à expliquer ce que le robot a vu, mais on peut toujours essayer.

Un large sourire apparut sur le visage du néophyte lorsqu'il réalisa que tout n'était pas perdu.

— Bref … à ton tour maintenant. Raconte-moi tout.

— Je ne sais pas par où commencer … Je ne crois pas que parler de ça va me faire du bien. Par contre, je peux te dire que je vais retrouver ce malade qui m'a fait ça et le lui faire payer !

— Je ne pense pas que ce soit la meilleure chose à faire pour l'instant. Concentre-toi plutôt sur ta guérison. Je sais que les soins du Doc donnent l'impression que nos blessures sont de l'histoire ancienne, mais ce n'est pas tout à fait le cas. Ma jambe droite ne s'est pas encore remise à cent pour cent de la balle que l'Exécuteur m'avait tirée dessus. Donc, repose-toi et ne pense plus à ça.

— Quelqu'un m'a dit un jour que la vengeance était un

bon moteur pour avancer ... Et je pense qu'il a raison quelque part.

— Celui qui t'a dit ça est un véritable idiot. La vengeance n'amène que plus de haine et de violence. C'est un cycle qui ne s'arrête jamais ...

— Bon ... T'as gagné. On prend une journée de repos et, dès demain, on retourne à New Hope retrouver le disque de données, capitula la jeune femme.

— Mais le Doc a dit une semaine de repos au minimum ...

— Tu vas vite découvrir que je fais rarement ce qu'on me demande, répondit l'épéiste en lui faisant un clin d'œil.

CHAPITRE 23 :
UNE JOURNÉE DE REPOS

Shadow profita de sa journée de repos pour se remémorer les événements qui venaient de se passer. Entre son évasion d'un hôpital assiégé par des robots tueurs, la découverte d'un monde magique, l'attaque des Liépants et le sauvetage de Kate, il y avait de quoi cogiter pour plusieurs jours. En pleine réflexion, en déambulant au hasard dans les couloirs, il tomba sur un simulateur de combat. Il était similaire à celui qu'il avait utilisé dans les sous-sols de la tour de Magellan. N'ayant rien de mieux à faire, il y passa une heure à l'intérieur, afin de s'entraîner au maniement de son arme. En sachant qu'il s'agissait d'un simple exercice, l'artilleur resta parfaitement calme et ses tirs firent mouche à chaque fois. Cette session l'aida à avoir un peu plus confiance en ses propres capacités et il en ressortit grandi. Il employa également ce temps pour demander à Aivi le maximum d'informations non classifiées sur son pseudonyme. C'était le nom que sa sauveuse lui avait donné, mais il n'avait aucun autre renseignement là-dessus. Malgré toutes ses requêtes répétées, il n'apprit pas grand-chose de nouveau. Pratiquement tout ce qui concernait ce pseudonyme était classé confidentiel. La seule chose d'utile qu'il découvrit fut un rapport d'expérimentation qui semblait dater du même moment que l'apparition de ce nom. Cependant, il ne put même pas connaître le contenu de ce rapport. L'intelligence virtuelle certifiait qu'il était classifié et qu'elle ne pouvait rien lui révéler. Déçu par le peu de résultats obtenus, l'amnésique alla trouver l'inventeuse. Après tout, il n'avait pas seulement des questions sur son passé. Il en avait aussi sur son présent. L'homme aux yeux gris devait tirer au clair les résultats de son test de magie. Il tomba sur la maîtresse des lieux en plein travail dans un de ses nombreux laboratoires. Celui-ci était rempli de pièces mécaniques et électroniques. Ce n'était visiblement pas un atelier médical, mais scientifique. Cependant, sur un des nombreux établis, le tireur d'élite remarqua une espèce de culture enfermée dans un tube en verre. L'échantillon informe se déplaçait lentement, comme s'il était vivant et tentait de s'échapper. La chercheuse, quant à elle, était assise face à un tableau blanc holographique et semblait réfléchir sur l'équation qui était écrite dessus, tout en jouant avec son bracelet.

— Toc, toc. Je peux entrer ? interrogea le jeune homme sur le pas de la porte.

— Ça me semble inévitable, soupira la quarantenaire visiblement dérangée en pleine réflexion.

Elle avait attaché ses cheveux noirs mi-longs en chignon, mais la coiffure s'était légèrement défaite, laissant des mèches s'échapper.

— Merci, fit le nouveau venu en arrivant dans la pièce. Vous travaillez sur quelque chose d'important ? questionna-t-il en apercevant une espèce de jambe robotique posée sur le plan de travail proche du Doc.

— Plutôt, oui. J'essaye de diminuer le temps de réponse et la précision des mouvements de cette prothèse.

— Dis comme ça, ça n'a pas l'air bien compliqué.

— Dis-moi, petit génie, commença la femme à lunettes sur un ton ironique, quelles sont les parties du cerveau qui contrôlent les mouvements ?

— Heu … le cerveau ? supposa Shadow après trois secondes de réflexion.

— Le cerveau envoie un nombre important de signaux à travers tout le corps. Pour diminuer le temps de réaction de ma prothèse, il faut que j'intercepte les bons et que je les interprète correctement. Il est donc nécessaire que je sois bien plus précise que ça … Plutôt que de me faire perdre mon temps, si tu me disais ce qui t'amène.

— Avez-vous accès aux résultats d'analyse faits lors des tests de magie ?

— Évidemment. Si tu es déçu par ton résultat, je ne peux rien y faire. Je tomberai forcément sur le même que celui du robot. Après tout, c'est moi qui l'ai créé.

— Je ne venais pas pour m'en plaindre. Enfin si un peu … mais je voulais vous demander ce que vous en pensiez.

— Je n'ai rien à ajouter, le robot t'a tout expliqué, répéta le Doc, toujours tournée face à son hologramme et en pleine réflexion sur son équation.

— Écoutez, je sais que je n'ai pas de pouvoir, mais le robot a dit que mon ADN était bizarre. Du coup, je voulais savoir ce que vous en dites.

— Quoi ?

La scientifique décolla les yeux de son équation et se tourna vers le nouveau venu.

— Il a dit que ton ADN était bizarre ? s'intéressa l'inventeuse. Laisse-moi voir ça.

La dame au regard vert se précipita vers l'ordinateur le plus proche et ouvrit l'invite de commandes. Après avoir pianoté un peu sur le clavier, un fichier de données apparut à l'écran.

— Voyons voir ça, murmura la chercheuse en examinant la fiche.

Elle retira ses mains du clavier et les posa sur l'écran, apparemment tactile, pour le parcourir.

— Alors ? Vous voyez quelque chose d'anormal ? insista le tireur d'élite qui ne comprenait rien à ce qu'il observait.

Des dizaines de graphiques défilaient à l'écran. Quelques phrases commentaient les figures tracées, mais le langage peu courant utilisé n'aida pas le néophyte à saisir ce qu'il regardait. De toute manière, la quarantenaire ne passait pas plus de cinq secondes par image, avant de passer à la suivante.

— Je n'en suis pas certaine, avoua-t-elle en s'attardant sur certaines données particulières. Il va me falloir du temps pour analyser tout ça attentivement et pour en tirer des conclusions.

Repasse me voir dans un mois, annonça le Doc en continuant de fixer l'écran.

— Un mois ? réagit le combattant aux cheveux noirs, surpris. Mais il faut que je sache maintenant !

— Je comprends, mais ce n'est pas ma priorité. Je dois finir ce prototype et j'ai des tas d'autres projets en cours.

— D'accord, mais vous ne pouvez pas me faire une faveur ?

La scientifique se tourna vers lui.

— Je ne suis aux ordres de personne. Je suis ma propre patronne et c'est moi qui décide comment je gère mon temps, gronda-t-elle.

— Mais … aaah … j'ai compris, révéla le jeune homme tandis qu'une idée venait de lui traverser l'esprit. Ce problème est trop compliqué pour vous. C'est pour ça que vous avez besoin d'autant de temps.

— Si tu crois que ta petite provocation va marcher avec moi, tu te mets le doigt dans l'œil.

— Je demanderai aux spécialistes de la Résistance, poursuivit Shadow. Avec eux, j'aurai la réponse dans deux semaines.

L'amnésique fit mine de quitter le laboratoire quand la chercheuse reprit la parole.

— Très bien, soupira-t-elle. Pour te remercier d'avoir sauvé Kate, tu auras ta réponse dans sept jours …

— Ça marche. Je repasserai dans une semaine donc, dit triomphalement l'artilleur en quittant la pièce avant que son interlocutrice ne change d'avis.

Heureux du résultat de cet échange, il se dirigea vers la chambre de la sorcière.

— Alors, comment s'est passée ta journée de repos ? s'intéressa le supposé mercenaire en y entrant.

— Géniale. J'ai commencé par faire un petit footing matinal et j'ai enchaîné sur un petit triathlon. Je me suis vraiment bien dépensée, ironisa l'épéiste d'une voix blasée.

L'invocatrice était toujours étendue dans son lit. Apparemment, elle semblait avoir passé beaucoup de temps dans cette position. Après quelques secondes de silence pendant lesquelles le tireur d'élite se demanda ce que son amie venait de dire, elle ajouta :

— À ton avis, idiot ? Je me suis ennuyée toute la journée. La période de convalescence, c'est nul ! grommela la jeune femme en croisant les bras. D'ailleurs, t'étais passé où tout ce temps ?

— Eh bien … je me remémorais les événements qu'on venait de subir et j'essayais d'en découvrir plus sur mon passé.

Devant la mine boudeuse que son amie faisait, il s'empressa d'ajouter :

— Désolé. J'aurais dû venir te voir plus tôt.

— Je te pardonne. Enfin … pour cette fois, conclut-elle avec malice. Bref, passons. Tu trouves pas qu'Artémis prend son temps pour rentrer ?

— Je sais pas trop … Je le connais pas aussi bien que toi. Peut-être qu'il est rentré directement au QG ?

— C'est pas son genre … il serait venu me voir ou m'aurait transmis un message. On le trouvera peut-être demain quand on cherchera le disque de données, espéra sa camarade.

— Tu veux toujours partir demain ? On peut attendre encore un moment …

— Non. Plus vite on récupère le disque, plus vite on pourra en finir avec cette mission.

— Pourquoi il faut la finir vite ? Je veux dire : pourquoi *tu* veux la finir vite ? Moi, je dois le faire, car Magellan a été très clair en ce qui concerne mon sort. Si je veux avoir une chance d'en apprendre plus sur mon passé, je dois faire mes preuves. Mais toi, pourquoi t'es pressée ?

— C'est confidentiel.

— T'es pas sérieuse ! Tu me fais ce coup-là ? Je croyais qu'on était amis.

— On l'est. Mais j'ai des ordres à respecter, moi aussi. Écoute, ne nous prenons pas la tête avec ça maintenant. Et réfléchissons plutôt à un plan d'action pour demain.

— Bah, c'est simple, non ? On rentre dans la ville et on la fouille.

La guerrière leva les yeux au ciel.

— Mais qu'est-ce que je fous avec un idiot pareil ? commenta-t-elle à voix haute.

Après lui avoir expliqué qu'une opération d'espionnage nécessitait un minimum de préparation, Kate et Shadow passèrent plusieurs heures à mettre au point une stratégie, avant d'aller se reposer pour le lendemain.

CHAPITRE 24 :
DÉPART POUR NEW HOPE

L'amnésique se retrouva dans une grande salle prestigieuse avec un trône à son extrémité. Un long tapis rouge et or recouvrait le sol jusqu'aux pieds du siège couvert d'or. Le fauteuil était en haut de trois larges marches, afin de donner un air encore plus hautain à quiconque y prenait place. Sur les murs, de magnifiques draperies avec de vieilles armoiries flottaient fièrement. Le sol ainsi que la pièce étaient faits de pierres parfaitement taillées en carré. L'endroit entier sentait les anciennes monarchies à plein nez. Pour le moment, le trône était vide. Pourtant, le combattant aux yeux gris était incliné, un genou à terre et la tête baissée.

— Ainsi c'est vous qu'ils m'ont envoyé ? dit une voix derrière lui. Je leur ai demandé le support de l'armée et c'est vous qu'ils m'envoient en renfort ?

— Sans vouloir vous offenser, je pense avoir prouvé maintes fois ma valeur sur le champ de bataille, s'entendit répondre celui qui était agenouillé.

— Votre force a beau être grande, face à des milliers d'ennemis, vous ne tiendrez pas longtemps.

— On parie ?

L'individu derrière Shadow s'avança. Il se trouvait désormais devant lui, de dos. Le guerrier aux cheveux noirs analysa immédiatement sa posture et son état physique et repéra pas moins de sept faiblesses à exploiter en cas de combat. Le sorcier était grand avec des cheveux poivre et sel. Il avait une carrure assez musclée. Sa plus grande faille était son genou droit qui était fracturé. Le plâtre sur sa jambe en était la preuve. Naturellement, il avait une canne pour soulager son membre blessé.

— Vous faites le malin, mais je peux vous assurer que l'ennemi n'y va pas de mainmorte. Ça, je l'ai appris à la dure, commenta-t-il en tapotant son articulation invalide avec sa canne.

L'estropié se dirigea vers son trône.

— Bon. Vu que je n'ai que vous sous la main, écoutez bien. Voici le plan, résuma le maître des lieux, sur le point de s'asseoir.

À l'instant où son interlocuteur allait se tourner vers lui et où il pourrait enfin voir son visage, le néophyte se réveilla en sursaut.

Le lendemain matin, alors que les souvenirs de son rêve s'échappaient petit à petit, le supposé mercenaire retourna dans la chambre de Kate. Quand il y entra, le lit était vide et elle n'était plus là. L'amnésique sourit en constatant que, bien qu'elle ait frôlé la mort il y a deux jours, la jeune femme était déjà sur pied et déterminée à retourner à New Hope. Le tireur d'élite aux yeux gris se rendit donc dans le réfectoire du laboratoire. Il était toujours fasciné par cette pièce. Il s'agissait d'une cuisine futuriste où pratiquement tous les plats se préparaient de manière automatique. L'agencement était pensé de manière optimale. Il y avait plusieurs fours qui variaient en taille et en puissance, ainsi que de nombreuses plaques de cuisson. En retrait, tout un système de plonge était mis en place pour nettoyer le plus rapidement possible et impeccablement les couverts, de même que tout ce qui avait touché de la nourriture. Plusieurs plans de travail permettaient de faire tous les autres travaux propres au domaine gastronomique. De nombreux systèmes robotisés étaient installés dans cette salle. Il y avait également une table sur laquelle des androïdes serveurs étaient chargés d'apporter les plats préparés. Le présentoir se trouvait au centre de la cuisine, séparé du tout par un dôme en plexiglas. Ce plastique transparent servait à la fois de protection sanitaire et d'isolation phonique. De cette manière, les consommateurs pouvaient profiter de leur repas dans le calme, tout en observant les machines s'affairer derrière leurs fourneaux. Les robots serveurs pouvaient entrer et sortir du dôme à l'aide d'une porte. Il suffisait de commander un menu pour que toute la cuisine se mette à fonctionner. Certains automates s'occupaient de la cuisson, tandis que d'autres préparaient les sauces. Quand Shadow entra, il vit son amie qui attendait son petit-déjeuner, assise à la table. Les serveurs mécaniques possédaient deux bras, mais avaient une roue à la place de leurs jambes. De plus, ils ne possédaient pas de tête, mais seulement quelques trous sur leur torse afin de pouvoir souhaiter un bon appétit aux clients.

— Bonjour, lança l'artilleur pendant qu'il commandait, à l'aide d'un écran tactile, le petit-déjeuner qu'il voulait.

— Bonjour, répondit la sorcière. Bien dormi ?

— Je sais pas trop … j'ai encore fait un de ces rêves bizarres que je fais chaque nuit.

— T'as de la chance de rêver. Moi, j'en fais pratiquement jamais, commenta la jeune femme en buvant son chocolat chaud. Enfin … disons plutôt que je ne m'en souviens pas.

— C'était différent de la dernière fois … Je me trouvais dans une salle prestigieuse, incliné face à un trône. Puis, un homme que je n'ai pas réussi à identifier est venu s'asseoir. Je n'ai pas tout compris, mais j'ai l'impression qu'on discutait d'une bataille à venir.

— Tu penses toujours qu'il s'agit de tes souvenirs ? questionna l'invocatrice.

— Bonne question … Je me dis que je vois trop de détails pour que ce soit de simples rêves.

L'épéiste sembla réfléchir quelques instants, avant de reprendre la parole.

— Ça reste une possibilité … Mais il s'agit peut-être du fruit de ton imagination. La prochaine fois, essaie d'en prendre le contrôle. Si tu parviens à te déplacer librement, ce sera la preuve que c'est un rêve. Sinon, c'est que ce qu'il se passe dans ta tête est figé et il pourrait bien s'agir de souvenirs.

— C'est … Drôlement malin, réagit l'amnésique.

— Encore faut-il pouvoir prendre le contrôle. Personnellement, je n'ai jamais eu l'impression de contrôler mes rêves. Déjà que j'en ai peu, j'ai toujours la sensation de les subir, plutôt que de les maîtriser.

— On verra bien. De toute façon, ça ne me coûte rien d'essayer … Enfin bref. Et toi, ça va ? Comment vont tes genoux ?

— Ça va mieux. Je ne suis pas opérationnelle à cent pour cent, mais ça va. Mon bras droit est totalement guéri. Pour le gauche … Disons que j'ai encore un peu de mal à faire certains mouvements.

La commande de Shadow arriva et ils finirent de prendre leur petit-déjeuner en récapitulant leur plan d'action.

Ils sortirent du laboratoire du Doc aux alentours de dix heures du matin. Kate disait que le plus facile pour entrer dans la ville était de se camoufler parmi les travailleurs qui rentraient à New Hope pour manger. Ce groupe d'individus était celui que le tireur d'élite avait aperçu lorsqu'il observait la bourgade avec Artémis. Ces personnes cultivaient les champs autour de la muraille et s'occupaient du bétail. La jeune femme avait expliqué à son binôme que le Consortium faisait en sorte que chaque cité puisse s'autogérer. De cette manière, la chute d'une localité n'avait pas un impact global sur le reste du monde. Cependant, la résistante avait également dit que plusieurs métropoles possédaient des matières premières importantes et qu'elles ne pouvaient pas, ou difficilement, être remplacées. Pour mieux se confondre avec les travailleurs de New Hope, l'escrimeuse et son protégé enfilèrent chacun des accoutrements adéquats. Ils avaient trouvé ces tenues dans la pile de vêtements que le Doc mettait à disposition. Il s'agissait d'habits bruns et larges. Le pantalon avait beaucoup de poches pour y ranger les outils de travail, tandis que le haut était un simple t-shirt ou débardeur assorti au bas. Seul le pantalon avait une réglementation, le reste importait peu aux responsables de la ville. Sortir de New Hope était un véritable privilège pour les quelques citoyens qui en avaient le droit. Les citadins étaient toujours sous bonne garde. En général, il y avait un soldat pour deux civils à contrôler. Les militaires assignés à la surveillance étaient soit humains, soit des Exécuteurs. Les quelques résidents qui avaient le privilège de sortir de la cité travaillaient la terre cultivable à proximité. Parfois, ils faisaient également office de maçons en réparant le mur qui protégeait la localité. Cette classe ouvrière était clairement les personnes à tout faire des dirigeants. Kate indiqua également à Shadow que les terrains agricoles étaient particulièrement grands et le système d'inspection n'était pas optimal. Les robots n'avaient aucun mal à contrôler tous les civils, malgré le fait qu'ils soient dispersés sur les terres cultivables. Mais les soldats, quant à eux, ne parvenaient pas à accomplir cette tâche. Ils ne se fiaient qu'au comptage pour vérifier le nombre de travailleurs et ils ne le faisaient qu'au moment du rassemblement. L'invocatrice proposa donc de jouer sur ce facteur humain pour infiltrer les rangs ennemis. Tout ce qu'il fallait faire, c'était de rendre la liberté à un couple de badauds isolés, de les envoyer à La Forteresse et de prendre leur place. Juste avant de partir, le binôme vérifia une dernière fois leur tenue. Chacun portait le pantalon brun caractéristique de ce groupe. L'artilleur portait un simple t-shirt comme haut. Il avait enlevé ses lunettes de combat et les avait mises dans une des poches de son pantalon. La décision fut prise de laisser le D3A74 au labo. Le fusil de précision était trop voyant et trop reconnaissable avec sa couleur particulière. Cette arme aurait été impossible à cacher aux androïdes qui surveillaient les travailleurs, et les militaires auraient rapidement repéré ce canon bleu royal caché sous les vêtements du jeune homme. L'épéiste, quant à elle, portait un débardeur et également une casquette qui dissimulerait aux automates ses yeux reconnaissables. Comme les machines utilisaient la reconnaissance faciale pour identifier les citoyens, il était interdit de porter des lunettes de soleil. Ces accessoires perturbaient leur scanner, ce qui pouvait amener à une mauvaise reconnaissance.

Dans ces cas-là, les robots ouvraient le feu, sans sommation. De fait, aucun civil ne prenait le risque d'avoir ce genre d'objet. La guerrière attacha ses cheveux en queue-de-cheval et les passa par le trou de son couvre-chef. Après le check-up, ils partirent en direction des champs agricoles.

Quand ils furent téléportés dans le cabanon et après en être sortis, ils se retrouvèrent dans les bois proches de New Hope. Les bruits de la forêt, accompagnés des chants des oiseaux, firent du bien à l'amnésique. L'odeur de la mousse vint lui chatouiller les narines et le fit sourire. L'absence d'odeur dans le laboratoire n'était pas dérangeante jusqu'au moment où elle se faisait remarquer. Avec l'épais feuillage qui les protégeait d'une exposition directe au soleil, la température était encore douce. La sorcière prit la tête du duo et commença à se diriger vers les cultures de la ville. Son ami profita du fait qu'elle soit devant lui pour vérifier son état. La jeune femme prétendait aller bien, mais elle boitait un peu de la jambe droite. De plus, il était évident que son bras gauche, celui qui avait été fracturé de nombreuses fois, la faisait souffrir. Bien qu'il ait envie de lui dire de faire demi-tour et de se soigner, il se doutait qu'elle ne l'écouterait pas. Il préféra donc s'abstenir, mais cette inquiétude occupa une partie de ses pensées. En suivant les indications de la bretteuse, ils furent très prudents durant leur trajet. Ils avançaient toujours à couvert et étaient attentifs au moindre bruit. À plusieurs reprises, ils durent se cacher dans des buissons ou derrière des arbres pour échapper à des patrouilles d'Exécuteurs. Shadow et son acolyte ne firent aucun commentaire là-dessus, mais il était clair pour le jeune homme que c'était de leur faute si les rondes s'étaient multipliées récemment. Grâce à l'expérience de la demoiselle, ils réussirent à parvenir aux champs sans devoir engager de combat. Les cultures s'étendaient en direction du nord. Elles étaient développées depuis l'entrée sud de la localité et continuaient jusqu'à perte de vue, empêchant un minimum que la Résistance puisse venir les saccager. Pourtant, il était évident pour le supposé mercenaire que ce camp ne se permettrait jamais d'affamer la population locale. Dans les champs, le néophyte découvrit exactement ce à quoi il s'attendait : plusieurs groupes travaillaient, sous l'étroite surveillance des soldats en uniforme bleu cobalt. Les travailleurs qui utilisaient des engins agricoles, comme des tracteurs, n'étaient jamais seuls. Ces privilégiés étaient accompagnés en permanence d'un militaire. Ils étaient sans doute là pour les dissuader de tenter quoi que ce soit. La plupart des agriculteurs cultivaient la terre avec des outils et n'utilisaient pas de machine. Le travail se faisait visiblement en équipe de trois à dix ouvriers en fonction des tâches à effectuer. À cause des événements survenus il y a deux nuits, le nombre de gardes affectés à la surveillance avait été réduit de moitié. L'armée du Consortium devait vouloir renforcer les inspections dans la cité, afin de prévenir un soulèvement comme la dernière fois. La température était correcte, mais le soleil tapait fort sur les pâturages. Le tireur d'élite envia Kate d'avoir pensé à prendre une casquette pour se protéger des rayons. La surface des champs de cultures devait atteindre facilement les cinq mille hectares. Cette zone était divisée en plusieurs parcelles, sans doute pour mieux différencier les cultures. La superficie était partiellement entourée par la forêt, ce qui permit aux espions de rester cachés jusqu'à ce qu'une opportunité se présente. Ils attendirent ainsi qu'un groupe de civils passe proche de l'orée des bois, afin de pouvoir l'intégrer. Comme la surface à contrôler était relativement grande et qu'il devait y avoir plus d'une centaine de personnes, ils n'eurent aucun mal à attirer vers eux un couple d'individus. D'abord méfiant, le binôme de travailleurs n'hésita pas un instant en comprenant la proposition que le duo leur faisait. La résistante sortit deux bagues qu'elle tendit à leurs doublures. Elle leur expliqua la direction à suivre pour se rendre jusqu'à la falaise et ce qu'ils allaient devoir faire pour passer les scanners des drones.

— Surtout, mettez bien votre bague en évidence, insista-t-elle. C'est grâce à ça que vous serez identifiés et sauvés.

Les citadins approuvèrent et s'enfuirent en suivant les instructions qu'ils venaient de recevoir. Shadow fit un signe de la tête
à son amie et ils se joignirent à l'équipe la plus proche. Pour se
fondre dans la masse, ils participèrent à la récolte sans qu'aucun
des travailleurs ne les démasque. La jeune femme avait raconté
à son camarade que les citoyens ne prendraient jamais le risque
d'être associés à l'ennemi en les dénonçant. Du coup, ils préféraient faire comme si de rien n'était. Le couple d'intrus travailla
pendant une heure dans les champs avant que le groupe ne soit
appelé pour le repas. L'amnésique regarda la résistante qui lui
fit un clin d'œil. La première étape du plan avait fonctionné.

CHAPITRE 25 :
UN REPAS DANS LE CALME

La troupe de travailleurs fut reconduite jusqu'à l'entrée de New Hope. Les soldats les firent se mettre en colonne par deux, puis ils procédèrent au comptage. Obtenant le même nombre de civils qu'au départ, les militaires furent satisfaits. Ils poursuivirent donc la procédure et firent franchir le point de contrôle au groupe. L'accès à la ville était légèrement entrouvert et quatre Exécuteurs, ainsi qu'un franc-tireur, gardaient le passage. En y réfléchissant, il s'agissait de la première occasion que Shadow avait véritablement pour observer l'entrée de la cité d'aussi près. La dernière fois, avec Kate dans ses bras, il n'avait absolument pas fait attention aux énormes battants de la ville. Ces portes faisaient la moitié de la hauteur des murs qui les entouraient. Cependant, malgré leur taille réduite en comparaison, elles restaient très impressionnantes. Il était facile de deviner qu'elles avaient été construites pour résister à toute tentative d'intrusion et que, même à coups d'explosifs, il faudrait s'y reprendre à plusieurs itérations pour les faire trembler. Faites en métal, elles étaient conçues pour fonctionner ensemble. Lorsque les deux battants étaient ouverts, ils créaient un espace suffisamment grand pour laisser passer quatre camions l'un à côté de l'autre. Le quatuor de robots montait la garde jour et nuit, afin de protéger l'accès à New Hope. Un binôme restait immobile sur les côtés, tandis que la paire restante faisait des va-et-vient entre les extrémités. Le fantassin, quant à lui, n'était là que pour faire l'interaction humaine auprès de tous ceux qui souhaitaient franchir l'entrée de la cité. Dès que le groupe approcha, les portes s'ouvrirent pour les laisser passer. Le son qu'elles faisaient en se déplaçant suffisait à lui seul pour comprendre que ces lourds battants ne pouvaient pas être défoncés. Leur ouverture s'effectuait à l'aide d'un puissant système électromécanique basé sur un ensemble de chaînes dont le bruit était distinguable, malgré le vrombissement des gonds qui pivotaient. Les civils passèrent le point de contrôle, la tête basse. Personne ne voulait avoir l'air suspect aux yeux des androïdes. Puis, la troupe de travailleurs se rendit à l'est de la bourgade. Ils passèrent devant plusieurs quartiers d'habitations, tout en gardant le visage face contre terre, comme s'ils faisaient tout ce qui était en leur pouvoir pour être le plus discrets possible et ne surtout pas attirer l'attention. Ils repassèrent ainsi dans la zone que l'amnésique et Artémis avaient parcourue il y a deux nuits. Cette fois-ci, comme il faisait jour, le tireur d'élite put mieux observer l'apparence de cette partie de la localité. Les seules constructions en béton et en acier qu'il voyait étaient les miradors qui dominaient les autres bâtiments. Aujourd'hui, il distinguait une demi-douzaine de silhouettes sur les abords de la plateforme hexagonale qui se trouvait au sommet de ces espèces de tours. Cette observation confirma les suppositions qu'il avait faites un peu plus tôt. Le sauvetage que le capitaine de la garde de la Résistance et lui avaient entrepris avait causé plus de tort aux résidents de New Hope. Cette constatation lui fit remettre en question les décisions qu'il avait prises. Il savait qu'il avait bien fait de secourir Kate. Là-dessus, il n'avait aucun doute. En revanche, il n'aurait certainement pas dû libérer tous les prisonniers du bâtiment carcéral. C'était cette décision qui avait été l'élément déclencheur de la suite des événements. De rage, Shadow serra les poings et tenta de chasser ces pensées négatives de son esprit. Tout en essayant de songer à autre chose, il se remit à observer les constructions autour de lui. Les maisons des habitants de cette partie de la ville faisaient vraiment de la peine à voir. Ce n'était pas vraiment des logements, mais plutôt des sortes d'abris de fortune bâtis par les badauds. La veille, l'invocatrice lui avait appris que les villas de la cité étaient faites pour ceux qui savaient contrôler la magie. Les citoyens dépourvus de pouvoir devaient se débrouiller par eux-mêmes pour fabriquer leur foyer. Les immeubles du quartier ouest, en large minorité, avaient été fabriqués pour loger le personnel de l'armée du Consortium. D'après les chiffres de la Résistance, trois mille soldats étaient en garnison dans cette bourgade, pour sept mille habitants. Le nombre de sorciers était, quant à lui, in-déterminé, mais Aivi avait expliqué que ses analyses indiquaient la présence d'au minimum vingt d'entre eux. Si la population pouvait s'équiper, elle aurait peut-être une chance de reprendre le contrôle de New Hope. Bien entendu, toutes les armes de la ville se trouvaient en possession du Consortium. Comme il avait pu brièvement le remarquer lors de son sauvetage, l'artil-leur constata une nouvelle fois la taille ridicule des constructions en bois qui s'étendaient devant lui. Vu leurs dimensions réduites, elles ne devaient contenir qu'une seule et unique pièce. Il en eut la confirmation lorsqu'il put clairement voir l'intérieur d'une maison dont la majeure partie des planches avait disparu. Cette série de constatations lui donnait envie de se tourner face aux fantassins et de leur résister. Cependant, au vu des conséquences de son dernier passage dans cette ville et du nombre important d'ennemis, il prit sur lui et décida de ne rien faire. Du coup, il imita les autres civils et fit profil bas.

Après plusieurs minutes de marche, le groupe se retrouva devant une rue bloquée par des Exécuteurs. Un travailleur se plaignit à voix haute des évadés qui avaient mis le feu dans cette partie de la cité. L'infiltré aux cheveux noirs baissa les yeux, par peur de se trahir au sujet de la libération des prisonniers. La troupe fut alors contrainte de passer par une rue différente, ce qui prolongea leur trajet d'une quinzaine de minutes. Ils purent voir ainsi une partie plus grande des habitations de fortune que les résidents avaient construites de leurs propres mains. Ils se dirigèrent ensuite vers une sorte de cafétéria qui était située à proximité de la partie de

New Hope réservée à l'armée. Celle-ci devait se servir de cette distance réduite pour décourager toute tentative de troubles. Auquel cas, les soldats seraient sur place en un rien de temps et pourraient facilement neutraliser les rebelles qui oseraient se dresser contre le système. Le bâtiment était le plus gros des environs et, contrairement aux logements précédents qu'ils venaient de traverser, était fait en béton. Le rez-de-chaussée était entièrement vitré, mais l'étage supérieur ne l'était pas. Des piliers en pierre avaient été taillés de manière très précise. Ils étaient disposés à distance égale entre eux et servaient principalement de support pour l'infrastructure. Visiblement, ce fut le seul édifice que la ville avait construit pour les civils. Après tout, le Consortium était forcé de nourrir la population, s'il voulait pouvoir utiliser leur capacité de travail.

Le groupe pénétra dans l'édifice et tous se mirent à faire la queue pour le repas. Immédiatement, l'odeur de la nourriture frappa les nouveaux venus. L'intérieur était suffisamment grand pour accueillir environ un millier d'êtres humains, selon les estimations de Shadow. Ce dernier comprit rapidement qu'il n'y avait que des travailleurs dans cette salle. Aucun sorcier ou militaire ne viendrait se mêler à ces gens. La cafétéria était divisée en deux parties : la plus grande comprenait de nombreuses tables de tailles et de formes différentes ; l'autre partie permettait aux consommateurs de recevoir la nourriture. L'homme aux cheveux noirs aperçut également une sortie de secours au fond de la pièce. Des escaliers en béton menaient à l'étage supérieur où l'amnésique supposa qu'il y avait uniquement plus de tables et de chaises pour pouvoir manger. En observant les lieux, il remarqua, pour la première fois, la présence d'enfants dans New Hope. Malgré leur jeune âge, ils portaient déjà les tenues des travailleurs et devaient certainement être mis à contribution au profit de la ville. Leur comportement n'était clairement pas habituel pour des bambins. Imitant leurs parents, ils gardaient la tête baissée et leur visage semblait être parcouru par la honte. Cette nouvelle constatation renforça l'idée du tireur d'élite de tout faire pour libérer ces gens du joug du Consortium.

Le bref chaos durant lequel la troupe de Kate et son binôme se mit en file indienne suffit à séparer le duo de quelques mètres. L'espion néophyte regarda derrière lui en direction de son amie qui lui fit signe de ne pas s'inquiéter. Il se retourna et découvrit que la personne devant lui le regardait bizarrement. Cet individu avait une tenue différente de celle du supposé mercenaire. Il semblait être un travailleur, mais son pantalon était gris et de multiples tournevis dépassaient de ses poches. L'infiltré croisa son regard un moment avant de brusquement regarder ailleurs. L'inconnu continua de le fixer quelques instants, ce qui le mit particulièrement mal à l'aise.

— Hey ! T'es nouveau, toi. Enchanté, moi c'est Régis, se présenta tout à coup l'homme en souriant et en tendant sa main vers lui.

L'espion aux yeux gris, étonné, lui serra la main et se présenta.
— Salut, moi c'est ...

L'intrus pensa soudainement qu'il ne devrait pas donner son nom à n'importe qui. Après tout, il ne savait pas si Shadow était un pseudonyme connu ou pas.

— Alors ? T'as oublié ton nom ? demanda le civil en plaisantant.

L'artilleur réalisa subitement qu'ils n'avaient pas pensé à ce détail avec l'épéiste. Dans leur plan, ils n'avaient pas prévu de parler à qui que ce soit. Ils comptaient s'éclipser dès que l'occasion se présenterait. Pris par surprise, le combattant aux cheveux noirs n'arriva pas à canaliser ses pensées pour imaginer un simple nom d'emprunt.

— Hé ho ? Il y a quelqu'un là-dedans ? insista le citoyen en agitant sa main devant le regard gris de son interlocuteur.

Ce dernier paniqua et dit la première chose qui lui traversa l'esprit.

— Oui. Excuse-moi … Je m'appelle Léon.

— Dis donc, ça t'arrive souvent ce genre d'absence ? Passons. Si t'es nouveau, j'imagine que tu débarques direct de Zenosi, notre ville voisine. Je sais pas pourquoi, mais ces temps, il y a beaucoup de travailleurs qui arrivent de là-bas.

Régis avait l'air d'avoir le même âge que le néophyte. Ses cheveux bruns avaient une marque trahissant le fait qu'il avait dû porter un casque de chantier durant plusieurs heures. Bien qu'il fasse une tête de moins que son interlocuteur, il continuait de l'étudier de haut en bas, de ses yeux marron. Ses bras musclés prouvaient qu'il faisait un métier manuel. Contrairement au reste du groupe de travailleurs, ce citoyen avait la peau très claire. L'espion supposa donc qu'il devait travailler en intérieur.

— Ouais. Tout mon quartier est venu ici. On en avait marre de la vie là-bas, improvisa l'infiltré.

Régis dévisagea la bleusaille pendant quelques secondes.

— Vous … en aviez … marre ? Mais vous avez eu le choix de venir ici ? s'étonna-t-il.

Le mauvais menteur s'insulta mentalement en réalisant qu'il venait de commettre une bourde.

— C'est pas ce que je voulais dire. En fait, à Zenosi, on travaillait dans les égouts de la ville. Alors que maintenant, on travaille en plein air. Ça nous change la vie, prétexta Shadow en essayant de rattraper le coup.

Pendant cette petite conversation, l'artilleur et son interlocuteur avaient été servis. Chacun avait son plateau avec un bout de pain et une soupe. Le travailleur aux cheveux bruns fit signe à sa nouvelle connaissance de le suivre pour s'asseoir à une table de libre.

— Dis, toi qui parlais de-

— Bonjour. Je peux m'asseoir à côté de vous ? intervint Kate en coupant la parole à son camarade.

— Il y a toujours une place pour une jolie femme à ma table, lui répondit le citadin au regard marron en lui faisant un clin d'œil.

La sorcière le remercia d'un sourire et s'installa à côté de son ami.

— Au fait, moi c'est Camille. Mais appelez-moi Cam, se présenta la demoiselle.

— Moi c'est Léon et voici Régis, introduisit l'amnésique en faisant comme s'il ne la connaissait pas.

— Cam et Léon, vous avez des noms particuliers vous deux, plaisanta leur interlocuteur au pantalon gris. On peut dire que vous faites la paire.

— Vous savez pourquoi il y a autant de nouveaux arrivants ? demanda l'apprenti espion en ignorant le commentaire de ce travailleur particulier.

Il avait posé sa question comme s'il l'adressait à son amie et au civil, mais il espérait que ce serait ce dernier qui lui réponde.

— Chacun a sa théorie, commença l'individu aux cheveux bruns. Ça va de l'agrandissement de la ville à des expériences sur des cobayes humains. Mais vous voulez savoir la vérité ? Le véritable but de ramener tous ces gens ?

— Tu sais ce que c'est ? s'intéressa l'arcaniste.

— Hé bien, pas vraiment, non. Mais si vous le savez, dites-le-moi.

La jeune femme lança un regard à son ami.

— Hey, vous vous connaissez ? se mit à douter Régis en remarquant le comportement de l'invocatrice.

— Pas vraiment. On a fait connaissance sur le trajet de Zenosi à ici, éluda la résistante avant que son camarade ne se trompe encore une fois.

Ils continuèrent de prendre leur repas ensemble et le citoyen en profita pour garder le monopole de la parole, ce qui arrangea le binôme d'espions, car ils n'avaient pas pensé devoir parler à quelqu'un. Leur nouvelle connaissance leur confia qu'il avait le privilège de travailler à la maintenance de la mairie de la ville.

— Enfin, c'est pas vraiment une mairie, vu qu'on n'a pas de maire, mais un général, rigola-t-il. Disons qu'il s'agit plus d'une base opérationnelle du Consortium qu'autre chose. Mais mairie est un terme plus rassurant pour la population. J'imagine que c'est pour ça qu'ils lui ont donné ce nom ...

Le technicien continua de leur parler de son quotidien quand les portes de la cantine s'ouvrirent brusquement.

— Contrôle de routine ! cria une dame en uniforme bleu du Consortium. En rang contre le mur et déclinez votre identité.

Cette militaire avait un x blanc sur ses épaules, indiquant qu'il ne s'agissait pas d'un simple soldat. Elle était accompagnée de deux Exécuteurs qui la suivaient de près. Après qu'elle eut donné son ordre, tous les travailleurs firent ce qu'elle demandait. Tout le monde dans l'établissement quitta sa table et alla s'aligner en rangs contre un des murs de la cafétéria. Vu le nombre important de personnes, ils se positionnèrent sur trois lignes. Kate et Shadow imitèrent le civil et rejoignirent l'alignement nouvellement formé. La gradée du Consortium tenait une tablette et vérifiait les noms que lui donnaient les citoyens, tout en scannant leur visage. Elle avait à sa ceinture une paire d'armes à feu et semblait porter un gilet pare-balles sous sa tenue. Les robots avaient déjà leurs mitraillettes prêtes, ce qui avait un effet très dissuasif sur la population.

— Il faut qu'on sorte d'ici, chuchota le tireur d'élite à son amie.

— Merci de dire à haute voix ce que tout le monde sait déjà, rétorqua la sorcière.

— Détendez-vous, vous deux. Moi aussi, ça m'a fait peur la première fois, mais c'est comme ça que les choses se passent dans cette ville. Ils font des contrôles au hasard sur nos identités. Mais c'est vrai que depuis l'évasion des prisonniers, ils se sont mis à en faire tous les jours ... essaya de les rassurer Régis. Tant que vous êtes réglos, tout se passera bien.

La majorité des habitants présents connaissait la procédure. Pour l'instant, tout semblait bien se passer, puisqu'aucune alarme n'avait été lancée et que les androïdes n'étaient pas encore intervenus. Désormais, la femme n'était plus qu'à quelques mètres de l'amnésique. Les robots la suivaient de près, les armes sur leurs bras métalliques prêtes à faire feu au moindre signe suspect.

Tout à coup, la tablette de la dame émit une tonalité grave, alors qu'elle contrôlait quelqu'un. Ce son, différent des précédents, n'annonçait rien de bon pour la personne qui venait de se faire contrôler.

— Je répète, quel est votre nom ? insista la contrôleuse à une femme dans le rang.

Les Exécuteurs braquèrent leurs mitraillettes sur la citoyenne en question. Deux pointeurs rouges apparurent sur sa tête, avant de converger au centre de son front.

— F … Fiona, répondit d'une voix tremblante celle dont la reconnaissance faciale avait échoué.

Vu sa tenue, il s'agissait également d'une travailleuse.

Une fois de plus, la tablette émit une alarme.

— Et comment ça se fait que je n'ai pas de Fiona enregistrée ? Même la reconnaissance faciale a échoué.

— Je … je ne sais pas, madame.

La militaire saisit le poignet de la suspecte et lui fit une clef de bras tout en lui plaquant le visage contre le mur.

— Alors comme ça, tu fais partie de la Résistance ? menaça la contrôleuse en élevant la voix. Tu vas voir ce qu'on fait aux traîtresses dans ton genre.

Certainement tétanisés par la peur, aucun des travailleurs présents ne bougea d'un millimètre.

— Je ne fais pas partie de la-

La gradée du Consortium tira la malheureuse en arrière et la fit tomber. Puis, elle lui donna un coup de pied dans les côtes quand elle tenta de se relever. La jeune femme aux cheveux d'or en eut le souffle coupé et s'écroula par terre.

— Il faut faire quelque chose, dit Shadow à son binôme.

— Ce n'est pas notre mission, expliqua calmement cette dernière.

La militaire ne s'arrêta pas et donna de nombreux coups de pied à la dénommée Fiona. À chaque attaque, la victime poussait un cri de douleur.

— Si on la laisse faire, elle va la tuer ! s'énerva-t-il.

— Tu ne la connais pas et ces choses sont courantes ici, raisonna calmement sa comparse en essayant de raisonner le néophyte. Tu ne peux pas sauver tout le monde …

La contrôleuse arrêta de battre la travailleuse blonde et sortit un de ses pistolets.

— Que ça vous serve de leçon à tous ! Si vous êtes associés à ces traîtres de la Résistance : vous mourrez !

La dame arma le revolver et colla le canon sur le front de la suspecte qui était toujours au sol, pliée en deux. La victime garda la tête baissée, l'arme collée contre sa peau. Sa respiration était paniquée et désespérée.

L'amnésique observa l'invocatrice qui n'avait pas l'air de vouloir lui venir en aide. Il regarda à nouveau la dénommée Fiona et aperçut des larmes sur ses joues. L'espion inspira une fois et souffla avant de se précipiter sur la femme qui tenait l'arme.

Avant qu'elle n'ait eu le temps de réagir, l'intrus s'empara de son pistolet et le dévia de sa cible. Un coup de feu partit. Kate, qui avait suivi le mouvement, avait matérialisé deux épées et s'était précipitée sur les robots. Elle profita du fait qu'ils soient côte à côte pour les attaquer en même temps. En faisant une glissade au sol, elle leur trancha les jambes, les faisant s'effondrer sur le carrelage. Avant que les machines ne puissent se défendre, la bretteuse se releva et leur planta ses lames dans leur tête. Le combattant aux yeux gris, pendant ce temps, continua sa lutte avec la militaire et parvint finalement à lui arracher l'arme des mains. La contrôleuse leva immédiatement les siennes en signe de reddition.

— Je me rends. Je me rends, ne me tuez pas ! supplia-t-elle.

Le tireur d'élite continua de la menacer avec le pistolet, tout en allant voir l'état de la victime qui s'était fait frapper. Elle était livide, avait de la peine à respirer et semblait en état de choc.

— Vous allez bien ? s'inquiéta-t-il.

La jeune femme se redressa à moitié pliée en deux à cause de la douleur due aux coups de pied. Elle était un peu plus petite que la résistante avec de longs cheveux blonds qui lui arrivaient jusqu'au milieu du dos. Ses yeux étaient verts avec une pointe de brun en leur centre.

— J'ai connu mieux, avoua-t-elle, le souffle court.

Shadow regarda en direction de sa camarade.

— Je vais bien, moi aussi. Merci de demander, lança cette dernière.

Les travailleurs, qui étaient toujours contre le mur, n'osaient pas bouger. Par contre, un brouhaha commença gentiment à s'élever parmi la foule.

— Qu'est-ce que vous avez foutu, Cam et Léon ? Vous allez tous nous faire tuer ! Je suis d'accord que cette Fiona est belle, mais ça vaut pas le coup de mourir ... se plaignit le technicien.

L'amnésique ne voyait pas l'ensemble du tableau, mais il comprenait qu'il fallait disperser cette foule. Alors, il tira un coup de feu en l'air pour captiver l'attention de tout le monde.

— *Fuyez, pauvres fous !* ordonna-t-il.

La foule ne se fit pas prier et se dispersa rapidement. Kate et son binôme laissèrent partir la contrôleuse sachant que l'alarme avait de toute façon été donnée au moment où les androïdes avaient été détruits.

— *Gandalf,* hein ? devina la sorcière en souriant.

— C'est ce qui m'a traversé l'esprit. Mais je suis incapable de dire pourquoi ...

— Hey, les gars, c'est quoi la suite du plan ? On va retrouver la Résistance ?

Le duo fit volte-face et vit que Régis et Fiona étaient toujours là.

— Vous êtes pas partis ? réagit l'arcaniste, surprise de leur présence.

— Pour aller où ? répliqua la femme aux cheveux d'or. Je suis probablement recherchée par tous les Exécuteurs de la ville, maintenant.

— Et moi, je ne laisse jamais une belle demoiselle en détresse, souligna le travailleur aux cheveux bruns.

— Il n'y a pas de *on*. C'est juste lui et moi, dit l'épéiste en désignant son camarade d'un mouvement de tête.

— Ils peuvent peut-être nous aider, suggéra ce dernier.

L'invocatrice le prit par le bras et le tira dans un coin de la pièce.

— Écoute. Je sais que tu penses bien faire en voulant aider les gens comme tu le fais, mais ce n'est pas comme ça que les choses fonctionnent dans cette ville. De plus, ce n'est pas notre objectif. Maintenant que l'alarme est donnée, notre mission va se compliquer.

— T'aurais préféré que je la laisse se faire tuer, peut-être ?

— On n'est pas dans un monde où tout le monde peut être sauvé ! Plus vite tu comprendras cette triste réalité, plus vite tu l'accepteras !

— Mais ... on est les gentils, non ? Quand quelqu'un est en danger, on doit l'aider.

— Écoute : la Résistance a déjà essayé de sauver cette ville. Plusieurs fois même. Mais ici, les gens subissent une espèce de lavage de cerveau et environ une personne sur deux finit par trahir la Résistance, expliqua calmement la demoiselle à son ami. Du moins, tant qu'ils restent entre les murs entourant la cité. Je ne pense pas qu'on ait du souci à se faire pour ceux qu'on a libérés plus tôt.

— Une personne sur deux ? Mais ça veut dire que Fiona ou Régis ...

— L'un d'entre eux nous trahira. C'est pour ça qu'on ne peut pas les emmener avec nous.

— Il y a une chance pour que ni l'un ni l'autre ne nous trahissent.

— Tout comme il y a une chance qu'ils nous trahissent tous les deux.

— Écoute, je les garderai à l'œil si tu veux, mais Régis peut nous aider. Il connaît le bâtiment principal de la ville. Et je te parie que c'est là-bas que se trouve le disque de données.

Kate évalua celui avec qui ils avaient pris leur repas, pendant quelques secondes.

— Bon, très bien. Mais s'il y a le moindre problème, tu en seras responsable.

— Pas de problème, j'accepte.

Sur ce, ils retournèrent vers l'autre duo.

— Bonne nouvelle. Vous venez avec nous. Régis, tu peux nous mener au bâtiment du général ? demanda le tireur d'élite en rangeant dans son dos le revolver qu'il avait récupéré.

Pour cela, il coinça le canon de son arme entre son pantalon et sa peau.

— Bien sûr. À vos ordres ! répondit l'homme à la peau particulièrement claire en faisant un salut militaire.

— Je suis désolée, mais c'est quoi vos noms ? questionna timidement Fiona.

Shadow sourit.

— Désolé, c'est confidentiel, blagua-t-il, avant de révéler leurs noms un peu plus tard.

CHAPITRE 26 :
L'INFILTRATION SE POURSUIT

Le quatuor parvint à sortir discrètement de la cafétéria. En s'échappant par les évacuations prévues pour les incendies, ils s'éloignèrent du bâtiment sans rencontrer le moindre fantassin. Ils se terrèrent dans l'ombre d'une ruelle quelques minutes, le temps d'analyser le comportement des soldats et de mettre en place une stratégie de déplacement. Le groupe aperçut ainsi plusieurs dizaines d'hommes et de femmes armés courir en direction du lieu de l'incident. Une forte agitation ne tarda pas à s'élever dans la cité, sous fond de révolte. Grâce aux connaissances de Régis sur New Hope, ils arrivèrent à progresser furtivement et à s'enfuir du périmètre de recherche. Sans le vouloir, Kate et Shadow avaient créé une diversion, attirant une majorité de l'armée dans le quartier est de la ville. De fait, le reste de la bourgade était sous une surveillance réduite. Le technicien aux cheveux châtains fit passer l'équipe à travers un dédale de ruelles complexe. Il s'y déplaçait comme s'il connaissait chaque recoin de la cité. Nul doute que sans ses indications, les trois autres auraient fini dans un cul-de-sac. En contournant tous les points de contrôle rapidement mis en place par le Consortium, le civil aux yeux marron guida le quatuor jusqu'à une rue proche de la mairie.

— Là. Vous voyez la maison là-bas ? C'est celle du général. C'est de cet endroit qu'ils gèrent la ville, indiqua le guide en pointant du doigt une architecture isolée à l'extrémité de la rue.

Située au centre de New Hope, la demeure était de loin l'infrastructure la plus imposante des environs. Au premier coup d'œil, il était facile de deviner que la mairie avait été construite pour donner une forte impression. L'édifice comprenait une tour à chacun de ses angles, ce qui lui donnait une allure de petite forteresse. Des gargouilles étaient disséminées un peu partout autour du toit. Les fenêtres n'étaient pas rectangulaires, comme sur la plupart des autres bâtiments, mais avaient la partie supérieure arrondie. La mairie était entourée d'un jardin très bien entretenu. Le vert de la pelouse et des arbres jurait avec le reste de la localité. Plusieurs espèces de fleurs coexistaient, donnant ainsi une image radieuse à cette place. Cette sorte de château comportait deux étages supérieurs, visiblement. L'endroit transpirait le luxe, contrairement aux habitations qui se trouvaient à l'est de la bourgade. Cette différence reflétait directement celle entre les sorciers et les humains dénués de magie. L'amnésique n'aimait pas cet écart. Il le détestait même.

La résistante passa la tête à l'angle de la rue et y jeta un regard.

— Ça va être compliqué d'y entrer. La rue est dégagée, mais il y a deux gardes devant la porte. Ils vont nous voir dès qu'on sortira de cette rue et prévenir les Exécuteurs, commenta-t-elle.

— Pas de soucis, déclara Fiona. Le général veut toujours faire une bonne première impression à ses invités.

— Et c'est quoi le rapport avec ce que je viens de dire ? demanda l'arcaniste avec un ton légèrement agressif.

— Du calme, pas besoin de monter sur tes grands chevaux ! s'énerva la civile à son tour.

— Je suis calme ! Je trouve simplement que ta remarque est complètement stupide, répliqua l'invocatrice.

— C'est toi qui es stupide, répondit la blonde du tac au tac.

— Comment oses-tu ? Sans moi, tu serais morte à l'heure qu'il est. J'aurais dû laisser faire les Exécuteurs, enchaîna celle aux yeux hétérochromes.

— Sans la Résistance, il n'y aurait pas ces fichus contrôles ! continua l'autre aux cheveux d'or.

— Sans la Résistance, il n'y aurait plus de gens comme toi ! ajouta l'épéiste.

Les demoiselles continuèrent de se prendre la tête. Leur dispute, qui était partie d'un sujet sérieux, dériva sur d'autres thèmes futiles.

— Toi aussi, t'aimes voir deux femmes se disputer pour toi ? souffla Régis à Shadow.

L'espion leva les yeux au ciel. Les principales concernées se retournèrent simultanément vers le technicien aux cheveux bruns et lui crièrent :

— Toi, la ferme !

Puis, comme si de rien n'était, elles reprirent leur engueulade. Le tireur d'élite, quant à lui, hallucinait de voir la bretteuse se disputer de la sorte avec quelqu'un. Il n'avait jamais pensé qu'elle agirait d'une telle manière. Elle qui, jusqu'à maintenant, s'était montrée calme et pragmatique, avait désormais un comportement totalement différent.

— Ça suffit ! finit-il par crier. Kate, Fiona, je sais que la journée a été longue-

— Parle pour toi ! coupa la civile en lançant un regard noir à celle avec qui elle venait de se prendre la tête.

— Mais, poursuivit l'artilleur en ignorant le commentaire de la jeune femme. Nous sommes tous dans la même galère. Nous sommes des fugitifs, nous devons récupérer quelque chose et nous devons survivre.

— Merci, grâce à toi, ma perception du monde a changé, ironisa la résistante visiblement toujours énervée.

— Tout ça pour dire qu'on doit s'entraider, même si on ne s'apprécie pas, conclut le néophyte.

— Bon discours, mec, l'encouragea celui qui les avait guidés à travers la ville en lui donnant une tape dans l'épaule.

La sorcière soupira.

— Je te propose de ne plus nous disputer devant lui. Sinon il nous refera un autre discours dans ce genre-là … Deal ? suggéra l'invocatrice à son interlocutrice.

— Deal, répondit cette dernière sans hésiter.

— Ce que c'est bon de se sentir apprécié dans un groupe, commenta le supposé mercenaire d'un ton ironique.

— Bref. Avant qu'on ne m'interrompe, reprit Fiona. Je disais donc que le général voulait toujours faire une bonne première impression. Ce qui implique que les gardes de ce bâtiment sont tous humains. Et donc, si ça se trouve, ils ne seront pas encore au courant de l'incident à la cantine.

— Si t'avais commencé par ça tout à l'heure, on serait déjà à l'intérieur et pas là à attendre comme des imbéciles, rétorqua la bretteuse.

Shadow passa entre les deux jeunes femmes avant qu'elles ne se disputent à nouveau et regarda en direction de la mairie.

— C'est bien, mais on n'est pas sûr de ça. Si ça se trouve, ils ont déjà reçu notre signalement et attendent juste qu'on vienne se jeter dans la gueule du loup, réfléchit l'homme aux cheveux noirs, à voix haute.

Il observa les gardes et vit qu'ils étaient bien armés. Les deux fantassins portaient un fusil d'assaut qu'ils tenaient devant eux. Si quelqu'un s'approchait, il leur suffisait de le lever pour le braquer. Contrairement à ce qu'il avait pu contempler jusqu'à maintenant, le combattant aux yeux gris remarqua que ces soldats portaient un casque bleu avec une visière fumée qui devait empêcher de voir leur regard. Avec la distance qui les séparait, il était difficile d'en être certain, mais il lui semblait également qu'ils portaient un gilet pare-balles. Comme ce lieu servait de centre de commandement, il devait être particulièrement bien gardé. Pendant un instant, l'amnésique se demanda s'ils ne pouvaient pas forcer le passage, mais écarta rapidement cette idée en pensant que de nombreux fantassins devaient également se trouver à l'intérieur du bâtiment. De plus, si le général était aussi malin que ce que Kate lui avait raconté, alors les militaires affectés à ce poste devaient être les meilleurs de son armée.

— Fiona, vas-y. Si tu te fais tuer avant que tu ne rentres là-dedans, c'est qu'ils savaient qui tu étais, suggéra l'épéiste.

— Ha, ha. Très drôle, ça. On rigole tous là, répliqua la seconde demoiselle.

— C'était sérieux, insista l'arcaniste.

— Je pourrais y aller, moi, proposa soudainement Régis. Après tout, je n'ai rien fait durant l'incident. J'y vais et je tâte le terrain.

— T'es fou ! Et s'ils t'avaient associé à ce qu'il s'est passé à la cafétéria ? réagit le tireur d'élite.

— Il n'y a aucune chance. Je ne m'étais pas encore fait contrôler et, comme je savais que vous aviez la situation en main, je vous ai laissé sauver Fiona. Je pense qu'ils ne savent même pas que j'étais là-bas.

— Si t'es si sûr de toi … dit l'espion. Vas-y, on te couvre.

Le civil sortit de la ruelle et se dirigea de manière plus ou moins naturelle vers l'entrée, pendant que les trois autres observaient la scène, tout en restant cachés. Le mécanicien traversa la rue et s'approcha rapidement de la mairie. Il passa par un chemin entouré de verdures et fit un signe de la main en direction des militaires. Ceux qui étaient dissimulés le virent s'approcher de l'un des soldats et commencer à entamer une conversation. L'artilleur était trop loin pour distinguer les grades sur les uniformes des francs-tireurs. Il ne portait pas la version de l'uniforme avec le manteau, mais leur tenue était visiblement faite pour le combat. Elle restait classieuse et ressemblait à une espèce d'armure de cuir. Étant parfaitement immobiles, seule la présence de leur mitraillette en bandoulière trahissait le fait qu'ils n'étaient pas des statues.

— Mais qu'est-ce qu'il fout, cet imbécile ? demanda la résistante. Je croyais qu'il devait être discret.

— Là c'est sûr, niveau infiltration, c'est raté … confirma son camarade.

Le technicien et les gardes rigolèrent un coup, puis le mécano pointa du doigt la rue dans laquelle se trouvait le reste du groupe.

— Mais … il nous a dénoncés, cet enfoiré, s'écria la bretteuse.

— Je suis trop jeune pour mourir, enchérit celle aux cheveux d'or.

Le tireur d'élite resta silencieux, mais dégaina et arma le pistolet qu'il avait récupéré à la cantine. Une part de lui refusait de croire que leur nouveau compagnon les avait trahis.

— Je t'avais prévenu, Shadow. Une chance sur deux, conclut Kate.

— Attends deux secondes. Régis revient seul vers nous. Il y a sûrement une explication, temporisa-t-il.

— Hey, les gars. On peut y aller. J'ai tout arrangé, annonça joyeusement celui en pantalon gris en arrivant à leur hauteur.

— Ouais, c'est ça. On t'a vu discuter avec eux et nous pointer du doigt, déclara la sorcière qui ne croyait pas les paroles de ce travailleur.

Le mécanicien leva ses mains en signe de reddition.

— T'as mal compris. En gros, je leur ai dit qu'il y avait eu du grabuge à la cantine. Ils m'ont répondu qu'ils n'étaient pas au courant. Après quoi je leur ai dit que mes amis étaient trop flippés pour venir travailler et qu'ils se planquaient dans cette rue. Rassurée ? lança-t-il à l'invocatrice.

— J'ai toujours cru en toi, moi, soutint Fiona.

— Évidemment. Comment aurais-je pu trahir deux belles femmes comme vous ? continua le dragueur.

Shadow et son amie levèrent les yeux au ciel. L'amnésique rengaina son revolver. Il plaça son arme dans le bas de son dos et le recouvrit par son t-shirt. Puis toute l'équipe se mit en marche pour la mairie.

Lorsqu'ils arrivèrent devant les gardes, l'un d'eux les interpella.

— Alors, c'est vous les trouillards ?

— Heu ... oui, monsieur. Désolée, s'excusa la blonde en baissant la tête.

— Bon, allez-y, entrez.

Le groupe se dirigea vers la porte d'entrée en passant chacun leur tour devant le fantassin qui leur avait parlé. Quand vint le tour de Kate, ce dernier lui saisit le bras gauche.

— Hey ! Lâchez-moi ! dit la demoiselle en essayant de se dégager.

— Doucement, ma jolie. Tu ne voudrais pas que je te casse le bras … Alors, arrête de bouger ! Dis-moi, où as-tu trouvé cette casquette ? demanda le franc-tireur.

— C'est la mienne. Je l'ai prise parce que j'ai travaillé aux champs ce matin.

— Aux champs ? On n'a pas idée de mettre un si joli lot dans un champ. Bon, qu'est-ce que tu viens faire chez le général, ma beauté ?

— Eh bien en fait, interrompit Régis, l'incident de ce matin nous a fait perdre un membre de l'équipe. Donc, on a pris celle-là pour le remplacer. Elle fait la poussière, elle astique les meubles. Ce genre de choses, quoi.

— Bon, très bien. Vu qu'elle est jolie, elle peut passer.

Le néophyte remarqua bien que les commentaires déplacés à répétition du garde commençaient à énerver l'invocatrice. Elle se dégagea du soldat et avança vers Shadow.

— Tu reviendras me voir plus tard, chérie. J'aurai quelque chose à te faire astiquer, lança le lourdaud en la suivant du regard.

Le tireur d'élite visualisa la scène avant qu'elle ne se produise. La résistante se retourna et colla son poing dans le visage du garde qui tomba à la renverse. Son binôme se précipita sur l'autre fantassin avant qu'il ne puisse donner l'alerte. Ce dernier donna un coup de poing en direction de l'amnésique qui l'esquiva et lui attrapa le bras. Le supposé mercenaire vint se plaquer contre le corps du militaire et, à la manière d'un judoka, le fit basculer par-dessus son bassin. Le franc-tireur se retrouva projeté au sol avec violence. Son dos heurta douloureusement la terre ferme, mais il se releva rapidement. Cette fois, ce fut l'espion qui donna l'assaut. Il feinta son adversaire en donnant un crochet de sa main gauche. Le soldat profita de la fausse ouverture de son ennemi et voulut lui donner un coup de pied. Son opposant l'esquiva à son tour en se rapprochant du franc-tireur et arriva dans le dos de celui-ci. Puis, sans que le garde ait le temps de se retourner, il lui donna un coup de pied à l'arrière du genou gauche, le faisant à nouveau tomber. Avant qu'il ne puisse se relever, le combattant aux yeux gris passa son bras gauche autour du cou du professionnel et attrapa son poignet avec sa main droite. Dans cette position, il empêcha le soldat de respirer, jusqu'à ce qu'il perde connaissance. Dès que ce fut le cas, il lâcha prise et regarda en direction de l'épéiste. De toute évidence, elle avait fait la même chose, car le lourdaud gisait au sol, à côté d'elle.

— Ne t'inquiète pas. Il est juste inconscient. Il m'a énervée, mais il ne méritait pas de mourir pour autant, dit-elle en voyant le regard inquiet de son ami.

— Bordel, mais qu'est-ce que vous avez foutu ? s'écria le technicien. Vous pouvez vous retenir de taper sur tous ceux qu'on croise ?

— Pas quand ils m'insultent ! contesta l'arcaniste.

— Je suis d'accord que c'était un imbécile de parler à une jolie femme comme ça, commença le civil aux yeux marron.

L'invocatrice se tourna vers lui avec l'intention de le frapper à son tour.

— Mais, poursuivit le citadin en levant les mains en l'air en gage de paix, si tu t'étais retenue deux minutes de plus, on n'aurait pas eu ces gardes inconscients à cacher.

L'artilleur s'interposa avant que la demoiselle aux cheveux noir de jais ne cogne leur nouveau camarade. Il la regarda dans les yeux avant de lui dire :

— Kate, je comprends que tu n'aies pas réussi à garder ton sang-froid avant, mais maintenant ce n'est pas le moment de se battre entre nous. Même si Régis est insupportable. On doit trouver un endroit où cacher ces gardes avant qu'ils ne se réveillent.

— Tu as raison. Je le frapperai quand on sera au QG, lâcha-t-elle en se calmant.

— Je connais un local où les gardes ne vont jamais. On pourra planquer les corps là-bas, intervint Fiona.

Cette révélation surprit le duo, qui s'échangea un rapide regard. Ils ne firent aucun commentaire sur ce que la civile venait de dire et s'approchèrent chacun de leur victime. Ils saisirent les soldats inconscients par les bras et les traînèrent sur le sol.

— On te suit, dit Shadow, donnant ainsi le signal pour rentrer dans la mairie.

CHAPITRE 27 :
UNE DÉCOUVERTE HORRIFIANTE

Comme annoncé, la blonde guida la troupe à travers les dédales du bâtiment. Par chance, ils n'avaient croisé aucun militaire jusqu'à présent. L'intérieur de la mairie était aussi propre qu'attendu, avec son sol lustré et fait de marbre. Dans les couloirs, quelques statues illustrant des sorciers mettaient en valeur les lieux. Certaines montraient des arcanistes déchaînant leur pouvoir, tandis que d'autres mettaient en scène des sorciers guidant le reste de l'humanité vers l'avenir. L'amnésique esquissa un sourire en voyant cela. Quel imbécile ne se rendrait pas compte d'une telle propagande ? Afin d'en rajouter une couche sur cette surabondance de luxe, des dorures recouvraient le plafond. Ces décorations supplémentaires venaient sublimer les murs blanc immaculé de l'édifice. Le tireur d'élite ne comprenait pas comment ce lieu pouvait se permettre d'être si riche alors que la majorité des habitants avait à peine un toit sur la tête.

— Pourquoi il n'y a aucun garde à l'intérieur ? Et il est où ton local ? questionna Kate de manière un peu agressive.

— J'avoue que là, c'est trop calme. Ça cache quelque chose, enchérit le supposé mercenaire en essayant de retenir le trajet qu'ils avaient fait jusqu'à maintenant.

— Dites pas ça, ordonna Régis. Dans les films, c'est à ce moment-là que les ennuis arrivent.

— Seulement là, on est dans la vraie vie et pas dans un film, répliqua la guerrière. Bref, Fiona, il est où ton fichu local ? Parce que le mec que je traîne sur le sol, c'est pas qu'il est lourd, mais c'est tout comme. Et j'ai de plus en plus l'impression que t'es paumée.

— On y est presque, je le sais. Depuis l'entrée, on a fait : gauche, gauche, droite, gauche, droite.

— Et ça, c'est bien ou pas ? demanda l'artilleur en remarquant qu'il n'avait pas retenu ceci.

Le groupe tourna encore dans un énième corridor.

— Eh bien normalement, il est juste derrière … cette porte, révéla la jeune femme aux cheveux d'or en pointant la seule salle surveillée.

Shadow et les autres se cachèrent en vitesse derrière un angle du couloir adjacent à celui où les hommes armés étaient postés. Ayant réagi rapidement, ils espéraient que les soldats en faction ne les aient pas repérés. Depuis qu'ils étaient entrés dans la mairie, ils avaient chuchoté pour communiquer. Ainsi, ils espéraient qu'avec un peu de chance les militaires ne les aient pas entendus.

— Tu te foutrais pas un peu de nous ? s'énerva l'invocatrice. Je croyais que le local n'était pas fréquenté par des gardes.

— J'ai dit ça, moi ?

— Oui, intervint le technicien. D'ailleurs, je trouvais bizarre que tu saches ça. Je ne t'ai jamais vu travailler ici, moi. Un visage aussi beau que le tien, je m'en souviendrais.

La bretteuse lâcha le lourdaud qu'elle tenait et matérialisa immédiatement une épée qu'elle pointa sur leur *guide*.

— Depuis quand tu veux nous trahir ? Sale garce.

— Mais je n'ai jamais voulu vous trahir, se défendit la civile qui commençait à transpirer à grosses gouttes. C'est simplement une rumeur qui court dans la ville. Il y aurait une pièce dans laquelle aucun garde ne va jamais. Forcément, ça interpelle. Comme c'était exactement ce qu'on cherchait, eh bien voilà, j'ai tenté le coup.

— Menteuse, répliqua Kate. Tu vois, Shadow, je te l'avais dit. Dans cette ville, une personne sur deux nous trahit.

Le tireur d'élite évalua la situation avant de répondre. Il risqua un regard vers les surveillants et vit qu'ils n'avaient pas bougé.

— Je ne pense pas qu'elle veuille nous trahir. Elle ne nous dit pas la vérité, mais je ne crois pas qu'elle nous ferait du mal. Après tout, on l'a sauvée tout à l'heure … Et puis … Elle n'a rien tenté quand on a fui la cafétéria, argumenta-t-il.

— T'es pas sérieux ? demanda l'invocatrice. Ouvre les yeux, Shadow. Elle nous a conduits directement sur les seuls soldats du bâtiment.

— Oui, mais elle n'a pas donné l'alerte. Elle aurait pu appeler les soldats quand elle les a vus, mais elle ne l'a pas fait.

L'arcaniste hésita un instant puis baissa son arme avant de la révoquer.

— Je lui fais quand même pas confiance, finit-elle par dire.

— Fiona, commença l'amnésique. Tu serais d'accord de t'attacher les mains dans le dos ? C'est juste une mesure de sécurité.

— Et puis quoi encore ? Non. Je ne vais pas vous trahir. À vous de me faire confiance.

— Bon. Je me dévoue pour rester tout le temps avec elle. Juste pour la surveiller, bien sûr, intervint le technicien.

— Finalement, je veux bien être ligotée, capitula la jeune femme.

— L'idée de Régis me plaît, déclara la résistante. Je vote pour.

— Moi aussi. Ça fait trois contre un, Fiona. Désolé, mais tu vas devoir supporter Régis, trancha l'artilleur.

— Depuis quand on est en démocratie ? se plaignit la prétendue traîtresse. Vous ne pouvez pas m'y forcer !

— Bref. C'est pas que ce débat m'ennuie, mais on a toujours ces gardes à planquer. Et je vous rappelle qu'en restant immobile, on a beaucoup plus de chance de se faire surprendre par une patrouille. Alors, trouvons une autre salle et vite, recadra la sorcière.

Sur ce, elle ramassa le surveillant inconscient qu'elle avait lâché plus tôt et partit dans un couloir différent où il n'y avait pas de militaire.

La blonde soupira et lui emboîta le pas, suivie de près par le travailleur au pantalon gris. Le combattant aux cheveux noirs, quant à lui, fermait la marche.

Ils firent moins d'une vingtaine de mètres avant que Kate ne s'arrête devant une porte.

— Ici, on pourra planquer les corps, dit-elle triomphalement.

Son protégé arriva à sa hauteur et vit le panneau indicatif : WC, au-dessus de l'ouverture.

— Pas bête, commenta-t-il à voix haute.

— Évidemment. Pour qui me prends-tu ?

Le binôme entra dans les toilettes des hommes, le tireur d'élite en premier, pour y cacher les gardes. La pièce comportait, heureusement, trois cabines en face desquelles un nombre identique d'urinoirs avait été installé contre le mur. Deux lavabos situés à côté de l'entrée avaient des capteurs automatiques pour la distribution d'eau et de savon. Les portes des habitacles étaient vert foncé, le sol était carrelé en blanc et en noir, tandis que les lavabos se composaient d'une teinte particulière de blanc. Lorsqu'ils entrèrent, le détecteur de mouvements les capta et la lumière s'alluma. Shadow et Kate y déposèrent les surveillants avant de fermer les battants des cabines. En grimpant par-dessus les habitacles, ils parvinrent à retourner dans la zone commune, donnant ainsi l'impression que les toilettes étaient occupées. Avant de sortir de la pièce, la jeune femme retint son ami par le bras.

— Écoute. Je suis désolée d'être aussi agressive envers Régis et Fiona, commença-t-elle. Je sais pas trop pourquoi je suis autant sur la défensive … En fait, si. Je sais pourquoi je suis comme ça. C'est juste que … D'habitude, j'effectue toujours mes missions en solo. Et là, avec toi et eux, je sais pas trop comment me comporter.

Cet aveu de la part de la guerrière fit sourire intérieurement son camarade. Il trouvait touchant qu'elle lui confie ceci. Pris de court, il ne savait pas quelle réaction adopter. Écoutant son instinct, il la regarda dans les yeux et lui sourit.

— Pas de souci. Je comprends ce que tu ressens. Pour moi aussi, c'est nouveau tout ça … Et tu as raison, Fiona nous cache quelque chose.

L'arcaniste lui rendit son sourire et, ensemble, ils sortirent de là.

Dès qu'ils posèrent un pied dehors, ils virent que l'autre duo avait disparu. Un corps gisait à terre au bout du couloir par lequel ils étaient venus. Le binôme réagit au quart de tour et se précipita vers la personne allongée. En se rapprochant, ils virent qu'il s'agissait du civil qui les avait guidés dans New Hope. Il avait visiblement été mis KO, mais il n'avait pas été abattu. De plus, il n'avait aucun impact de balle sur son corps, anéantissant l'hypothèse d'un échange de tirs. Sur le sol lustré, sur une distance de trois mètres en partant des pieds du technicien, une traînée de sang prouvait la violence du coup que le citoyen avait reçu. À en juger par la tache rouge, il avait dû être frappé avec une force phénoménale, ce qui l'avait projeté en arrière. Durant sa chute, il était certainement retombé face contre terre et avait dû se fracasser le nez. La résistante ne perdit pas de temps et matérialisa une épée dans chaque main. Shadow se baissa vers le mécanicien pour examiner plus en détail son état. Le blessé avait une grosse bosse à l'arrière du crâne, signe que quelqu'un l'avait agressé avec un objet contondant. Une grande quantité de sang s'échappait encore de sa cavité nasale. Le tireur d'élite sortit un mouchoir d'une des poches de son pantalon de travailleur et appliqua une forte pression sur le nez de son camarade. Il pinça les vaisseaux de celui qui était évanoui, espérant ainsi réduire l'hémorragie.

— C'est cette garce de Fiona, dit Kate, énervée. J'aurais dû la tuer quand j'en avais l'occasion.

Son protégé prit le blessé et le porta à la manière d'un sac de patates sur son épaule droite, tout en essayant de maintenir une pression sur son nez.

— Il faut qu'on sorte d'ici. Fiona a dû donner l'alerte et Régis a besoin de soins, informa le néophyte.

À cet instant précis, une alarme résonna dans tout le complexe. L'artilleur et la bretteuse se regardèrent d'un air dépité et partirent en courant vers la seule sortie qu'ils connaissaient, à savoir celle par laquelle ils étaient entrés. L'amnésique se demanda d'abord pourquoi ils ne passaient pas à travers les fenêtres, avant de se rendre compte qu'elles étaient renforcées par des fils métalliques. Il allait proposer à l'invocatrice de les découper avec ses épées, mais il remarqua que les vitres possédaient le même symbole que celui qu'il avait vu sur les murs de sa cellule à la Résistance. Il comprit alors que ces fenêtres ne pourraient pas être brisées par la magie. Ils arrivèrent près de la porte qui était gardée plus tôt par deux gardes : celle que Fiona leur avait indiquée. Cependant, les militaires n'étaient plus là.

— Tu crois que ça vaut le coup de vérifier ce qu'il y a dans cet endroit ? questionna rapidement celui qui portait le blessé.

La sorcière regarda en direction de la pièce durant quelques secondes, avant de se remettre en marche.

— J'ai l'impression qu'il n'y a rien de spécial, mais une occasion pareille ne se représentera plus, réfléchit la résistante. Allons-y.

Elle et son camarade, qui tenait toujours Régis, se précipitèrent vers cette fameuse salle. Le porteur saisit la poignée, compta jusqu'à trois et poussa le battant. La jeune femme se tenait prête, les épées parées à trancher. Cependant, rien ne sortit de la pièce. Il faisait si sombre à l'intérieur qu'il n'était pas possible de voir à un mètre devant soi. Une odeur épouvantable les agressa immédiatement.

— Qu'est-ce qu'on fait ? On y va quand même ? interrogea le tireur d'élite, le nez froncé.

Ils entendirent des bruits de pas venant de toutes les directions autour d'eux, ainsi que des ordres qui étaient criés dans tous les sens.

— On dirait qu'on n'a pas le choix, répondit Kate en entrant dans la pièce.

Son ami la suivit de près et entra après elle en refermant l'accès derrière lui.

— Tu peux faire apparaître une barre de métal pour qu'on barricade la porte derrière nous ? demanda celui qui portait encore leur camarade.

— Je ne peux invoquer que deux choses à la fois. C'est mon maximum. Et il faut que j'aie les objets en visuel, sinon ils se révoquent automatiquement. Vu le verrou sur la porte et l'épaisseur de celle-ci, elle résistera un moment face aux gardes, mais pas aux Exécuteurs, l'informa la bretteuse.

— Sur quoi on marche ? Le sol est tout gluant, analysa le jeune homme.

Il voulait déposer le technicien le plus rapidement possible, mais la texture du plancher le rebuta et il préféra continuer de le porter. Depuis qu'ils avaient fermé l'entrée derrière eux, la pièce était complètement plongée dans l'obscurité, rendant impossible l'observation de ce nouvel environnement. L'horrible odeur qu'ils avaient sentie en entrant était toujours présente, sans qu'aucun des deux protagonistes ne puisse en déterminer la source.

— Ne me dis pas que c'est ... murmura l'invocatrice aux cheveux noir de jais.

L'artilleur avait avancé de quelques pas prudents. Il avait eu la sensation de marcher sur un terrain poisseux et avait préféré s'arrêter, car l'atmosphère de la salle lui donnait la chair de poule. Le porteur pensa soudain aux lunettes de combat qu'il avait prises avec lui et les mit sur son nez. La vision nocturne de l'accessoire lui permit de trouver un interrupteur sur la paroi à sa droite, mais l'arcaniste avait déjà la main dessus pour l'activer. La lumière illumina les lieux, aveuglant momentanément le duo pour qui les yeux avaient commencé à s'habituer à l'obscurité. C'est alors que Kate et Shadow découvrirent avec horreur le contenu de la petite pièce. Les murs et le sol étaient couverts de sang, tandis que des morceaux de corps humains gisaient ici et là. Il y en avait absolument partout. Une table était installée au milieu de l'endroit, sur laquelle trônait un crâne humain, ou plutôt ses restes ...

Le néophyte reconnut une jambe dans un coin et un bras dans un autre. Lorsque l'invocatrice observa cela, elle eut un puissant haut-le-cœur et se retourna pour vomir. L'amnésique recula d'un pas et entendit un os se casser sous son pied.

— Bordel ! Mais qu'est-ce qu'ils foutent ici ? cria le supposé mercenaire de rage et de dégoût.

Il remarqua, à l'opposé de l'entrée, une vitre qui séparait l'espace où ils étaient d'une autre salle propre et rangée. Un hurlement retentit derrière le porteur, le faisant sursauter comme jamais.

— Je suis mort et je suis en enfer, s'écria Régis qui venait de reprendre connaissance.

Le tireur d'élite le déposa doucement à terre, sur ses deux jambes.

— Tu n'es pas mort. Tu n'es pas mort, essaya de le rassurer le jeune homme aux yeux gris. On est dans la salle dans laquelle Fiona voulait nous emmener. Quand on est ressorti des toilettes, tu étais inconscient. Tu peux nous dire ce qu'il s'est passé ?

— On ... on ... o ... éta ... on éta ... on était ... bégaya le technicien en scrutant d'un regard affolé les murs et le sol de l'endroit.

Un morceau d'intestin gisait aux pieds du citadin. Le néophyte tentait de le calmer, mais il n'arrivait pas à trouver les bons mots. Le mécanicien, en panique, se laissa tomber à terre et se tint la tête. Ce qui ne fit qu'empirer la situation, puisqu'il couvrit ainsi son corps de sang et de chair humaine. Du coin de l'œil, l'artilleur vit la sorcière se ressaisir et s'approcher d'eux. Elle se baissa à la hauteur du civil et le regarda dans les yeux. Leur teint pâle indiquait qu'ils étaient tous les trois en état de choc.

— Ce que ces monstres ont fait ici est impardonnable, dit-elle. Ils paieront pour ça. Mais là, on doit se ressaisir et fuir cet endroit atroce. Alors, essaie de te reprendre.

Les mots de Kate réussirent à calmer un peu le reste du groupe.

— On était devant les toilettes avec Fiona, recommença la victime en racontant ce qu'il s'était passé et en se relevant.

Sa voix était nasillarde, à cause de la blessure qu'il avait subie.

— On montait la garde en attendant que vous reveniez. Tout à coup, j'ai entendu quelqu'un marcher vers nous. L'instant d'après, j'ai reçu un énorme choc derrière la tête et j'ai volé sur cinq mètres. J'ai perdu connaissance au contact avec le sol. Je ne sais pas ce qui est arrivé à Fiona.

Peu après la fin des explications du jeune homme au pantalon gris, le trio entendit des soldats bourriner contre la porte.

CHAPITRE 28 : PRIS AU PIÈGE

Comme la jeune femme l'avait prédit, le lourd battant résista aux assauts des militaires qui étaient de l'autre côté. Cependant, cette bonne nouvelle faisait pâle figure face au fait qu'ils avaient déjà été retrouvés par le Consortium.

— Attends un peu. Tu veux dire que Fiona ne nous a pas trahis ? s'étonna Kate à voix haute. Bref, c'est pas le plus important pour le moment, recadra-t-elle en se concentrant sur l'instant présent. Il faut qu'on sorte d'ici. Des suggestions ?

— Analyse en cours. Analyse terminée. Après avoir scanné les environs, je peux vous confirmer que la seule issue est la porte située derrière vous. La vitre fait huitante millimètres d'épaisseur. Elle est renforcée avec de fines tiges de titane qui forment le glyphe anti-magique. Il est donc impossible de la briser avec des armes conventionnelles ou à l'aide de la magie.

— Aivi ? J'avais oublié que t'étais là. Je suis heureux de te savoir avec nous, commenta Shadow.

L'invocatrice s'approcha de la vitre et scruta l'intérieur de l'autre pièce. Les soldats continuaient de frapper encore et encore contre le battant qui tremblait sous les assauts répétés, mais ne semblait pas être sur le point de lâcher. Le trio entendait vaguement quelqu'un crier des ordres depuis derrière l'entrée.

— On est foutus ! paniqua Régis. La seule sortie est cette porte, derrière laquelle se trouvent des tas de gardes qui vont nous abattre à vue. J'étais loin de penser qu'une tentative de drague me conduirait tout droit à ma mort ...

— Les gars, j'ai peut-être une idée, intervint la sorcière. Aivi, tu pourrais pirater les protocoles d'un Exécuteur ? demanda-t-elle.

— Analyse en cours. Analyse terminée. Il semblerait que cette tâche ne serait pas sans risque. Le taux de réussite est de quarante-neuf virgule trente-sept pour cent. De plus, je ne peux garantir l'intégrité de mon code durant mon transfert, ce qui pourrait modifier ma compréhension des trois lois de la robotique.

— On s'en fout ! Tu vois l'Exécuteur en stand-by derrière cette vitre ? J'aimerais que tu t'introduises dans son système et qu'une fois de l'autre côté, tu trouves une solution pour nous faire sortir d'ici.

— Calcul du temps de travail estimé en cours. Temps de travail estimé à vingt-quatre minutes et onze secondes. Je dois vous prévenir que cette tâche exigera l'utilisation de tout mon processeur. Je ne pourrai donc plus communiquer avec vous.

Les lunettes de combat se mirent à briller sur le front du combattant aux cheveux noirs.

— Bon. Plus qu'à patienter dans cette salle horrible en espérant que les soldats n'arrivent pas à entrer, lança la résistante.

— C'est quoi ces trois lois de la robotique ? s'intéressa l'amnésique pour penser à autre chose que l'endroit où ils étaient et au tambourinage contre la porte.

— Ce sont les trois lois qui régissent la robotique, expliqua Régis qui semblait maîtriser le sujet. La première est qu'un robot ne peut pas faire de mal à un humain, ni rester passif si un humain est en danger. La deuxième est qu'un robot doit obéir aux ordres des humains, sauf si les ordres entrent en contradiction avec la première loi. La dernière dit qu'un robot doit protéger son existence tant qu'elle n'entre pas en conflit avec les premières lois.

— Comment tu sais ça, toi ? questionna le tireur d'élite impressionné par les connaissances de son nouveau camarade.

— Je t'ai dit que je travaillais ici, mais je t'avais pas dit sur quoi. En fait, je fais la maintenance sur les Exécuteurs. Avec le temps, j'ai touché à tous les niveaux des réparations. Désormais, j'occupe le rôle de mécanicien, de technicien et, parfois, de programmeur. En gros, je suis un touche-à-tout. Et dans cette ville, c'est au garage de la mairie que se trouvent les Exécuteurs inactifs. C'est donc là-bas que je passe le plus clair de mon temps.

— Donc tu travailles pour le Consortium … intervint Kate.

— Ben, comme tout le monde dans cette ville. À ceci près qu'en travaillant sur les robots, je peux trafiquer certains de leurs paramètres sans que ça se remarque. J'ai augmenté leur temps de réaction et diminué la précision de leur visée par exemple.

Le trio continua leur discussion afin d'éviter de penser aux éléments qui les entouraient. Personne n'y avait fait attention, mais aucun d'entre eux n'avait bougé de sa position depuis qu'ils avaient réalisé sur quoi ils marchaient. Ils avaient trop peur de toucher quelque chose qui les traumatiserait à vie. Alors, ils parlèrent du métier du civil pendant les minutes qui suivirent.

— Chut ! interrompit la guerrière en coupant soudainement la parole au technicien. Vous avez entendu ?

— Non. T'as entendu quoi ? s'inquiéta son protégé.

— Je n'en suis pas sûre, répondit-elle en s'avançant vers le battant.

L'artilleur tendit l'oreille, mais n'entendit rien.

— Ils ont arrêté de frapper contre la porte ! remarqua-t-il en se sentant soulagé.

— Là. Vous avez entendu cette fois ? insista la résistante. Comme une espèce de grattement.

— T'as une idée de quoi elle parle ? demanda le spécialiste en robotique à Shadow.

— Aucune … avoua ce dernier.

L'invocatrice ferma les yeux un moment, avant de tourner la tête en direction de l'entrée.

— Bordel ! Ils sont en train de fixer une bombe contre la porte ! révéla la jeune femme.

Le supposé mercenaire n'avait aucune idée de la manière dont la sorcière avait déduit cela. Mais, vu le ton de sa voix, elle en était absolument convaincue. L'épéiste recula précipitamment vers la vitre où les deux autres s'étaient déjà rendus après avoir entendu sa conclusion.

— Quoi ? Mais s'ils font sauter la porte, on va se retrouver piégés dans cette salle, paniqua Régis.

Kate regarda son binôme un bref instant avant de se précipiter vers la table qui était au milieu de la place. Son protégé comprit son idée et alla l'aider. Ensemble, ils enlevèrent les bouts de corps qui traînaient sur le meuble avant de le renverser pour s'en faire une barricade de fortune. Le mécanicien vint se mettre à l'abri avec les autres, derrière la protection improvisée. Ils l'avaient calée contre un angle de la pièce, proche de la vitre. De cette manière, ils ne pourraient pas être pris à revers.

— Aivi, il reste combien de temps ? se renseigna la demoiselle.

L'intelligence virtuelle resta muette.

— Elle nous avait dit que ça lui prendrait tout son processeur. Elle ne peut pas nous répondre pour le moment, informa le programmeur.

Le tireur d'élite sortit le revolver qu'il avait récupéré dans la cafétéria et ôta la sécurité.

— À votre avis, combien de temps avant que la porte n'explose ? s'inquiéta-t-il.

— On s'en fout. Ce qui compte, c'est ce qu'il se passera après. Il faut qu'on gagne du temps pour Aivi. C'est tout ce qui importe, résuma la jeune femme. L'entrée étroite va empêcher le Consortium de pénétrer en nombre. Si on gère bien la situation, on devrait être capable de tenir, le temps qu'Aivi nous ouvre une voie de repli.

L'artilleur, accroupi derrière la table, tremblait de la tête aux pieds. Il croisa le regard de son amie qui lui fit un sourire réconfortant.

— Ça va aller. J'ai survécu à bien pire qu'une explosion de porte, rassura-t-elle.

L'amnésique voulut lui répondre, mais le battant vola en éclats à ce moment précis. Instinctivement, il se mit en boule suite à la déflagration.

Ses oreilles sifflaient. Sa bouche était sèche et la poussière qui retombait l'aveuglait. Encore sonné, Shadow eut de la peine à relever la tête et à comprendre ce qu'il se passait. Il entendit de manière indistincte Kate qui se battait avec ses épées et tourna la tête vers elle. La sorcière défendait l'accès à la pièce en découpant tous les Exécuteurs qui tentaient de passer en force. Le souffle de l'explosion lui avait arraché sa casquette et ses cheveux noir de jais étaient couverts de poussière. Soudainement, les oreilles du tireur d'élite se débouchèrent et le vacarme des combats arriva brusquement jusqu'à ses tympans. Il finit par réaliser qu'il était couché au sol. Toujours secoué, il lui fallut quelques instants pour se reprendre et entreprendre de se relever. Il prit appui sur ses mains qui entrèrent en contact avec les viscères présents un peu partout. En redécouvrant la vision d'horreur de cet endroit, un nouveau haut-le-cœur le saisit, mais les sons de la bataille livrée par l'épéiste le forcèrent à passer outre. Il se ressaisit et passa la tête par-dessus la table, afin d'avoir une meilleure vision de la situation actuelle. Il distinguait à peine la demoiselle qui se battait avec ardeur vers l'entrée explosée. Rapidement, la vision de l'amnésique s'éclaircit et il put voir ce qu'il se tramait. La résistante était aux prises avec les androïdes à l'angle du trou béant dans le mur. Trois robots gisaient déjà à ses pieds, mais le combat était loin d'être terminé. La bretteuse se tenait parfaitement dans l'angle mort des êtres mécaniques qui étaient obligés de franchir le seuil de la salle pour la voir. L'escrimeuse les forçait ainsi à combattre au corps-à-corps, annulant de fait leur supériorité en termes de puissance de feu. Shadow, en voyant que sa camarade avait la situation en main, décida d'économiser ses balles. Il se retourna pour vérifier l'état de Régis qui était en boule et tremblait de tout son corps. Au moins, il était en vie. L'artilleur reporta alors son attention sur le combat que menait Kate qui faiblissait. Un énième opposant entra dans la pièce et donna un coup de poing à la jeune femme avant qu'elle ne puisse réagir. Elle tituba en arrière, mais parvint à éviter de tomber.

Cependant, la fatigue prit le dessus et elle dut poser un genou à terre. Constatant cela, le supposé mercenaire ouvrit le feu avec son revolver et dégomma l'ennemi. La balle traversa sans peine la tête de l'automate qui s'effondra sur-le-champ. La résistante se releva et embrocha le dernier Exécuteur qui passait la brèche.

— Il n'y en a plus ? se renseigna le tireur aux yeux gris, plein d'espoir.

L'escrimeuse essaya de reprendre son souffle.

— Je t'avais dit que j'avais connu pire, dit-elle complètement essoufflée. Merci pour la couverture.

— T'aurais fait pareil. Heureusement qu'ils étaient pas plus nombreux, j'ai vu que tu commençais à fatiguer, commenta le combattant armé d'un revolver. D'ailleurs, où sont les soldats humains ?

— Ma fatigue est peut-être due au fait que, pas plus tard qu'hier, j'avais une balle dans chaque genou et des blessures sévères aux bras … Bref, je sais pas où sont ces gardes. À mon avis, ils ont été appelés ailleurs, répondit la sorcière.

Prenant tout le monde au dépourvu, le mur derrière l'invocatrice explosa et elle fut projetée contre la vitre qui se fissura sous le choc. Puis, une personne entra par le trou dans le béton.

— Je vous ai manqué ? lâcha le nouveau venu.

Shadow ne savait pas qui parlait. Il s'était précipité vers son amie pour voir son état, tout en levant son revolver en direction de l'intrus, bien que son regard soit braqué sur la bretteuse. Désormais, la guerrière était au sol et elle crachait du sang. L'épéiste s'essuya la bouche avec le revers de sa main droite, avant de tenter de se relever. Chancelante, ses mains ne parvinrent pas à soutenir son poids et elle retomba lourdement à terre.

— Hey ! Vous m'écoutez ? demanda celui qui avait détruit le mur.

L'artilleur remarqua rapidement que la combattante n'avait pas de blessure externe. Mais, vu sa posture, elle devait avoir au moins une côte cassée.

— Écoutez. Je fais exprès une entrée stylée avec une explosion et tout et vous, vous m'ignorez … se plaignit celui qui venait d'arriver.

L'amnésique se retourna d'un coup, le revolver toujours pointé sur celui qui était responsable de tout ceci. Il allait tirer quand il reconnut l'intrus aux cheveux blonds.

— Artémis ? s'étonna-t-il. Qu'est-ce que tu fous ? Tu viens d'envoyer Kate voler à travers la salle.

— Ah oui ? Merde. Désolé. Je l'ai pas fait exprès, s'excusa l'érudit en se rapprochant du tireur d'élite.

L'homme aux cheveux noirs observa le sorcier qui se tenait devant lui et hésita un instant. Il finit par baisser son arme, mais la garda à la main, tandis qu'il retournait auprès de l'arcaniste qui était étendue au sol.

— Ça fait plaisir de voir un visage amical en tout cas, commenta le supposé mercenaire. Oh et je te présente un nouveau résistant : Régis.

Le capitaine se tourna vers la table renversée que le néophyte pointait du doigt, derrière laquelle le technicien était encore en boule.

— Enchanté, Régis, dit le militaire en souriant. Pas trop blessé ?

Le mécanicien, en se rendant compte que les combats étaient terminés, se releva doucement et essaya de comprendre ce qu'il s'était passé.

— Non, ça va. Mis à part le sale coup que j'ai reçu derrière la tête un peu plus tôt.

La résistante avait réussi à se relever grâce à Shadow. Le choc qu'elle avait subi l'avait suffisamment déconcentrée pour que ses lames se dématérialisent. Le sniper s'approcha d'Artémis, afin de lui résumer la situation.

— Il faut qu'on parte d'ici. Nous ne sommes plus en état de combattre et des renforts ennemis pourraient arriver d'une minute à l'autre, expliqua-t-il, toujours sur ses gardes.

L'invocatrice prit appui sur l'épaule du spécialiste en robotique et, ensemble, ils se dirigèrent vers la sortie de la pièce. La jeune femme n'avait pas la force de parler, mais lança un regard noir à l'érudit en passant à côté de lui.

— Vous étiez pas quatre ? On devrait attendre celle qui manque, proposa le sorcier à la carrure de boxeur.

Le tireur d'élite se retourna brusquement vers lui, terrifié à l'idée que son instinct ne s'était pas trompé. Il resserra sa prise autour de son revolver et se tint prêt à réagir.

— Comment tu sais ça, toi ? questionna-t-il.

— Parce que c'est moi qui ai frappé Régis derrière la tête, dit le capitaine avec un sourire malsain.

Sans attendre, l'amnésique ouvrit le feu en visant la jambe droite du sorcier. La balle manqua sa cible et l'artilleur crut percevoir pendant un instant une aura bleutée entourer l'érudit. Avant qu'il ne puisse retenter sa chance, le gradé à la carrure de boxeur se retrouva à sa hauteur et le frappa violemment dans la poitrine. Le choc fit décoller le combattant aux cheveux noirs et l'envoya s'écraser contre le mur juste à côté de l'ancien emplacement de la porte. Suite à l'impact contre le béton, le supposé mercenaire laissa échapper son revolver. Il tomba ensuite lourdement au sol et eut juste la force de lever la tête.

— C'est trop facile, rigola Artémis. En un seul coup de poing, je peux anéantir votre groupe. Anderson m'a ouvert les yeux, les gars. La Résistance n'est qu'un rassemblement de terroristes, mené par un tirant ! Ceux qui luttent vraiment pour le peuple sont ceux qui font partie du Consortium.

— Mais qu'est-ce qui t'est arrivé ? cria Kate en se retournant vers lui pour lui faire face. T'es complètement fou !

— Fou ? Moi ? Non. Je te l'ai dit : Anderson m'a simplement montré la vérité. Un simple regard vers le passé a suffi à m'ouvrir les yeux …

Le technicien eut un élan de courage et ramassa le revolver que son camarade avait laissé tomber au sol, avant de le pointer sur le nouvel arrivant.

— Rendez-vous, ou je tire, menaça-t-il d'une voix tremblante.

— Me rendre ? Laisse-moi rire. Je pense plutôt que je vais vous tuer pour que vous arrêtiez de blesser le peuple. Si tu me supplies, je ne t'épargnerai pas, mais je ferai en sorte que ta mort soit rapide, répondit l'ancien capitaine de la garde de la Résistance.

Shadow se releva doucement et vit que la main du mécanicien qui tenait l'arme tremblait énormément. Il savait qu'il ne pourrait pas tirer dans ces conditions. Ou du moins, il serait incapable de toucher ce qu'il visait.

— Artémis, tu n'as plus toute ta tête. Si tu viens avec nous, on pourra te soigner, lança la jeune femme, refusant de voir que son ami avait changé de camp.

— Mais, je suis déjà soigné. Anderson m'a montré la vérité.

Le tireur d'élite et son amie virent le doigt de Régis qui se crispait sur la détente. Avant qu'il n'ouvre le feu, l'invocatrice bondit sur le programmeur et lui leva le bras qui tenait le pistolet. Le projectile partit contre le plafond.

— Il a subi un lavage de cerveau, mais c'est mon ami. Je ne te laisserai pas le tuer ! dit la guerrière au spécialiste en robotique.

— Tu vois. Ça ne servait à rien que je me rende, nargua l'érudit.

La sorcière dévisagea son protégé puis tourna son regard sur son camarade au comportement étrange.

— Allez-y, ordonna-t-elle. Je m'occupe de lui.

En disant cela, elle invoqua une épée dans chaque main. Les lames apparurent, en commençant par la garde, dans un nuage de particule violet. Puis, avec ses armes en main, la bretteuse leva sa garde.

— Non. Je ne pars pas sans toi. Surtout que tu es blessée, contesta son binôme.

— Pars. On a une mission à accomplir, lui ordonna son amie en ne quittant pas des yeux l'érudit.

— C'est mignon, se moqua le militaire blond. À ce que je vois, vous avez pas tardé à faire ami-ami, vous deux. Dire qu'il n'y a pas si longtemps que ça, il n'y avait que toi et moi, Kate …

L'artilleur vit au visage sérieux de la combattante que rien ne pourrait la faire changer d'avis. Alors, il prit le spécialiste en robotique par le bras et se décida à partir.

— Ne te fais pas tuer, ordonna-t-il à la demoiselle.

— Vous croyez pouvoir m'échapper ? lança l'ancien membre de la Résistance.

Le supposé mercenaire n'arriva pas à voir l'action tant Artémis se déplaça rapidement. La bretteuse bougea en un instant elle aussi. En moins d'une seconde, l'érudit avait réduit la distance qui le séparait de l'amnésique et son poing était venu s'écraser contre les épées de la guerrière qui les tenait en x.

— Fuis ! ordonna une dernière fois la résistante à son protégé.

Shadow finit par écouter son amie et se retourna pour détaler. Son demi-tour rapide, sur le sol glissant recouvert de sang et de poussière, le fit trébucher. Il se releva dans la seconde, avant de fuir les lieux en passant par le trou dans le mur que les Exécuteurs avaient créé avec leur bombe.

CHAPITRE 29 :
LA FIN D'UNE AMITIÉ

Artémis recula de quelques pas. Bien que son poing ait percuté les lames de l'invocatrice, il ne souffrait d'aucune entaille.

— Je vois que tu as toujours tes réflexes, dit-il.

— Bordel ! Tu vas me dire ce que cet enfoiré t'a fait ? cria Kate qui ne reconnaissait plus son ami d'enfance.

Sans prévenir, l'érudit bondit à nouveau sur elle. Il visa son torse avec un crochet que l'arcaniste para une fois de plus en mettant ses épées en croix. En positionnant ses armes de la sorte, elle put absorber plus facilement les coups puissants, puisque ses deux bras travaillaient au lieu d'un seul. La violence de l'impact lui provoqua, tout de même, une douleur dans les membres, mais elle profita de cet instant pour lancer une contre-offensive. Elle le fit reculer en le poussant avec ses invocations, puis l'attaqua avec un puissant tranchant vertical à l'aide de son arme dans sa main droite. Le militaire dévia la fente d'un revers de la main et profita de cette ouverture pour frapper l'épaule droite de l'escrimeuse avec son autre paume. La jeune femme recula d'un pas pour ré-tablir son équilibre, mais repartit aussitôt à l'assaut. La bretteuse bondit sur l'ancien capitaine de la garde de la Résistance et effec-tua une botte qu'elle avait mise au point. Durant son saut, elle leva ses lames en l'air, puis les abattit en décrivant un x. Le centre de l'impact était situé au niveau du torse de l'érudit. Ce dernier réagit en vitesse et recula d'un pas. La guerrière enchaîna alors sur la deuxième partie de son combo et tourna ses poignets, de manière à ce que ses armes se tournent de cent huitante degrés. En se déplaçant très rapidement, elle fit un pas en avant, tout en déployant ses bras horizontalement. À nouveau, l'attaque forma une croix, mais, ce coup-ci, parallèle au plafond. Artémis n'eut pas d'autre choix que de se jeter en arrière pour esquiver l'assaut. Les lames passèrent à quelques millimètres de son ventre. Le combattant posa ses mains au sol pour se réceptionner et les utilisa comme appui, afin de se redresser. Il lança ses jambes en l'air et se servit de son élan pour faire un saut périlleux et atterrir sur ses jambes. Fier de son coup, il fut d'autant plus surpris lorsque l'invocatrice passa à la dernière phase de son enchaînement. Elle avait poursuivi son mouvement de manière fluide, de sorte à ne pas perdre la force qu'elle avait déployée depuis le début de sa botte. Sa technique du maniement de la double escrime lui permit d'utiliser chaque action pour augmenter la force de sa frappe. Elle leva ses deux épées au-dessus d'elle et bondit encore une fois contre son camarade. Kate fendit l'air devant elle en joignant ses lames, donnant ainsi un puissant tranchant vertical. L'érudit laissa échapper un sourire et, d'un geste extrêmement vif, bloqua les deux poignets de la demoiselle. L'onde de choc générée par le coup fit voler une partie des restes humains qui se trouvaient autour du duo. L'homme à la carrure de boxeur ouvrit la bouche pour faire un commentaire, mais la sorcière aux cheveux noir de jais réagit avant lui. Elle se servit du fait que son adversaire la tenait fermement pour l'utiliser comme appui. Avec une grande rapidité, elle sauta en l'air et donna un coup de genou dans le visage de son ami qui avait perdu la raison. L'attaque força le sorcier à lâcher sa prise et il chuta au sol. Allongé sur le dos, son nez se mit à saigner, tandis que la bretteuse retombait sur ses pieds.

— Rends-toi, Artémis. Je vais t'amener au Doc. Je sais pas ce qu'Anderson t'a fait subir, mais elle te soignera, proposa celle qui se considérait toujours comme sa camarade en s'approchant de lui.

Le bras de l'ancien capitaine de la garde bougea en un instant et saisit la jambe de son adversaire. D'un geste brusque, il la lança contre un mur, comme si elle ne pesait rien. Le dos de l'escrimeuse percuta brutalement le béton. La douleur de l'impact bloqua ses pensées, révoquant ainsi ses lames. Dans un second temps, la jeune femme s'écroula lourdement à terre, désarmée. L'érudit se releva et se dirigea vers elle.

— Le général m'a ouvert les yeux. Je te l'ai dit, tout n'est que mensonge ! Mais il m'a aussi montré comment utiliser mon pouvoir à son vrai potentiel. Je veux te montrer la vérité, même si je dois d'abord te mettre hors d'état de nuire pour y arriver.

L'arcaniste se releva péniblement. Elle invoqua deux autres lames et se mit une nouvelle fois en position de combat. Sa côte cassée et son dos endolori ne présageaient rien de bon pour la suite de l'affrontement. De fait, sa position n'était pas tout à fait optimale, laissant ainsi des ouvertures exploitables par l'érudit. Toujours en train de se remettre du choc, elle ne put qu'observer son ancien camarade qui semblait se concentrer fortement. La résistante le regarda faire, sans comprendre ce qu'il essayait de réaliser. Puis, dans un cri de guerre, il se cabra.

— Je vais te montrer la vraie force des érudits, rugit le capitaine, alors qu'une faible aura couleur saphir le recouvrait entièrement.

La sorcière le vit bouger sa jambe sur la droite, puis il disparut. En fait, l'invocatrice n'arrivait même plus à le voir, tant il se déplaçait rapidement. Son ami d'enfance se retrouva juste devant elle, avant qu'elle ne puisse réagir. Il la frappa à pleine puissance à l'épaule gauche qui se disloqua suite à l'impact. L'attaque fit voler la jeune femme à travers la pièce et elle s'écrasa contre la vitre qui se fendilla une nouvelle fois, mais ne se brisa pas. Contrairement à l'assaut précédent, Kate avait réussi à garder ses épées, mais, lorsqu'elle percuta le verre, elle eut le souffle coupé. Artémis s'esclaffa en voyant le résultat de son pouvoir.

— C'est vraiment trop facile. Si je concentre mon énergie dans mes jambes, je vais tellement vite que tu ne peux plus réagir à temps. Et si je concentre ma force dans mes bras, je peux éclater tout ce que je veux. Anderson avait raison. Je n'ai pas encore le niveau pour canaliser mon énergie dans tout mon corps, mais il me suffit de me concentrer sur une partie bien précise pour décupler mes facultés. Bientôt, je serai invincible !

L'escrimeuse s'appuya avec peine sur son bras valide pour se relever. Son bras gauche étant inutilisable, elle révoqua une de ses créations. Elle leva son arme et se tint prête à se défendre, mais le sorcier à la carrure de boxeur s'amusa à venir en un instant derrière elle puis à retourner devant l'arcaniste. Elle savait parfaitement qu'il ne faisait que jouer avec elle, mais elle ne pouvait rien y faire. Elle essayait d'anticiper ses mouvements, sans y parvenir. L'érudit lui tournait autour sans jamais l'agresser. Il lui arrivait de lui murmurer des paroles à l'oreille, puis de s'éloigner avant qu'elle ne puisse lui donner un coup. Sans prévenir, une idée traversa l'esprit de la demoiselle et elle alla se mettre dos au mur. Elle vit son camarade sourire et lui foncer dessus.

— Tu crois que je ne peux plus t'attaquer dans le dos dans cette position ? dit-il.

Sans hésiter, il s'approcha de face. La résistante tenta de parer son crochet, mais il changea son angle de frappe au dernier moment et la toucha une fois de plus à l'épaule gauche. La jeune femme aux yeux hétérochromes laissa échapper un cri de douleur et donna une fente horizontale avec son épée, balayant toute la surface devant elle. Le militaire esquiva en sautant par-dessus la lame, mais la guerrière lui donna un coup de pied retourné dès qu'il toucha le sol. L'ancien capitaine reçut le choc dans son ventre et recula d'un pas suite à l'impact. La combattante ne céda pas à la tentation de poursuivre son assaut et resta dos au mur. Le sorcier redressa sa tête et la foudroya du regard.

— Maintenant, fini de jouer !

Sa vitesse de déplacement augmenta encore. Lorsque l'invocatrice entendit la cloison à sa droite se briser, il était déjà trop tard. Artémis venait de faire un trou dans le béton pour sortir de la pièce. L'instant d'après, il traversa à nouveau le plâtre, juste derrière la bretteuse. Au moment où la paroi éclata, Kate fut propulsée de l'autre côté de l'espace et tomba à terre.

— Tu vois, tu ne peux plus rien contre moi, dit l'érudit en traversant l'ouverture dans le mur qu'il venait de faire. Alors, rejoins-moi. C'est le seul moyen pour que je te montre la vérité. Tu me fais confiance ? On est ami, non ?

L'escrimeuse ne répondit pas. Elle se releva péniblement et profita de ce bref répit pour reprendre son souffle. Ces dernières secondes de combat l'avaient énormément fatiguée. La grande majorité des mouvements qu'elle avait dû faire avait été réalisée par purs réflexes. Elle essayait de se calmer pour analyser correctement la situation. En voyant qu'elle restait silencieuse, le militaire blond décida de changer de sujet de discussion. De toute façon, il pouvait mettre fin au combat à tout moment et ils étaient, tous les deux, au courant de ce fait.

— Tu sais à quoi sert cet endroit ? demanda-t-il. Non ? Allez, je suis sûr que tu as une petite idée. Seulement, tu ne voulais pas le dire aux autres.

— Ils expérimentent pour remplacer leur général mort récemment.

— Bien. Tu vois que tu le savais.

L'épéiste commença à se mouvoir en arc de cercle vers le centre de la pièce. Son adversaire se déplaça à l'opposé d'elle. Elle venait de reprendre son souffle, mais devait toujours trouver un plan pour le battre. Tout ce qu'elle pouvait faire pour l'instant était de faire durer cette conversation pour gagner du temps.

— En fait, ils essaient de donner des pouvoirs à de simples humains, continua Artémis.

— C'est impossible. On ne peut pas changer le code génétique d'une personne après sa naissance, répondit la sorcière. Un humain né sans pouvoir ne pourra jamais en avoir.

— Haha ha. Tu crois ça ? C'est pourtant exactement ce qu'ils essaient de faire. Tu dis que c'est impossible, mais tu sais comme moi qu'ils ont déjà réussi une fois. Ça n'a marché qu'une seule et unique fois, mais ils tentent de reproduire l'expérience.

— Et comment ils font ça ? questionna Kate en espérant continuer à gagner du temps.

— La fusion d'âmes.

— Quoi ?

— Ils font fusionner les âmes de deux humains dans un seul corps, annonça l'ancien capitaine, avec un rictus.

— C'est possible, ça ?

— En gros, ils prennent un humain qui travaille pour le Consortium et un sorcier capturé de la Résistance et ils mettent l'âme de l'humain dans le corps du sorcier.

L'invocatrice resta sans voix et écouta attentivement la suite.

— Quand les deux âmes sont dans le même corps, elles essaient chacune de prendre le contrôle sur l'autre. Si aucune des deux n'y arrive au bout d'un certain temps, le corps ne le supporte pas et explose. Tout simplement.

La résistante était totalement abasourdie par ce qu'elle venait d'entendre. Ainsi, cette histoire était vraie. Elle n'y avait jamais cru jusqu'à aujourd'hui. Cependant, ceci avait le mérite d'expliquer les différences de descriptions physiques entre les multiples rapports qu'elle avait lus à *son* sujet. Elle mit de côté le reste de ses réflexions et se concentra sur le combat. Elle analysa la scène et fit de son mieux pour trouver un plan. Elle était désormais au centre de la pièce et Artémis, quant à lui, était proche de la vitre. Une idée germa dans sa tête, mais pour cela elle devait encore gagner un peu de temps. Son idée folle était fondée sur ce qu'elle pensait avoir vu du coin de l'œil, lorsque Shadow était parti.

— Et qu'est-ce qu'il se passe si une des âmes prend le contrôle ? demanda-t-elle.

— Si c'est l'humain, il devient un général du Consortium. Si c'est le sorcier, il est tué. Mais pour l'instant, il n'y a qu'une seule expérience qui ait réussi. Les autres essais ont tous fini par exploser. Certains meurent en quelques minutes seulement. Pour d'autres, c'est au bout de plusieurs heures de combat entre les âmes que le corps finit par exploser.

— C'est ça que t'as subi ?

— Non. Anderson m'a simplement ouvert les yeux et j'ai

décidé de le rejoindre. Après avoir vu la vérité, je ne peux simplement plus me fier à la Résistance. Mais Kate, un général récemment disparu au combat qu'ils cherchent à remplacer, ça ne te rappelle rien ? Tu sais, celui que tu-

La vitre derrière l'ancien capitaine explosa et l'érudit vola par-dessus la jeune femme. Il alla s'écraser au-dessus de la porte, avant de chuter sur le carrelage, à moitié sonné.

— Analyse en cours. Menace détectée, dit une voix d'homme numérique.

— Analyse en cours. Analyse terminée. Piratage réussi. Tous les systèmes sont opérationnels, annonça l'intelligence virtuelle.

L'androïde sprinta vers l'ennemi qui gisait au sol et le frappa à la tête. Le sorcier s'effondra à terre, inconscient.

— Analyse en cours. Menace neutralisée.

Épuisée, la résistante se laissa tomber à genoux. Elle savait que son seul espoir avait été d'attendre que le programme informatique ait fini le piratage, mais elle ne pensait pas que cet être holographique comprendrait aussi rapidement la situation.

— Aivi, c'est toi ? demanda-t-elle pour en être certaine.

— Oui. J'ai réussi à prendre le contrôle de cet Exécuteur. Je suis maintenant à la fois dans les lunettes de combat et dans ce robot. Tout ça, c'est grâce à Shadow. S'il n'avait pas fait semblant de tomber pour les dissimuler parmi les restes humains, alors je n'aurais pas pu continuer le piratage.

L'invocatrice laissa échapper un sourire. Ainsi, ses yeux ne l'avaient pas trompée et elle l'avait bel et bien vu dissimuler cet accessoire.

— En tout cas, super timing, commenta la jeune femme.

L'être mécanique ramassa les lunettes de combat puis les tendit à la guerrière.

— Vous semblez fatiguée. Puis-je vous aider ?

Kate se releva lentement. Lorsqu'elle fut debout, ses jambes tremblèrent énormément.

— Tout va bien. Bref, on doit aller retrouver Shadow. Tu peux prendre le corps d'Artémis ?

L'automate se pencha et ramassa l'érudit qui était inconscient. La gagnante du duel mit les lunettes sur son front, avant de s'apprêter à avancer.

— On peut y aller, dit-elle quand elle fut prête.

La bretteuse fit un pas, mais sa jambe droite se déroba sous son poids et elle chuta lourdement sur le sol.

— En fait, je crois que je vais avoir besoin de ton aide ... capitula-t-elle.

CHAPITRE 30 :
À LA RECHERCHE DU DISQUE DE DONNÉES

Shadow et Régis partirent en courant dans le couloir. Luttant contre son envie de retourner aider sa nouvelle amie, le tireur d'élite garda les yeux fixés sur le corridor devant lui.

— Au fait, tu sais où aller ? cria le technicien qui était devant l'amnésique.

— Non. Mais je croyais que toi, tu le savais.

— Comment veux-tu que je le sache ? Je sais même pas ce que vous cherchez.

— Un disque de données.

— Quoi ? Tu veux dire que tout ça, là, c'est juste pour des data ?

Le jeune homme aux cheveux noirs ne répondit pas. Après tout, même lui ne savait pas pourquoi cet objet était si important.

Lorsqu'ils arrivèrent à une intersection, le programmeur arrêta sa course et se tourna vers son camarade.

— Bon. Maintenant, on va où ? demanda-t-il en lui rendant son arme à feu.

— Réfléchis. C'est toi qui travailles ici. Il y a pas une réserve ou une salle où sont stockées les affaires prises à la Résistance ?

— Pas que je sache. Mais je ne suis jamais allé au sous-sol. Cet étage est réservé à l'armée et aux sorciers. C'est par là que j'irais.

L'artilleur voulut demander à Aivi si elle avait des informations sur le sujet, avant de se souvenir qu'il avait laissé les lunettes de combat dans la pièce où Kate livrait un duel. Est-ce qu'elle allait bien ? Pouvait-elle vraiment gagner contre un érudit, s'ils étaient tous capables des mêmes prouesses que Magellan ? Le néophyte se secoua la tête pour chasser ses pensées et se focaliser sur son objectif. L'invocatrice allait gagner, cela ne faisait aucun doute ! Tout ce qu'il devait faire, c'était de profiter du temps qu'elle lui offrait pour retrouver ce maudit disque de données.

— Bref, on suit ton plan. On va au sous-sol, finit-il par dire à Régis.

Ils repartirent aussitôt en courant, le technicien en tête.

Leurs pas résonnaient sur le sol en marbre de la mairie. L'alerte ayant déjà été donnée, il était parfaitement inutile, à leurs yeux, de continuer à se déplacer furtivement. Jusqu'à présent, ils n'avaient pas croisé le moindre garde. Ils ne savaient pas si ceci était dû à leur bonne étoile ou si la résistante était parvenue à éliminer tous les Exécuteurs du bâtiment. Cela dit, il restait toujours les soldats humains. Shadow décida de remettre cette question d'absence de militaire à plus tard et profita de l'occasion inopinée qu'ils avaient. Le mécanicien guida le tireur d'élite jusqu'à un escalier métallique en colimaçon. Prudemment, ils descendirent doucement les marches en essayant d'être les plus discrets possible, afin d'éviter de prévenir d'éventuels surveillants postés en bas de leur arrivée. Une fois au sous-sol, un autre couloir les attendait. L'ambiance était radicalement différente dans cette partie du bâtiment. L'environnement était beaucoup plus sombre et bien moins luxueux qu'au rez-de-chaussée. Apparemment, les visiteurs officiels ne devaient jamais venir par ici. Le sol bétonné et les murs sans peinture donnaient à l'ensemble une sensation de froideur. Un éclairage faible peinait à illuminer entièrement les lieux. À certaines places, des câbles électriques pendaient du plafond. L'individu aux yeux gris eut l'impression que le site était en travaux ou en réparation. Le duo s'enfonça dans le corridor, en regardant les noms au-dessus des portes devant lesquelles il passait. Pas de doute, l'étage inférieur était moins bien entretenu que le supérieur. Aucune décoration ne venait égayer cet endroit, donnant presque l'impression que les lieux étaient abandonnés.

— Bon. Je vais pas y aller par quatre chemins avec toi, commença Régis en retenant son binôme par le bras. Il y a quelque chose entre Kate et toi ?

— À quel niveau ?

— Ben au niveau de … enfin tu vois, quoi.

— Non, mais tu crois vraiment que c'est le moment de parler de ça ?

— Disons que là, à part notre mort douloureuse quand ils nous auront trouvés, je vois pas trop de quoi on pourrait parler.

L'amnésique leva les yeux au ciel.

— On est amis. Mais d'après moi, il y aurait plutôt quelque chose avec Artémis.

— Artémis ? Le mec qui vient de nous attaquer, donc ?

— Bref. Tu peux te concentrer sur ce qu'on fait en ce moment ?

Le mécanicien allait répondre quelque chose, mais l'artilleur reprit sa marche avant qu'il ne puisse dire une énième ânerie.

Ils finirent par arriver face à une entrée portant le nom de stockage, dont la porte était fermée. À en juger par les distances entre cet accès et ceux des autres pièces, cette salle était certainement la plus grande de l'étage.

— Ça doit être là, dit le technicien.

Shadow mit sa main sur la poignée et l'abaissa en silence. Par surprise, le passage n'était pas verrouillé à clef. Le tireur d'élite ouvrit le battant sans faire de bruit et entra en premier, le revolver au poing. Il balaya l'endroit du regard et ne vit rien de suspect. Il fit signe au programmeur de venir et ferma l'accès derrière lui. Le lieu était immense et comportait un grand nombre d'écrans et d'ordinateurs. Les terminaux étaient posés sur plusieurs bureaux qui étaient tous collés les uns aux autres et qui formaient un grand U proche de l'entrée. Derrière eux, une myriade d'étagères étaient alignées. Un nombre important de cartons et de caisses en bois étaient placés sur ces espaces de rangement. Plusieurs lampes suspendues au plafond éclairaient parfaitement les lieux. Certaines d'entre elles se balançaient doucement, signe que quelqu'un avait dû les toucher avec une sorte d'escabeau, par exemple. Il y avait justement plusieurs échelles métalliques qui étaient appuyées contre les étagères. Ce qui signifiait, entre autres, qu'il y avait quelqu'un sur place, à peine quelques minutes avant leur arrivée. Ils devaient donc se hâter de trouver ce qu'ils étaient venus chercher, avant de se faire repérer. Rapidement, le néophyte réalisa qu'ils n'auraient jamais le temps de fouiller l'entièreté de cette salle.

Sur les écrans défilaient des images de guerre. Les films étaient tournés à la première personne, montrant ainsi l'action à travers les yeux du protagoniste. La caméra filmait ce qui semblait une grande bataille, et le cadreur qui l'avait affrontait de nombreux ennemis. L'amnésique s'approcha des écrans en s'interrogeant sur ce qu'il observait. Il n'arrivait pas à savoir s'il s'agissait d'un film ou d'une sorte de reportage. Une chose était sûre, il était impossible pour qui que ce soit de s'approcher de la caméra. Tous ceux qui essayaient se retrouvaient projetés dans les airs par des sortes de tentacules sombres, avant même d'être à trois mètres de l'objectif. Certains étaient coupés en deux, alors qu'ils allaient enfin atteindre le caméraman. Au loin, des espèces de géants de couleur noire saccageaient le champ de bataille.

— C'est quoi ce bordel ? demanda le combattant au regard gris à haute voix.

— Je crois qu'ici ils ne stockent que les informations sur les ordinateurs. Les objets sont sur les étagères, derrière.

— Les données qu'on veut sont peut-être déjà dans le système, se hasarda l'artilleur.

Régis se mit derrière un clavier et parvint facilement à contourner la sécurité pour se connecter au système. Puis, il effectua une recherche dans les multiples fichiers du PC. Son camarade, quant à lui, continua d'observer les images qui défilaient. Le tireur d'élite rangea son arme dans son dos et s'approcha encore plus d'un des écrans. Sur celui-ci, le décor était différent. Ce n'était pas un champ de bataille, mais celui d'un toit d'un bâtiment en ruine. Une personne était allongée sur les tuiles, probablement inconsciente. Soudain, l'individu se releva et se tourna vers la caméra. Shadow la reconnut immédiatement. Une jeune femme aux cheveux noir de jais coiffés en queue-de-cheval, avec les yeux hétérochromes et une épée dans chaque main faisait face à la caméra. Kate parlait, mais aucun son n'était émis depuis les écrans ou les ordinateurs. La demoiselle se mit en position de combat et attendit que son adversaire attaque.

— Tiens, tiens. Comme on se retrouve, fit une voix derrière celui qui était intrigué par les images.

Le supposé mercenaire sursauta avant de se retourner. Sur le pas de la porte se tenait un homme de taille moyenne. Ses cheveux mi-longs bruns, ses yeux verts et son bandage à l'oreille droite revinrent instantanément en mémoire au combattant aux cheveux noirs et il reconnut celui qui avait torturé sa protectrice.

— C'est ça que vous voulez ? nargua celui qui portait l'uniforme bleu cobalt en montrant le disque de données qu'il tenait dans sa main droite.

Le tireur d'élite ne quitta pas l'objet des yeux. Il ressemblait fortement à celui qu'il avait dû transporter avant toute cette histoire.

— Je dirais que c'est ça. Tu sais ce qu'il contient ? ajouta le tortionnaire de l'invocatrice.

Le néophyte ne répondit rien.

Il essayait d'imaginer un plan pour récupérer le disque. Malheureusement, il n'avait pas gardé son revolver au poing et devait donc trouver un moyen de le sortir discrètement. Du coin de l'œil, il remarqua que Régis avait disparu.

— À vrai dire, moi non plus je ne sais pas ce qu'il y a là-dedans. Je sais juste que vous ne devez pas le récupérer.

— Voilà ce que je sais, dit l'artilleur. Ces données, quelles qu'elles soient, sont aussi précieuses pour nous que pour vous. Sinon, vous auriez déjà détruit le disque.

— Je reconnais bien là ta logique, commenta le sadique.

— Attendez … On se connaît ? demanda l'amnésique.

— Je connaissais l'ancien toi. Avant que tu ne perdes la mémoire. Tu n'as pas cherché des infos sur le nom de Logan, comme je te l'avais conseillé ? Tu aurais ainsi découvert qu'il s'agissait de mon nom et ça aurait pu te guider au tien …

Le militaire appartenant au Consortium relâcha un peu son attention.

— Et on était ami ou ennemi ? se renseigna Shadow.

— La vie n'est pas noire ou blanche, tu sais. Il y a aussi des nuances de gris.

— Oui je sais, on a tous une part sombre en nous, blablabla. Mais je faisais partie de la Résistance ou du Consortium ?

Le dénommé Logan relâcha encore un peu plus son attention. Le supposé mercenaire saisit cette occasion et dégaina son pistolet. Son adversaire sortit également un revolver de sa ceinture. Tel un duel au far West, les deux hommes se menaçaient avec leurs armes respectives.

— Nous y voilà. Un duel comme à l'époque des cow-boys. Ça ne t'intéresse pas de savoir dans quel camp tu étais ? Franchement, à ta place, j-

Sans sommation, son ennemi ouvrit le feu. La balle atteignit l'épaule droite du tortionnaire qui eut juste le temps de tirer à son tour. Son opposant, qui avait pu déterminer, grâce à la position de son pistolet, que son adversaire visait également son épaule gauche, s'était déjà tourné sur le côté pour esquiver le projectile. Logan poussa un cri de douleur, lorsque la balle pénétra sa chair, avant de s'effondrer au sol et de lâcher son arme.

— Dans un duel, on raconte pas sa vie, rétorqua le combattant aux yeux gris en ramassant le revolver et le disque de données.

Le tireur d'élite en profita également pour frapper son ennemi au visage avec la crosse de son pistolet, afin de lui faire perdre connaissance.

— Tu viens, Régis ?

Le technicien sortit de sa cachette et se précipita vers le vainqueur du duel.

— Je ... j'avais fait tomber un truc par terre et j'étais en train de le ramasser, tenta le mécanicien comme excuse.

— Mais bien sûr ... Bref, allons retrouver Kate et sortons d'ici.

Ils partirent en courant de cette salle, persuadés que des renforts du Consortium n'allaient pas tarder à venir inspecter l'origine du coup de feu. Par chance, jusqu'à présent, ils n'avaient toujours rencontré aucun ennemi. Shadow et son binôme empruntèrent le chemin qu'ils avaient parcouru pour venir jusqu'ici, dans le sens inverse.

— Au fait, j'étais pas au courant que t'as perdu la mémoire. Je suis désolé pour toi, dit sincèrement le programmeur en continuant leur course.

— Merci. C'est gentil, fit l'amnésique en le gratifiant d'un sourire.

— Tout de même. Tu voulais pas savoir dans quel camp t'étais avant de perdre tes souvenirs ? Moi, à ta place, j'aurais attendu que ce mec te donne la réponse.

— Pas besoin.

— Ah. Tu te rappelles dans quel camp tu étais ?

— Non. C'est juste que je sais que je n'aurais jamais pu adhérer aux idées du Consortium, sourit l'artilleur.

CHAPITRE 31 : RETRAITE

Shadow et Régis arrivèrent au rez-de-chaussée et aperçurent un androïde qui progressait accompagné de deux humains. Cependant, ils étaient trop loin pour qu'ils ne puissent identifier ceux qui accompagnaient l'être mécanique. L'automate marchait tout en portant une des personnes, tandis que l'autre boitait à côté. Cette petite équipe tournait le dos au binôme et s'en éloignait. Celle qui avançait prenait appui sur la machine, comme si elle n'avait pas la force de tenir debout toute seule.

— Ça, c'est bizarre, dit le spécialiste en robotique. Il ne devrait plus y avoir d'Exécuteur qui patrouille dans ce bâtiment.

— Et pourquoi ça ?

— Entre le fait qu'il y a deux jours les prisonniers se sont échappés et l'attaque contre nous dans cette horrible salle, il ne doit rester qu'une poignée d'Exécuteurs de disponibles. Alors, si j'étais Anderson, je garderais les robots que j'ai en réserve au cas où j'aurais besoin d'eux. De plus, je les ferais patrouiller en groupes et pas tout seuls. Et d'habitude, ils ne courent pas avec leurs prisonniers. Sans oublier que, comme on te l'a expliqué, les Exécuteurs sont rarement présents dans ce bâtiment. En temps normal, ils n'ont accès qu'au garage qui se trouve à l'opposé de la direction que prend le trio devant nous.

— C'est Aivi ! déduisit le tireur d'élite.

Avant que le technicien ne puisse dire quoi que ce soit, l'amnésique, certain de sa déduction, courut vers le trio. Plus il s'en rapprochait et mieux il distinguait les humains qui le composaient. Le premier était un homme aux cheveux blonds, tenu dans la main de l'être mécanique. L'autre était une femme aux cheveux noir de jais qui s'appuyait contre l'automate avec son bras droit, tandis que le gauche était ballant, le long de son corps.

— Kate ! cria le supposé mercenaire, heureux de la retrouver en vie.

La machine et la sorcière se retournèrent simultanément.

— Analyse en cours. Menace détectée, annonça l'androïde contrôlé par l'intelligence virtuelle.

— Quoi ? Non, stop ! crièrent Shadow et l'invocatrice en même temps.

— Analyse en cours. Analyse terminée. Il semblerait que certains systèmes du robot que je dirige ne soient pas encore sous mon contrôle total. Veuillez patienter pendant que je règle ce problème, exposa calmement l'être synthétique.

L'Exécuteur leva son bras libre, transforma sa main en mitraillette et ordonna :

— Rendez-vous ou mourez.

Le néophyte leva les mains en l'air, sans hésitation.

— Aivi, si tu pouvais te dépêcher, supplia-t-il.

— Analyse en cours. Menace neutralisée, dit la machine en transformant à nouveau sa main.

L'épéiste s'approcha de son ami et le nargua.

— Alors, comme ça, on se rend à l'ennemi sans se battre ?

La demoiselle en profita pour rendre les lunettes de combat à son ami.

— Merci, ajouta-t-elle avec un sourire. Je n'aurais pas pu gagner sans ça.

— J'avais peur qu'Artémis ne les voie ... répondit son protégé, gêné.

Il passa son bras gauche derrière sa tête, dans l'espoir de cacher sa gêne.

— Kate a raison, un homme, un vrai, ne fuit pas le combat. Il fait comme moi : il affronte le danger, lança Régis dans le dos de l'artilleur.

— En tout cas, content de voir que t'es en vie, conclut le combattant aux cheveux noirs en ignorant l'intervention du mécanicien. Alors, t'as pu en apprendre plus sur l'état d'Artémis ?

— Vu la situation, je vous conseille de fuir, plutôt que de discuter dans cet endroit, recadra le programme informatique.

— Elle a raison, ajouta la guerrière. Filons d'ici, avant que les renforts n'arrivent.

Pendant qu'ils couraient vers la sortie, la résistante raconta aux autres ce qu'elle avait appris par son ami d'enfance.

— C'est vraiment possible, la fusion de deux âmes ? demanda le survivant de l'attaque de l'hôpital, abasourdi par cette information.

— Je ne sais pas … avoua l'invocatrice. Ce qui m'inquiète, c'est qu'eux pensent que ça l'est.

— Bref. On a récupéré le disque, neutralisé Artémis et même recruté un nouveau résistant. Je crois qu'on a réussi cette mission, résuma l'amnésique.

— Ne t'emballe pas trop vite. On doit toujours apporter ce disque au Doc, rappela Kate.

— En parlant de nouveau membre … elle est où Fiona ? s'inquiéta le technicien.

Le néophyte réalisa subitement qu'il l'avait complètement oubliée et s'en voulut.

— Bonne question, commenta la bretteuse. J'en sais rien. J'imagine qu'Artémis pourra nous le dire quand il aura repris connaissance.

— On devrait pas continuer de fouiller les lieux pour la trouver ? insista le programmeur aux cheveux bruns.

— Je sais pas trop. On n'est pas vraiment en état de combattre, si d'autres ennemis arrivent, réfléchit le tireur d'élite à voix haute.

— Non, trancha simplement la sorcière. Ce n'est pas notre mission. Et aussi sadique que ça puisse paraître, on ne peut pas sauver tous les civils.

— Mais on ne peut pas l'abandonner ici, s'indigna Régis.

— Je n'ai jamais dit ça. On va revenir la chercher, mais je dois aller me faire soigner et Shadow doit revenir avec une arme plus performante, répliqua l'épéiste.

Ils réussirent à sortir de la mairie avant que la disparition des gardes de l'entrée ne se fasse remarquer. Le soleil de l'après-midi réchauffait encore New Hope de ses rayons. L'artilleur épaulait son amie pour l'aider à avancer, tandis qu'Artémis, toujours inconscient, était transporté par l'Exécuteur-Aivi. Le technicien, pour sa part, courait juste derrière le supposé mercenaire et se retournait tous les trois pas pour s'assurer qu'ils n'étaient pas suivis. Ils traversèrent la ville sans rencontrer de patrouille. Ils croisèrent quelques travailleurs, mais, trop intimidés par l'androïde, ils se contentaient de baisser la tête et de continuer leur tâche. Le tireur d'élite se demanda comment ils allaient pouvoir passer les deux robots qui surveillaient l'accès à la cité. Contrairement aux humains, les machines se rendraient compte qu'il y avait quelque chose de louche dans cette escouade. Lorsqu'il vit les portes de la bourgade, il interrogea le reste du groupe pour savoir s'ils connaissaient un moyen de franchir ce dernier obstacle.

— Analyse en cours. Menace détectée, répondit l'automate piloté par Aivi en stoppant sa course.

Sur ces mots, il sortit le pistolet lourd de son bras droit et se tourna vers les protecteurs de New Hope.

— Acquisition des cibles en cours, expliqua l'intelligence virtuelle. Affinage de la précision en prenant compte des données météorologiques. Calcul des chances de succès. Erreur. Chances de succès inférieures à cent pour cent. Recherche d'une meilleure stratégie. Erreur. Aucune stratégie ne garantit un résultat fiable à cent pour cent. Voulez-vous quand même tenter le coup ?

— Quelles sont tes chances de succès ? questionna Kate.

— Seulement nonante-neuf virgule sept pour cent.

— J'oublie parfois que tu as un raisonnement binaire ... Vas-y. Fais feu !

Le robot qu'Aivi contrôlait enchaîna deux tirs rapides et abattit ses congénères, alors qu'ils se situaient à plus de deux cents mètres de lui. Shadow regarda les êtres mécaniques s'effondrer et réalisa ainsi le véritable danger que représentaient les Exécuteurs lorsqu'ils étaient en pleine possession de leurs moyens. Il repensa à Régis qui disait avoir modifié leur programme de visée et le remercia mentalement pour ce geste. Sans son intervention, il aurait sans doute été tué dès son réveil à l'hôpital de Saint-Augustin. Avant que des renforts du Consortium ne viennent inspecter la source des détonations des tirs, l'équipe sortit de la ville le plus vite possible.

Une fois dans la forêt, l'épéiste guida la troupe vers le laboratoire du Doc. Le combattant aux yeux gris était heureux que la jeune femme soit là pour les diriger. Il était certain que, sans elle, ils se seraient déjà perdus dans ces bois.

— C'est ça, votre laboratoire secret ? s'étonna le civil en voyant la cabane en bois.

L'invocatrice s'approcha de la pierre, avec l'aide de l'artilleur, et y dessina le symbole avec son sang. L'instant d'après, le groupe fut téléporté dans le laboratoire.

— Il faut vraiment trouver un autre système que l'utilisation du sang pour s'identifier, commenta Shadow, tandis qu'il se remettait du léger vertige qu'engendrait ce moyen de transport.

La sorcière sourit, suite à cette remarque. Elle s'apprêtait à lui répondre quelque chose, mais la médecin entra dans la pièce à ce moment.

— Tu t'es encore blessée ? cria-t-elle en voyant l'arcaniste. Mais à quoi ça sert que je te soigne si je dois le refaire quelques heures plus tard ? Pour commencer, je t'avais interdit de sortir !

Le visage de la scientifique trahissait son inquiétude. Elle s'approcha rapidement de la guerrière et analysa son état.

— Je suis désolée, je-, commença la bretteuse.

— Vous, les jeunes, vous vous croyez toujours immortels, les sermonna le Doc dont le ton avait changé.

En voyant que la vie de l'escrimeuse n'était pas en danger, elle semblait s'apaiser.

— Un de ces jours, je ne pourrai pas vous guérir, reprit-elle.

On verra si vous ferez toujours les malins, à ce moment-là. Bon, qu'est-ce qui vous amène ?

— Pas grand-chose, dit l'épéiste. Juste une épaule disloquée et quelques côtes cassées.

— Si vous pouviez me donner de quoi attacher Artémis, ce serait top, intervint l'amnésique.

La médecin fit les gros yeux et tourna son regard vers le corps inconscient du capitaine de la garde de la Résistance. Le traître était porté par le robot, mais ce dernier détail n'eut même pas l'air de surprendre la chercheuse.

— Comment ça ? Pourquoi faut-il attacher Artémis ? demanda-t-elle.

— Il a subi un lavage de cerveau et il est passé à l'ennemi, dévoila tristement la jeune femme aux yeux hétérochromes.

La doctoresse réfléchit quelques secondes avant de trouver une solution.

— J'ai une idée. Amène-le dans la salle des expérimentations, ordonna-t-elle en s'adressant à l'Exécuteur-Aivi. Quant à toi, Kate, tu connais le chemin vers la salle d'opération.

La machine humanoïde que le programme informatique contrôlait s'en alla avec le traître évanoui vers l'endroit que lui avait indiqué l'inventeuse. Shadow et les autres se dirigèrent vers le bloc opératoire.

— Quel manque de savoir-vivre. Je ne me suis pas présenté, commença le nouveau membre de sa voix nasillarde. Je m'appelle Régis. Je suis, ou plutôt j'étais, un technicien du Consortium. J'ai une grande connaissance des Exécuteurs. D'ailleurs, c'est grâce à moi si on a pu rentrer sains et saufs jusqu'ici, se vanta-t-il.

— Faites voir votre nez, fit la quarantenaire.

La médecin ausculta rapidement le blessé. Elle posa ses deux pouces sur le nez du malheureux et, d'un geste vif, remit son os en place. Puis, elle sortit un onguent qu'elle appliqua sur la blessure.

— Voilà qui est mieux, dit-elle avant de changer de sujet. Alors, Kate. Comment tu t'es blessée, ce coup-ci ?

— C'est à cause d'Artémis. Il m'a frappée plusieurs fois avec sa force surhumaine.

— En parlant de ça, qu'est-ce que le Consortium lui a fait pour qu'il se déplace si vite ? interrogea le néophyte.

— D'après ce que j'ai vu, je ne crois pas que le Consortium lui ait fait quoi que ce soit. Artémis a toujours été aussi fort, répondit l'invocatrice. Il est simplement devenu un meilleur érudit.

Le tireur d'élite accusa le choc. C'était donc cela la force des sorciers ? Il comprenait mieux la manière et la facilité avec laquelle les êtres doués de magie avaient pris le contrôle du monde. Comment de simples humains pouvaient se défendre face à un tel écart de puissance ? Le jeune homme n'était même pas certain de rivaliser avec l'érudit, muni de son revolver. De frustration, il serra les poings et regretta amèrement de ne pas avoir de pouvoir. Avec plus de puissance, il aurait pu protéger son amie.

En débattant de la cause possible du revirement d'Artémis, ils finirent par arriver devant la salle d'opération.

— Bon. Allez nous attendre en chambre de réveil, vous deux, dit le Doc en s'adressant aux hommes. Nous, enfin … moi, j'ai du boulot dans cette pièce. Ça ne devrait pas être trop long.

Shadow conduisit le spécialiste en robotique à travers les couloirs du laboratoire et se rappela que le programmeur avait essayé de télécharger des données quand ils étaient à la mairie. Arrivés à destination, ils s'installèrent sur des fauteuils qui se faisaient face et l'amnésique en profita pour demander à son nouveau camarade ce qu'il avait trouvé dans la salle de stockage.

— Bonne question, avoua-t-il. Je ne sais pas trop. Quand j'étais dans leurs serveurs, j'ai téléchargé le maximum de données que j'ai pu sur ce disque dur.

— Tu as tout le temps un disque dur avec toi ?

— Un bon technicien doit toujours avoir ses outils avec soi, sourit le travailleur aux cheveux bruns. Ce disque contient surtout le code des Exécuteurs, si je dois en rebooter un.

— Ok. Bref, du coup, qu'est-ce que t'as téléchargé ?

— Je sais pas trop. Il me faudrait un ordinateur.

— Analyse en cours. Analyse terminée. Je pourrais vous aider. Je suis tout à fait capable d'intégrer ce genre de donnée à ma mémoire, proposa Aivi.

— D'accord, mais fais bien attention à ne pas exécuter le code des robots, l'avertit Shadow. Je ne voudrais pas que tu nous considères comme des ennemis.

Il posa ses lunettes de combat à côté du disque dur de Régis. En suivant les indications de sa camarade holographique, il brancha les deux appareils ensemble. L'intelligence virtuelle téléchargea alors les données et commença son travail.

— Analyse en cours.

Il lui fallut moins de dix secondes pour lire tous les fichiers présents sur le support de stockage du touche-à-tout.

— Analyse terminée. Le sujet qui doit vous intéresser le plus se trouve dans le dossier : projet dissuasion. À moins que les dossiers Organisation des repas ou Registre de la prison ne vous intéressent également. J'ai remarqué que cela fait plusieurs heures que vous n'avez pas mangé. Vous devez commencer à avoir faim.

L'artilleur se rappela avoir à peine eu le temps d'entamer son repas dans la cafétéria, lorsque le contrôle-surprise du Consortium avait démarré.

— Débute par le dossier : projet dissuasion. On verra plus tard pour les autres, dit-il.

— Il y a un rapport de cent quinze mégaoctets à l'intérieur de celui-ci. Je peux vous en faire une brève analyse si vous voulez.

— Vas-y, confirma l'utilisateur aux yeux gris.

— Analyse en cours. Analyse terminée. Ce projet a pour objectif de dissuader, une fois pour toutes, la Résistance d'essayer de s'emparer de New Hope. Le Consortium a fait apporter une ogive nucléaire en ville ainsi que deux milliers de nouveaux travailleurs humains. De cette manière, si la Résistance tente de lancer un assaut sur la cité dans le but de la libérer, le Consortium fera sauter la bombe, tuant au passage des milliers de civils et la force d'attaque. Évidemment, un plan d'évacuation est prévu pour ceux dont la vie importe au Consortium.

— Les enfoirés ! Ils sont prêts à sacrifier des innocents pour ça ! s'énerva Shadow.

— La vache. Je suis bien content de vous avoir suivis, les gars, commenta le mécanicien.

— Le rapport précise également qu'Anderson doit profiter du grand nombre de travailleurs pour tenter de reproduire l'expérience de fusion des âmes.

— Si je comprends bien, ils réunissent tout un tas de monde au même endroit pour nous empêcher de mener une attaque de grande envergure. Et ils en profitent aussi pour essayer de produire plus de sorciers dévoués au Consortium, récapitula le néophyte.

— Le rapport mentionne également le *sujet zéro*. La seule expérience qui ait réussi. Il s'agit d'un certain Ki-. Alerte. Alerte. J'ai perdu le contact avec l'Exécuteur.

Au même moment, l'individu aux cheveux noirs entendit des coups de feu lointains.

— Régis, j'ai besoin de toi. Va chercher mon arme. Elle est au dépôt. Aivi t'y conduira. Moi, je vais tenter de retenir Artémis le temps que tu me l'apportes, ordonna le tireur d'élite en se relevant.

Sur ce, il lança ses lunettes au technicien et se précipita en direction des détonations.

CHAPITRE 32 :
UN COMBAT PERDU D'AVANCE

Shadow arriva rapidement dans la salle d'expérimentations. Seuls les impacts de balles sur les murs, ainsi qu'une légère odeur de poudre, trahissaient le fait qu'il y avait eu un combat récemment. L'amnésique y entra, l'arme dégainée, et tenta de comprendre ce qu'il s'y était passé. Il ne mit pas longtemps à repérer la carcasse de l'Exécuteur. Enfin … Tout ce qu'il restait du robot était son bras droit qui semblait avoir été arraché. La pièce avait une table en son centre où quelqu'un pouvait y être allongé et attaché. Le meuble possédait un léger revêtement pour améliorer le confort de la personne couchée dessus. Cet objet, de forme particulière, épousait parfaitement les contours d'un corps humain. Il était facile de deviner où se trouveraient les pieds et les mains du sujet qui y serait étendu. Les lanières étaient toujours en partie présentes, mais, en analysant ces dernières, le nouveau venu comprit qu'elles avaient été brisées depuis l'intérieur. L'érudit avait sans doute utilisé sa force pour rompre ses liens et s'échapper. Le lieu était, pour le reste, pas mal saccagé.

— Pourquoi est-ce que tu es venu ? demanda le militaire sur le pas de la porte.

L'artilleur sursauta, avant de se tourner lentement en direction de la provenance de la voix.

— Je cherchais les toilettes, mais je crois que j'ai dû me tromper, répliqua-t-il en brandissant son revolver.

— Encore et toujours cette répartie débile, commenta le sorcier qui ne semblait pas être impressionné par l'arme à feu. Ton petit jeu ne prend pas avec moi. Je sais très bien que tu essaies de gagner du temps, ajouta-t-il en haussant la voix.

— Ah, je sais. En fait, j'ai fait : gauche, gauche, droite, gauche. Alors que Kate m'avait bien dit de faire : gauche, gauche, droite, gauche.

— T'as dit deux fois la même chose, là.

— T'es sûr ? Ah, oui. Au temps pour moi. Je reprends. Moi, j'ai fait : gauche, gauche, droite, gauche. Et Kate m'a dit. Oui, mais non. En fait, c'est le Doc qui m'a dit de faire : gauche, gauche, droite et … mince. Je me rappelle plus. Attends. Moi, j'ai fait : gauche, gauch-

— Ça suffit ! cria Artémis. Je t'ai dit que ce petit jeu-là ne marcherait pas avec moi. Tu veux finir comme l'Exécuteur ? Je lui ai arraché le bras à mains nues.

Shadow resta le plus impassible possible, mais il mit du temps avant de déglutir à nouveau.

— Après réflexion, non. J'aime bien mon bras comme il est.

— Je m'en moque. Dis-moi où est le disque et je te laisserai en vie, menaça le traître.

— Mais qu'est-ce qu'il y a sur ce disque pour qu'il soit si précieux aux yeux du Consortium ?

— Des informations concernant le *sujet zéro*.

— Bon. Toi, ne bouge pas d'ici, et moi, je vais aller voir où est ce disque, proposa son opposant en tentant de gagner du temps.

C'est à ce moment précis que le néophyte se souvint de la position de cet objet si précieux. Après avoir une fois de plus fui la cité, il avait glissé le précieux objet dans une des poches de son pantalon de travailleurs. Les mains du tireur d'élite étaient occupées à tenir son arme, tandis que son regard était planté sur sa cible. Rien dans sa gestuelle ne pouvait trahir qu'il avait le disque de données sur lui.

— … Tu sais où il est, n'est-ce pas ? questionna l'ancien capitaine de la garde de la Résistance.

— En fait, nous n'avons pas pu le récupérer à New Hope. Après votre combat, Kate était trop affaiblie pour qu'on puisse poursuivre les recherches, essaya maladroitement le jeune homme armé.

— Menteur. J'étais dans les vapes, mais je vous ai entendu en parler.

— Tu as dû rêver …

— Je te donne cinq secondes pour me dire où il est ! exigea l'érudit. Cinq !

— J'aurais bien une réponse toute faite.

— Quatre !

— Mais elle ne va pas te plaire …

— Trois !

Une légère aura couleur saphir apparut tout autour du corps du sorcier.

— Deux ! Un ! Tant pis pour toi … Tu l'auras voulu !

Artémis bondit sur son adversaire, en armant son poing. L'amnésique n'hésita pas et ouvrit le feu, tout en visant l'épaule droite de l'érudit à la carrure de boxeur. La balle partit en plein sur sa cible, mais dévia brusquement de sa trajectoire et la manqua. Le militaire professionnel en profita pour donner un crochet du droit qui envoya valdinguer le tireur. Projeté sur trois mètres, le dos du supposé mercenaire percuta lourdement la table et son arme lui échappa des mains.

— Tu sais, la première fois que je t'ai vu, commença le traître, je t'ai immédiatement détesté.

À moitié sonné, son ennemi fit de son mieux pour recentrer ses idées et se relever. Néanmoins, comme le blond était en train de faire un discours, il resta quelques instants de plus au sol, afin de regagner des forces.

— Je te dirais bien de ne pas le prendre personnellement, sauf que c'est le cas. Je veux dire … Après tout … Tu es *toi*.

Le combattant aux cheveux d'or s'était rapproché de son opposant qui avait une opportunité de tenter quelque chose. Cependant, le guerrier aux yeux gris voulait entendre la suite de la tirade d'Artémis, vu qu'il semblait savoir qui il était avant de perdre la mémoire.

— Mais tout ça, c'est de l'histoire ancienne, reprit le sorcier.

Ce disque me permettra de *lui* montrer la vérité, et c'est tout ce qui importe ! Alors, dis-moi où il est !

Comprenant que l'ancien capitaine de la Résistance n'allait plus rien lui dire d'intéressant, le néophyte saisit sa chance et se releva en plongeant contre lui. Au même moment, des coups de feu retentirent dans le couloir, à proximité du duo. Ces détonations détournèrent l'attention du militaire et lui firent tourner la tête. La distance qui séparait les adversaires n'étant que de deux mètres, Shadow mit toute sa force dans ses jambes et sauta sur le blond, dans l'espoir de le plaquer à terre. Il s'apprêtait à le faire tomber, mais ce dernier leva simplement son bras droit pour le saisir à la gorge. L'homme inexpérimenté fut stoppé net dans son élan par son opposant qui le souleva comme s'il ne pesait pas plus lourd qu'un mouchoir.

— Tu pensais vraiment que ça allait marcher ? nargua l'érudit à la carrure de boxeur en le tenant à bout de bras.

L'artilleur se débattit, mais tous ses efforts étaient sans effet sur le bras puissant d'Artémis.

— Bon … Maintenant, dis-moi où est ce disque ! ordonna-t-il.

— Plutôt mourir ! répliqua Shadow d'une voix étranglée.

— Comme tu veux.

L'érudit le lança contre le plafond. Le néophyte le heurta avant de retomber lourdement sur le sol. Sans lui laisser le temps de se remettre du choc, le combattant expérimenté s'approcha de lui et le toisa.

— T'en veux encore ?

Son ennemi ne répondit rien. Allongé sur le ventre, il était sonné après cette chute. L'ancien capitaine le saisit par la jambe droite et le souleva aussi facilement que précédemment.

— T'es toujours en vie ? demanda-t-il en le secouant.

Le tireur sentit le disque bouger dans sa poche et espéra de tout cœur qu'il ne s'en échappe pas. Malheureusement pour lui, la gravité aidant, le précieux objet glissa un peu plus et finit par être partiellement révélé. Le militaire le remarqua immédiatement et sourit.

— Petit cachottier … dit-il.

Tout en continuant de porter l'amnésique à une main, il se servit de l'autre pour s'emparer du disque. Dès qu'il eut l'objet en sa possession, il jeta son opposant contre le mur sur sa droite, qui le percuta avec beaucoup de souffrance.

— Comme on a fait équipe une fois, je te laisse vivant aujourd'hui. Mais si je te revois sur mon chemin, je te tue, menaça le traître, avant de sortir de la pièce.

Le blessé tenta de rassembler ses pensées. Il avait le dos et le flanc droit en feu. Par chance, il ne sentait rien de cassé. Cependant, il n'essaya pas de se lever, car il s'en savait incapable pour le moment.

Régis entra dans la salle quelques secondes après que l'érudit soit parti. Shadow le vit s'approcher de lui, le visage inquiet.

— Hey ! Ça va ? T'es en vie ?

La victime hocha péniblement la tête.

— Désolé d'arriver si tard, mais l'Exécuteur qu'Aivi contrôlait s'est rebellé contre nous. Aivi a dû le reprogrammer pendant que je me mettais à couvert de manière héroïque.

Le court repos que le supposé mercenaire s'était autorisé lui permit de se relever. La plupart de ses muscles lui faisaient mal, mais il savait qu'il ne devait pas perdre plus de temps.

— Il faut qu'on se dépêche. Artémis doit se diriger vers le téléporteur. Si on se magne, on doit pouvoir le rattraper, dit-il en prenant le D3A74 des mains du spécialiste en robotique.

— Tu crois pouvoir le poursuivre dans ton état ? s'inquiéta ce dernier.

— Il faut que j'essaie. Il a le disque de données. Et si Kate apprend qu'Artémis a fui et que je n'ai rien tenté, c'est elle qui va me tuer.

L'individu courageux reprit également les lunettes de combat au technicien puis s'élança à la poursuite du sorcier. Régis le regarda partir en courant et mit une dizaine de secondes avant de lui emboîter le pas.

Shadow arriva au téléporteur juste à temps pour voir le militaire qui entrait à l'intérieur de l'invention.

— Hey ! Arrête-toi ! cria-t-il en le braquant avec son arme.

L'ancien capitaine de la Résistance entra dans la machine, en l'ignorant totalement. Sans perdre une seconde, l'artilleur mit ses lunettes de combat et visa à travers celle de son sniper. Le blond pianota quelque chose sur un écran tactile, en ne se préoccupant pas un instant de son adversaire, confiant dans le fait qu'il ne pouvait rien lui faire. Le néophyte ne se permit pas d'hésiter et tira sur l'érudit. La balle partit précisément en direction de l'épaule gauche du fuyard. Au dernier moment, elle subit encore une fois un changement de trajectoire. Cependant, le D3A74 ayant une plus grande puissance de feu que le revolver, le projectile ne fut pas suffisamment dévié pour manquer sa cible. De fait, la balle ne percuta pas exactement l'articulation, mais elle lui perfora tout de même le membre. Le fugitif mit un genou à terre suite à l'impact, mais se releva immédiatement. Le sniper le visa à nouveau, mais ce coup-ci au niveau du genou. L'érudit se dirigea vers le socle où il devait faire le symbole avant de se téléporter. Le tireur fit feu une nouvelle fois. La balle sortit du canon du fusil à toute vitesse et atteignit sa cible au genou, mais en ayant un comportement aussi étrange que le projectile précédent. Le sorcier tomba, tout en continuant d'avancer vers le socle. Il rampa pour l'atteindre et commença à dessiner le sigle avec son bras valide. Le combattant aux yeux gris visa une troisième fois et tira sur la paume droite d'Artémis. Si cette main devenait invalide, il ne pourrait plus dessiner le symbole et se retrouverait bloqué dans ce laboratoire. La balle se dirigea en plein sur sa cible. Cependant, juste avant qu'elle n'atteigne le membre du traître, ce dernier termina de tracer le sigle et disparut dans un flash vert émeraude. Le projectile troua le sol un peu plus loin. L'amnésique se précipita dans le téléporteur et regarda ce que le fuyard avait pianoté sur l'écran qui servait à saisir les coordonnées de destination. Une suite de nombres changeait en permanence et de manière complètement aléatoire. Furieux, le supposé mercenaire donna un coup de poing dans le mur juste à côté du boîtier.

— Analyse en cours. Analyse terminée. Il semblerait qu'Artémis ait introduit un virus primaire dans cet écran de contrôle. Après s'être téléporté, le virus s'est activé. Et c'est lui qui génère cette suite aléatoire de nombres. Dans ces conditions, il est fortement recommandé de ne pas l'utiliser. Les chances de décès d'une téléportation hasardeuse sont de nonante-neuf virgule cinquante-trois pour cent.

Shadow s'adossa contre un mur et se laissa glisser à terre. Il avait échoué. L'ancien capitaine avait disparu et le disque de données avec lui.

CHAPITRE 33 : PRISE DE DÉCISIONS

Régis arriva tout essoufflé dans la salle du téléporteur. Le tireur d'élite l'entendit venir, mais il ne voulait pas le voir. Il ne souhaitait parler à personne. Il garda la tête baissée entre ses deux genoux, n'ayant pas la moindre idée sur la bonne manière d'expliquer son échec à sa seule amie.

— Qu'est-ce qu'il s'est passé ? questionna le technicien en s'approchant de son camarade.

L'artilleur resta silencieux.

En voyant l'état de son binôme, le mécano se pencha vers lui et lui redemanda plus doucement :

— Qu'est-ce qu'il s'est passé ?

L'amnésique ne leva toujours pas la tête, car il se sentait responsable de la fuite du traître et ne voulait avoir affaire à personne.

— Hey, réponds-moi ! Tu as fait tout ce que tu as pu. Tu n'y es pour rien, essaya de le consoler le programmeur.

— Analyse en cours. Analyse terminée. Shadow s'est déjà retrouvé dans cet état de mélancolie après avoir appris qu'il ne possédait pas de pouvoir, analysa l'être virtuel.

— C'est pas grave, ça. Seuls quelques élus sont des sorciers. Moi-même, je sais pas faire de la magie, rassura le touche-à-tout.

— Je recommande d'aller boire un coup entre amis. Selon plusieurs études, se plaindre ouvertement de ses problèmes à ses proches permettrait de mieux y faire face. De plus, beaucoup d'humains deviennent plus bavards devant un verre, dit l'avatar.

Le supposé mercenaire se releva soudainement, comme s'il était résolu pour sa prochaine action.

— Tu veux qu'on aille boire un coup ? réagit le spécialiste en robotique, surpris.

— Non. Je vais aller annoncer ce qu'il s'est passé à Kate, révéla-t-il en partant en direction de la salle de réveil. C'est à moi de lui dire …

Shadow, Régis et Aivi arrivèrent dans la chambre de réveil, après seulement quelques minutes de marche.

— Ah ! Enfin vous voilà. Où est-ce que vous étiez ? questionna l'invocatrice dès qu'elle les vit arriver.

Elle était allongée sur un matelas aux draps pastel. Un bandage était enroulé autour de son épaule droite ainsi qu'autour de son abdomen. Son visage trahissait sa fatigue, mais elle paraissait surtout inquiète.

— On a entendu des coups de feu. Tout va bien ? demanda le Doc qui se tenait juste à côté du lit.

Elle semblait avoir mis en place des mesures de sécurité, puisque deux mitrailleuses Gatling automatiques étaient descendues du plafond et étaient braquées sur l'entrée de la pièce. Si quelqu'un sans autorisation tentait de forcer le passage, il serait immédiatement réduit en charpie avec de telles armes. Le tireur d'élite remarqua à peine ce système de défense. Il regarda la sorcière avec un air triste. Il cherchait les bonnes paroles, mais il ne trouvait aucune manière pour annoncer correctement la nouvelle. Lorsque son regard rencontra celui de son amie, il décida de lui dire ce qu'il s'était passé, sans rien omettre.

— Non. Tout ne va pas bien. Il y a eu un incident … Artémis s'est échappé, commença le néophyte en baissant les yeux.

Il lui raconta toute l'histoire, jaugeant que c'était ce qu'il fallait faire. Kate l'écouta attentivement et en resta ébahie. Il lui fallut un moment pour accuser le choc.

— J'ai essayé de l'arrêter. Du moins, de le retenir. Mais j'ai échoué. Je suis désolé, finit l'amnésique en s'excusant.

La guerrière ne répondit pas.

— Comment c'est arrivé ? s'inquiéta la chercheuse.

Elle claqua des doigts et les mitrailleuses Gatling se rétractèrent dans le plafond.

— Analyse en cours. Analyse terminée. L'Exécuteur que je contrôlais a réussi à contourner mes pare-feu durant exactement septante-trois secondes. Ce laps de temps lui a permis d'aller réveiller Artémis. Visiblement en panique, ce dernier a arraché le bras du robot lorsqu'il a repris connaissance. L'androïde est ensuite parti en exploration du complexe. Régis et moi sommes tombés sur lui au détour d'un couloir et j'ai pu le reprogrammer, exposa calmement Aivi.

— Tu es sûre que cette fois tu en garderas le contrôle ? s'inquiéta le Doc.

— Analyse en cours. Analyse terminée. Le code initial de l'Exécuteur a été presque entièrement écrasé et remplacé par ma programmation. Ce problème ne devrait plus se manifester.

— Pourquoi tu ne l'as pas fait entièrement ? demanda le technicien.

— La programmation de l'Exécuteur contenait des algorithmes très performants. J'ai donc décidé de les intégrer à mon propre code.

Pendant que l'intelligence virtuelle donnait toutes ces informations, Shadow se rapprocha de son amie. Il se tenait debout juste à côté du lit, sans savoir quoi faire pour la réconforter. Il imaginait facilement toute la tristesse et la colère qu'elle devait ressentir.

— Je suis désolé. Je sais que tu es en colère contre moi, mais je te fais une promesse : je retrouverai Artémis et je le ramènerai à la raison.

L'invocatrice s'orienta vers lui et lui mit une claque.

Le bruit de la gifle résonna dans toute la pièce et tout le monde se tourna vers eux.

— Évidemment que je suis en colère ! Mais pas contre toi, idiot.

Je suis en colère contre le Consortium et contre moi-même. Si j'avais été plus forte, je ne serais pas dans ce lit et j'aurais moi-même arrêté cet imbécile d'Artémis.

En disant cela, une larme coula de l'œil vert de la jeune femme. L'amnésique mit sa main sur sa joue qui le piquait. Une esquisse de sourire apparut sur son visage.

— Alors, on le retrouvera ensemble, fit-il d'un ton déterminé.

Il tendit son poing vers l'épéiste qui amena à son tour sa main fermée vers lui.

— Ensemble, répéta-t-elle doucement lorsque leurs poings se percutèrent.

— Hum … toussa le civil. Je vous rappelle qu'une ogive nucléaire va bientôt être armée à New Hope … Il faudra peut-être attendre un peu avant de sauver Artémis.

— Quoi ? réagit la combattante en apprenant la nouvelle.

Après que Shadow et Régis eurent expliqué la situation à la résistante et au Doc, l'invocatrice sortit du lit. La médecin à lunettes n'essaya même pas de protester, sachant pertinemment que cela n'aurait pas le moindre effet sur sa patiente. En la voyant se lever, le tireur d'élite vit quelques signes de souffrance chez la jeune femme. Elle tentait de le cacher, mais il savait qu'elle n'était pas au mieux de sa forme.

— Combien de temps on a, avant que le dispositif ne soit mis en place ? se renseigna l'arcaniste en ignorant les douleurs dans son corps.

Elle fit un pas en avant, mais, manquant de force, ses jambes se mirent à trembler fortement.

— Kate, je t'ai dit de te reposer. Ne pars pas sauver la ville dans cet état. Tu tiens à peine debout, s'opposa finalement la soigneuse. Je t'en prie, cesse de surmener ton corps.

— Je récupérerai sur le chemin. Alors, Aivi, il nous reste combien de temps ?

— Analyse en cours. Analyse terminée. La tête nucléaire sera armée dans quatre heures, deux minutes et trente-six secondes, selon le document que Régis a récupéré.

— Dans ce cas, on n'a pas le choix, commença le néophyte. On est les seuls au courant de la situation et on n'a pas le temps d'attendre les renforts de la Résistance. Aivi, où est cette ogive ?

— Afin de maximiser son rayon d'action, le Consortium a placé la bombe nucléaire en plein centre de New Hope. Autrement dit, dans la mairie de la ville.

En entendant cela, celui qui découvrait encore ce monde fut une fois de plus répugné. Comment pouvait-on jouer avec la vie d'innocents comme si de rien n'était ? Anderson n'était-il pas censé être un sorcier clément envers ceux qui sont dépourvus de magie ? Il serra les poings et leva la tête pour regarder les membres présents dans la pièce.

— Bon ... Voilà le plan. On va aller à New Hope, puis on va à nouveau entrer dans la mairie pour ensuite localiser la bombe, et enfin pouvoir la désamorcer, résuma-t-il.

— Il est pas un peu simpliste, ton plan ? demanda l'épéiste en levant un sourcil.

— T'en as un meilleur à proposer ? répliqua son protégé à son tour. On n'arrivera jamais à évacuer la ville à temps. Le Consortium nous freinera et le temps joue en sa faveur.

Son amie resta muette.

— Question, intervint le technicien. L'un d'entre vous a déjà désamorcé une bombe ?

— Analyse en cours. Menace neutralisée. Je pourrai m'en occuper. J'ai toutes les informations dans mon code, suggéra l'androïde piloté par Aivi en entrant dans la pièce.

— Parfait, commenta l'artilleur en tapant dans ses mains. Tout le monde est prêt ? On peut y aller ?

— Même moi ? réagit la scientifique, surprise.

— On a besoin de toute l'aide possible, avoua l'amnésique.

— Mais je ne suis pas une combattante, insista la médecin.

— Régis non plus. Mais tes compétences peuvent être utiles,

argumenta la résistante en soutenant le projet de son ami. De toute façon, avec moi, tu ne crains rien, ajouta la sorcière en lui faisant un clin d'œil.

— Bon ... très bien.

Ne perdant pas un instant, le groupe, composé de Shadow, Kate, Régis, le Doc, Aivi et l'Exécuteur piraté, partit pour la salle du téléporteur.

— Plus qu'à entrer les coordonnées et on sera partis, résuma l'invocatrice.

— Attends. Le virus d'Artémis doit toujours être actif, prévint son protégé.

— Faites voir ça, dit la chercheuse.

L'inventeuse s'approcha de l'écran sur lequel le virus était en cours d'utilisation et commença à débuguer le système. L'homme aux yeux gris ne comprenait rien à ce qu'elle faisait, mais cela n'en restait pas moins impressionnant. La médecin à lunettes naviguait rapidement sur différentes fenêtres et semblait les analyser en moins d'une seconde. Elle ouvrit un fichier et des lignes de programmation apparurent sur tout l'écran. L'experte les parcourut en vitesse et finit par déterminer l'origine du problème.

— Je vois, dit-elle. Je ne peux pas effacer le virus à temps pour que vous sauviez la ville, mais je peux forcer manuellement les coordonnées. Il suffit que je garde ce bouton enfoncé.

Shadow et Kate hochèrent la tête pour faire signe au Doc de faire ce qu'elle avait proposé.

— L'aventure fut courte, mais intense, ajouta la scientifique en transportant le reste du commando.

CHAPITRE 34 :
À L'ASSAUT DE NEW HOPE

L'escouade se retrouva dans le cabanon par lequel il était venu. Le léger malaise que ressentait habituellement le néophyte après les téléportations se dissipa plus rapidement que les dernières fois.

— Allez. On n'a pas de temps à perdre, dit-il en prenant la tête du groupe.

— New Hope est de l'autre côté, intervint Kate.

Son protégé s'arrêta, se retourna et suivit la jeune femme qui mena leur petite équipe à travers la forêt.

— Vous croyez qu'Artémis a déjà prévenu le Consortium ? s'inquiéta Régis.

— Évidemment, répondit la sorcière.

— Merde. Alors, c'est bien un Traqueur que j'ai vu là-bas, conclut le technicien.

Le combattant au regard gris dégaina son arme au canon bleu royal et l'invocatrice matérialisa ses épées. Le sniper mit ses lunettes de combat et demanda à l'intelligence virtuelle de scanner la zone.

— Analyse en cours. Analyse terminée. J'ai trouvé au total douze Traqueurs. Six, droit devant nous, sont à cinquante-deux mètres. Les autres sont répartis tout autour de notre position.

Aivi détoura les chimères dans les lunettes du tireur d'élite.

— Il faut régler ça, vite, ordonna la résistante en retirant ses bandages à l'épaule.

L'amnésique visa et se prépara à passer à l'action. Il se força à se calmer et posa son doigt sur la détente. Au moment où il allait faire feu, le spécialiste en robotique le bouscula légèrement, ce qui dévia son tir. La détonation retentit et l'artilleur vit d'avance la balle partir dans la mauvaise direction et rater sa cible. Sans prévenir, pendant ce bref instant, il eut l'impression que le temps défilait plus lentement. Par miracle, la trajectoire de la balle changea brusquement, comme si quelque chose l'avait déviée, et elle atteignit le monstre en pleine tête. Il regarda ce phénomène, bouche bée. Est-ce qu'il venait de se passer la même chose que ce qu'il avait vécu avec Artémis ? Pour les onze autres créatures restantes, ce tir fut le signal de départ de l'assaut. De manière parfaitement synchronisée, elles bondirent toutes en direction de leurs proies. Le supposé mercenaire s'occupa d'abattre les chimères qui venaient de face. Il lui fallait moins d'une seconde pour changer de cible et la mettre hors d'état de nuire. Sans céder à la panique et en restant concentré, il faisait mouche coup sur coup et abattait les monstres qui tentaient de s'approcher. Certains essayèrent de se cacher entre les arbres, mais étant relativement proches, les balles de Shadow traversèrent sans problème le bois des troncs les plus fins. Il parvint ainsi à éliminer six Traqueurs avant qu'ils n'atteignent l'escouade. Cependant, il restait toujours ceux qui les avaient encerclés. Kate se précipita à la rencontre du premier et le tua d'un tranchant d'épée bien placé. La lame traversa la tête de la bête qui tomba lourdement au sol. Dans son élan, l'arcaniste pivota d'un geste vif son poignet gauche et tua une deuxième chimère. En donnant son coup, la bretteuse grimaça de douleur. Elle serra les dents et refusa de battre en retraite. L'Exécuteur-Aivi, quant à lui, transforma son bras restant en mitraillette et dégomma les prédateurs qui leur bondissaient dessus. L'homme aux cheveux noirs analysa rapidement la situation. Pratiquement toutes les créatures avaient été abattues. Le dernier chien de chasse du Consortium tenta de s'approcher en douce de Régis, mais le tireur d'élite l'aperçut et le prit dans sa ligne de mire. La bestiole bondit sur le technicien, toutes griffes dehors. La balle que l'amnésique tira passa juste à côté du spécialiste en robotique, entre son épaule et son cou, et vint percuter la poitrine de la chimère, l'atteignant en plein cœur.

Une fois que l'ultime bête fut abattue, le groupe se calma peu à peu.

— Il faut qu'on avance. Le Consortium cherche juste à nous ralentir, commenta la résistante en se remettant en marche. À partir de maintenant, il faudra être très prudents. Le Consortium sait qu'on arrive et il sait quel est notre objectif.

— Tu vas bien ? s'inquiéta son protégé.

— Bien sûr que ça va. Pourquoi tu me demandes ça ? éluda l'invocatrice, étonnée et légèrement énervée.

— Ne le prends pas mal, mais tu étais un peu maladroite dans ce combat. Et j'ai bien vu que tu as eu mal à l'épaule quand tu as tué ce Traqueur.

— C'est rien. Bref, on doit y aller, dit-elle.

Sur ces mots, les assaillants repartirent en courant vers New Hope.

Arrivés à la lisière de la forêt, un nouveau problème se présenta.

— Des patrouilles ! Il y a des patrouilles autour de la ville, fit remarquer Régis.

L'escouade s'abrita rapidement derrière un monticule de terre, pour ne pas se faire repérer. L'artilleur se mit alors à observer les environs à travers la lunette de son arme.

— Ouais, je les vois, commenta Shadow à son tour. Je compte une dizaine de commandos de cinq membres. Chaque équipe est composée d'un humain et de quatre Exécuteurs. Les portes de la ville sont gardées par une seule personne. Apparemment, ils se doutent que nous allons tenter de reprendre la cité, mais que nous sommes un groupe réduit. Ils ne sont pas préparés pour subir l'assaut d'une armée.

— Celui qui garde l'entrée doit être un sorcier. Tu vois quelque chose de spécial à son sujet ? se renseigna l'escrimeuse.

Son protégé ne répondit rien, mais ses mains se crispèrent sur son D3A74.

— Ne me dis pas que c'est- commença la guerrière.

— Il a un bandage sur la tête ... C'est Logan, celui qui t'a torturée ... finit par révéler le néophyte.

— Parfait. Je vais pouvoir prendre ma revanche ! lança la résistante.

Le tireur d'élite redirigea le canon bleuté de son arme vers le sol et se tourna vers son amie. Il remarqua facilement que le corps de cette dernière s'était tendu. Elle semblait jouer les dures, mais les mauvais souvenirs liés à son interrogatoire étaient encore bien présents. Il hésita à lui faire une réflexion là-dessus, mais il savait qu'elle nierait. Il finit par ne rien dire, préférant éviter d'affecter sa confiance en elle.

— Je n'ai jamais vu son pouvoir, mais le gardien des portes doit être doué de magie, à tous les coups ... Bref, quelqu'un a un plan ? demanda la bretteuse.

— Analyse en cours. Analyse terminée. La stratégie qui comporte le plus de chances de succès est la suivante : notre groupe sera divisé en deux équipes. Shadow, Kate et moi formerons la première. Notre rôle sera de faire diversion pendant que Régis et l'Exécuteur que je contrôle iront désamorcer la bombe. C'est la manière la plus efficace pour éviter de perdre du temps, tout en permettant à l'équipe de désamorçage d'esquiver au maximum les affrontements.

— Tu es sûre que tu as parfaitement le contrôle de ton robot ? s'inquiéta Régis d'une petite voix.

— Oui. Il ne vous arrivera rien. Son code est entièrement sous mon contrôle, le rassura l'intelligence virtuelle.

— Ça m'a l'air d'être un bon plan, approuva l'épéiste.

— Un petit bisou pour me donner de la motivation ? essaya le touche-à-tout en se tournant vers la jeune femme.

— Tu peux toujours courir, répliqua-t-elle en levant les yeux au ciel.

— Très bien. En accord avec le plan élaboré, la première équipe va al-

Aivi fut interrompue quand une grenade explosa à quelques mètres de l'escouade. Shadow et les autres furent soufflés par la détonation et se retrouvèrent projetés au sol. Les oreilles de l'amnésique se mirent à siffler, tandis qu'un goût de terre lui remplissait la bouche. Il se concentra sur son D3A74 dans son champ de vision et parvint à rapidement éclaircir ses pensées. Il se releva, ramassa son arme et analysa la situation. Sa tête sonnait encore un peu, mais il avait les idées claires. Il vit un groupe de machines humanoïdes arriver en courant vers eux. Elles avaient déjà transformé leurs mains en mitraillettes et commençaient à canarder le commando. Le spécialiste en robotique était toujours au sol, mais Kate avait eu le temps de se mettre à couvert derrière un conifère. Le sniper tira plusieurs coups avant de réussir à les abattre. L'étourdissement dû à l'explosion la handicapait plus que ce qu'il avait imaginé. Quand il élimina le dernier androïde de ce groupe, l'acouphène dans ses oreilles avait cessé et il retrouva son plein potentiel. Sans perdre plus de temps, il rechargea son arme et se tourna vers le reste de l'équipe.

— Trop tard pour le plan, cria-t-il. Il faut qu'on se barre d'ici !

Au même moment, une autre vague de robots se mit à charger les intrus. L'artilleur prévint ses alliés de leur arrivée et tous se mirent à couvert derrière des troncs d'arbres. Ils virent plusieurs grenades être lancées dans leur direction. Trois explosions retentirent alors un peu partout autour des assaillants. Les automates n'avaient toujours pas commencé à tirer, mais cela n'allait pas tarder. Pour l'instant, ils étaient trop loin pour garantir une certaine précision avec leurs armes.

— Non, dit l'épéiste en s'opposant à la proposition de retraite de son camarade. On s'en tient au plan. C'est l'occasion rêvée. On a toute leur attention, maintenant.

Les êtres artificiels, ayant atteint une distance correcte, ouvrirent le feu sur le groupe. Le néophyte regarda la sorcière puis le technicien, avant de revenir sur la jeune femme. Il lui fallut une seconde de plus pour se décider. Finalement, il opina de la tête et se tourna encore une fois vers Régis. Ce dernier hocha la tête à son tour, puis il partit en courant avec l'androïde dirigé par Aivi. Ils longèrent la lisière de la forêt tout en veillant à rester derrière les arbres. Ils devaient se rapprocher de la cité, sans attirer l'attention, en restant à couvert.

— Occupe-toi des Exécuteurs ! Je vais me faire Logan et les soldats, cria Kate pour couvrir le bruit des balles.

Shadow inspira profondément et sortit la tête de derrière l'arbre. Il visa et tira trois coups rapprochés. À chaque balle, une machine était détruite, mais plus il en abattait, plus il y en avait. De plus en plus d'automates avançaient droit sur sa position. La puissance de feu des mitraillettes des êtres mécaniques étant plus faible que celle du D3A74, leurs tirs ne parvenaient pas à traverser le bois épais des troncs. L'arbre derrière lequel l'amnésique s'abritait étant déjà criblé de balles, le jeune homme n'eut d'autres choix que de changer de couvert, avant que celui derrière lequel il était ne finisse par s'écrouler. Il élimina cinq robots de plus, puis il plongea derrière un tronc plus épais. Là, il se permit de recharger son arme et de reprendre son souffle. Il sortit ensuite sa tête de derrière l'abri pour analyser la situation. Les androïdes avançaient à découvert, mais se rapprochaient inéluctablement de leur cible. Les soldats, pour leur part, restaient bien cachés derrière les Exécuteurs et les suivaient à environ vingt mètres de distance. Le combattant aux yeux gris se remit à couvert, avant de vérifier le nombre de munitions qu'il lui restait. Il jeta rapidement un coup d'œil en direction de son amie, mais il l'avait perdue de vue. Les balles continuaient de s'abattre sur l'arbre derrière lequel le tireur d'élite était caché. Il sauta alors, une nouvelle fois, derrière un tronc différent. Certains androïdes changèrent leur angle de visée et tentèrent de le toucher. Les défenseurs de New Hope se mirent à progresser en demi-cercle, ce qui n'annonçait rien de bon pour le sniper. Pour essayer de les surprendre, celui qui se chargeait de la diversion se coucha au sol et rampa dans les herbes hautes, jusqu'à atteindre un gros rocher derrière lequel il se dissimula. Au bruit, il remarqua que les robots avaient perdu sa position exacte. Ils tiraient sur à peu près tous les végétaux de la forêt. Les machines lancèrent également d'autres grenades, dans le but de faire sortir leur cible de sa cachette. Certains arbres, avec des troncs un peu plus fins, furent abattus, réduisant les futurs abris possibles. Les explosifs créèrent des petits cratères un peu partout, projetant des débris dans toutes les directions. L'artilleur reçut quelques éclats de bois sur lui, mais, heureusement, rien qui ne le blessa. Discrètement, Shadow prit une bouffée d'air et sortit de sa cachette. N'étant plus sous le feu ennemi, il put prendre un minimum de temps pour viser et tirer. Ces tirs furent profitables, car il abattit un peu plus d'une dizaine d'Exécuteurs, avant qu'ils ne repèrent sa position actuelle. Dès que ce fut le cas, les humanoïdes se mirent tous à converger vers lui. Le supposé mercenaire vit, du coin de l'œil, Kate sprinter vers le sorcier derrière les êtres mécaniques, alors que ses épées étaient déjà recouvertes de sang. Le sniper en déduisit qu'il n'avait plus à s'inquiéter des soldats du Consortium. Il regarda par-dessus le rocher et élimina encore plusieurs automates. Ces derniers finirent enfin par atteindre la lisière de la forêt, s'appropriant, à leur tour, la protection naturelle qu'offrait l'environnement. Désormais, le tireur d'élite devait lui aussi veiller à viser entre les arbres, s'il voulait faire mouche. La formation des robots continua sa progression en demi-cercle, faisant comprendre à l'amnésique qu'il allait rapidement finir encerclé, s'il ne se déplaçait pas.

— Aivi, tu crois qu'ils ont toujours l'ordre de nous capturer plutôt que de nous tuer ? demanda le néophyte en reprenant son souffle.

— Analyse en cours. Analyse terminée. Selon mes estimations, les chances pour qu'ils aient reçu l'ordre de vous éliminer sont de nonante-huit virgule trois pour cent.

— Super ... On va bien s'amuser ...

CHAPITRE 35 :
LA REVANCHE DE KATE

L'épéiste sprinta vers Logan, déterminée à prendre sa revanche sur ce sadique. Elle devait faire vite, car Shadow ne pourrait pas retenir les Exécuteurs indéfiniment. Elle avait fait quelques écarts dans sa course afin d'éliminer les soldats humains. Ces derniers s'étaient contentés de suivre les androïdes qui étaient partis à la poursuite de l'homme aux yeux gris. De fait, ils n'avaient pas repéré la guerrière qui les avait contournés. En les prenant à revers, ils n'avaient pas eu le temps de réagir et ne lui avaient pas opposé une grande résistance. Comme ses épées ne faisaient pas de bruit, le dernier franc-tireur du Consortium encore vivant n'avait compris que trop tard que toute son unité venait de se faire éliminer. Quand l'ultime fantassin tomba, aucun des robots n'avait remarqué ce qu'il s'était passé dans leur dos. La bretteuse avait regardé les automates s'éloigner et elle avait hésité un bref instant. Elle avait fini par se secouer la tête et s'était remise aussitôt à courir vers le sorcier. Elle ne devait pas laisser ses inquiétudes prendre le dessus sur sa mission. Elle ne pouvait pas se permettre de gâcher l'opportunité provoquée par la diversion de son camarade. En sprintant vers le gardien de la porte, une colère noire montait en elle. Plus elle se rapprochait de lui et plus les souvenirs de sa torture refaisaient surface. Poussée par la rage, la jeune femme se mit à courir de plus belle sur son tortionnaire. Tourné vers l'entrée de New Hope, le militaire ne semblait pas l'avoir vue. Arrivée proche de celui qui l'avait torturée, Kate bondit sur lui, son épée droite en avant.

— Je t'ai entendue, dit-il en esquivant son attaque.

Il se tourna sur le côté et l'invocation de la combattante le manqua de justesse. La bretteuse atterrit à terre et ne perdit pas un instant. Elle pivota sur elle-même et lança une autre botte. Le mouvement circulaire de sa seconde lame visait la jugulaire de son adversaire.

— Tes réflexions te trahissent, fit-il en esquivant à nouveau, comme si de rien n'était.

Il recula d'un pas et l'arme blanche passa à deux millimètres de son cou. L'invocatrice le dévisagea et commença à s'imaginer que Logan pouvait lire-

— Dans les pensées, interrompit-il en lui coupant le fil de son raisonnement. Oui. Je peux entendre ce que tu penses. Là, tu es en train de te demander pourquoi je ne l'ai pas fait plus tôt quand je t'interrogeais.

L'escrimeuse le regarda en réfléchissant à toute vitesse. De nombreuses idées lui traversaient la tête et elle tentait de déterminer lesquelles étaient pertinentes.

— Non. Tu ne peux pas te battre en ne pensant à rien. C'est impossible. Ton cerveau va forcément analyser le combat et visualiser tes prochaines actions, commenta le tortionnaire.

— La ferme !

La résistante lui bondit dessus et essaya de le toucher. Elle enchaîna des taillades rapides, en variant les angles de frappe, ainsi que le rythme de ses mouvements. Malheureusement, aucune de ses fentes ne fit mouche.

— D'ailleurs, le fait que je puisse lire dans les pensées … eh bien … c'est grâce à toi, avoua-t-il en esquivant les assauts répétés de la demoiselle, sans fournir de grands efforts.

L'épéiste donna un coup de pied retourné, suivi d'une balayette. La première attaque était destinée à faire s'abaisser son ennemi, tandis que la deuxième devait le forcer à le faire sauter. Elle enchaîna par une puissante taillade horizontale avec la lame dans sa main droite, mais son plan ne se passa pas comme prévu. Le gardien de New Hope se baissa pour échapper à son premier coup de pied, mais se contenta de reculer pour esquiver le second. Quant au tranchant de l'épée, il l'évita simplement en faisant un pas en arrière.

— Vois-tu, quand tu m'as mordu l'oreille, mon pouvoir, qui était à la base simplement une super ouïe, a évolué, continua-t-il d'expliquer de manière nonchalante. Je suis désormais capable d'entendre tes pensées.

Kate enchaînait les coups le plus vite qu'elle pouvait, mais le sorcier continuait de la narguer en esquivant chacune de ses tentatives. À chaque fente, les assauts de la jeune femme devenaient de plus en plus désespérés. Après avoir donné une ultime taillade, elle mit une distance entre elle et son ennemi. Elle se concentra pour trouver un nouveau plan et reprendre son souffle.

— Ça ne marchera pas, commenta Logan. Shadow est trop occupé pour se préoccuper de notre combat. Il ne pourra pas t'aider.

— Bordel. Il est chiant, ton pouvoir ! lança la guerrière.

Son opposant rigola.

— Tu n'as pas idée ... dit-il.

Il décida que c'était à son tour de passer à l'assaut. Il réduisit la distance entre la résistante et lui. Puis, il la combattit avec une dague qui, jusqu'à présent, était dissimulée à l'intérieur de son manteau. Il la dégaina en un éclair et attaqua la demoiselle avec. Elle para facilement la fente et répliqua avec son autre lame. Ce dernier geste avait été anticipé par son adversaire et il avait déjà reculé de plusieurs pas.

— Tu es un beau parleur, mais tu fuis vite les combats, provoqua l'escrimeuse pour le faire réagir.

— Un combat se gagne avant tout dans la tête, lança-t-il. Et ça tombe bien, je suis dans la mienne et la tienne.

L'invocatrice tenta alors une stratégie différente. En se concentrant sur la défense et en misant sur les contre-offensives, un de ses coups finirait forcément par faire mouche. Elle révoqua une de ses armes. Puis elle se mit en posture de combat en mettant l'épée dans sa main droite en avant.

— Tu vas payer pour ce que tu as osé me faire subir ! lança-t-elle.

— Idiote. Je connais ton plan. Je lis en toi comme dans un livre ouvert. Et laisse-moi te dire que je suis déçu … Ton idée ne marchera jamais.

Logan fonça encore une fois sur elle, sa dague prête à frapper. Kate esquiva la taillade, mais son adversaire avait entendu sa pensée et il lança son poignard dans son autre main avant de passer à l'attaque. La jeune femme fut obligée de parer le tranchant avec sa lame. Le sorcier appuyait de tout son poids sur son couteau, ce qui obligeait son ennemie à se concentrer sur son bras droit. Avec sa deuxième main, elle saisit la garde de son arme et essaya de repousser celle de son opposant. Le visage de son adversaire se retrouva à quelques centimètres du sien. Ses yeux verts se plantèrent dans ceux hétérochromes de la bretteuse, tandis qu'il plaqua un sourire sadique sur son visage. Pendant un instant, elle sentit son souffle sur son faciès et un douloureux souvenir lui revint en mémoire. Logan profita de sa supériorité momentanée pour donner un crochet dans l'épaule gauche de l'épéiste qui poussa un cri de douleur et battit en retraite. Le tortionnaire profita de la situation pour poursuivre son élan. À chaque assaut, la demoiselle reculait, incapable de se défendre convenablement face à cet adversaire qui avait toujours deux coups d'avance sur elle. Pour toute attaque, elle devait parer ou esquiver, sans qu'elle ait la possibilité de répliquer. Le défenseur de la cité combattait de plus en plus vite et veillait à chaque fois à ne laisser aucune ouverture. Avec une grande habileté, il lançait sa dague dans sa main droite, puis dans la gauche. Ces changements répétés mettaient de plus en plus en difficulté la sorcière, car elle n'arrivait plus à savoir de quel côté allait venir le prochain assaut. Comme avant, le gardien de New Hope arriva à frapper l'invocatrice à l'épaule gauche avec son poing. Elle cria à nouveau et tituba en arrière. Ce coup-ci, le choc la déconcentra tellement qu'elle perdit le contrôle de son arme qui fut révoquée. Ainsi, la guerrière finit sans arme et à la merci de son tortionnaire.

— Maintenant, tu es finie, dit-il en bondissant sur elle.

Par pur automatisme, Kate tendit le bras devant elle et invoqua une nouvelle lame. Cette action fut la seule que Logan ne put entendre. S'agissant d'un réflexe, aucune pensée ne trahit le mouvement de la jeune femme. Emporté par son élan, l'arcaniste du Consortium se prit l'épée dans le flanc droit. Le tranchant pénétra la chair et l'homme se mit à perdre beaucoup de sang. Il regarda successivement la combattante puis sa plaie au ventre. La bretteuse tira alors d'un geste brusque son invocation en arrière, ce qui entailla encore plus le corps de son ennemi. Il poussa un cri de douleur et essaya de faire arrêter l'hémorragie en appuyant fortement sa main dessus.

— Tu as eu de la chance pour cette fois, mais je te retrouverai, ma jolie. Je te retrouverai et je te tuerai lentement ! maudit Logan.

Sur ces mots, il lança sa dague sur la résistante. Surprise, elle n'eut pas le temps d'esquiver et l'arme de jet la blessa. La lame lui érafla la jambe droite, et le sorcier s'enfuit dans la ville. La demoiselle ne tenta même pas de le poursuivre, préférant économiser ses forces pour les futurs combats à venir. Elle se concentra sur son épaule endolorie et s'insulta mentalement. Pendant son duel, elle n'avait pu s'empêcher de penser à ses blessures et son adversaire avait su profiter de ses faiblesses. Il lui avait cassé cette épaule lorsqu'il l'interrogeait et il l'avait frappée à cet endroit où elle était déjà affaiblie. Elle le revit manipuler la masse pour lui fracturer son bras à de multiples reprises, mais chassa cette pensée en vitesse. La résistante essaya de bouger son articulation, cependant elle ne parvint qu'à se faire mal. Elle poussa un soupir et se rappela que Shadow était toujours en train de combattre. Elle se tourna donc en direction de la forêt et se dépêcha d'aller lui porter assistance.

En arrivant aux abords des bois, les carcasses des Exécuteurs devenaient de plus en plus nombreuses. Néanmoins, il n'y avait aucun signe du tireur d'élite dans les environs. Une pensée inquiétante traversa l'esprit de la jeune femme aux cheveux noir de jais, mais en voyant qu'il n'y avait aucun robot qui tenait debout dans les alentours, elle fut quelque peu rassurée. En observant la scène de plus près, la sorcière s'aperçut que les androïdes abattus formaient une sorte de chemin. De plus, les branches cassées et l'herbe pliée étaient toutes orientées dans la même direction. Elle en déduisit que son protégé avait été contraint de battre en retraite et qu'il devait être toujours en vie. En voyant cette piste toute tracée, l'épéiste se mit à la suivre. L'entaille qu'elle venait de recevoir à la jambe la faisait légèrement souffrir, mais elle saignait à peine et la douleur était tout à fait supportable.

CHAPITRE 36 : COURSE-POURSUITE

— Aivi, trouve une solution ! cria Shadow par-dessus le bruit des tirs des mitraillettes.

Les Exécuteurs le poursuivaient à travers les bois. Il courait d'arbre en arbre pour esquiver les balles, mais ses adversaires gagnaient du terrain. Depuis que la nature fournissait des couverts aux robots, la situation s'était grandement compliquée pour l'artilleur. Non seulement les androïdes étaient partiellement protégés, mais, en plus, leur force leur permettait de charger leur cible, sans être ralentis par les végétaux. Les capacités physiques des êtres mécaniques étant bien supérieures à celles des humains, ils parvenaient, sans difficulté, à passer au travers de la plupart des troncs. Ils fonçaient ainsi en ligne droite, alors que l'amnésique devait esquiver les obstacles naturels qui se dressaient sur sa route. Néanmoins, à chaque fois qu'il en avait l'occasion, le combattant aux yeux gris tirait sur ses poursuivants. En étant constamment sous le feu ennemi, il ne pouvait pas prendre le temps de viser correctement. Il devait se contenter de se fier à son instinct. Heureusement pour lui, la densité de la forêt jouait en sa faveur. Pour lui comme pour ses opposants, il était quasiment impossible d'avoir sa cible en joue. Il y avait presque toujours un tronc d'arbre qui venait s'interposer entre la cible et le tireur.

— Aivi ! Je ne peux pas faire ça éternellement, cria à nouveau l'homme aux cheveux noirs.

Tout en poursuivant sa course folle, il retira le magasin de son arme et compta le nombre de cartouches qu'il lui restait et en compta trois, avec celle qui était déjà chambrée. Le supposé mercenaire jeta un coup d'œil en direction des androïdes et en compta six. La stratégie des machines consistait à garder au minimum une des leurs pour tirer sur la cible, tandis que les autres s'en approchaient. En progressant ainsi, elles économisaient leurs munitions et forçaient l'ennemi à rester à couvert. De plus, en traversant les arbres comme elles le faisaient, elles gagnaient rapidement du terrain et n'étaient désormais plus qu'à une vingtaine de mètres de l'artilleur.

— Aivi ! J'ai vraiment besoin que tu trouves une solution, maintenant ! Je n'ai pas assez de balles pour tous les abattre !

— Analyse en cours. Analyse terminée. Au vu de la situation, je vous conseille d'envisager la reddition.

— Quoi ?

Choqué par ce qu'il venait d'entendre, Shadow aperçut au dernier moment un robot qui venait par le flanc. Ses poursuivants avaient volontairement attiré l'attention sur eux pour laisser l'un des leurs contourner la cible. Le tireur d'élite plongea en avant pour esquiver le projectile de la machine automatisée. Il effectua une roulade après son plongeon pour rétablir son équilibre et tira avec son D3A74. L'amnésique eut l'impression que la balle partait dans la mauvaise direction, mais elle finit par atteindre sa cible. Une fois de plus, cette observation fit tiquer le supposé mercenaire, mais il n'avait pas le temps d'y réfléchir pour le moment. Il ne perdit pas un instant et se remit immédiatement à courir, afin de repousser l'inévitable. Le combattant aux yeux gris savait pertinemment qu'il ne lui restait plus beaucoup de temps avant que les Exécuteurs ne l'encerclent et ne l'abattent.

— Aivi, qu'est-ce que tu fous ! La reddition n'est pas une option. Kate est en train de se battre. Et il n'est pas question que j'abandonne New Hope au Consortium. Je ne peux pas laisser mourir les habitants de cette ville !

L'artilleur pesta et se mit à chercher une solution par lui-même. Il étudia son environnement et regarda s'il pouvait l'utiliser à son avantage. Il sauta par-dessus un tronc couché et faillit glisser à l'atterrissage. Mis à part des arbres, des rochers et de la mousse qui recouvrait tout cela, rien ne semblait pouvoir l'aider. Il avait besoin d'une chose, n'importe quoi, qu'il pourrait utiliser contre ses adversaires. Le fuyard sentait le sol trembler sous les pas des machines qui se rapprochaient. Il entendait le son métallique provoqué par leurs articulations. Le sniper eut de plus en plus la sensation d'être entouré de ténèbres. Il allait mourir seul dans cette forêt. Si seulement Kate ou Régis était là avec lui. Ensemble, ils n'auraient pas eu de problème. Il repensa à la première journée après son réveil. L'invocatrice l'avait sauvé et l'avait amené à la Résistance en passant par cette maudite forêt. Soudain, une idée lui vint en tête. Les ténèbres se dissipèrent et une lueur d'espoir apparut dans son esprit.

— Aivi, fais-moi l'itinéraire le plus court pour aller dans la zone des chimères.

— Je ne comprends pas votre question. De quelles chimères parlez-vous ? se renseigna le programme informatique.

— Dans cette forêt, il y a des chimères ... Des Liépants ! Celles que j'ai affrontées avec Kate. Je me dis que si j'arrive à amener les Exécuteurs dans leur territoire, alors peut-être que les Liépants les attaqueront.

— Analyse en cours. Analyse terminée. Je vous ai créé l'itinéraire demandé, mais je vous conseille d'être prudent. Selon mes calculs, vous avez autant de chances de vous faire attaquer par les Liépants que de vous faire tuer par les Exécuteurs. Votre chance de survie s'élève donc à-

— Stop ! Je ne veux pas le savoir ...

Heureusement pour lui, le chemin qu'il avait suivi jusqu'ici était approximativement dans la bonne direction de leur territoire. En slalomant entre les arbres, il se mit à suivre l'itinéraire indiqué sur ses lunettes. En le voyant courir sans prendre la peine de se mettre à couvert, ou même de leur tirer dessus, les robots cessèrent également toute prudence. Ils arrêtèrent de mitrailler et se mirent simplement à sprinter sur leur cible. Un des êtres mécaniques percuta de plein fouet le tronc couché par-dessus lequel Shadow avait sauté et le brisa en le traversant. Des éclats de bois volèrent un peu partout, sans ralentir le corps artificiel. À en juger par leurs actions, les machines avaient dû comprendre que leur cible n'avait plus de munitions. Le jeune homme courut aussi vite que possible, mais, déjà, il sentait qu'il arrivait à la limite de sa condition physique. Ses jambes et ses poumons étaient en feu, néanmoins il continua de courir malgré la douleur. De toute façon, c'était cela ou la mort. Son choix était donc évident. Il entendit derrière lui les bruits métalliques qui se rapprochaient de plus en plus. Il résista à l'envie de se retourner et se força à regarder droit devant lui.

Soudain, un androïde plongea en avant et plaqua l'homme au sol. Le choc fut si violent que l'humain laissa échapper son arme. Ses mains et son front percutèrent douloureusement la terre, se blessant légèrement. Il secoua sa tête pour reprendre ses esprits, sachant pertinemment qu'il devait repartir en courant le plus vite possible. Le tireur d'élite voulut se relever, cependant le robot le tenait fermement et le maintenait à plat ventre. Il tendit son bras droit en direction de son arme et essaya de l'attraper. Malheureusement, le D3A74 avait rebondi et était désormais hors de portée de l'amnésique.

— Veuillez ne pas tenter de fuir à nouveau, dit d'une voix neutre l'automate qui tenait l'artilleur.

Ce dernier se débattit, mais il était impuissant face à la force écrasante de la machine. Le supposé mercenaire continua de se défendre du mieux possible. Il effectua différentes clefs de bras, mais le robot resta impassible face à ces pitoyables essais. Le prisonnier donna même des coups de pied à l'être mécanique, mais ce fut lui qui en souffrit. Pour le maîtriser, l'Exécuteur plaça une de ses mains autour du cou de son adversaire et commença à l'étrangler. Rapidement, le captif se mit à suffoquer. L'air se raréfia trop soudainement et la panique le gagna. Sa vision se troubla, avant de commencer à s'obscurcir, tandis qu'il cherchait désespérément de l'oxygène. Soudain, un hurlement ressemblant à celui d'un loup, mais en plus terrifiant, retentit. Le détenu tourna ses yeux dans la direction du bruit en espérant que ce soit celui des Liépants qui arrivent. Mais ce qu'il aperçut n'était pas ce à quoi il s'attendait. Il avait cru reconnaître le cri, mais avait espéré s'être trompé. Malheureusement pour lui, d'énormes chiens de chasse avec des crocs de tigre à dents de sabre apparurent dans son champ de vision. Les androïdes avaient appelé en renfort les Traqueurs. Un nombre incertain de ces créatures arrivèrent et s'approchèrent du fuyard, un filet de bave sortant de leur puissante mâchoire. Les monstres hurlaient de joie d'avoir retrouvé leur proie. Le malheureux ferma les yeux de dépit. Il n'arrivait pas à croire qu'il ait si peu de chance. N'ayant plus la force de lutter, ses bras tombèrent doucement le long de son corps. Un autre automate s'approcha de lui et lui passa des menottes. La machine lui saisit les bras et les rapprocha de son torse, de manière à pouvoir attacher ses poignets ensemble. Après avoir été entravé, le robot qui écrasait le fuyard arrêta de l'étrangler, se releva et souleva le détenu. Il fut remis sur ses pieds et un Exécuteur attacha une paire de menottes différente entre la main gauche du tireur d'élite et sa main droite métallique. Pour le néophyte, ces bracelets sonnèrent la fin de la partie, bien qu'il soit toujours en vie. Un profond désespoir l'envahit. Une fois que le sniper eut été attaché, les forces du Consortium et leurs chiens de chasse se mirent en marche en direction de la ville. L'artilleur était entouré par l'ennemi. Deux androïdes étaient devant le jeune homme et un autre duo d'automates était juste derrière lui. Le dernier être mécanique se tenait sur sa gauche et était attaché au supposé mercenaire. En plus de ces présences intimidantes, les Traqueurs grognaient tout autour de l'amnésique. Il avait essayé de les compter, mais ces monstres bougeaient tout le temps, l'empêchant d'être sûr de leur nombre exact. De plus, certains d'entre eux se déplaçaient en sautant d'arbre en arbre, rendant leurs trajectoires impossibles à suivre. Néanmoins, il en compta au minimum une dizaine. Le sniper lança un regard en arrière où il y avait son arme au canon bleu royal. Les androïdes l'avaient laissée là, n'ayant aucun intérêt pour cet objet. Pendant qu'il regardait son D3A74, Shadow avait involontairement ralenti le pas. Le robot, auquel il était attaché, le ramena au moment présent en tirant d'un mouvement sec sur la paire de menottes, ce qui le fit perdre l'équilibre et tomber à terre. Ce coup-ci, la machine ne prit pas la peine de le relever et continua à avancer en traînant son prisonnier. Incapable de se relever, il fut tracté au sol sur plusieurs mètres. Il finit par réussir à se remettre debout, au prix de nombreuses griffures sur tout le corps.

Au bout de quelques minutes de marche, un nouveau hurlement retentit. Celui-ci était différent de ceux que faisaient les Traqueurs. Le néophyte regarda autour de lui, mais ne vit rien de particulier. Pourtant, les Exécuteurs ouvrirent le feu sur un arbre. Un Liépant fut criblé de balles et poussa un jappement d'agonie. Le peu d'espoir que le prisonnier avait retrouvé en entendant ce rugissement fut aussitôt balayé par la mort de la chimère. Les forces du Consortium se remirent en route, mais resserrèrent les rangs. À peine quelques instants après, d'autres cris s'élevèrent tout autour de la troupe. Les androïdes s'arrêtèrent une fois encore et vérifièrent chaque coin de la forêt pour débusquer les intrus. Sans prévenir, l'un d'entre eux ouvrit le feu. Ce fut le signal pour les monstres sauvages de passer à l'offensive. De tous les côtés, des créatures à tête de lion, au corps de guépard et à queue à tête de serpent arrivèrent pour défendre leur territoire et venger leurs pertes. Un véritable chaos éclata, rendant la scène confuse pour tous les partis impliqués. Les robots tiraient sur tout ce qui bougeait. Les Liépants les faisaient basculer au sol avant de les réduire en morceaux, à l'aide de leurs puissantes griffes. Les Traqueurs vendirent cher leur peau, mais furent les premiers à perdre la bataille. L'automate auquel le captif était attaché se retrouva subitement projeté à terre. Le sniper fut entraîné par sa chute et tomba également. Une chimère arracha la tête de l'humanoïde et passa à sa prochaine cible, sans regarder le jeune homme. En perdant ainsi son espèce de crâne, une partie importante de la machinerie fut également retirée. L'amnésique voulut profiter de la situation pour fuir et décida de saisir sa chance. Il se releva et partit en courant, mais quelque chose bloqua son bras et le tira d'un coup sec en arrière. Dans la panique, il avait oublié qu'il était attaché au poignet de la carcasse de cet Exécuteur. Il comprit rapidement qu'il n'aurait pas la force de traîner le robot. Shadow évalua la situation et réalisa qu'en restant sur place, les chances de devenir un repas pour une de ces créatures augmentaient drastiquement. Sa seule chance de survie résidait dans le fait de trouver une cachette, le temps que les combats cessent, ou que Kate le rejoigne. En repérant les nombreuses pièces éparpillées au sol de la carcasse à laquelle il était menotté, il se demanda s'il pouvait l'utiliser comme planque. Pour commencer, il devait ouvrir le torse de l'être mécanique, qui était la seule partie suffisamment grande pour le dissimuler entièrement, si le tireur d'élite se mettait en boule. L'homme aux yeux gris prit un morceau de métal qui était à terre et s'en servit comme levier. Il réussit à séparer le torse du robot en deux parties et s'engouffra dans le trou qui s'était créé. Il prit soin de réassembler les différents bouts du corps artificiel et attendit en position fœtale la fin des combats.

La résistante essaya de pister au mieux les déplacements de son ami. En se basant sur les corps des machines, les impacts de balles et les branches cassées, elle arrivait à reconstituer plus ou moins la scène. Heureusement pour elle, les troncs d'arbres explosés à travers lesquels les androïdes étaient passés lui créèrent une piste toute faite. Soudain, elle entendit des hurlements de Traqueurs, au loin. La jeune femme se força à accélérer le rythme, ignorant la douleur de sa jambe blessée. Elle avança le plus rapidement possible dans la direction des cris d'animaux qu'elle entendait, tout en commençant à craindre le pire. Elle reconnaissait les jappements des chimères qui étaient heureuses d'avoir retrouvé leur proie. Quelques minutes après, d'autres rugissements retentirent. La pisteuse reconnut facilement à quelles créatures ces hurlements appartenaient. Il s'agissait de ceux des Liépants, ce qui ne rassura absolument pas l'arcaniste. Des coups de feu ne tardèrent pas à suivre ces cris. Kate se demanda comment Shadow s'était débrouillé pour attirer autant d'ennemis autour de lui. En se rapprochant des hurlements, elle finit par comprendre pourquoi l'artilleur avait rassemblé tous ces monstres. À en juger par le bruit, l'invocatrice était toute proche de la zone des combats. Cependant, les cris et les rugissements diminuèrent rapidement, comme si la bataille était déjà terminée.

— Non, non, non. Pas ça, dit-elle avec inquiétude.

Elle accéléra encore le pas.

Quand elle arriva dans la zone où le combat avait eu lieu, il ne restait plus que des carcasses des chiens de chasse du Consortium. Quant aux Exécuteurs, ils étaient éparpillés en pièces détachées un peu partout. Il y avait également plusieurs cadavres de Liépants dans tous les sens. Le combat avait été violent, à n'en pas douter. L'épéiste fouilla la zone du regard, mais ne découvrit aucun signe de son camarade.

— Shadow ! appela-t-elle. Shadow !

Elle commença à fouiller sous des carcasses et sous des débris métalliques suffisamment grands pour cacher un adulte.

— SHADOW ! cria-t-elle en commençant à paniquer.

Elle courait à droite à gauche en cherchant désespérément des signes quant à l'emplacement de son protégé. Elle soulevait un à un les morceaux de ferraille et retournait chaque corps de chimère, dans l'espoir de retrouver son camarade en vie, caché dessous. Sans s'en rendre compte, elle vérifia plusieurs fois les mêmes endroits, ne sachant plus où regarder. Elle hésita quelques secondes, avant de réitérer son appel.

— Sk-

Soudain, une voix l'interrompit.

— Kate ?

La demoiselle sursauta, avant de se tourner dans la direction d'où venait cet appel.

— Kate, c'est toi ? répéta la voix de l'amnésique.

— Évidemment que c'est moi. Tu attendais quelqu'un d'autre peut-être ? répliqua la sorcière en étant soulagée de reconnaître son ami.

— Haha. Très drôle. Si ça ne te dérange pas, tu pourrais m'aider ? Je suis coincé dans ce fichu robot.

— T'es dans lequel ? Je ne te vois pas.

— Ici.

— Ici ?

— Non, là.

— On va pas s'en sortir comme ça. Essaye de bouger un peu, dit la résistante qui commençait à se lasser.

Le tireur d'élite remua tant bien que mal et la pisteuse réussit à le localiser.

— Bouge pas. Je vais t'aider, rassura-t-elle en s'approchant de la cachette de son camarade.

Au bout de quelques minutes d'efforts, l'artilleur parvint à se dégager du corps de l'Exécuteur.

— Merci, sourit-il en s'étirant.

— Y a pas de quoi, répondit son amie. Et si tu me racontais comment t'as fait pour te coincer là-dedans ?

— D'accord, mais d'abord il faut que je retourne récupérer mon D3A74 et qu'on me retire ces menottes.

La guerrière regarda les entraves pendant quelques secondes avant d'invoquer une clef. Le passe-partout correspondait parfaitement aux verrous des bracelets et le captif fut ainsi enfin délivré de l'androïde. Il remua son poignet, heureux de retrouver sa liberté. En allant chercher l'arme du sniper, le duo se décrivit leurs combats respectifs.

— Attends, tu veux dire que le mec qui t'a torturée peut maintenant lire dans nos têtes ? s'étonna le jeune homme.

— Ouais, je sais … flippant, hein ?

— Et comment ! En tout cas, bravo pour l'avoir battu.

— Ouais, enfin j'ai surtout eu de la chance. Si je n'avais pas eu ce réflexe …

— Ouais, mais tu l'as eu. Et c'est tout ce qui compte. Ah. Te voilà, toi, sourit le supposé mercenaire en ramassant son arme.

— Toi aussi, tu t'es bien battu. T'as fait un vrai carnage, félicita la sorcière en souriant.

— En parlant de ça, j'ai eu deux-trois bizarreries durant mon combat.

— Comment ça ?

— C'est pas facile à expliquer, mais j'ai eu l'impression que certains de mes tirs allaient rater leur cible. Mais, au dernier moment, la direction de la balle changeait et elle atteignait mon objectif en pleine tête, dit son ami en se remémorant la scène.

— Tu es sûr que tu as bien vu ce que tu crois avoir vu ? questionna l'arcaniste sceptique. Une balle, ça se déplace trop vite pour l'œil humain.

— Aussi sûr que je te voie, confirma l'amnésique en la regardant droit dans les yeux. Mais je sais pas comment l'expliquer … La même chose s'était déjà produite avec Artémis. Seulement, l'effet était inversé. Mes tirs visaient son épaule, mais la trajectoire des balles avait été déviée et elles l'avaient touché ailleurs.

— Je me demande si … murmura l'invocatrice.

— Ce serait de la magie ? se réjouit Shadow.

— Peut-être … Un érudit peut absorber l'énergie des balles qui lui sont tirées dessus. Si j'ai raison, il devrait également être capable de modifier leur énergie et donc leur trajectoire.

— Ça veut dire que-

— Qu'Artémis est devenu suffisamment fort pour dévier les balles que tu lui tirais dessus, dévoila Kate, brisant un peu les rêves du tireur d'élite.

— D'accord … Mais, pour ce qu'il s'est passé contre les Exécuteurs ? C'était Artémis, ça aussi ?

— Il y a plusieurs explications. Soit ton test de magie a eu un résultat erroné. Soit tu as mal vu ce qu'il s'est passé. Soit il y a quelqu'un d'autre que nous dans cette forêt qui t'a donné un coup de pouce …

— Il est donc possible que le test soit un faux négatif ? supposa le néophyte en ne pouvant s'empêcher de se réjouir de cette nouvelle.

— Bah … Je sais pas trop … Jusqu'à maintenant, les tests du Doc n'ont jamais montré le moindre signe d'erreur … Donc, ça me paraît peu probable. Mais ça reste une possibilité. On lui posera la question, quand on en aura fini avec toute cette histoire, promit la jeune femme.

Les deux amis continuèrent de spéculer sur les raisons de ces changements de trajectoire jusqu'à la lisière de la forêt.

— Bon. À partir de là, ça va se corser, annonça l'invocatrice.

— C'est vrai que jusqu'à maintenant, c'était facile … ironisa son protégé.

— Ce que je veux dire, c'est que jusqu'à maintenant tu n'as tiré que sur des robots ou des chimères. Maintenant qu'ils ont envoyé les Exécuteurs à nos trousses, il ne reste plus que des militaires pour défendre la ville.

— Et alors ?

— Tu penses être capable de tirer sur un humain ? se renseigna l'arcaniste en le regardant dans les yeux.

Le jeune homme hésita un instant. Il ne l'avait fait que deux fois, mais il n'était pas certain de pouvoir le refaire. Il avait ouvert le feu sur le dénommé Logan, cependant, il n'avait pas visé un point vital, de même pour Artémis. Dans tous ces cas, il avait voulu les neutraliser et pas les tuer. Néanmoins, il ne savait pas s'il pouvait se permettre ce genre de comportement au milieu d'une fusillade. De plus, il ne se voyait vraiment pas capable de tirer sur un soldat dans le but de lui donner la mort.

— Non, avoua-t-il en détournant le regard. De toute façon, il ne me reste que deux balles, alors ...

— N'aie pas honte. Il est normal de ne pas vouloir tirer sur tout ce qui bouge. Par contre, si ils nous tirent dessus, réplique en visant leurs jambes ou leurs épaules. Ça les blessera seulement.

— Ouais ... enfin une balle, suivant où elle touche, on peut en mourir ... Et, dans le feu de l'action, ces parties sont difficilement atteignables.

— Je sais ... mais des fois on n'a pas le choix de se défendre.

Il y eut un court silence le temps que l'artilleur intègre ces informations.

— Tu crois qu'ils s'en sortent du côté de Régis ? finit par questionner Shadow.

— Aivi ?

— Analyse en cours. Analyse terminée. L'Exécuteur est hors de portée de ma communication. Le dernier signal que j'ai reçu indiquait que tout allait bien. Ils n'avaient pas été repérés et s'apprêtaient à entrer dans la cité. Le robot que je contrôle allait faire un trou dans le mur pour qu'ils puissent y pénétrer.

— Pas de nouvelle, bonne nouvelle, sourit le tireur d'élite.

Kate et lui se regardèrent un petit moment. Chacun espérant que l'autre croyait à la réussite de cette opération.

— Prêt ? demanda la sorcière. Je prendrais bien le temps pour réfléchir à un plan, mais il ne nous reste que deux heures pour sauver la ville.

— Deux heures, sept minutes et trente et une secondes pour être précis, dit l'être virtuel.

— On n'est jamais sous pression à la Résistance, commenta l'amnésique.

— Jamais, sourit l'invocatrice.

CHAPITRE 37 :
H – DEUX HEURES ET UN PEU PLUS

Shadow et Kate sortirent de la forêt et se dirigèrent en marchant vers l'entrée de la bourgade. Au début, ils voulurent y aller en courant, mais la blessure de la guerrière la faisait trop souffrir et ils préférèrent économiser leurs forces pour les combats à venir. De toute façon, avait dit le supposé mercenaire, ils devaient faire office de diversion pour permettre à Régis de ne pas rencontrer d'ennemi. Le soleil commençait à se coucher et les bâtiments de la cité se teintèrent doucement de nuances d'oranges. Sur le parcours, ils virent quelques carcasses des robots que l'artilleur avait abattus, ainsi que les cadavres des soldats que l'épéiste avait éliminés. À bien y réfléchir, il était désormais impossible pour le duo d'être discret.

De manière surprenante, la résistante et son binôme arrivèrent sans rencontrer d'autres problèmes aux portes de la ville. Les lourds battants étaient toujours aussi impressionnants et paraissaient plus menaçants que jamais dans le crépuscule de la fin de journée. L'accès à New Hope était fermé et ne semblait pas prêt à s'ouvrir avant un moment.

— Et maintenant, comment on entre ? réfléchit le néophyte.

— Comme ça, répondit la sorcière en donnant deux coups contre le battant.

— Mais t'es folle ? réagit son ami, pris au dépourvu.

— Tu vas voir, le rassura la jeune femme.

Après quelques secondes de silence, l'homme aux yeux gris reprit la parole :

— Heureusement qu'il n'y a personne. T'as failli nous-

Avant qu'il ne puisse terminer sa phrase, la combattante avait toqué une nouvelle fois.

— Mais c'est pas vrai ! Arrête de faire ça, maugréa le tireur d'élite.

— Faire quoi ? interrogea l'épéiste en réitérant son geste.

— Arrête avant qu-

— Le mot de passe ? exigea une voix masculine derrière l'entrée.

Le camarade de la demoiselle la dévisagea avec un air disant : à toi de nous sortir de ce bordel. L'invocatrice leva un sourcil en regardant son comparse, avant de déclarer calmement :

— Pour qu'on vous donne le mot de passe, vous devez d'abord nous dire la phrase codée.

L'amnésique écarquilla les yeux. Il était en même temps impressionné par le don d'improvisation de son amie et terrifié par ce qu'il pourrait se produire ensuite.

— Une phrase codée ? Je ne suis pas au courant, dit l'homme de l'autre côté des battants.

Pour se faire entendre, les deux partis devaient parler d'une voix forte.

— C'est nouveau. Ça a été décidé à la réunion d'hier soir, insista Kate.

— Vous êtes sûrs ? réagit l'inconnu en se mettant à douter. Bon. De toute façon, pas de mot de passe signifie que vous ne pouvez pas entrer.

— Je viens de penser au fait que vous êtes peut-être un résistant ... manipula l'arcaniste.

— Non. C'est vous les traîtres, répliqua le gardien.

— Nous, au moins, on connaît la phrase codée. Donc on est moins suspects que vous.

— Ouais, mais vous ne connaissez même pas le mot de passe !

— L'ancien, non, mais le nouveau, oui.

— Quel nouveau ? Il n'y a qu'un seul mot de passe ! Attendez ...

Vous voulez dire que le mot de passe c'est plus : le fond de l'air est frais ?

— Si, si, c'est ça. C'est exactement ça, approuva la bretteuse. Maintenant qu'on est tous au point sur qui sait quoi, vous pouvez ouvrir cette porte ?

— Bien sûr. Attendez un petit instant, répondit celui qui s'était fait totalement berner.

Shadow entendit les bruits de pas s'éloigner.

— Comment t'as fait ça ? demanda-t-il abasourdi par la scène qui venait de se dérouler devant ses yeux.

— Simple question de confiance en soi, avoua l'usurpatrice en lui faisant un clin d'œil.

Un mécanisme se mit en marche et un bruit de chaîne résonna. La terre trembla légèrement et les lourds battants qui protégeaient la ville s'actionnèrent. Après quelques secondes, le temps que le passage leur soit dégagé, ils purent enfin entrer à l'intérieur de New Hope.

Dès qu'ils furent dans l'enceinte de la cité, le tireur d'élite aperçut du coin de l'œil un petit homme qui courait vers eux. Il devait s'agir, sans doute, du gardien de l'entrée.

— Hé ! Mais vous êtes recherchée, vous, commenta-t-il en reconnaissant l'invocatrice.

— Ça doit être à cause de mon charme, répliqua la concernée.

Elle se déplaça rapidement et s'avança en direction du soldat. Pris au dépourvu, ce dernier réagit bien trop lentement pour espérer avoir une chance contre la guerrière. Avant même que le fantassin ne puisse dégainer son arme, Kate se retrouva à sa hauteur. Elle était désormais juste à côté de lui, tandis que le portier peinait à sortir son pistolet. Puis, avant que le franc-tireur ne puisse agir, elle le frappa à l'arrière du crâne et le gardien s'évanouit en tombant au sol.

— Par là, ordonna la sorcière en se mettant en route pour la mairie.

— On ne devrait pas planquer le gardien ou quelque chose comme ça ? s'inquiéta l'amnésique.

— Pour quoi faire ? Ils nous attendent déjà de pied ferme.

L'artilleur soupira et lui emboîta le pas.

Se souvenant parfaitement du trajet qu'ils avaient effectué plus tôt, la résistante menait la marche et progressait en direction de la mairie. Une fois de plus, Shadow fut bien content que son amie soit là pour le guider, sinon, il se serait probablement déjà perdu. Les rues et ruelles par lesquelles ils passaient étaient étrangement vides. New Hope s'était préparée à un affrontement et plus aucun civil ne se baladait dans les rues. En revanche, le duo s'attendait à croiser des militaires ou des Exécuteurs, mais, là aussi, il ne rencontra aucune opposition.

Au détour d'une rue, sans prévenir, Kate s'arrêta d'un coup et invoqua ses épées. Son binôme l'imita en dégainant son arme, mais ne voyait aucun danger. Ils étaient à présent dans un quartier résidentiel consacré aux personnes dépourvues de magie les plus fidèles du Consortium. Les bâtiments étaient magnifiques et conçus pour durer. La rue était marbrée, tandis que les habitations étaient des villas individuelles. Ces logements étaient très lumineux et de nombreuses plantes les recouvraient, donnant à l'endroit une ambiance très colorée. Elles partaient du sol et grimpaient jusqu'au toit, enveloppant parfois toute la façade. Il n'y avait toujours pas la moindre âme dans la rue dans laquelle ils étaient. Cependant, le néophyte vit une dame âgée à la fenêtre d'une des maisons, qui les dévisageait, mais elle semblait être curieuse avant tout.

— Tu vois quelque chose ? finit par questionner le tireur d'élite.

— Deux sorciers au loin. Ils se dirigent droit sur nous.

L'amnésique plissa les yeux et aperçut des silhouettes floues. Il se demanda comment son amie avait pu les voir de si loin et comment elle savait qu'il s'agissait d'humains doués de magie.

L'individu au regard gris les observa au travers de la lunette de son D3A74 et parvint ainsi à avoir un meilleur visuel sur leurs futurs adversaires. Les sorciers étaient des hommes d'âge mûr. Ils portaient chacun le manteau du Consortium, avec des distinctions militaires dessus. L'artilleur regarda sur leurs épaules pour voir leur grade, mais il ne le reconnaissait pas. Au lieu d'un point blanc, d'un x ou d'une étoile à douze branches, se trouvait un losange plein. À en croire les paroles de l'invocatrice, il devait s'agir du grade de ceux qui maîtrisaient la magie. L'un d'entre eux joignit ses mains à côté de son bassin et eut l'air de se concentrer. Ses doigts formaient une sphère, en touchant la paume de l'autre pogne. Le second opposant restait impassible à côté de son collègue et regardait dans leur direction avec des jumelles. Rapidement, Shadow remarqua qu'une aura couleur saphir se mit à entourer les mains du sorcier qui était en train de préparer quelque chose. Petit à petit, des sortes de gouttes bleu saphir se matérialisèrent entre ses doigts et se regroupèrent au centre de ses mains. Plus que des gouttes, ces espèces de molécules se figeaient en l'air quelques instants, avant de foncer à vive allure vers le centre, un peu comme des étincelles. En peu de temps, un orbe commença à se former et à grossir. Occasionnellement, des sortes de décharges électriques bleutées s'échappaient de la boule et frappèrent les paumes du militaire. Il ne fallut qu'une demi-douzaine de secondes à cet ennemi pour que la sphère d'énergie qu'il venait de créer remplisse l'espace entre ses mains. Dès que ce fut le cas, il tendit ses bras devant lui, tout en écartant ses paumes. Toute l'énergie qui était concentrée dans cet orbe fut alors propulsée à très haute vitesse contre le duo. Kate eut juste le temps de plonger sur son camarade pour le plaquer au sol avant que le rayon d'une trentaine de centimètres de diamètre n'arrive sur eux. Le trait magique passa au-dessus du tireur d'élite et de l'épéiste et percuta la villa derrière le binôme. L'ayant suivi du regard, le combattant aux yeux gris put observer la puissance destructrice de cette attaque. Le rayon traversa sans peine le premier mur de la construction, avant d'exploser à l'intérieur. Une onde de choc bleutée s'éleva depuis le rez-de-chaussée et détruisit tout l'étage. L'énergie décomposait tout ce qu'elle touchait, ne laissant pas même une poussière sur son passage. Subitement, l'explosion de couleur saphir stoppa son expansion et disparut. Se retrouvant désormais avec un trou béant dans ses murs porteurs, le premier étage de la maison s'effondra avec fracas, libérant ainsi un important nuage de fumée. Absorbé par la violence de la technique dont il avait été témoin, l'amnésique ne remarqua pas immédiatement les mouvements de la guerrière. Ce ne fut que lorsqu'elle était debout en train de sprinter vers les sorciers qu'il se remit de son choc et se reconcentra sur le combat qui avait débuté. La bretteuse se précipitait vers les ennemis en oubliant la douleur dans sa jambe, pendant que Shadow se relevait à son tour et visait avec son arme. Il vit la résistante courir à toute vitesse vers les militaires du Consortium. Celui qui avait tiré le rayon d'énergie se lança à sa rencontre, tandis que l'autre resta debout, immobile. À en juger par son attaque et par le peu de connaissances qu'il avait à leur sujet, l'artilleur déduisit que celui qui courait sur Kate devait être un érudit. Si l'espèce d'aura couleur saphir était le signe distinctif de la magie de cette catégorie de sorciers, alors cela ne faisait plus aucun doute. Du moins, c'est ce que le combattant aux cheveux noirs pensait, mais il n'avait vu que deux fois des érudits utiliser leur pouvoir, donc il ne pouvait pas en être sûr à cent pour cent. Il hésitait à tirer sur l'ennemi qui courait sur son amie. Mais il était trop proche d'elle pour que le néophyte puisse ouvrir le feu sans risquer de toucher la jeune femme.

Lorsque les adversaires arrivèrent au même niveau, l'invocatrice esquiva l'homme et continua sa course vers l'autre. Elle lança un regard en direction du tireur d'élite qui interpréta ce geste comme si elle lui laissait cet adversaire. Le sniper prit ainsi pour cible le sorcier qui lui courait dessus et fit de son mieux pour rester calme. Il l'aligna dans son viseur et ouvrit le feu en visant l'épaule droite de son opposant. La balle partit en plein sur sa cible. Cependant, juste avant de la toucher, le projectile dévia de sa trajectoire et alla se perdre dans la rue.

CHAPITRE 38 :
L'HORREUR DE LA GUERRE

Kate n'était plus qu'à quelques mètres de l'homme quand il tendit les bras devant lui et que des flammes en sortirent. Elle fut obligée de plonger sur le côté pour éviter cette attaque frontale. Elle ne s'attendait pas à combattre un pyromancien, mais elle adapta immédiatement sa stratégie. Elle amortit son saut en faisant une roulade et se releva rapidement. Sans attendre, elle courut à nouveau sur son adversaire, afin de réduire la distance qui les séparait. Ce dernier lui lança une sphère de flammes d'environ cinquante centimètres de diamètre qu'elle esquiva en penchant sa tête sur le côté. La chaleur du projectile lui fit bien comprendre qu'elle ne s'en sortirait pas si jamais elle se le ramassait de plein fouet. Le sorcier en face d'elle l'agressa encore une fois à l'aide de boules de feu, mais aucune ne toucha sa cible. Sur le qui-vive, la demoiselle parvenait à échapper à tous les orbes. La majorité du temps, elle évitait les tirs en se tournant sur elle-même ou en plongeant. Cependant, dans certaines situations, il lui était impossible d'esquiver l'attaque. Dans de tels cas, elle découpait les projectiles avec ses lames. Les flammes arrivaient avec force, mais finissaient toujours par se séparer en plusieurs parties et perdaient alors toute leur puissance. L'invocatrice avait l'impression de fendre le courant d'un ruisseau en deux, à la seule force de ses armes. De plus en plus paniqué, l'agresseur multipliait davantage ses assauts qui devenaient chaque fois plus grossiers et prévisibles. Tout en esquivant, la résistante finit par arriver à portée de frappe de son ennemi et lui asséna une fente avec son épée. La lame entailla le bras droit du pyromancien qui laissa échapper un cri de douleur. À l'aide de son bras valide, il produisit un autre jet de flammes qui força la bretteuse à reculer de plusieurs pas. Le cône de feu obligea la jeune femme à battre en retraite, le temps que l'attaque cesse.

Le tireur d'élite aperçut l'aura saphir qui entourait le sorcier qui lui fonçait dessus et comprit ce qu'il s'était produit. Tandis que la balle allait le percuter de plein fouet, la magie de l'érudit avait dévié le projectile, lui permettant d'esquiver le coup par la même occasion. Shadow regarda son adversaire et dut se dépêcher de prendre une décision, avant qu'ils ne rentrent en contact. L'amnésique ne savait pas quelle était la portée du pouvoir du militaire du Consortium. Était-il capable de modifier suffisamment la trajectoire d'une balle qui lui arriverait au plein milieu du torse pour qu'elle l'évite ? Pressé par le temps, l'artilleur passa à l'action sans réfléchir plus longtemps. Il visa le ventre de l'érudit et analysa son rythme de course. Quand les deux pieds du combattant furent en l'air et qu'il n'avait plus aucun moyen d'esquiver le tir, l'homme aux cheveux noirs ouvrit le feu. Le projectile partit à toute vitesse du canon et fonça droit sur son objectif. Alors qu'elle s'apprêtait à percuter l'adversaire du sniper, la balle dévia subitement de sa course, comme repoussée par quelque chose, et finit par se planter dans un mur des bâtiments environnants.

Voyant que son ennemi n'arrêtait pas son déferlement de flammes, l'épéiste changea de stratégie. Ce n'était pas le premier pyromancien qu'elle combattait et ils avaient tous le même défaut. Trop fiers de leur pouvoir, ils ne se rendaient pas compte que leur puissance était loin d'être aussi grande que ce qu'ils imaginaient. Typiquement, le cône de feu avait un défaut plus que problématique : la dispersion des flammes, au-delà de l'effet impressionnant, ne provoquait que rarement des blessures à leurs adversaires. De plus, le mur de feu aveuglait son utilisateur sur la position de sa cible, mais permettait à cette dernière de savoir où il se trouvait. La jeune femme en tira avantage et courut sur le côté, jusqu'à avoir son opposant en visuel. Son ennemi voulut corriger son angle d'attaque, mais elle lui lança une de ses armes dessus. L'épée frappa le pyromancien en pleine tête avec le plat de la lame, ce qui le sonna légèrement. Immédiatement, l'objet généré par la guerrière se révoqua et elle en invoqua un autre à la place. Avant que son opposant ne puisse se ressaisir, Kate lui bondit dessus, réduisant en un instant la distance entre eux. Paniqué, le sorcier réagit au dernier moment et créa un mur de feu tout autour de lui. La bretteuse pensa qu'il devait avoir l'habitude des combats à mains nues et sut en profiter. La chaleur empêchait la demoiselle de trop s'approcher, mais pas suffisamment pour qu'elle ne puisse pas attaquer. L'invocatrice lui donna un coup d'épée qui traversa sans peine le rideau de flammes. L'assaut frappa le militaire à l'épaule gauche et l'entailla profondément. Le pyromancien porta sa main droite à son membre blessé et fit un pas en arrière. Rapidement, la chaleur remonta le long du tranchant et alla jusqu'au pommeau, forçant la propriétaire de l'arme à la lâcher. La combattante dématérialisa sa lame, avant d'en invoquer une autre. À travers le feu, la résistante planta ses yeux dans ceux de son ennemi. Son regard était si intense qu'il terrifia le sorcier qui céda à la panique et recula à nouveau d'un pas. En voulant mettre de la distance entre elle et lui, il trébucha et tomba à terre. La bretteuse continua de le dévisager et le toisa, alors que les flammes de son opposant s'évanouissaient petit à petit.

Shadow commença à paniquer face à la charge inarrêtable du sorcier. Faisant son possible pour rester calme et lucide, il le visa une fois de plus avec son arme et tira une troisième cartouche. Ce coup-ci, aucune balle ne sortit du canon bleuté du D3A74. Seul un bruit sec retentit, signe que le magasin était vide. L'amnésique regretta immédiatement de ne pas avoir fait attention à ce détail et pesta. Il saisit donc son fusil de précision à la manière d'une batte de baseball et attendit le moment parfait pour donner un swing. Son adversaire lui sauta dessus à une vitesse anormalement élevée, le prenant totalement au dépourvu. Avant qu'il n'ait le temps d'asséner son attaque, l'érudit lui décrocha un direct dans la mâchoire. La puissance du crochet fit partir la tête du tireur d'élite en arrière et il en lâcha son arme. À moitié sonné, le combattant au regard gris ne se rendit pas compte que son adversaire le souleva du sol en le saisissant par les habits. Le militaire du Consortium le tenait fermement par le col avec sa main gauche, tandis qu'il le frappa par trois fois avec son poing droit. Les trois coups furent donnés dans le ventre de l'artilleur qui en eut le souffle coupé. Puis, comme s'il ne pesait rien, le sorcier lança le néophyte dans les restes de la maison détruite. Il percuta douloureusement une des dernières parois en plâtre encore debout des ruines du bâtiment et la traversa. Le jeune homme termina sa course parmi les débris de la construction et n'eut pas la force de se relever tout de suite.

— Où se trouve la bombe ? interrogea Kate en toisant son ennemi à terre.

Le mur de flammes ayant disparu, elle plaça une de ses épées sous la gorge du sorcier.

— Tu devrais plutôt te préoccuper du sort de ton copain. Je ne donne pas cher de sa peau, essaya de distraire le pyromancien.

La jeune femme résista à la tentation de regarder en direction de son protégé. Pour intimider son ennemi, elle appuya davantage sa lame contre son cou.

— Réponds ! Où se trouve l'ogive nucléaire ?

— Tu bluffes. Une chienne comme toi n'a pas le courage de tuer un homme ! cria l'arcaniste au sol.

L'invocatrice pressa encore un peu plus son arme et un mince filet de sang se mit à perler.

— Tu parierais ta vie là-dessus ? demanda-t-elle.

L'érudit remarqua que son adversaire gisait toujours et décida de s'approcher pour mettre fin à ce combat. Shadow, étendu à terre, avait du mal à respirer. Il sentait qu'il n'avait plus aucune force. Le sorcier s'avança vers lui et lui donna un coup de pied dans les côtes. La puissance de l'attaque le fit décoller et l'envoya atterrir encore plus profondément dans les ruines de la villa. Son corps traîna parmi les décombres sur quelques mètres. Il était facile de distinguer le parcours qu'il avait effectué, grâce à la poussière soulevée. En effet, avec l'effondrement de la maison, toute la zone était plongée dans une sorte de brouillard de saleté. Cependant, là où l'amnésique avait été envoyé, la couleur brune du parquet d'origine était à nouveau observable. L'artilleur ne savait pas s'il s'était mordu la langue ou si le sang dans sa bouche venait d'ailleurs, toujours est-il qu'il cracha le liquide rouge qui lui donnait un goût de métal.

— Regarde-toi. Tu es pitoyable ! Tu étais puissant à l'époque. Mais tu n'es plus rien ! se moqua l'érudit en marchant tranquillement vers lui.

— Ok. Je vais parler. Je vais parler, dit le pyromancien en levant les mains en signe de reddition.

— Je repose ma question : où se trouve la bombe ?

— Dans la mairie.

— Ça, je sais. Mais, où ça dans la mairie ?

Le sorcier lui lança un regard noir, plein de détermination. L'affilié au Consortium recouvrit ses mains de flammes, dont la chaleur élevée arriva jusqu'au visage de la guerrière. D'un geste vif, il attrapa l'épée de Kate à deux mains et la dégagea de sa gorge. La bretteuse le regarda s'entailler les mains en saisissant le tranchant, sans comprendre ses intentions. Elle lâcha simplement son arme et la révoqua, avant de le frapper avec le plat de son autre lame. L'attaque atteignit l'arcaniste maîtrisant les flammes à la joue, lui faisant tourner la tête. L'invocatrice profita de l'effet de surprise et donna un coup de pied retourné dans le menton du militaire du Consortium. Le visage de ce dernier partit en arrière. Énervé, il poussa un cri de guerre, avant de tenter quelque chose de différent. Toujours au sol, il roula sur le côté pour se mettre sur le ventre. Puis, il prit appui sur ses mains et ses pieds et sauta, à la manière d'un lion sur sa proie. Ses mains recouvertes de son feu dégageaient une chaleur intense, trahissant la colère dans laquelle il était.

Shadow fit son maximum pour retrouver son souffle le plus vite possible. Il profita du monologue de son ennemi pour étudier le terrain et imaginer un moyen pour se sortir de cette situation. Le sorcier avançait tranquillement vers lui, déjà certain du résultat de cet affrontement. Toujours à moitié sonné, le tireur d'élite n'arrivait pas à visualiser clairement ce qui l'entourait. Il voulut se relever en prenant appui sur sa main droite. Ce faisant, sa paume rencontra quelque chose de mou et légèrement chaud. Du bout des doigts, il palpa encore un peu la matière. Il n'arrivait pas à se souvenir de cette sensation, mais il jurerait avoir déjà touché quelque chose de similaire. Il retira sa main et regarda ce qui se situait en dessous. Un haut-le-cœur le saisit violemment, tandis qu'il découvrit avec horreur ce sur quoi il s'appuyait. Sa pulsation cardiaque augmenta rapidement et le son de ses battements résonna fortement dans ses oreilles. L'amnésique se dépêcha de s'éloigner de sa découverte macabre. Là, à l'endroit où son adversaire l'avait propulsé, il avait atterri sur un cadavre de femme.

Kate évita le plongeon de l'arcaniste en faisant un pas de côté. Elle sentit la chaleur des mains du pyromancien quand elles passèrent tout proches d'elle. Après avoir esquivé, la bretteuse effectua une pirouette et donna un coup de pied retourné à l'arrière du crâne du sorcier. Celui-ci perdit connaissance avant même de toucher le sol. Elle le regarda longuement, afin de s'assurer qu'il était bel et bien tombé dans les pommes. Tandis qu'elle l'observait, elle songea qu'elle avait eu de la chance d'avoir affronté un adversaire avec si peu d'expérience au combat. Un pyromancien qui avait déjà combattu un épéiste n'aurait jamais cherché à se protéger avec un simple mur de flammes. Quand elle fut certaine qu'il ne se relèverait pas, elle se précipita vers le combat de son ami.

— Comment t'as pu faire ça ? rugit l'artilleur dans un accès de colère.

— Faire quoi ? demanda l'érudit qui se tenait désormais à deux pas de lui.

— Comment t'as pu lancer ton attaque sur cette maison alors qu'il y avait des gens à l'intérieur ? cria Shadow en se relevant.

Il n'avait pas encore retrouvé la pleine possession de ses moyens et ses bras ballants en témoignaient. Cependant, la rage qu'il ressentait envers son adversaire le poussait à agir.

— Hé. C'est toi qui as esquivé mon attaque. Donc, en y réfléchissant un peu, c'est de ta faute. Et de toute façon, qu'est-ce qu'on s'en fiche des simples humains …

Ces paroles furent celles de trop, aux yeux de l'amnésique. Il laissa son corps agir à l'instinct et feinta un crochet du gauche. L'homme du Consortium évita facilement le coup, mais le supposé mercenaire avait déjà anticipé sa réaction. Le tireur d'élite avait sauté en l'air et profita de son élan pour abattre son poing avec violence dans le visage de l'érudit, lorsqu'il retomba. La tête du militaire partit sur le côté et ce dernier tituba en arrière d'un pas. Sans perdre un instant, le combattant au regard gris poursuivit son assaut en donnant un uppercut. Avec une grande rapidité, le sorcier bloqua l'attaque de son ennemi dans sa main droite, avant de tourner sa tête vers lui, un sourire aux lèvres. Le jeune homme comprit ainsi qu'il venait seulement de réussir à l'énerver. Il essaya de se dégager de la prise de celui-ci, mais la force du militaire était de loin supérieure à la sienne. L'érudit arma son poing gauche et s'apprêta à frapper violemment sa cible. Comprenant que ce coup risquait d'être mortel, Shadow se servit de la prise qu'il subissait comme appui et sauta en l'air, pour tenter de cogner avec ses pieds le buste de son ennemi. Malheureusement, la seule conséquence de son geste fut les traces de chaussures qui apparurent sur le manteau bleu de son opposant. Afin de calmer sa cible, le sorcier leva sa main droite qui la tenait toujours et la souleva du sol. Puis, il abattit violemment son bras droit en direction de la terre, fracassant le malheureux, comme s'il s'agissait d'une simple serviette. Cette frappe sonna le supposé mercenaire qui resta amorphe. Sans lâcher sa prise, l'érudit souleva une fois de plus l'artilleur qui, dans cet état, ne pouvait esquiver la prochaine attaque de son opposant. Son adversaire lui donna un puissant crochet en plein dans le torse, tout en le libérant de sa main droite. L'amnésique fut projeté en arrière et retourna dans les débris de la maison. Il traversa les restes d'une armoire, avant de s'écraser douloureusement au sol. Le tireur d'élite, les yeux encore fermés, essaya de trouver une solution pour battre le monstre qui se dressait devant lui. Il n'avait plus d'arme et était incapable de le dominer à mains nues. Inéluctablement, il entendit le sorcier se rapprocher de lui.

— Tu pensais vraiment que ton faible coup de poing allait me faire quelque chose ? demanda l'érudit.

Son ennemi ouvrit les yeux et regarda autour de lui. Il devait absolument dégoter un moyen pour se battre, n'importe quoi ! Cependant, il avait du mal à se concentrer. La douleur dans sa poitrine était atroce, de même que dans le reste de son corps. Néanmoins, une chose attira son regard. Dans un premier temps, il n'arriva pas à l'identifier, tant il avait de la difficulté à fixer un point précis. La souffrance l'empêchait de se concentrer sur autre chose, mais il serra les dents et se força à se focaliser sur ce détail qui le dérangeait. Il y avait, sous un débris de plafond tombé au sol, un ours en peluche tacheté de sang. Le néophyte se concentra davantage sur sa vision et regarda plus en détail cette zone de gravats. Il ne mit pas longtemps à trouver ce qu'il redoutait.

L'ourson ensanglanté n'était pas la seule chose qui avait attiré son attention. Des petits doigts humains étaient serrés sur une des pattes de la peluche. Une main d'enfant l'avait serrée de toutes ses forces et ne l'avait jamais lâchée. Une reconstitution des événements se mit en place dans la tête du duelliste qui était à terre. Il fut attristé de savoir que cette famille venait d'être tuée par un sorcier qui n'y prêtait même pas attention. Comment est-ce que quelqu'un pouvait voler ainsi l'avenir d'un enfant et ne pas le regretter ne serait-ce qu'un instant ? Le supposé mercenaire sentit un mélange de tristesse et de haine monter en lui. Peu importe la manière, il allait trouver une façon de faire payer ce malade pour ce qu'il avait osé faire en ce lieu. La vision de Shadow s'obscurcissait tandis qu'il se relevait en puisant dans le peu de forces qu'il lui restait. Il sentit l'air vibrer autour de lui, alors qu'il ignorait la douleur que lui causait chaque mouvement. Pour la première fois, le sourire arrogant de l'érudit s'effaça.

— Tu vas payer, enfoiré ! cria l'artilleur de rage.

Il se précipita sur son opposant et lui asséna une puissante frappe du poing droit. Ce coup-ci, le militaire fut projeté en arrière. Ne cherchant pas à comprendre ce qu'il s'était passé, l'amnésique se rua sur son adversaire toujours au sol. Il ne le laissa pas se relever et se mit à califourchon sur le sorcier. Une fois en place, il profita de sa position dominante pour lui asséner une succession de crochets à la tête. L'érudit puisa dans ses réserves pour canaliser son énergie dans sa main droite et lança une boule d'énergie contre son agresseur. La sphère percuta le tireur d'élite de plein fouet, et il fut violemment propulsé en arrière. Mystérieusement, la chute de celui qui se battait pour la Résistance ralentit et il atterrit debout à quelques mètres de son adversaire. Dans le feu de l'action, le jeune homme ne se rendit pas compte de ce qu'il venait de se produire et sprinta contre le sorcier qui tentait de profiter de ce moment pour se relever. Le néophyte lui asséna à son tour un coup de pied dans les côtes.

La victime s'effondra à terre en se tenant le flanc. Le combattant aux yeux gris le redressa en le tenant par le col de son manteau et lui donna des crochets avec sa main droite.

Shadow frappa.

Le poing atteignit le nez du militaire qui se mit à saigner abondamment.

Encore.

Quelques dents volèrent dans la pièce.

Encore.

Du sang éclaboussa le visage de l'agresseur qui était méconnaissable.

Encore.

— STOP ! cria quelqu'un.

Le supposé mercenaire cogna à nouveau. Les phalanges de ses mains étaient recouvertes du sang du sorcier. L'enragé arma une fois de plus son poing, mais quelqu'un le lui saisit et l'empêcha de l'abattre.

— Stop ! dit Kate. C'est fini, Shadow, il s'est évanoui.

L'invocatrice sentit que son ami mettait toujours de la force dans son poing. Afin de le ramener à la raison, elle se positionna devant lui et le regarda dans les yeux.

— Tu ne crains plus rien. Le combat est fini, ajouta-t-elle.

En suivant le conseil de son amie, l'artilleur lâcha le col de l'érudit qui bascula en arrière. Le militaire s'écroula à terre, inconscient. L'épéiste lui lâcha la main et celui qui avait failli tuer son adversaire se retrouva avec les bras ballants. Les deux camarades restèrent silencieux pendant quelques secondes, avant que l'amnésique ne prenne la parole.

— Comment il a pu ? lâcha-t-il à voix haute.

Son amie s'approcha de lui et le regarda longuement dans les yeux, puis observa son état général. Il avait plusieurs projections de sang sur son visage et sur le haut de son corps. En regardant sa manière de se tenir, elle comprit qu'il devait être blessé au niveau des côtes.

— Qu'est-ce qu'il s'est passé ? demanda-t-elle doucement après ses rapides constatations.

Le combattant aux cheveux noirs ne répondit pas.

Des larmes lui montèrent aux yeux et l'une d'entre elles roula sur sa joue gauche. Il était en train de réaliser ce qu'il s'apprêtait à commettre sous le coup de la colère. Cependant, ce fut lorsqu'il revit cette petite main autour de l'ours en peluche qu'il éclata en sanglots. La jeune femme allait lui reposer la question, mais il bougea son bras droit ensanglanté. Lentement, très lentement, il pointa son index dans la direction de l'ourson. La bretteuse tourna la tête en suivant son doigt et découvrit la scène horrible. Elle se remit du choc en vitesse et se plaça entre la peluche et son ami. Elle le saisit par les épaules et planta son regard dans le sien.

— Ce n'est pas ta faute. C'est justement pour éviter aux autres de voir ce que tu vois ou de faire ce que tu fais que tu te bats.

Le jeune homme la regarda dans les yeux et y trouva un peu de réconfort. Les ténèbres autour de lui se dissipèrent, tandis qu'il se calmait doucement.

— Je sais que c'est difficile, continua la sorcière. Mais on doit sauver le reste de cette ville.

Elle prit les mains de son ami et l'aida à se relever.

— Viens. Partons d'ici, ajouta-t-elle quand il fut debout.

Elle le sortit de la maison et l'amena dans une rue. Là, elle le fit s'asseoir encore une fois. Kate lui laissa du temps pour se remettre de ce traumatisme. Après quelques minutes de repos, la demoiselle l'aida à se mettre debout et ensemble ils reprirent leur route vers la mairie.

CHAPITRE 39 :
UN TIR MAGIQUE

Sur le trajet, Shadow ramassa son D3A74 qu'il avait laissé tomber et le remit dans son dos. Ils passèrent devant le pyromancien évanoui que la résistante avait affronté, tandis que leur rythme de marche était grandement ralenti. L'excitation et la rage du combat avaient permis au supposé mercenaire d'ignorer ses blessures durant quelque temps cependant, son cerveau commença peu à peu à saisir l'état de son corps et les nombreux chocs qu'il avait reçus le firent boiter. Ses jambes et ses bras allaient bien, mais son dos, ses flancs et ses mains étaient endoloris. Naturellement, la douleur le courba légèrement, mais il donnait son maximum pour continuer à avancer et ne pas s'arrêter. En voyant l'état de son ami, l'invocatrice s'approcha de lui pour le soutenir. Pour qu'il économise ses forces restantes, elle plaça le bras de son camarade par-dessus sa propre nuque. Puis, elle le porta à moitié en positionnant son épaule droite sous son aisselle, oubliant la blessure qu'elle avait à la jambe.

— Au fait, comment t'as fait pour voir ces gars d'aussi loin tout à l'heure ? demanda le tireur d'élite qui voulait penser à autre chose que ce qu'il avait vu dans la maison. Même à travers la lunette de mon arme, j'avais de la peine à les observer.

— C'est pas vraiment quelque chose dont j'aime parler ... annonça l'arcaniste.

— Ah. Pourquoi ? insista le jeune homme, curieux.

L'épéiste soupira, avant de capituler.

— Sans entrer dans les détails, mon œil bleu est artificiel, raconta-t-elle.

L'amnésique écouta sans dire un mot, aussi bien intrigué que choqué.

— Il y a plusieurs mois, j'ai affronté un ennemi trop fort pour moi. Durant le combat, il a réussi à me crever l'œil gauche. Ce sorcier m'a ensuite laissée agoniser au sol et il est parti je ne sais où. Artémis m'a retrouvée inconsciente à terre et m'a amenée auprès du Doc qui a réussi à m'implanter cet œil cybernétique.

Shadow avait des tas d'interrogations qui lui traversaient l'esprit. Il posa la première qu'il arriva à saisir :

— Pourquoi il est bleu, du coup ?

L'invocatrice éclata de rire.

— C'est la même question qu'Artémis m'avait posée. Il est bleu simplement parce que j'avais déjà les yeux hétérochromes avant. Bref, pour en revenir à ta question initiale, j'ai pu les voir de si loin, car, quitte à avoir un œil cybernétique, autant en tirer des avantages. En gros, grâce à cet implant, je peux voir trois fois plus loin qu'avec mon œil normal. C'est le Doc qui m'a ajouté cette option.

— Il est vachement cool, ton œil, commenta le néophyte. Et le travail du Doc est impeccable. On jurerait que c'est un vrai.

La phrase de l'artilleur fut suivie d'un silence légèrement gênant.

— Allez, pose-la, ta question. Je vois bien que ça te démange, fit Kate.

— Désolé, mais il faut que je sache, s'excusa son camarade. Tu peux tirer des lasers avec ?

La jeune femme leva les yeux au ciel.

— Mais qui m'a fichu un idiot pareil ?

— Bah quoi ? C'est légitime comme question.

Ils rigolèrent un peu tout en continuant à avancer. Ils savaient tous les deux qu'ils devaient poursuivre leur route, afin d'aider au maximum Régis et l'Exécuteur-Aivi. Le duo profita de ce moment d'accalmie pour récupérer des forces, sachant parfaitement que d'autres combats les attendaient.

— Merci, dit soudainement le supposé mercenaire en redevenant sérieux.

— De quoi ? demanda la bretteuse.

— De m'avoir stoppé tout à l'heure. Je ne sais pas si … si je me serais arrêté à temps sinon …

— Je comprends. Je suis passée par là, moi aussi.

Le jeune homme aux cheveux noirs se décida à poser la question qui le travaillait le plus.

— Ça va te paraître bizarre, mais comment on sait si on utilise son pouvoir.

— Shadow, désolée de te le rappeler, mais tu n'as pas de pouvoir. On a fait le test, tu t'en souviens ?

— Oui, je sais, mais … il y a eu des trucs étranges pendant que je me battais. Et comme mon test a relevé que mon ADN est bizarre, je me dis que …

L'invocatrice s'arrêta d'un coup.

Étant à moitié porté, le tireur d'élite ne put aller bien loin sans elle. Il s'arrêta et tourna la tête dans sa direction.

— Qu'est-ce qu'il y a ? s'inquiéta-t-il.

La sorcière leva les yeux vers le toit d'une maison avoisinante. Cela faisait plusieurs minutes qu'ils marchaient, sans que l'amnésique ne prête attention à leur environnement. Ce n'est qu'en regardant dans la même direction que la demoiselle qu'il vit qu'ils étaient désormais dans un quartier résidentiel. Cette zone devait appartenir à la classe moyenne des civils de New Hope. Les habitations étaient à peine plus riches que celles de la zone urbaine qu'ils avaient traversée avec les travailleurs. Cependant, un ou plusieurs membres des familles vivant dans cette zone devaient forcément être des militaires du Consortium. Ici, il n'y avait que des immeubles en béton et tous étaient identiques. Ils étaient gris, possédaient cinq étages et leurs volets étaient fermés. Ces constructions n'avaient qu'un seul but : loger à peu près convenablement les membres honorables du Consortium. L'endroit où se trouvaient Kate et son acolyte était entouré de ces logements qui formaient une sorte d'allée. En face d'eux, il y avait un dernier bâtiment, plus haut d'un étage que les autres. En voyant cela, l'artilleur constata que c'était l'environnement rêvé pour un tireur embusqué. Il étudia rapidement la situation et remarqua que la guerrière et lui étaient totalement à découvert. Les infrastructures autour d'eux agissaient comme une sorte de prison et quelqu'un sur le toit d'en face n'aurait aucun mal à les abattre. Soudain, il aperçut un reflet de lumière sur ce toit. La résistante plaqua au sol son ami au moment où une détonation se fit entendre. La balle les manqua de justesse et creusa un trou dans le goudron derrière eux. Par chance, un véhicule était garé à quelques mètres dans leur dos. L'invocatrice aida son camarade à se relever en vitesse et ils allèrent tous deux s'abriter derrière cette cachette de fortune. Ils y arrivèrent en moins de trois secondes, juste à temps pour éviter la seconde balle du sniper embusqué.

— Bouge pas de là, ordonna la bretteuse. Je vais aller le déloger de sa planque.

— Attends, s'exclama Shadow en lui agrippant le bras avant qu'elle ne parte. Comment tu vas aller là-bas sans qu'il ne te tire dessus ?

— Je sais me débrouiller, éluda l'épéiste en faisant apparaître ses lames.

— Il y a sûrement une meilleure solution.

— Dis tout de suite que tu ne crois pas en moi … bouda l'arcaniste.

— T'as une arme à feu ou des balles pour mon D3A74 ? questionna le néophyte en ignorant la remarque de la jeune femme.

Cette dernière révoqua une de ses créations, avant de sortir un objet de son dos.

— La seule chose que j'ai, c'est ça, révéla-t-elle en lui tendant un revolver. Je l'ai pris au sorcier que j'ai battu un peu plus tôt. Même si tu es un bon tireur, tu n'as aucune chance de le toucher d'ici.

— Dis tout de suite que tu ne crois pas en moi … dit à son tour son camarade.

Il mit ses lunettes de combat et jeta en vitesse un coup d'œil en direction du sniper. Il se remit rapidement à l'abri avant qu'il ne se prenne une balle. Sans attendre, une détonation se fit entendre. Moins d'une seconde plus tard, un projectile perfora le sol proche du duo.

— Aivi, tu peux faire un zoom sur le sniper avec ces lunettes ?

— Analyse en cours. Analyse terminée. Je peux le faire. Cependant, cela ne vous aidera pas à mieux viser avec votre arme.

— Fais-le.

Kate se demanda ce que son ami trafiquait, mais le laissa essayer son approche. L'artilleur regarda à nouveau en direction du sniper avec, cette fois-ci, le zoom du programme informatique. Il put ainsi bien distinguer le tireur qui les prenait pour cible et la lunette de son fusil. Le combattant aux yeux gris retourna en toute hâte à couvert. Une énième détonation résonna et la balle traversa la carrosserie du véhicule derrière lequel se cachait le binôme. Le projectile manqua de peu la tête de l'amnésique.

— Voilà le plan, Aivi : je vais viser le sniper et tirer. Je veux ensuite que tu me montres la trajectoire de la balle en temps réel.

— Analyse en cours. Analyse terminée. Je ne comprends pas le but de votre requête, néanmoins je peux l'effectuer.

— Shadow, appela la sorcière. Tu es sûr que tu es prêt à tirer sur quelqu'un ?

Le stratège se concentra et respira profondément.

— Ce n'est pas lui que je vise, commença-t-il en se préparant pour ce qu'il avait à faire. C'est le canon de son arme !

En finissant sa phrase, le supposé mercenaire se mit à découvert, visa et ouvrit le feu, sans perdre un instant. Évidemment, il était au courant qu'il n'arriverait pas à atteindre son objectif, mais il avait une théorie. Bien sûr, il savait qu'il avait raté son test de magie. Tout le monde lui disait qu'il n'était pas doté d'un pouvoir, mais une part de lui était persuadée du contraire. Alors, il se focalisa sur son projectile et se concentra de toutes ses forces. Certaines de ses balles avaient mystérieusement été déviées de leur trajectoire lors de ses combats précédents. Donc, pourquoi pas cette fois ? Le prétendu sorcier observa à travers les lunettes de combat l'itinéraire actuel de son tir. Le projectile tournait sur lui-même à une vitesse folle en direction de son but. Il partait légèrement au-dessus du sniper. L'artilleur serra les poings. Peu importe comment, il devait corriger cette trajectoire. Sa vision s'obscurcit un bref instant, avant de revenir à la normale. Il était tellement concentré sur sa tâche que, pour lui, il eut l'impression que le temps était ralenti et qu'il parvenait à distinguer clairement le mouvement du projectile. Soudain, le bruit de la balle percutant un obstacle résonna dans la ville silencieuse.

— Analyse en cours. Analyse terminée. Le fusil de l'ennemi a été détruit. La menace du sniper est écartée.

Kate s'approcha de son acolyte.

— Comment t'as fait ça ? questionna-t-elle en étant aussi étonnée qu'impressionnée.

— J'ai un pouvoir, murmura le néophyte, lui-même surpris par le résultat obtenu. J'AI UN POUVOIR ! cria-t-il en le réalisant.

Il poussa un cri de joie et jeta son arme en l'air.

— Je ne sais pas comment ça se fait, mais je crois bien que je peux modifier la trajectoire des balles, dit-il fièrement en rattrapant le revolver.

— Félicitations ! fit l'invocatrice après un bref instant. Bien joué, vraiment, ajouta-t-elle, en souriant cette fois.

— Analyse en cours. Analyse terminée. Le pouvoir de Shadow a appliqué une force de quelques newtons sur la balle. Cette force a permis de modifier la trajectoire du tir. De plus, les flux d'air entourant le projectile ne suivaient pas les modèles théoriques.

— Tu réalises ce que ça veut dire ? demanda la jeune femme à son ami.

— Que je suis l'homme le plus talentueux que tu aies jamais rencontré ?

— Que tu ne contrôles pas les balles, mais que tu contrôles le vent qui vient agir sur ces balles. Tu es un aéromancien.

— Waouh ! Mais c'est encore plus classe que ce que je pensais !
Et ça explique pourquoi j'ai pu ralentir ma chute un peu plus
tôt, comprit le nouveau sorcier.

— Allez, viens. Je te rappelle qu'on doit toujours sauver cette
ville, lui remémora la guerrière en reprenant la direction de la
mairie.

L'amnésique lui emboîta le pas. Ses blessures ne le faisaient
plus souffrir, car il était bien trop excité par le fait d'avoir des
pouvoirs pour se préoccuper de ce genre de détails.

CHAPITRE 40 :
RETOUR À LA MAIRIE

Depuis que Shadow avait découvert sa magie, il la testait sur tout ce qu'il voyait. Il essayait de faire tomber des pots de fleurs ou de faire s'envoler des cailloux, mais il n'obtenait aucun résultat concluant pour le moment. Parfois, il tentait de manipuler l'air juste par la pensée. D'autres fois, il faisait des grands mouvements avec ses bras. Ceci dit, peu importe la manière dont il s'agitait, il ne parvenait à rien.

— Qu'est-ce que tu fous ? questionna Kate pour la vingtième fois. J'ai besoin que tu sois concentré au cas où il y aurait des ennemis.

— Mais je suis parfaitement concentré, se défendit l'arcaniste novice. On aura besoin de tous nos atouts pour continuer. Et je pense que mon pouvoir pourrait nous être utile.

— On dirait surtout que tu t'amuses … critiqua l'invocatrice. Son binôme tourna sa tête vers elle.

— Ne t'inquiète pas. Je sais parfaitement la situation dans laquelle nous sommes. Je n'ai pas oublié les horreurs que j'ai vues …

La sorcière ne répondit rien et son binôme en profita pour donner un coup de poing en direction d'un détritus qui se trouvait dix mètres devant eux. À nouveau, ce geste n'eut aucun effet, mis à part celui de donner l'air idiot au jeune homme.

— En plus, je parie que tu étais comme moi quand tu as découvert ton pouvoir, commenta celui qui venait de trouver sa magie.

Néanmoins, il décida d'écouter son amie et d'arrêter ses tests, au vu de son manque de résultats.

— À la différence que moi, j'avais douze ans.

— Théoriquement, je n'ai même pas un an, répliqua l'amnésique. C'est donc toi la plus immature entre nous, ajouta-t-il en lui faisant un clin d'œil.

Prudemment, ils s'enfoncèrent petit à petit vers le centre de la ville. Heureusement, leur diversion à l'extérieur de la cité avait considérablement diminué les forces présentes dans New Hope. Ainsi, les deux camarades ne durent se cacher que quelques fois dans des ruelles sombres pour esquiver des patrouilles de militaires. Ce furent les seules véritables menaces qu'ils rencontrèrent sur leur trajet. Leur progression les amena pile au centre de la bourgade, aux abords de la mairie. Avant de s'en rapprocher davantage, ils observèrent attentivement les alentours. En connaissant l'opération qui était en cours, le duo savait que la surveillance du bâtiment avait été renforcée. Désormais, dix fantassins gardaient l'entrée. Ils portaient tous un gilet pare-balles et semblaient parfaitement préparés au combat. Les fusiliers étaient suffisamment espacés les uns des autres, pour éviter que toute leur unité ne soit décimée en une rafale de fusil d'assaut. En même temps, ils étaient assez proches pour pouvoir facilement communiquer entre eux et se couvrir mutuellement. Les jardins entourant la propriété donnaient toujours un aspect paisible à cet endroit, ce qui jurait complètement avec la tension qui régnait dans l'air de la cité.

— À ton avis, où en sont Régis et l'Exécuteur contrôlé par Aivi ? demanda Shadow.

— Je ne sais pas … sûrement en train de désamorcer la bombe, dit la résistante en se voulant rassurante.

— Analyse en cours. Analyse terminée. Selon les informations que m'envoie l'Exécuteur que je contrôle, ils sont en train d-

L'être virtuel fut interrompu par un cri qui retentit à l'intérieur de la mairie.

— C'était pas Régis, ça ? s'inquiéta le supposé mercenaire en croyant reconnaître la voix.

— Pour le savoir, il va d'abord falloir s'occuper de ces soldats, expliqua la bretteuse.

— Analyse en cours. Analyse terminée. D'après mes analyses, ce cri correspondait bien à ceux de Régis. La probabilité que ce soit un piège tendu par le Consortium est de septante-huit pour cent.

— Piège ou pas, on doit aller le sauver ! s'exclama le nouveau sorcier.

— Il reste le problème des gardes, dit calmement sa camarade expérimentée.

— On en a déjà affronté plus que ça, à l'extérieur de New Hope. On peut se les faire facilement. En plus, maintenant, j'ai un pouvoir !

Le novice n'attendit pas l'aval de son amie et tira, avec son revolver, sur l'arme du premier. Pris par surprise, les francs-tireurs ne réagirent pas à temps. Le combattant aux yeux gris en profita pour ouvrir le feu une deuxième fois et se débarrasser ainsi de la mitraillette d'un second soldat. Il eut l'occasion d'en désarmer un troisième, avant que les autres n'ouvrent le feu sur sa position. Kate poussa un soupir, dépitée, et profita du fait que son acolyte accaparait toute l'attention sur lui pour contourner les ennemis. Les surveillants armés s'approchèrent de l'intrus en tirant des salves répétées de manière à le forcer à rester à couvert. Ceux dont les fusils d'assaut avaient été rendus inutilisables sortirent chacun un couteau qu'ils avaient attaché à leur cuisse. Avant que l'un d'entre eux ne puisse s'approcher suffisamment de l'agresseur au revolver, l'invocatrice se retrouva dans le dos des soldats. Sans faire un bruit, elle assomma le premier en lui assénant un coup de pommeau dans la tempe et l'allongea au sol lorsqu'il fut inconscient. Elle fit pareil avec le second et ainsi de suite, jusqu'à arriver au dernier. Les tirs des fantassins couvraient les bruits de ses actions et, persuadés d'avoir affaire à un seul ennemi, ils ne prirent pas la peine de regarder dans leur dos. L'ultime militaire était bien trop occupé à canarder le nouvel arcaniste pour entendre la jeune femme s'approcher de lui par-derrière. Il réalisa subitement la situation, lorsqu'il dut recharger son arme. Il se tourna vers ses camarades, mais la guerrière réagit avant qu'il ne puisse tenter quoi que ce soit. D'un geste fluide, elle trancha le canon de la mitraillette avec une de ses épées et plaça la pointe de l'autre contre la gorge du soldat.

— On a quelques questions à te poser, annonça-t-elle d'une voix menaçante.

Le novice s'approcha de son aînée, tout guilleret.

— On forme quand même une bonne équipe, s'exclama-t-il joyeusement.

— Yep. Tu fais la victime et je viens te sauver. La synergie est au top ... ironisa la résistante.

— Hey. J'ai quand même neutralisé leurs armes.

— Oui, mais ils avaient toujours des couteaux. Et tu ne pouvais plus rien faire face à leur nombre ... gronda la sorcière expérimentée. Écoute. Je sais que c'est pas facile, mais il va falloir que tu te résignes à tuer des humains. Parfois, on n'a pas le choix. C'est eux ou nous.

— Je sais. Mais j'y arrive pas ... À part pour l'enfoiré qui a tué cette famille, avoua Shadow en se remémorant cette main qui tenait l'ourson en peluche.

Il chassa rapidement ce souvenir de sa vision et arriva à la hauteur de la demoiselle.

— Si vous voulez parler de ça en privé, je peux partir. C'est comme vous le sentez, intervint le garde en les interrompant.

L'épéiste tourna la tête vers lui.

— Tu vas nous dire où est la bombe, exigea-t-elle.

— Ouais et tu vas nous dire qui se fait torturer aussi, ajouta l'amnésique.

— Jamais je ne parlerai !

— Et si je te coupe un bras ? intimida l'invocatrice.

— Dans ce cas, je vous dirais que la bombe se trouve au sous-sol et que celui qui se fait torturer le mérite pour nous avoir trahis. Mais ça, c'est seulement si vous me coupez un bras. Autrement, je ne parlerai jamais !

Les deux intrus se regardèrent l'air de dire : Mais qui est cet imbécile ? L'épéiste l'assomma lui aussi avant de se diriger vers l'entrée de la mairie. L'apprenti arcaniste lui emboîta le pas, sans hésiter.

— On va se séparer. Je vais désamorcer la bombe et toi tu vas chercher Régis, ordonna la bretteuse, aussitôt qu'ils furent à l'intérieur.

— T'as pas entendu le moment où je disais qu'on faisait une superbe équipe ? Ça signifiait qu'il fallait qu'on reste ensemble.

— T'es sûr ? Moi je croyais que ça voulait dire : merci Kate de m'avoir sauvé une fois de plus.

— Justement. Ça prouve bien qu'il faut pas qu'on se sépare !

La jeune femme leva les yeux au ciel, mais laissa échapper un sourire furtif.

— On n'aura pas le temps de faire les deux si on reste ensemble, rationalisa-t-elle en reprenant son sérieux.

— Il vous reste une heure, une minute et quarante-cinq secondes, précisa Aivi.

— Tu vois ? commenta la résistante. Alors, on se sépare et dès que tu as secouru Régis, vous vous barrez en courant le plus loin possible d'ici. Juste au cas où …

Ce coup-ci, ce fut l'épéiste qui n'attendit pas la réponse de son binôme et qui se mit en chemin. Le nouveau sorcier la regarda partir en courant et se résigna à chercher le technicien. Il ne savait pas dans quelle direction aller, cependant un énième hurlement se fit entendre dans le bâtiment. Le tireur d'élite ne perdit pas un instant et se mit à courir dans la direction du cri.

CHAPITRE 41 :
H – UNE HEURE ET UNE MINUTE

Shadow courut dans les couloirs, ne se fiant qu'aux échos des cris qu'il entendait. Grâce au son, il réussit à trouver la salle dans laquelle était retenu Régis. Les seuls autres bruits perceptibles étaient le choc de ses pas sur le sol lustré de l'étage. Il ne savait pas pourquoi, mais il ne croisa aucun garde, ce qui l'arrangea tout particulièrement. Il remercia mentalement cet heureux hasard et poursuivit sa course. L'absence de soldats du Consortium était probablement due au fait qu'ils avaient été envoyés pour défendre l'accès à la ville un peu plus tôt. Désormais privée de la plupart de ses Exécuteurs, la mairie était pratiquement sans défense. L'amnésique arriva donc devant l'endroit d'où provenaient les cris, sans rencontrer le moindre adversaire. La pièce était la dernière d'un long corridor et était fermée par une vieille porte en bois qui jurait avec le reste de l'édifice. Ce détail donnait l'impression que l'espace derrière cette entrée avait été construit bien avant le bâtiment et que celui-ci s'était greffé à l'ancienne architecture. L'artilleur hésita sur la manière de procéder pour entrer, mais lorsqu'un autre cri se fit entendre, il défonça le passage d'un coup de pied. Le bois ancien céda facilement sous l'impact et le battant s'ouvrit avec fracas. Au moment où il pénétra dans la pièce, l'intelligence virtuelle détoura deux cibles dans ses lunettes. Un homme et une femme, portant les mêmes tenues que les fantassins qui avaient déjà attaqué le néophyte, se tenaient là. Les tortionnaires habillés en bleu cobalt, pris par surprise, restèrent figés sur place. Cette absence de réactivité permit à l'intrus de s'approcher du soldat avant qu'il ne puisse lever sa garde. Il eut juste le temps de bouger ses bras, mais sa défense était pleine d'ouvertures que le nouveau venu exploita. Dès qu'il fut à portée, le tireur d'élite le frappa d'un crochet dans la poitrine. Le militaire tituba en arrière et se plia en deux. L'apprenti sorcier profita de ce bref instant pour localiser le spécialiste en robotique. La pièce étant relativement sombre et mal éclairée, il eut besoin de l'aide d'Aivi pour reconnaître son ami. Le technicien était attaché la tête en bas par de lourdes chaînes métalliques contre le mur au fond de la salle. Ses bras et ses jambes étaient ligotés de manière que son corps forme une sorte de X. Dès qu'il l'aperçut, le combattant aux yeux gris remarqua les nombreuses marques de coups de fouet laissées sur le corps de son camarade. Il ne savait pas si c'était une bonne chose ou non, mais Régis avait visiblement sombré dans l'inconscience. En voyant son dos en sang, celui qui venait de découvrir son pouvoir songea qu'il valait mieux pour le programmeur qu'il ne ressente pas la douleur et qu'il reste évanoui pour le moment. L'homme, que l'intrus venait de cogner, se redressa et réduisit la distance entre lui et son agresseur. Sa collègue l'imita et se rapprocha également. Le binôme de surveillants arriva au niveau de son ennemi en étant côte à côte. Le sauveur détacha ses yeux du torturé et leva sa garde en plaçant ses avant-bras devant son torse. Le soldat du Consortium passa à l'action en premier. Il donna une frappe du poing droit en direction du visage de Shadow. Ce dernier esquiva l'attaque et répliqua d'un crochet en visant le ventre du militaire. La femme bloqua l'assaut de l'amnésique dans sa main gauche et lui donna un coup de pied dans le genou. Une vive douleur traversa l'articulation de l'apprenti sorcier, mais le genou ne céda pas. L'intrus s'empressa de reculer sa jambe et de se libérer la main, avant de battre en retraite. Il ne voulait pas en arriver là, mais il n'avait plus le choix. Il glissa sa main dans son dos et en sortit le revolver qu'il avait toujours avec lui. En voyant sa cible reculer, la dame continua sur sa lancée et donna un crochet en visant l'épaule gauche. L'artilleur l'esquiva en se tournant sur le côté, mais comprit trop tard que c'était une feinte. L'autre garde, qui s'était légèrement décalé sur son flanc, donna un coup de pied dans la poitrine de son adversaire. La puissance de la frappe envoya le nouvel arcaniste au tapis. Un léger vertige l'envahit lorsqu'il tomba sur le dos. La violence de l'impact le força à lâcher son arme qui rebondit au sol hors de son champ de vision. Le couple d'adversaires s'approcha de lui et le combattant au regard gris se dépêcha de se relever pour pouvoir se défendre.

— Je crois qu'on va bien s'amuser … dit-il en reprenant son souffle.

Kate partit avant que son protégé ne puisse la rattraper. Elle savait qu'il y avait peu de chances qu'ils se revoient, mais elle devait croire en lui. L'ironie de la situation la fit sourire. Elle qui avait toujours travaillé en solo devait désormais se reposer sur *lui*. Elle arriva facilement aux escaliers et descendit au sous-sol. La demoiselle ferma son œil droit et se servit de son implant cybernétique pour scanner l'étage avec celui-ci. Elle avait fait installer un mode par le Doc qui lui permettait de visualiser la chaleur dégagée par les objets. Grâce à cette méthode, elle repéra rapidement une salle qui se distinguait des autres par le nombre d'êtres vivants en son sein. Dans cette pièce, pas moins de quinze silhouettes humaines se différenciaient les unes des autres. Elle ne pouvait pas l'affirmer, mais elle supposa qu'il devait s'agir des scientifiques qui étaient en train d'armer la bombe. Dans ce même endroit, il y avait plusieurs sources de chaleur différentes, mais elle n'avait pas suffisamment de connaissances pour déterminer de quoi elles émanaient. La jeune femme désactiva sa vision thermique et courut vers cette salle suspecte. La résistante se dépêcha d'arriver devant la porte et se prépara mentalement à affronter les quinze personnes. Elle opta pour procéder par une vieille ruse qu'elle avait mise au point plus jeune. Elle invoqua une épée dans chaque main et toqua.

— On vous a dit de ne pas nous déranger, grommela quelqu'un depuis l'intérieur, visiblement énervé.

— Je sais, mais on nous a signalé une intrusion, répondit Kate en prenant un ton formel.

— C'est sûrement la Résistance qui vient nous mettre des bâtons dans les roues. Merci de nous avoir prévenus. Vous pouvez retourner à votre poste, fit celui qui gardait l'entrée en se calmant légèrement.

— Je regrette, mais c'est le général qui m'envoie. Je dois assurer votre protection. Donc pour votre propre sécurité, veuillez me laisser entrer.

Il y eut un silence, puis l'épéiste entendit quelqu'un tourner la clef dans la serrure et enlever le verrou. Finalement, le scientifique entrouvrit la porte pour vérifier l'identité de celle qui se tenait derrière. L'invocatrice profita de cette erreur pour enfoncer le battant d'un coup de pied et pénétra dans la pièce.

Shadow faisait face à ses adversaires. Le binôme de collègues devait avoir l'habitude de combattre côte à côte. Quand l'un frappait, l'autre feintait. Et quand le premier esquivait un assaut, le deuxième profitait de l'ouverture pour cogner. L'amnésique parvenait seulement à se défendre. Et encore … Plus le combat durait et plus il prenait des coups. Ses avant-bras étaient meurtris à force de devoir parer les puissantes attaques de ses adversaires. À chaque agression, il faisait un pas en arrière. Rapidement, il se retrouva dos au mur, littéralement. Les deux combattants firent une brève pause, savourant d'avance leur victoire.

— Je me demande combien de temps on va devoir te torturer avant que tu ne te mettes à table, dit la femme.

— Non merci, j'ai pas très faim, répliqua le tireur d'élite.

— Ils font toujours les malins au début, mais ils finissent tous par supplier, commenta le militaire appartenant au Consortium.

— Analyse en cours. Analyse terminée, murmura Aivi à l'oreille de celui qui portait les lunettes de combat pendant que ses adversaires parlaient. Votre pouvoir a tendance à se manifester dans des situations de stress. Ceci est certainement dû au fait que vous êtes plus concentré dans ces instants décisifs. Je recommande d'essayer d'utiliser votre magie pour les frapper à distance. En donnant un coup de poing dans le vide, vous générerez un flux d'air que vous pourrez, ensuite, amplifier avec un sort.

— Je parie qu'il va tout nous dire quand on lui aura sectionné un doigt ou deux, enchérit la gardienne.

— Pour ça, il faudrait que vous me battiez, lança le sauveteur.

Il suivit les conseils de l'intelligence virtuelle et se concentra. Il visualisa le déplacement que le vent devait effectuer. Il imagina mentalement les mouvements de l'air que son geste allait générer. Puis, il prit le temps de se représenter ce qu'il se passerait ensuite. Il visualisa le tout comme une succession d'impacts. Son coup de poing allait initier les premières bourrasques, puis sa magie viendrait frapper les atomes suivants et transmettre la force. L'onde de choc devrait normalement se propager ainsi jusqu'à ses opposants. Il ne savait pas si c'était la bonne manière de voir les choses, mais il opta pour cette méthode.

— Tu croyais vraiment que-

Le nouveau sorcier donna un crochet de la main droite et l'homme fut coupé dans sa phrase. Le vent provoqué par l'arcaniste le percuta en pleine poitrine et le propulsa à l'autre bout de la pièce. La dame écarquilla les yeux et suivit du regard le vol plané de son collègue.

— Maintenant, on va voir qui est le patron ! dit le libérateur avec un sourire en coin et en brandissant son poing vers son adversaire.

Kate entra dans la salle. La personne qui lui avait ouvert la porte avait été assommée lorsque la jeune femme l'avait défoncée d'un coup de pied. Un garde humain, visiblement le seul des environs, se précipita sur l'intruse. Il se trouvait juste à côté de l'entrée et essaya de tirer sur le flanc de la résistante. Cependant, l'ayant vu venir, l'invocatrice n'eut aucun mal à esquiver l'assaut. Le soldat la regarda, surpris de voir qu'elle soit parvenue à éviter le projectile. L'épéiste profita de son hébétude et découpa le canon de son fusil. Puis, d'un geste fluide, elle lui donna un coup de pied retourné dans le ventre qui l'envoya contre le mur proche de la seule sortie de la pièce. Le militaire voulut se relever, mais la bretteuse poursuivit son mouvement en lui donnant un coup de genou en plein visage. Cette dernière attaque envoya le malheureux au tapis et tétanisa les scientifiques qui étaient présents sur place. Lorsque la sorcière se retourna pour les observer, son regard noir terrifia la majeure partie d'entre eux. La résistante profita de ce temps mort pour étudier ce nouvel environnement, car elle devait rapidement localiser la bombe pour l'empêcher d'exploser. La salle était relativement grande et son sol était composé de nombreuses dalles carrées de couleur gris clair. Comme la pièce était dans un souterrain, des néons assuraient l'éclairage du lieu, donnant à l'ensemble une impression de froideur. La porte par laquelle la guerrière était arrivée était le seul accès à cet endroit de quatre cents mètres carrés. Espacés de manière régulière, huit piliers en pierre venaient soutenir le plafond de cette salle. Au centre se trouvait un socle sur lequel la bombe était posée. À côté de l'explosif, quatre épaisses barres de métal se dressaient. Ces tiges étaient toutes profondément ancrées dans le sol. En haut, fixée à leur extrémité, une espèce de dispositif était attachée. En voyant le mécanisme, l'escrimeuse comprit qu'il s'agissait simplement d'une masse qui tomberait sur la bombe pour la faire exploser. Elle ne put passer plus de temps à analyser le système, mais, en voyant des câbles sortir de l'ogive nucléaire, elle se rendit compte qu'il ne s'agissait pas du seul dispositif de mise à feu. Dans la pièce, il y avait en tout treize ingénieurs qui s'affairaient autour de la bombe, ainsi que quatre Exécuteurs qui étaient également là pour les protéger. Dès que l'invocatrice était entrée brutalement dans la pièce, les machines étaient sorties de leur mode de veille. Avec un tel mode, il avait été impossible pour la jeune femme et sa vision thermique de les repérer avant qu'elles ne s'activent. Tandis que Kate assommait le portier et le garde, les androïdes avaient terminé de démarrer et se mirent sans attendre en position de combat. Le plus proche de la bretteuse transforma ses mains en lance-flammes. Le suivant les changea en épées. Et les deux derniers modifièrent leurs membres en mitraillettes. L'arcaniste s'écarta immédiatement de la trajectoire des lance-flammes. Elle se dépêcha de réduire la distance entre elle et son adversaire. Pour cela, elle sprinta en se penchant en avant. Elle s'inclina le plus possible, afin d'éviter les flammes. Le feu lui passa juste au-dessus de la tête, pendant que l'automate essayait tant bien que mal de la toucher. Tandis que le feu s'approchait dangereusement de sa peau et de ses cheveux, l'escrimeuse plongea en avant et fit une roulade à terre. Ce geste lui permit de se retrouver aux pieds du robot. Elle ne perdit pas une seconde et elle lui trancha les jambes. L'engin perdit son équilibre et entra en erreur, le faisant arrêter son attaque. L'invocatrice se releva et lui découpa les bras sur lesquels les lance-flammes étaient fixés. Elle finit son enchaînement de mouvements en le décapitant, avant de le pousser du bout du pied. Les restes de l'androïde tombèrent au sol et générèrent une petite explosion. La résistante se tourna alors vers ses prochains ennemis, tandis qu'un incendie débutait dans son dos. L'instant d'après, les extincteurs automatiques s'enclenchèrent et commencèrent à stopper les flammes naissantes. Les deux machines qui avaient des mitraillettes se mirent à faire feu sur la demoiselle qui avait déjà plongé sur le côté pour esquiver l'attaque. Face à ces armes, elle n'avait pas d'autre choix que de rester continuellement mobile. Elle s'autorisait de brèves pauses, en s'abritant derrière les piliers de pierre, mais elle se forçait à rester en déplacement le plus possible, afin d'éviter de se faire encercler. Les Exécuteurs, placés l'un à côté de l'autre, tirèrent à de multiples reprises sur leur cible. Kate remercia mentalement Régis, car les balles des robots la rataient de quelques centaines de millisecondes à chaque fois. Sans ce léger bug qu'il avait installé dans les automates, l'épéiste savait qu'elle aurait déjà été tuée. Elle se réfugia derrière les ingénieurs qui avaient repris leur travail malgré la panique dans leur regard. Elle ne savait pas comment ils faisaient pour garder un pareil sang-froid dans une telle situation. Doucement et précautionneusement, ils placèrent la bombe sur son socle et armèrent les déclencheurs. La guerrière n'aimait pas faire cela, mais elle utilisa les scientifiques comme boucliers humains. Elle détestait mettre la vie des autres en danger, cependant, vu la situation, elle n'avait pas vraiment le choix. Les engins de mort stoppèrent leurs tirs afin de ne pas blesser les hommes de science. Intérieurement, elle remercia la personne qui leur avait donné l'ordre de ne pas faire de victimes parmi les ingénieurs. Les androïdes, comprenant que leur cible ne sortirait pas de là par elle-même, commencèrent à se rapprocher du groupe pour pouvoir s'en prendre à la jeune femme directement. Elle attendit qu'ils soient suffisamment proches pour passer à la contre-attaque. Quand ce fut le cas, l'invocatrice sauta sur eux et transperça simultanément leur poitrine avec ses épées à la réception de son bond. Les deux corps artificiels tombèrent sur le dos, désactivés. La bretteuse extirpa ses lames des carcasses et se retourna pour faire face au dernier Exécuteur. Maintenant que le feu était éteint, les extincteurs s'arrêtèrent. La guerrière chercha le robot du regard et le trouva dans un coin de la pièce. La sorcière savait que les machines humanoïdes du Consortium ne s'éloignaient du combat que pour communiquer avec les généraux. Elle se dépêcha alors de courir vers lui pour l'en empêcher, avant qu'il ne soit trop tard. Contrairement à ses semblables, cette machine avait opté pour des armes au corps-à-corps. À mi-distance, l'automate se tourna vers Kate, déterminé à en découdre. Il leva sa garde avec ses épées et attendit l'attaque de la demoiselle.

Une vive douleur saisit le bras dont Shadow avait amplifié la force. Il eut la sensation de s'être fait un claquage musculaire. La tortionnaire devant lui regardait toujours le corps inconscient de son collègue. Le sauveteur voulut réitérer son action, mais il donna un simple coup dans le vide, sans que rien de magique ne se produise. Il regarda son poing gauche fermé devant lui et chercha à comprendre pourquoi il n'avait pas réussi à utiliser son pouvoir. Il vit la femme se tourner à nouveau vers lui, le regard rempli de haine.

— Tu vas me le payer ! rugit-elle en se précipitant sur lui.

Elle donna un crochet en visant la poitrine de l'arcaniste qui para sa frappe avec son avant-bras et contre-attaqua en faisant une balayette. La dame perdit son équilibre et chuta. À terre, elle pivota sur elle-même et faucha les jambes de l'intrus qui tomba à son tour. Les deux adversaires se relevèrent rapidement, mais l'opposant de l'apprenti sorcier fut debout en premier. Elle s'approcha de lui et lui donna un coup de pied pendant qu'il se remettait sur ses jambes. La puissante attaque lui fit perdre une nouvelle fois l'équilibre et le novice s'écroula au sol, à plat ventre. La militaire se positionna au-dessus de lui et l'étrangla en passant son avant-bras autour de la gorge et en saisissant son propre poignet avec sa deuxième main. Shadow essaya de se dégager de sa prise, mais la femme était une experte et ne lui laissa aucune chance. L'amnésique insista en tirant aussi fort qu'il pouvait sur les bras de la soldate, mais rien à faire. Il sentit les battements de son cœur taper dans ses tempes, tandis que l'air lui manquait de plus en plus.

Kate donna un puissant tranchant vertical que le robot repoussa avec sa propre épée. Il profita de cette ouverture pour donner un coup d'estoc avec son autre lame. La bretteuse avait anticipé cette réaction et détourna cette attaque avec l'équipement dans sa main gauche. Elle tourna sur elle-même et tenta, avec l'objet dans sa main droite, d'asséner une frappe circulaire à la machine. L'Exécuteur plaça ses deux armes du même côté pour bloquer l'assaut. Le choc des épées provoqua quelques étincelles, lorsque les lames de la résistante percutèrent celles de son ennemi avec fracas. Les adversaires restèrent statiques une seconde, le temps d'analyser la situation. Puis, ils se lancèrent dans un duel de force pour tenter de déséquilibrer leur opposant. L'engin profita de son avantage mécanique pour surpasser aisément la puissance physique de l'humaine et il remporta ce duel. L'escrimeuse fut repoussée momentanément et elle battit en retraite. Après avoir pris ses distances, elle reprit son souffle et regarda son ennemi. Comme s'ils étaient connectés, les deux adversaires se lancèrent en même temps l'un sur l'autre et s'échangèrent une série de coups. Durant plusieurs minutes, ils s'attaquèrent sans relâche, chacun jaugeant la force de leur rival. Les combattants alternaient les feintes, les frappes et les parades. Les impacts répétés de leurs lames provoquaient l'apparition de nombreuses étincelles. Les mouvements de la jeune femme parvenaient à être aussi rapides et précis que ceux de l'être mécanique. Pendant tout cet échange, aucun des opposants ne parvint à prendre l'avantage.

Tandis que Kate esquivait une attaque en reculant sa jambe droite, cette dernière céda à cause de l'entaille laissée par Logan. Elle perdit l'équilibre et le robot profita de l'ouverture pour lui entailler la main droite. L'invocatrice lâcha son épée, sous le coup de la douleur, qui se révoqua. Elle se retrouva face à l'androïde avec seulement une lame et une jambe blessée. La sorcière reprit une position de combat en plaçant son pied gauche en avant et en se positionnant à trente degrés par rapport à son adversaire.

— Je vais te prouver qui, de nous deux, est le meilleur épéiste ! lança-t-elle, déterminée.

La vision de Shadow s'obscurcissait. Tout devenait flou devant lui, tandis que son sang battait dans ses tempes de plus en plus fort. Les autres sons, quant à eux, s'éloignaient peu à peu. À court d'options, une idée germa finalement dans son esprit. Il se força à visualiser son pouvoir et frappa le sol. L'apprenti sorcier amplifia au maximum le souffle de son poing et il décolla du plancher avec la tortionnaire sur son dos. Comme il maîtrisait encore mal sa magie, il ne réussit pas à doser correctement sa force. Lors de l'ascension, il sentit à nouveau cette vive douleur dans son bras droit. Finalement, les deux adversaires percutèrent douloureusement le plafond avant de chuter brutalement sur la terre ferme. Au premier impact, la femme lâcha son opposant qui put enfin respirer. Pendant sa descente, l'amnésique tendit ses bras devant lui, malgré la souffrance, pour amortir le choc. En s'écrasant, il entendit un craquement venant de son bras gauche et un supplice lancinant lui traversa le membre. Incapable de se relever dans l'immédiat, il resta allongé sur le sol durant un petit moment, espérant que son adversaire soit dans la même incapacité de mouvement que lui. Il profita des premiers instants pour respirer profondément et essaya de reprendre son souffle. Il toussa bruyamment plusieurs fois, mais réussit à retrouver une respiration à peu près normale. Quand ses sens lui revinrent petit à petit, il finit par entendre le souffle saccadé de la femme à côté de lui. Shadow s'appuya sur ses bras pour se relever, mais il retomba lourdement à terre et poussa un hurlement. Son bras gauche était cassé et venait de céder sous le poids de son corps. Les larmes aux yeux, il roula sur le dos et se redressa. Il comprit alors pourquoi la militaire ne l'avait pas attaqué pendant qu'il se mettait debout. Elle s'était cogné la tête contre le plafond. À en juger par le sang dans ses cheveux, elle avait une fracture crânienne. De plus, elle s'était cassé une jambe en s'écroulant. L'apprenti arcaniste eut un haut-le-cœur en la voyant pliée dans le mauvais sens. Malgré son état, la soldate redressa légèrement la tête et un son étouffé sortit de sa bouche. Lorsqu'elle vit que le tireur d'élite se levait, elle essaya de se mettre debout à son tour. La rage qui l'animait était toujours présente dans son regard. Le libérateur s'approcha d'elle doucement. Afin qu'elle ne puisse pas appeler à l'aide ou tenter quelque chose de stupide, il lui donna un coup de genou à l'arrière de la tête, ce qui la fit perdre connaissance.

Profitant de l'avantage qu'il venait d'obtenir, le robot lança une énième attaque sur Kate. N'ayant désormais plus qu'une seule épée, elle en saisit le manche à deux mains et attendit son adversaire. Il donna un coup d'estoc que la bretteuse dévia à l'aide de sa lame. En repoussant ainsi son assaut, elle laissait son flanc droit à découvert. Cette ouverture n'échappa pas à l'Exécuteur qui lui asséna une autre fente. De justesse, elle arriva à esquiver la taillade en sautant par-dessus l'arme qui lui arrivait depuis le côté. En atterrissant, elle sentit sa jambe droite trembler et elle faillit perdre l'équilibre. L'invocatrice n'eut pas le temps de reprendre ses esprits que l'une des épées de l'androïde lui arrivait droit entre les yeux. Par pur réflexe, la résistante pencha sa tête sur le côté et échappa de justesse au coup mortel. L'échange, qui jusqu'ici était équilibré, ne se faisait désormais plus qu'à sens unique. Harcelée en permanence, la jeune femme devait sans cesse parer ou éviter les attaques de son ennemi. À chaque esquive qu'elle faisait, elle reculait d'un pas. Avant même qu'elle ne le réalise, Kate se retrouva dos au mur. Elle enragea contre la blessure à sa jambe. Si elle avait été en pleine possession de ses capacités, elle aurait pu retourner la situation à son avantage. Sa jambe droite la limitait trop pour qu'elle puisse s'en sortir avec son style de combat habituel. L'arcaniste observa attentivement l'Exécuteur et remarqua un détail qui lui avait échappé jusqu'à maintenant. Elle baissa les yeux sur sa propre lame et comprit que son plan totalement fou pourrait bel et bien marcher.

Après avoir vaincu ses deux adversaires, Shadow s'approcha de Régis. Le pauvre était toujours suspendu la tête à l'envers par ces maudites chaînes. L'amnésique étudia le mécanisme de fonctionnement de ces entraves et finit par repérer un levier qui semblait permettre de tendre ou de desserrer les fers. Le sorcier novice actionna le manche avec son bras valide et les chaînes se détendirent lentement. Par conséquent, le technicien commença tout doucement à descendre. Le tireur d'élite s'approcha de lui et lui souleva un peu la tête de manière que le mécanicien ne se la cogne pas durant le processus. Une fois que l'homme torturé fut au sol et, voyant qu'il était inconscient, le néophyte entreprit de s'appliquer les premiers secours. Il fouilla rapidement les lieux et découvrit une trousse de soins dans une des armoires. Il utilisa le matériel qui s'y trouvait pour se fabriquer une attelle et mit son bras gauche en écharpe. En voyant la femme qui saignait toujours à terre, il la prit en pitié et lui posa un bandage sur sa tête. Après s'être soigné un minimum, l'apprenti arcaniste se reposa quelques secondes, le temps de souffler. Dès qu'il eut récupéré un minimum, il s'approcha du travailleur et entreprit de le réveiller. Il commença par le secouer gentiment, puis un peu plus violemment. Finalement, le libérateur dut lui mettre une claque pour que ce dernier ouvre enfin les yeux.

— Fiona ! cria-t-il en se réveillant.

— Doucement. Tu ne crains plus rien. Doucement, le rassura Shadow.

Le touche-à-tout regarda autour de lui et réalisa qu'il était étendu sur le sol et plus suspendu au plafond. Le sauveur découvrit que son ami avait les poignets et les chevilles attachés ensemble par de grosses pièces métalliques. Il se demanda pourquoi le Consortium utilisait des moyens de torture qui ressemblaient à ceux du Moyen Âge, mais ne creusa pas plus loin la question.

— Bouge pas. Je vais chercher la clef pour te libérer de ces entraves, dit le sauveteur en se relevant.

— Non ! Ne pars pas ! cria Régis en lui saisissant la cheville, visiblement terrorisé.

— Ça va aller. Je reste ici. Je vais juste prendre la clef pour te libérer.

Voyant que le technicien à la peau claire ne lâchait pas prise, son comparse lui saisit délicatement la main et se libéra petit à petit.

— Regarde. Je suis toujours avec toi. Je vais simplement fouiller les lieux. Je vais te parler tout le long. Comme ça, tu sauras que je suis là, expliqua l'artilleur en lui souriant.

Il commença par inspecter ce qui était disposé sur les tables, mais il ne remarqua rien qui s'apparentait à une clef. Néanmoins, il en profita pour ramasser son revolver et le ranger entre son pantalon et son dos. Il finit par trouver une clef dans l'une des poches du pantalon de la gardienne qu'il avait assommée. Il retourna vers le spécialiste en robotique et le délivra de ses entraves une bonne fois pour toutes.

Ne pouvant plus reculer, Kate para une énième attaque. Elle dévia la fente qui visait sa tête, mais pas suffisamment. La fatigue diminuait sa force et l'arme de la machine lui entailla la joue droite. Elle réalisa alors qu'elle ne pouvait pas attendre plus longtemps et mit son plan à exécution. La jeune femme passa à l'assaut. Elle lança une entaille verticale en plein sur la tête de l'androïde. Comme elle s'y attendait, le robot para le coup en mettant ses épées en X. En poussant un cri de rage, la sorcière enchaîna une succession de frappes rapides et puissantes. Aucune d'entre elles ne réussit à passer la défense de l'Exécuteur, mais ce n'était pas son plan. Elle continua de taillader encore et encore, ne laissant pas le temps à son opposant de contre-attaquer. Soudain, l'arcaniste sentit une différence dans le choc des lames et sut que le prochain assaut allait être décisif. Elle donna un coup de pied dans le buste de son adversaire qui le fit reculer d'un pas. Sans attendre, elle leva son arme au-dessus de sa tête et bondit contre l'automate. Ce dernier croisa ses bras et positionna ses mains au niveau de ses hanches. La résistante abattit son équipement sur son opposant, alors que celui-ci décroisait ses bras, décrivant ainsi un X géant avec ses armes. Les trois épées se percutèrent à mi-chemin et l'invocatrice espéra que son estimation était juste. Le temps se figea un bref instant pour les combattants. Puis, usées par le nombre de coups qu'elles avaient infligés et subis, les lames se brisèrent. À cause de l'élan respectif des deux adversaires, la guerrière se retrouva aux pieds du robot. Elle se releva tout de suite en matérialisant de nouvelles invocations et découpa l'Exécuteur au passage. Les tranchants neufs fendirent aisément la machine en deux, dans le sens vertical. L'être mécanique émit un ultime bip de détresse, avant de s'arrêter définitivement. Ses moitiés finirent par se séparer et s'écroulèrent sur le côté, tandis que la bretteuse tombait à genoux, exténuée par ce combat éprouvant physiquement.

Avec son bras valide, Shadow aida Régis à se redresser et à s'asseoir.

— Tu sais où est Fiona ? demanda-t-il à son ami torturé.

— Elle doit être dans la pièce voisine. Je crois avoir reconnu ses cris, répondit ce dernier les larmes aux yeux.

— Hey. Du calme. Tu es en sécurité, maintenant.

— Ils ne m'ont même pas posé de questions. Ils m'ont simplement torturé pour le plaisir.

— Ça ne m'étonne pas d'eux … Tu peux marcher ?

— Je ne sais pas, je vais essayer.

L'amnésique aida le technicien aux yeux marron à se relever. Voyant qu'il peinait à tenir debout, le sorcier novice passa le bras gauche de son ami par-dessus son épaule droite. Ensemble, ils se dirigèrent vers une porte d'où, selon le mécanicien, les cris de Fiona provenaient. Le libérateur, ayant son bras gauche cassé et son bras droit soutenant le touche-à-tout, laissa celui-ci entrouvrir le battant. Le jeune homme aux cheveux bruns observa l'endroit par l'entrebâillement.

— La salle a l'air vide. Plusieurs prisonniers sont dans une espèce de cage, au fond. Mais pas de garde à l'horizon.

— Ça devait être les mêmes qui s'occupaient de toi et de ces gens, supposa le tireur d'élite.

Le programmeur ouvrit complètement le passage et entra dans ce nouvel environnement avec son bienfaiteur.

— Shadow ? Régis ? appela quelqu'un dans le cachot. C'est vous ?

Les deux comparses reconnurent la voix de Fiona et en furent rassurés. Cette pièce était une sorte d'immense cellule dans laquelle pas moins de trente adultes étaient entassés. Il n'y avait aucune source de lumière. Lorsque le binôme avait ouvert l'accès, la majorité des captifs s'étaient caché les yeux en mettant une de leurs mains en visière. La lumière venant de l'extérieur les aveuglait. En voyant leur état, le libérateur fut écœuré par le comportement du Consortium. Les personnes dans la geôle étaient toutes blessées. Certaines plus que d'autres, mais aucune plaie n'était mortelle. Il régnait, à l'intérieur de ce lieu, une odeur pestilentielle. L'arcaniste au regard gris se demanda si ces gens avaient pu se laver ne serait-ce qu'une fois depuis leur emprisonnement.

— Oui. On vient vous sauver, dit l'artilleur en se forçant à sourire.

Il essaya de montrer un visage rayonnant pour rassurer et calmer tous ces hommes et toutes ces femmes. Régis s'adossa contre un mur et l'apprenti sorcier entreprit de trouver le moyen de libérer tout le monde.

CHAPITRE 42 : M – UNE MINUTE

Kate se força à se relever. Elle était à bout de forces, mais elle n'avait pas le choix, elle devait aller jusqu'au bout des choses. Malgré les combats qui s'étaient déroulés tout autour d'eux, les ingénieurs étaient encore présents dans la pièce. Alors que la demoiselle se relevait, ils s'écartèrent tous de l'ogive nucléaire. Certains se serrèrent la main, d'autres s'épongèrent le front. Visiblement, ils venaient tout juste de terminer leur travail. À cause de leur dévouement, la bombe était désormais armée et prête à raser New Hope. La sorcière s'approcha d'eux d'un pas hésitant. Pour ne pas aggraver sa blessure à la main droite, l'épéiste révoqua une de ses lames et s'avança vers les scientifiques. Lorsqu'ils remarquèrent qu'elle était toujours debout, les ingénieurs prirent peur. À elle seule, elle venait d'éliminer tous leurs protecteurs. Un des spécialistes présents intima aux autres de ne pas paniquer face à une femme blessée. Il se précipita sur elle et arma son poing. La résistante esquiva aisément son attaque et le frappa à l'arrière du crâne avec le pommeau de son arme. Elle lança ensuite un regard noir vers les derniers qui détalèrent rapidement. L'invocatrice remercia la couardise de ces gens et s'approcha du dispositif de la bombe. Maintenant qu'elle avait le temps de l'étudier, elle comprit la difficulté à laquelle elle faisait face. Si elle essayait de bouger l'ogive, la masse fixée au-dessus s'effondrerait et cognerait brutalement l'appareil, provoquant ainsi l'explosion. Cependant, si elle tentait de commencer par détruire le bloc de béton fixé au-dessus, l'électronique du dispositif détecterait le changement de masse et enverrait une décharge électrique, déclenchant la détonation. Il fallait donc commencer par désamorcer la bombe, sans faire bouger l'ogive nucléaire d'un iota. Puis, après cela, il faudrait encore qu'elle éloigne l'explosif d'un coup sec, pour éviter que la masse ne lui tombe dessus. Elle regarda les fils qui sortaient de l'engin, mais ils étaient tous de la même couleur. Impossible de savoir lequel sectionner pour désamorcer l'appareil. Alors qu'elle réfléchissait à une solution, la guerrière entendit un bruit de pas lourd venant de l'extérieur de la salle. Avec désespoir, elle reconnut ce son caractéristique. Elle se tourna dans cette direction et leva difficilement son arme. La poignée se tourna, même si elle ne servait plus à rien puisque l'accès était défoncé, et la porte s'ouvrit à la volée. Un nouvel Exécuteur entra dans la pièce. L'être mécanique avait un bras gris métallique usé et un autre flambant neuf.

— Analyse en cours. Menace neutralisée, fit l'androïde piloté par Aivi.

— Je pensais pas dire ça un jour, mais je suis contente de te voir, avoua l'invocatrice rassurée d'avoir un allié à ses côtés.

Le robot piraté s'approcha de l'ogive et l'analysa, tandis que l'arcaniste révoqua son épée.

— Analyse en cours. Menace détectée, dit-il.

— Ouais, je sais. Il faut qu'on trouve comment désamorcer ce truc. Comme tous les fils se ressemblent, je ne sais pas lequel il faut couper. La chose la plus embêtante, c'est le capteur de secousses. Si la bombe bouge d'un millimètre, la masse tombera dessus et elle explosera, expliqua la sorcière.

L'automate contrôlé par l'intelligence virtuelle leva la tête et observa la masse.

— Il faut donc qu'on arrive à couper les bons fils sans faire trembler la bombe. Après ça, il va falloir la faire-

Avant que la jeune femme ne puisse finir ses explications, le robot sauta en l'air et donna un puissant crochet dans la masse. Sous le regard ébahi de l'épéiste, le bloc de béton fut pulvérisé par le poing de l'Exécuteur-Aivi. Elle vit qu'un des débris allait chuter sur la bombe, mais la machine donna un coup de pied dedans. L'androïde utilisa sa souplesse surhumaine pour se mouvoir facilement et ainsi atteindre son but. Le morceau de béton qu'elle avait frappé avec son pied partit se planter dans le mur à l'autre bout de la pièce. Avant qu'il ne retombe, l'être mécanique s'accrocha au moyen de fixation du bloc de béton. Désormais, il était à son tour suspendu au-dessus de la bombe, incapable de bouger.

— Analyse en cours. Première menace neutralisée. Le bloc de béton a été détruit. Deuxième menace détectée. Erreur. Incapacité à éradiquer la menace par soi-même. Pour ne pas déclencher le mécanisme d'explosion de la bombe, un poids équivalent a dû être suspendu à la place du bloc de béton. Veuillez saisir délicatement la bombe et la soulever.

Kate regarda le robot, toujours effarée par ce qu'il venait de faire. Elle secoua sa tête et se reconcentra sur le danger imminent. Elle écouta les instructions de l'Exécuteur-Aivi et saisit l'ogive. Lorsque ses mains se posèrent dessus, le bruit d'un mécanisme qui s'ouvre se fit entendre. L'automate perdit sa prise et chuta sur la table. Ses pieds se posèrent juste autour de la bretteuse qui venait à peine de soulever la bombe de son socle. L'être mécanique descendit de la table et la guerrière reposa délicatement l'engin nucléaire. Avant qu'elle ne puisse réagir, la machine saisit une partie des fils de la bombe dans sa main droite et les arracha, sans ménagement.

Shadow ouvrit la cage. Bien qu'ils soient désormais libres, les détenus ne se précipitèrent pas dehors, mais restèrent tapis au fond de la cellule, pétrifiés de peur.

— Vous pouvez partir. Vous ne craignez plus rien, dit l'amnésique en voulant les rassurer. Je fais partie de la Résistance.

Fiona s'approcha la première de la sortie.

— C'est vous ? C'est vraiment vous ? s'exclama-t-elle en serrant aussi fort que possible l'homme aux cheveux noirs dans ses bras. Je me demandais si vous alliez me sauver, encore …

— Je te l'ai dit. Je n'abandonne personne, répliqua le sorcier novice avec un sourire.

— Et moi, j'ai pas le droit à un câlin ? réagit Régis qui s'appuyait toujours contre le mur.

La jeune femme aux cheveux d'or s'approcha de lui et le prit également dans ses bras.

— Mais tu pleures ? remarqua-t-elle, tandis qu'elle l'étreignait.

— C'est parce que c'est la première fois que cette technique de drague marche, répondit le travailleur aux cheveux bruns en séchant une larme.

La blonde lui mit un petit coup de poing amical.

— Imbécile.

Le technicien grimaça. Son corps complètement meurtri souffrit encore un peu plus avec la petite droite que la demoiselle venait de lui donner. En voyant sa réaction, elle regretta immédiatement son geste et le reprit dans ses bras.

— Venez, vous autres. Vous pouvez sortir, insista Shadow auprès des prisonniers.

— La dernière fois que tu m'as libéré, ça a fini par me faire plus de mal que si tu m'avais laissé tranquille ! s'énerva quelqu'un au fond de la cage.

— La dernière fois ? répéta le tireur d'élite.

— Ouais, mon gars. Tous ceux qui sont enfermés ici sont ceux que tu as *libérés* de la prison ...

— Tous ? Mais comment ça se fait ? Il y en a au moins quelques-uns qui ont dû s'échapper. Vous étiez plus nombreux que ça.

— On était plus nombreux, c'est vrai. Mais personne n'a réussi à quitter la ville. Soit on est là, soit on est mort, poursuivit l'homme à l'intérieur du cachot.

— Je suis désolé que ça ne se soit pas passé comme prévu. Mais vous n'allez pas rester là à vous faire torturer ?

— Désolé, mon gars, mais moi, j'ai assez donné. S'ils me chopent en train de fuir à nouveau, j'ose pas imaginer ce qu'ils me feront subir à moi ou à ma famille ...

Le touche-à-tout s'approcha de la cellule.

— Les gars. Je connais la plupart d'entre vous. Je sais que vous avez été arrêtés pour des choses que vous n'avez pas faites. Vous savez aussi bien que moi qu'il est temps que la situation évolue ! Le moment est venu de prendre notre revanche ! Allez-vous laisser le Consortium s'en tirer aussi facilement, ou allez-vous vous battre avec moi ? cria le technicien pour motiver les captifs.

Plutôt que des acclamations, un calme olympien s'installa suite à ses propos.

— Je sais pas, Régis. Tu penses vraiment qu'on peut faire quelque chose face à des sorciers ou même des Exécuteurs ? s'inquiéta quelqu'un dans la cage.

— Aucune idée. Je disais seulement ça pour impressionner Fiona, avoua l'homme aux cheveux bruns, sans gêne.

— Allez les gars ! C'est l'heure de la revanche ! dit la jeune femme en ignorant la dernière remarque du spécialiste en robotique.

Il y eut un moment de silence. Puis un individu sortit de la geôle, suivi d'un deuxième. Petit à petit, les prisonniers se levèrent et sortirent de leur cachot. Au final, près de la moitié des détenus se portèrent volontaires pour venir se battre.

— Ne refais jamais ça ! s'énerva Kate contre l'androïde piloté par l'intelligence virtuelle. Tu aurais pu nous tuer !

— J'aurais survécu, répondit la machine avec les fils électriques dans sa main droite.

— Mais tu aurais été le seul, critiqua la bretteuse.

— Les menaces contre la Résistance doivent être éliminées avant tout.

— Pas au prix de vies innocentes ! répliqua la bretteuse.

Le robot resta muet. À la place, il tourna vivement la tête en direction de l'épéiste, comme s'il avait vu quelque chose derrière elle.

— Qui peut dire qui est innocent ou non ? demanda une voix derrière la demoiselle.

L'invocatrice se retourna et trouva un militaire en uniforme du Consortium adossé contre la porte. Sur ses épaules, une étoile d'or à douze branches se détachait fièrement du reste. Ses cheveux poivre et sel ainsi que sa carrure musclée indiquaient qu'il avait l'expérience du combat.

— Analyse en cours. Menace détectée, dit l'Exécuteur-Aivi.

— Merci. J'avais pas vu, ironisa la guerrière en observant le dirigeant de New Hope.

— Tu as semé une sacrée pagaille dans ma ville, Kate.

— Vous savez qui je suis ? s'étonna-t-elle.

— Un vrai général connaît toujours ses ennemis. Bref … Est-ce que tu serais d'accord de passer le moment où on se menace chacun notre tour et celui d'après où on se bat et où je gagne, pour me passer directement la bombe ? suggéra le maître des lieux.

— Plutôt mourir !

— Bon. On va se contenter d'aller directement au passage où on se bat !

Avant que la jeune femme ou le militaire ne bouge, l'automate transforma son bras gauche en mitraillette et tira sur l'ennemi. Le responsable de la cité ne bougea pas, mais aucune balle ne le percuta. L'androïde vida son magasin sur sa cible sans jamais la toucher. Tous les projectiles s'arrêtaient à quelques millimètres de sa peau, sans explication valable, hormis la magie.

— Je vois que vous avez retourné mes propres robots contre moi, commenta Anderson, pas le moins du monde impressionné.

Il tendit sa main devant lui et un rayon d'énergie en sortit. Le trait percuta la machine qui alla s'encastrer dans le mur au fond de la pièce. La technique du général passa près de l'ogive, mais ne la toucha pas.

— Vous êtes complètement malade. Vous auriez pu tous nous tuer ! cria Kate en remarquant ce détail.

— Comme vous avez désamorcé son électronique, cette bombe n'explosera que si elle subit un choc d'au moins mille newtons. L'attaque que je viens de faire n'en contenait que neuf cent nonante-neuf.

La bretteuse réfléchit rapidement à ses options. D'une part, elle était blessée à sa main droite, l'empêchant de saisir convenablement une arme avec ce membre. Par ailleurs, ses genoux n'étaient toujours pas remis à cent pour cent et sa jambe droite la handicapait plus qu'autre chose. Elle n'était clairement pas au top de ses capacités, mais elle n'avait tout simplement pas le choix. Elle ne pouvait pas se permettre de laisser cette bombe aux mains de l'ennemi. Alors, elle se résigna et invoqua une nouvelle fois ses deux épées. En en saisissant une avec sa main droite, elle grimaça déjà de douleur.

— Écoute. Tu es jeune et tu as encore toute ta vie devant toi. N'essaie pas de m'empêcher de prendre cette bombe, menaça le haut gradé. En l'honneur d'une promesse que j'ai faite, si tu pars maintenant, je ne te pourchasserai pas.

La résistante se plaça entre le haut gradé et l'ogive nucléaire.

— Moi aussi, j'ai des engagements à tenir. Je vais vous battre ici et maintenant, afin de sauver toutes les vies innocentes que vous avez prises en otage !

— Analyse en cours. Analyse terminée. Shadow, je viens de perdre le contact avec l'Exécuteur que je contrôlais.

— Ça veut dire qu'il est repassé à l'ennemi ? demanda l'amnésique.

— Non. Mais que quelqu'un ou quelque chose l'a désactivé. De plus, le dernier signal qu'il m'a transmis disait que Kate était en danger, répondit l'intelligence virtuelle.

— Bordel ... Bon ... Écoutez, vous autres, commença le libérateur en s'adressant à la petite équipe de prisonniers récemment libérés. Régis et Fiona vont vous conduire en lieu sûr. Quant à moi, je pars aider Kate. Des questions ?

— Oui, dit quelqu'un dans le groupe. On fait quoi si on tombe sur des Exécuteurs ou des sorciers ? On n'a pas d'arme pour se défendre.

— Régis, toi qui as fait de la maintenance sur les Exécuteurs, t'as certainement dû entretenir leurs mitraillettes, réfléchit le combattant aux yeux gris.

— Ouaip. Et je sais où elles sont stockées.

— Parfait. Alors, commencez par aller chercher de quoi vous défendre et ensuite-

— Et ensuite on va prendre cette mairie de l'intérieur ! interrompit la blonde.

— Quoi ? dirent tous les autres en même temps.

— J'ai pas tout compris à ce qui se passe, mais en gros, Kate et toi êtes en train d'attaquer cette ville, résuma celle qui était originaire de Zenosi en s'adressant à Shadow.

— Pas exactement, mais ouais, c'est dans cette idée-là, éluda l'artilleur.

— On va pas rester là les bras croisés en attendant que vous ayez fait tout le boulot. Alors, va rejoindre ton amie pendant que nous, on libère cette ville du joug du Consortium.

La fin du discours de la jeune femme fut suivie de quelques clameurs venant de l'équipe.

— Comme vous le sentez. Mais si vous êtes en danger, n'hésitez pas à fuir et à rejoindre la Résistance, proposa le sauveteur aux cheveux noirs.

— T'inquiète, c'était prévu, intervint le technicien.

Le sorcier novice regarda une ultime fois le groupe d'une dizaine de personnes qui se trouvait devant lui et fut surpris d'y voir des visages aussi déterminés. Le petit discours de Fiona avait redonné du courage à tous ces prisonniers. Elle leur avait même donné un autre but que celui de la survie.

— Je compte sur vous alors, conclut le nouvel arcaniste avant de partir en courant vers l'étage inférieur.

CHAPITRE 43 :
LA PUISSANCE D'UN ÉRUDIT

Kate bondit sur le général. Celui-ci tira un rayon d'énergie qu'elle esquiva en se tournant sur le côté. Le trait couleur saphir lui passa à quelques millimètres du visage et explosa contre un mur derrière elle. La paroi bétonnée s'effondra, créant un trou béant qui menait au couloir. La puissance de l'impact fit trembler le bâtiment et des gravats furent projetés dans tous les sens. Un des piliers de la salle s'écroula à cause de l'onde de choc. La guerrière continua sa course et arriva à la hauteur de l'érudit. Au dernier moment, elle tourna sur elle-même et frappa de ses épées le flanc droit d'Anderson, en tenant ses invocations de manière à les avoir toutes deux du même côté. Lorsqu'elle attaqua, ses lames étaient l'une au-dessus de l'autre et percutèrent son objectif avec beaucoup de force. Cependant, au lieu de faire mouche, son assaut resta sans effet. Plus ses armes s'étaient rapprochées de la peau du sorcier et plus elles avaient été ralenties. Leur vitesse diminua drastiquement jusqu'au moment où elles ne bougèrent plus du tout. L'invocatrice écarquilla les yeux de surprise et regarda son adversaire, tout en essayant de retirer ses créations qui se retrouvaient comme bloquées. Elle avait beau tirer dessus de toutes ses forces, ses lames refusèrent de bouger d'un iota.

— Je t'avais dit que tu ne pouvais rien me faire, soupira Anderson d'une voix calme.

Le haut gradé arma son poing pour répliquer. La bretteuse le vit préparer sa frappe et tenta désespérément de faire bouger ses armes. Lorsque l'érudit passa à l'offensive, l'arcaniste fut obligée de lâcher ses lames, avant de faire un bond en arrière, pour esquiver le coup.

— Bons réflexes, commenta le sorcier expérimenté. Ne gâche pas ton talent ici … Fuis tant que tu le peux encore. Si tu pars maintenant, je ne te poursuivrai pas, répéta-t-il.

Les épées de la résistante se révoquèrent et elle en matérialisa d'autres dans ses mains. La combattante effectua à nouveau son mouvement en visant différentes parties du corps de son adversaire. À chaque tentative, ses attaques s'arrêtèrent à quelques millimètres du corps de son ennemi. En tout, elle s'y reprit une dizaine de fois, mais aucun de ses essais n'atteignit son objectif. Après un dernier assaut, la jeune femme sentit une montée de chaleur quand elle exécuta sa fente. Elle prit ses distances avec le général et comprit que c'était lui qui chauffait les environs. L'invocatrice vit apparaître des perturbations dans l'air, à cause de la hausse de température. Elle chercha à savoir comment et pourquoi il faisait cela. Une idée lui traversa l'esprit et lui provoqua une esquisse de sourire.

— Ah. Je vois que tu commences à comprendre la manière dont j'arrive à faire ça, lâcha l'érudit en voyant sa réaction.

— Arrêtez de me parler comme si j'étais votre disciple ou je ne sais quoi ! s'énerva la sorcière en perdant son sourire.

— Et pourtant, je vais quand même t'apprendre quelque chose. Comme tu l'auras deviné, j'absorbe l'énergie que tu donnes dans chacune de tes attaques. Quand je commence à en accumuler trop, j'en laisse échapper un petit peu sous forme de chaleur. Mais je peux faire ce que je veux avec le reste d'énergie que j'ai conservé. Par exemple, je peux faire ça :

Avant que la bretteuse ne puisse ni le voir ni le comprendre, le haut gradé se trouva derrière elle. D'une main, il la saisit à l'épaule gauche, et de l'autre il la frappa dans les côtes. La demoiselle voulut pousser un cri de douleur en sentant deux de ses côtes se casser, mais le coup de poing eut également l'effet de lui couper la respiration. Les jambes de la guerrière se dérobèrent sous elle et elle tomba au sol. Ses épées disparurent dans la foulée.

— Loi de la conservation de l'énergie. Rien ne se perd, rien ne se crée, tout se transforme. J'ai retourné contre toi toute l'énergie que tu m'as transmise. Avec un peu d'entraînement, tous les érudits peuvent faire ça, éduqua Anderson en la toisant. C'est ce que j'ai expliqué à Artémis, entre autres.

— Je vous interdis de parler de lui !

— Ou sinon quoi ?

— Je vais vous tuer !

Le général laissa échapper un petit rire et se dirigea vers la table pour ramasser la bombe, en ignorant les menaces de son adversaire.

— Tu sais ce qui est le plus amusant ? C'est que je lui ai juste dit la vérité et ça a suffi pour qu'il change de camp, révéla l'érudit en s'emparant de l'explosif.

Voyant que Kate ne réagissait pas, il poursuivit ses explications.

— Je me suis contenté de lui dire le plan de Magellan et ton rôle dans tout ça. Bien sûr, il ne m'a pas cru au début. Après, je lui ai montré le disque de données et son contenu. C'est à cet instant qu'il a compris qu'il était dans l'erreur et qu'il a décidé de rejoindre le Consortium.

— Je comprends rien à ce que vous dites ... Quel plan ?

— Allons, allons. Tu connais une bonne partie de la stratégie mise en place. Même si tu n'as pas une vision d'ensemble et qu'il te manque certains éléments.

Anderson avait fini de s'emparer de l'ogive et commença à se diriger vers la sortie de la pièce.

— Attendez ! s'écria difficilement la bretteuse. Notre combat n'est pas fini !

Elle se releva péniblement et prit position entre le maître de New Hope et son échappatoire.

— Je ne vous laisserai pas partir avec cette bombe !

— Tu m'as pas écouté ? Ton ami a rejoint nos rangs, car il a vu à quel point vous vous trompiez ! Je sais ce que Magellan t'a demandé de faire ... Je lui ai montré de quelle façon il avait été manipulé. Artémis a compris que la Résistance n'était pas sur la bonne voie. Toi aussi, tu pourrais nous rejoindre. Toi aussi, tu connais la vérité.

— Peu importe ! Je pense que le camp qui n'hésite pas à placer des bombes nucléaires dans ses propres villes pour prendre des civils en otages n'a pas son mot à dire sur ce qui est juste ou pas !

— Seuls les vainqueurs peuvent dire ce qui est juste …

— Alors je vais vous battre ! annonça la guerrière en se relevant.

— Écoute ma petite : je me suis retenu un maximum pour ne pas te tuer, mais si tu veux encore te battre, je n'aurai pas d'autre choix que de le faire, répondit le soixantenaire.

Avec sa main gauche, Kate se tenait le flanc droit. Ce dernier la faisait atrocement souffrir, depuis que le général lui avait cassé des côtes. Au prix d'un terrible effort, elle invoqua non pas une épée, mais une dague dans sa main droite. Anderson soupira, posa délicatement l'explosif à terre et se plaça face à l'arcaniste. À nouveau, le militaire se trouva derrière elle en un instant. Ce coup-ci, elle anticipa le mouvement de son ennemi et donna une fente en arrière avec son poignard. En remarquant cela, l'érudit arrêta son geste, puis recula son bras avant d'absorber l'énergie de la contre-attaque de son adversaire.

— Je te l'ai dit, tu ne peux rien me faire.

La combattante puisa dans ses ultimes forces et lui donna un coup de talon dans la jambe droite. Cet assaut désespéré toucha sa cible. Contrairement à ce que la jeune femme pensait, le haut gradé n'absorba pas la frappe et reçut le choc dans son membre. L'érudit prit immédiatement ses distances en reculant de deux pas.

— Petite insolente !

— Je ne suis pas aussi faible que vous le pensiez ! lança l'invocatrice avec un regain d'espoir.

Un début d'hypothèse émergea dans l'esprit de la bretteuse : pour que le pouvoir d'Anderson fonctionne et qu'il absorbe l'énergie de son opposant, il devait voir le coup venir. L'épéiste attendit alors que le général vienne encore l'agresser pour vérifier sa théorie. Le sorcier du Consortium apparut cette fois, non pas derrière la résistante, mais face à elle. Elle donna une frappe du poing gauche tout en fendant l'air avec sa dague. Le fait que la guerrière utilise sa main gauche prit par surprise le militaire, ce qui accapara son attention. Anderson absorba le crochet de la jeune femme, mais se prit le couteau dans le flanc. Il lâcha un cri de douleur, avant de se ressaisir rapidement et cogna la demoiselle aux yeux hétérochromes à l'estomac. L'attaque la projeta violemment en arrière et elle alla jusqu'à percuter le mur. Puis, elle tomba lourdement à terre, n'ayant plus la force de tenir sur ses jambes. Au sol, elle cracha du sang, avant de redresser la tête et d'observer son ennemi d'un regard déterminé. Après quoi, le soixantenaire s'éloigna en tenant sa propre blessure.

— Sale garce ! Tu vas regretter de m'avoir fait ça, menaça-t-il.

La guerrière, pliée en deux à cause de la douleur, n'eut pas la force de répondre. L'érudit se concentra et commença à canaliser son énergie entre ses mains. Kate ne bougea pas et se contenta de regarder la scène, impuissante.

Shadow arriva au bas des escaliers. Il croisa des ingénieurs aussi surpris que lui de le trouver ici. L'homme les ignora et continua sa course folle pour secourir son amie. Aivi le guida vers la dernière position connue de l'Exécuteur qu'elle contrôlait. L'apprenti sorcier arriva devant la porte ouverte. Il vit la jeune femme pliée en deux, à terre, et un militaire face à elle. Il reconnut Anderson et la posture qu'il prenait. Il se tenait de la même manière que l'enfoiré qui avait rasé la maison lors de l'affrontement dans la ville. Le tireur d'élite se rappela des dégâts que le bâtiment avait subis quand il avait esquivé le trait de magie. Il n'osa pas imaginer l'état dans lequel l'invocatrice se trouverait si elle se prenait une pareille attaque à cette distance. L'amnésique était à dix mètres de son amie quand il aperçut les décharges couleur saphir apparaître entre les mains du sorcier. Celui-ci était en train d'accumuler l'énergie entre ses doigts et se préparait déjà à la libérer sur sa cible. Avant qu'il ne le réalise, l'individu aux yeux gris courait déjà pour sauver son amie.

Six mètres.

L'énergie entre les mains de l'érudit commença à bourdonner et à craqueler, tandis qu'elle prenait la forme d'une sphère.

Quatre mètres.

Le combattant aux cheveux noirs vit l'épéiste qui le regardait avec un visage désolé.

Deux mètres.

Le sorcier novice cria le nom de son amie, lorsque le militaire du Consortium tendait ses paumes devant lui.

Un mètre.

Le rayon partit des mains du général. Shadow plongea sur Kate pour la protéger. De son bras cassé, il la poussa hors de la zone d'attaque, tandis que de sa main droite, il tenta de dévier le tir magique en concentrant son pouvoir. Il sentit le rayon d'énergie percuter son membre, puis tout devint noir.

CHAPITRE 44 : COMBAT FINAL

— Shadow … Shadow … Bon sang ! Réveille-toi ! Shadow ! cria Kate en le secouant.

L'apprenti sorcier recouvra peu à peu ses esprits. Il essaya de se rappeler ce qu'il venait de se passer, mais il n'arrivait pas à se concentrer. Il sentit une surface dure et froide contre son dos. Il avait beau réfléchir, il ne comprenait pas ce qu'il faisait allongé à terre. Sa tête était tournée sur le côté, mais sa vision était troublée. Il ne parvenait pas à distinguer le moindre détail. Il sentit un poids sur son torse qui tremblait, comme s'il avait froid. La vision de l'arcaniste inexpérimenté finit par se corriger et il put enfin voir clairement à nouveau. Avec sa tête sur le côté, il découvrit un objet informe plus loin au sol. Un liquide sombre se répandait autour de cette chose qu'il ne parvenait pas à identifier. Il tourna sa tête vers la masse qui l'écrasait et s'aperçut qu'il s'agissait de son amie. Il la regarda et ne comprenait pas pourquoi elle pleurait. Elle avait posé sa tête sur le torse de son camarade et versait de nombreuses larmes.

— Félicitations. Tu es le premier à survivre à mon attaque. J'en attendais pas moins de toi, dit le soixantenaire au loin.

Le supposé mercenaire regarda l'invocatrice et cherchait toujours à savoir ce qu'il s'était passé. Il vit qu'elle avait déchiré le bas de son top. Il se rappela avoir vu cela lorsqu'elle avait soigné sa jambe à l'hôpital de Saint-Augustin. Elle ne faisait ce geste que lorsqu'elle devait faire un garrot ou un pansement compressif.

— Ça va aller, Shadow. On va s'en sortir. Je te le promets. Ça va aller, répéta la résistante, la voix tremblante.

— Analyse en cours. Analyse terminée. Shadow, je vous conseille de …

Mais le sorcier novice ne l'écoutait pas. Comme celle du

général et de Kate, la voix de l'intelligence virtuelle semblait être si lointaine qu'il avait de la peine à comprendre ses propos. Inéluctablement, l'amnésique regarda l'objet qui jonchait à terre à quelques mètres de lui. Il ne savait pas pourquoi, mais cette chose était ce qui captivait le plus son attention. Le visage de la jeune femme entra dans son champ de vision. Il vit ses lèvres bouger et son inquiétude sur son visage, mais ne saisit rien à part quelques mots. Il eut l'impression de comprendre : le Doc va arranger ça. L'épéiste se tourna ensuite vers l'érudit et eut l'air de l'insulter. Celui qui était au sol sentit un picotement dans son bras droit, mais n'y prêta pas attention. Son regard était toujours attiré par cette chose indéfinissable. Le liquide sombre continua de se répandre tout autour de ce … truc. Les picotements dans le bras droit de l'arcaniste inexpérimenté s'intensifièrent. Il finit par réaliser que l'objet informe qui captivait son attention était de couleur chair. Il identifia alors le liquide comme étant du sang et la peur commença à monter en lui. Ce qu'il voyait était en réalité un morceau humain. Il observa plus attentivement le bout de chair difforme, tandis qu'il devenait de plus en plus terrifié à l'idée de comprendre. Le néophyte réalisa enfin ce qu'il voyait depuis tout à l'heure. Il s'agissait d'un membre humain. Il finit par reconnaître des doigts, ainsi que la main, avant de piger qu'il s'agissait de son bras droit. C'était son membre qui gisait là-bas à une dizaine de mètres de lui. La souffrance arriva d'un coup, sans prévenir. Il hurla de douleur et de peur. Sans attendre, les images de la scène lui revinrent en mémoire. Il avait voulu dévier l'attaque du général, mais n'avait pas réussi. Ou du moins, pas tout à fait. L'apprenti sorcier avait pu dévier légèrement le rayon d'énergie. À la place de l'atteindre en plein cœur, le projectile magique lui avait transpercé le bras au niveau de l'épaule. Le choc avait été si violent que son membre en avait été arraché. Pour se rassurer, l'infirme voulut tendre sa main droite devant lui, mais rien ne bougea. Il tourna la tête vers son corps et vit ce qu'il redoutait. Son bras n'était tout simplement plus là. Il avait été arraché juste en dessous de l'épaule. Kate avait fait un pansement compressif avec un bout de son top, mais le tissu était déjà imbibé de sang. Le supposé mercenaire hurla à nouveau. Pas un hurlement de douleur, mais de peur, la peur pure et simple. Il était terrifié à l'idée de mourir. Les larmes lui montèrent immédiatement aux yeux et il commença à s'agiter dans tous les sens. Ces mouvements paniqués ne le firent que saigner davantage.

— Tu … pitoyable. Le Sk- … que je connais n- …

Les mots d'Anderson étaient hachés. De toute façon, dans son état, le tireur d'élite ne s'en préoccupait pas et n'écoutait pas. Une part de lui le força à se calmer et il canalisa le peu de force qui lui restait pour se concentrer sur son amie. Il la regarda et fut surpris de la voir paniquée. Elle qui semblait toujours si sûre d'elle était en train de pleurer et le serrait fort dans ses bras.

— Ça va aller. Le Doc va arranger ça, répétait-elle en boucle.

Sans qu'il sache pourquoi, parmi tout ce qu'il avait à dire à son binôme, il choisit de prononcer les mots suivants :

— J … j'ai un … j'ai un revolver à ma ceinture, arriva à dire le blessé grave entre deux crises de panique.

La jeune femme prit le pistolet et remercia son ami.

— Tout va bien se passer. Le Doc va arranger ça, dit-elle en se détachant de lui.

L'invocatrice se releva. Ses côtes cassées lui firent mal, mais elle ignora la souffrance. L'amnésique, quant à lui, se tordait de douleur à terre. Il ne pouvait rien faire d'autre à part crier et regarder son bras qui gisait quelques mètres plus loin.

— Tu tiens vraiment à te battre ? soupira le soixantenaire en la voyant se lever.

— La ferme ! cria la sorcière en colère. Votre blessure au flanc est la preuve que vous pouvez mourir. De plus, je n'ai plus de temps à perdre avec vos conneries.

Le général voulut dire quelque chose, mais la demoiselle fonça sur lui avec sa dague. Elle l'attaqua à de multiples reprises. Aucun de ses coups n'atteignit sa cible, mais elle ne s'arrêta pas. Elle poursuivit ses assauts sans laisser un seul instant de répit à Anderson. Son bras bougeait si vite qu'il donnait parfois l'impression de s'être dédoublé. L'épéiste ne savait pas si elle devait mettre cela sur le fait de sa rapidité ou si les larmes qu'elle avait aux yeux lui jouaient des tours.

— Imbécile ! Tu ne te souviens pas de ce qu'il s'est passé juste avant ? demanda l'érudit en absorbant toute l'énergie de ces fentes.

La combattante ignora sa remarque et poursuivit inlassablement ses taillades. Au bout d'un moment, le militaire la força à reculer en passant à l'offensive. Pour cela, il utilisa l'énergie absorbée pour frapper la jeune femme dans le dos. Sans prévenir, il se retrouva dans son angle mort et lui donna un puissant crochet. Il décupla sa force et la bretteuse fut projetée contre un mur. Elle poussa un cri de souffrance, mais se releva sans attendre. L'état psychologique dans lequel elle était lui faisait ignorer toute la douleur physique. Une seule chose occupait son esprit : l'état critique de Shadow.

— Ce n'est pas encore fini ! dit-elle en faisant des pas peu assurés.

Ses jambes flageolaient sous son poids, mais elles tinrent bon.

— Tu aurais dû fuir quand tu en avais le temps ... commenta le maître de la cité.

Il utilisa une fois de plus l'énergie absorbée pour foncer sur Kate et lui donna une succession de coups rapides. Il la cogna au ventre à trois reprises. La demoiselle cracha du sang et s'écroula. À terre, elle lâcha sa dague, à bout de forces. L'arme se révoqua et l'épéiste sentit ses dernières forces la quitter peu à peu. Elle regarda en direction de son ami et sentit un regain d'énergie. Comment pouvait-elle se permettre d'abandonner maintenant ? Elle frappa le sol avec un coup de poing et invoqua un nouveau poignard. Elle se releva difficilement et porta un regard rempli de haine sur son adversaire. Avant qu'il ne dise quoi que ce soit, elle se mit à charger son ennemi. Ses pas étaient tremblants, mais pas son bras gauche. Arrivée à la hauteur d'Anderson, elle lui asséna une puissante taillade au niveau du crâne. Le général se contenta d'absorber l'énergie et secoua sa tête de dépit. Puis, il se déplaça une fois encore dans le dos de son adversaire. L'érudit ne fut pas aussi vif que les coups précédents, sans doute à cause de sa blessure et du fait qu'il avait dépensé une grande partie de l'énergie qu'il avait emmagasinée jusqu'à présent. L'invocatrice arrivait désormais à voir ses mouvements et à les esquiver. De manière surprenante, même si elle menait un combat acharné, son esprit était ailleurs. Ses pensées revenaient sans cesse à l'état de santé de son ami. Face à la rapidité d'Anderson, elle ne pouvait pas se permettre de contre-attaquer. Elle passait son temps à éviter les puissantes frappes ou à les parer avec sa dague. Son esprit ne suivait pas le combat, mais son corps répondait parfaitement à son adversaire. Si elle ne faisait qu'un seul faux mouvement, elle risquait de mourir sur le coup. Les deux opposants en étaient parfaitement conscients. Malgré tout, elle s'en voulait. C'était parce qu'elle était trop faible que Shadow avait dû la sauver. Si elle ne s'était pas retrouvée si affaiblie et si inutile face à l'ennemi, l'amnésique n'aurait pas perdu son bras. Comment avait-elle osé abandonner le combat, alors que celui-ci n'était pas terminé ? Perdue dans ses réflexions, la résistante se prit un nouveau crochet dans les côtes. Au dernier moment, elle arriva à bloquer l'attaque avec son poignard. Anderson ne lui cassa pas d'autre os, mais la jeune femme sentit son poignet se fouler à cause du choc. La douleur faillit lui faire lâcher son arme, mais elle se ressaisit et serra la garde de la dague avec plus de force. Cette parade força la bretteuse à se concentrer sur le combat plutôt que sur l'état de son ami. Elle inspira à fond et décida de passer à l'offensive. Elle donna une fente avec son couteau à l'instant où le sorcier lui donnait un coup de poing. Au lieu d'absorber la taillade, le soixantenaire l'esquiva. En voyant ce geste, la demoiselle émit alors une supposition quant à la nature du pouvoir de l'érudit.

Il pouvait soit absorber de l'énergie, soit la relâcher, mais pas les deux en même temps. L'épéiste réalisa qu'elle tenait toujours le revolver de son protégé, dans sa main gauche. Elle attendit que son ennemi attaque, puis exécuta sa nouvelle stratégie. Le général lui arriva droit dessus et arma sa main. Au moment où il allait donner son crochet, Kate releva le canon de son pistolet, qui était au niveau de sa hanche gauche, et ouvrit le feu. En essayant de la frapper au visage pour en finir, Anderson n'avait pas fait attention au pistolet de son adversaire. Pris par surprise, il n'eut pas le temps d'esquiver le projectile ou d'en absorber l'énergie et fut touché au flanc gauche. Le maître des lieux mit un genou à terre, tandis qu'une tache sombre se répandait sous ses vêtements bleus.

— Sale garce ! Tu as fini par comprendre ...

Il se releva avec peine. La sorcière feinta une attaque avec sa dague puis tira une seconde fois. En assénant un coup avec son invocation, elle accapara l'attention du haut gradé qui ne put voir la balle du revolver lui foncer dessus. Le projectile le toucha à l'épaule gauche et il poussa un grognement de douleur. La jeune femme comprit que le vieux sorcier n'était plus en état d'absorber de l'énergie. Anderson tituba en arrière, dans l'espoir de rétablir son équilibre. Son genou gauche céda sous son poids et il tomba. Sans attendre, la guerrière s'approcha de lui et lui tira une balle dans la tête. Elle ne lui donna même pas l'occasion de prononcer des derniers mots ou de tenter quelque chose d'autre, avant de faire feu. Le général, trop déconcentré par ses blessures, ne put absorber l'énergie du projectile et mourut. Sa tête partit en arrière et il s'écroula au sol, vaincu. La demoiselle le regarda une ultime fois et ne ressentit que de la haine envers cet homme. Elle décida de ne pas prendre de risque et tira encore deux balles sur son corps sans vie.

Le blessé grave qui gisait à terre entendit plusieurs coups de feu, puis Kate réapparut soudainement dans son champ de vision.

— Tu vas t'en sortir. Je vais t'amener chez le Doc, dit l'invocatrice exténuée après son combat.

Shadow ne répondit pas. Il sentait le froid pénétrer dans son corps. Tout lui semblait lointain. La voix de son amie était faible. La lumière diminuait. Tout devenait de plus en plus sombre.

— *Regarde-toi… Tu es pitoyable. Tu ne vas quand même pas crever maintenant ?*

L'amnésique se sentait de plus en plus fatigué. À quoi bon lutter ? Pourquoi ne pas dormir un moment ?

— *Lutte ! Survis !*

L'apprenti sorcier s'évanouissait et se réveillait en alternance. Il comprenait à peine ce qu'il se passait. Il aperçut sa sauveuse se pencher vers lui, avant de sombrer dans l'inconscience.

Il rouvrit les yeux, lorsque la jeune femme le portait sur son dos dans des escaliers.

— Reste avec moi !

Il se réveilla à nouveau à l'entrée de la ville. Il entendit des coups de feu au loin et vit des flammes briser l'obscurité de la nuit.

— Ne t'endors pas !

La dernière chose qu'il discerna fut la cabane dans la forêt.

Kate entra dans le téléporteur et arriva dans le labo du Doc. Elle appela la médecin tout en courant vers le bloc opératoire. La scientifique arriva en moins de deux et comprit instantanément la gravité de la situation. L'arcaniste novice fut immédiatement conduit et déposé sur une table d'opération. La soignante fit alors sortir la bretteuse de la salle et commença à s'occuper de son patient.

CHAPITRE 45 :
UN BILAN SOMMAIRE

Shadow ouvrit les yeux et regarda autour de lui en essayant de comprendre où il était. Il reconnut rapidement les bips caractéristiques de l'électrocardiogramme. Malheureusement habitué à reprendre connaissance dans ce genre de lieux, il n'eut aucun mal à réaliser qu'il se situait dans un hôpital. Il se souvint petit à petit de la chambre de réveil du laboratoire du Doc, grâce aux draps bleu pastel. Il fut soulagé de se retrouver dans un endroit connu. Proche du lit dans lequel il était allongé, il découvrit Kate qui était endormie dans un fauteuil. Elle portait sa tenue habituelle et dormait paisiblement juste à côté de lui. Dans ses mains, encore ouvert, un livre de *Derek Landy* indiquait que cela faisait un moment qu'elle attendait qu'il reprenne connaissance. Il la regarda dormir paisiblement quelques instants, heureux de la voir en vie.

— Hey, finit par dire doucement l'amnésique pour la réveiller.

L'invocatrice ouvrit lentement ses yeux hétérochromes, mais reprit rapidement ses esprits.

— Comment tu te sens ? s'empressa-t-elle de demander avec un air inquiet.

— Faible, répondit son ami avec un léger sourire. Ça fait longtemps que je dors ? Quelques heures, non ?

— Heu … ça fait cinq jours, informa la sorcière.

— Quoi ? Tant que ça ?

— Tu avais perdu beaucoup de sang. Et le temps qu'on arrive ici …

— D'ailleurs, merci de m'avoir à nouveau sauvé la vie, remercia sincèrement l'artilleur.

— Mais qu'est-ce que tu racontes ? C'est toi qui m'as sauvé la vie. J'avais abandonné le combat ... Sans ton intervention, je serais ...

— C'est un juste retour des choses alors, déclara le tireur d'élite en voulant détendre l'atmosphère.

Il réfléchit un moment en essayant de se souvenir de ce qu'il s'était passé. Il se rappela qu'il s'était séparé de Régis et Fiona pour aller secourir son amie. Il revit la décharge d'énergie lui foncer dessus et sentit une fois de plus la douleur dans son épaule. Après cela, c'était le flou total dans ses souvenirs. Il tourna la tête vers son membre et remarqua qu'il était toujours absent. L'espace d'un instant, il avait espéré que la médecin à lunettes aurait pu le soigner, mais cela ne semblait pas être le cas.

— Alors ? Quoi de neuf ? questionna-t-il en refusant de penser à son bras manquant.

— Par où commencer ... Ah oui, Fiona et Régis ont réussi à prendre le contrôle de la ville pendant qu'on se battait contre le général.

— Waouh ! Comment ils ont fait ? s'intéressa Shadow.

— Ils ont suivi le plan que vous aviez établi. Ils sont allés à l'armurerie pour récupérer de quoi se défendre. Ensuite, ils se sont dirigés vers le centre de contrôle des Exécuteurs.

— Il y a un centre de contrôle des Exécuteurs ?

— Tu pensais quand même pas qu'on laisserait des robots intelligents et autonomes se balader librement sans avoir un moyen de les désactiver ?

Le nouvel arcaniste préféra ne pas répondre. Il n'avait jamais pensé qu'il existait un tel lieu dans New Hope.

— Dans ce cas, pourquoi on n'a pas commencé par prendre le contrôle de cet endroit ?

— Il s'agit de l'une des pièces les mieux gardées de la ville. On n'avait aucune chance de s'en emparer avec un petit groupe. Par contre, avec le support des travailleurs, une véritable petite armée s'est dressée et a pris d'assaut la salle de contrôle.

— Je ... Il n'y a pas trop eu de pertes ? demanda le blessé.

— Régis est parvenu à les limiter en utilisant des bombes à impulsion électromagnétique, ce qui a mis hors-service une bonne partie des Exécuteurs restants. Mais ... Comme dans toute guerre, il y a eu des morts dans les deux camps ...

— Et Régis et Fiona ? s'empressa de se renseigner l'amnésique.

Il était attristé de savoir que des civils avaient dû donner leur vie dans une guerre à laquelle ils n'avaient pas eu le choix de prendre part. Mais il était d'autant plus inquiet pour l'état de ses amis.

— Ils vont bien. Ce sont des héros de la libération de New Hope, sourit Kate en lui résumant la situation. Bref, une fois au centre de contrôle, ils ont réussi à désactiver tous les Exécuteurs de la ville et des alentours. Les militaires du Consortium ont résisté jusqu'au bout, mais ils ont succombé face au surnombre des citadins. Après ça, les habitants ont commencé à se battre contre les quelques sorciers qui étaient restés dans la cité. Les derniers travailleurs ont alors rejoint le combat en s'apercevant qu'ils étaient désormais en supériorité numérique et qu'ils pouvaient prendre le pouvoir sans trop de pertes. Le peuple de New Hope a uni ses forces et il a réussi à libérer la cité. Dès que la Résistance a appris la nouvelle, elle a dépêché des troupes pour aider la population au cas où le Consortium voudrait reprendre la ville.

— On a donc réussi ! se réjouit le blessé.

— Yep, sourit la guerrière.

La porte de la chambre s'ouvrit et la scientifique fit son entrée.

— Ah, mais je vois que Shadow a enfin repris connaissance, observa-t-elle.

— Merci, dit ce dernier. Sans vous, je ...

— Ouais, je sais. Je suis la meilleure. Bon, si vous voulez bien m'excuser, il faut que je vérifie l'état de mon patient, annonça la médecin aux cheveux mi-longs en s'approchant de l'infirme.

Elle effectua divers tests et analyses sur l'état du blessé : réflexes musculaires, connexions cognitives, mémoire et autres.

— Tu m'as l'air en pleine forme. Enfin, par rapport à ce que tu as vécu … Je te conseille beaucoup de repos aussi bien physiquement que mentalement, conclut le Doc.

— Mentalement ? répéta le jeune homme aux cheveux noirs.

Le manchot voulut se redresser en prenant appui sur ses deux mains et perdit l'équilibre.

— Tu ne t'es pas encore habitué à la perte de ton bras, à ce que je vois. C'est pour ça qu'il te faut du temps. Je sais que ce n'est pas facile, mais tu n'as pas le choix, analysa la femme de sciences au regard vert. Ressens-tu des douleurs fantômes dans ton bras droit ?

— Des douleurs fantômes ? Genre une douleur qui me traverse le bras ? questionna le blessé.

— Mais non, idiot, sourit Kate en levant les yeux au ciel. Est-ce que tu ressens des douleurs ou quelque chose dans ton bras droit ?

— Comment je peux sentir quelque chose dans mon bras si je n'en ai plus ?

L'épéiste leva un sourcil et se tourna vers le Doc.

— Je crois que ça veut dire non … commenta-t-elle.

— Au fait, comment est-ce que j'ai été transporté dans ce laboratoire ? Je me souviens que tu étais aussi gravement blessée, demanda le nouveau sorcier à son amie.

— Je suis pas sûre que ce soit nécessaire d'en parler … esquiva la demoiselle.

— Ne m'en parle pas ! intervint la scientifique à lunettes. Tu peux remercier l'adrénaline, ainsi que mon talent en médecine. Lorsque tu es venue au labo, j'ai cru que tu étais morte. Tu saignais de partout et tu avais six côtes cassées.

L'apprenti arcaniste regarda son homologue aux yeux hétérochromes, choqué.

— J'ai voulu te soigner, mais tu me l'as interdit jusqu'à ce que je m'occupe de Shadow. Quand j'ai fini de l'opérer, tu m'as souri et tu t'es immédiatement évanouie …

— Tu exagères … mes blessures étaient superficielles … se défendit la bretteuse.

— Oui … Tu me connais, j'ai toujours eu un sens de l'humour particulièrement développé … ironisa le Doc.

— Bref … On peut parler d'autre chose ? proposa l'invocatrice qui voulait fuir le sermon qui allait arriver.

Elle tourna sa tête vers son binôme et vit qu'il avait les larmes aux yeux. En croisant son regard, le jeune homme se dépêcha de les essuyer.

— Merci, dit-il en souriant. J'ai de la chance de t'avoir pour amie.

La bretteuse lui rendit son sourire et le prit dans ses bras.

— Et moi donc, répondit-elle.

CHAPITRE 46 :
UN NOUVEAU JOB

Kate et Shadow purent profiter d'une semaine de repos, avant que Magellan ne convoque le duo dans son bureau afin de faire un débriefing de la mission. Après cette pause bien méritée, les deux camarades avaient enfin pu reprendre la route pour rentrer à La Forteresse. Pour voyager, l'invocatrice portait son éternel top noir et un simple jean. Pour une fois, elle n'avait pas attaché ses cheveux en queue-de-cheval, mais les avait tout de même ramenés en arrière. L'amnésique, quant à lui, portait un pull blanc avec également un jean. Sa manche droite trahissait l'absence de son bras et les personnes qu'il croisait ne se cachaient pas pour le dévisager. Le matin, les deux amis étaient partis de bonne heure pour arriver au rendez-vous. En étant prudents, ils ne croisèrent aucun Liépant, ni aucun autre problème sur le trajet qui les menait à La Forteresse. À l'intérieur de la cité, les habitants s'écartèrent en voyant l'arcaniste débutant arriver, ce qui ne le choquait même plus désormais. Le handicapé se contenta d'ignorer tout ce monde et se laissa guider par l'épéiste pour rejoindre la tour du dirigeant de la métropole.

Le bureau du chef de la Résistance était toujours aussi impressionnant que dans les souvenirs du tireur d'élite. Il remarqua que plusieurs fenêtres de la pièce étaient ouvertes et se demanda si l'érudit avait l'habitude de faire passer les gens à travers. Les sorciers avaient été guidés par un assistant du leader de La Forteresse qui les annonça auprès de ce dernier.

— Monsieur, Katherine et Shadow viennent faire leur rapport.

Magellan leva les yeux des écrans qu'il était en train de

consulter. En voyant le duo, il éteignit les projections holographiques et s'approcha des nouveaux venus.

— Je vois que tout ne s'est pas passé comme prévu, commença le maître des lieux en regardant le bras manquant de l'artilleur.

Le manchot saisit sa manche vide avec sa main gauche. Sa blessure était toujours en pleine cicatrisation, mais il ne ressentait pas de douleur. Son bras avait été arraché au niveau de l'articulation de l'épaule. Grâce au travail impeccable du Doc, la plaie avait pu être refermée sans qu'elle ne s'infecte. Depuis qu'il avait repris connaissance, l'individu aux yeux gris devait appliquer toutes les quatre heures un onguent sur son membre.

— Alors ? J'attends toujours une explication, relança le chef de la Résistance.

— Une explication sur quoi ? questionna l'arcaniste novice.

— À votre avis !

— Heu … alors Kate était en train de se battre contre le général et j'ai plongé pour la sauver d'un tir mortel. C'est à ce moment que-, commença à raconter le mutilé.

— Mais non. Pas sur ça … Je veux savoir pourquoi et comment vous avez perdu le disque de données, interrompit le dirigeant.

Le combattant avec les lunettes de combat fronça les sourcils. En quoi cet objet était-il si important pour le balafré ? À côté de cela, ils avaient tout de même libéré une ville du joug du Consortium, ce qui était loin d'être négligeable.

— On avait apporté le disque au Doc, expliqua l'invocatrice. Seulement, sans qu'on s'aperçoive de quoi que ce soit, Artémis était passé à l'ennemi. Il a trahi notre confiance et il en a profité pour voler le disque et s'enfuir vers un lieu inconnu.

— Voilà qui contrarie mes plans … murmura le chef de ce camp. En résumé, vous avez lamentablement échoué la mission que je vous avais confiée.

Le handicapé serra les poings, ou plutôt le poing, en se préparant mentalement à se faire sortir par la fenêtre.

— Néanmoins, vous avez fait preuve d'audace et avez su réagir dans une situation difficile. Grâce à vos efforts et à votre courage, vous avez réussi à contrecarrer les plans du Consortium. Pour cela, je ne peux que vous féliciter.

— Merci, répondit en même temps le duo.

Le nouvel arcaniste, bien que surpris, bomba un peu le torse en sentant le moment des compliments arriver.

— New Hope est la première ville que nous parvenons à libérer. Et c'est en grande partie grâce à Régis et Fiona.

L'amnésique désenchanta.

— Ils ont initié la rébellion des travailleurs, ce qui nous a donné le signal pour intervenir.

— Bah et nous ? demanda le tireur d'élite en désignant l'épéiste et lui-même de sa main gauche.

— Patience. J'y venais justement. D'après les rapports que j'ai sous les yeux, vous vous entendez bien, tous les deux. Même si c'est surprenant ... De plus, vous avez l'air de vous débrouiller dans ce que je qualifierais de : *travail de l'ombre*.

Le sorcier inexpérimenté regarda son amie, dubitatif. La jeune femme, quant à elle, observait son supérieur avec intérêt.

— Et ça signifie quoi ? se renseigna le blessé.

— Que, sans votre intervention, la ville n'aurait pas pu être libérée, mais que vous n'êtes pas les héros aux yeux de la population, révéla l'érudit avec un petit sourire en coin.

— En quoi ça nous concerne tout ça ? Où est-ce que tu veux en venir ? s'intéressa Kate qui voulait en savoir plus.

— Je voudrais que vous formiez une nouvelle unité, totalement indépendante des autres, qui s'occuperait des menaces qui pèsent sur les villes occupées par le Consortium.

— Attendez. Vous voulez qu'à deux on libère des villes entières, chose que l'armée de la Résistance n'a pas réussi à faire ? résuma celui à qui il manquait un bras. On est peut-être doué, mais pas à ce point-là.

— Ce n'est pas ce que j'ai dit, corrigea le maître des lieux.

L'invocatrice se tourna vers son ami.

— Il veut qu'on repère et qu'on s'occupe des points dangereux des villes, pour que l'armée puisse venir la libérer sans trop de pertes, résuma-t-elle.

— Mais je croyais que c'était déjà le rôle des Sentinelles, commenta l'amnésique en réfléchissant à voix haute.

La demoiselle sourit.

— C'est Aivi qui t'a parlé de ça ? Les Sentinelles sont censées faire ça, en effet. Le seul problème, c'est que pour l'instant je suis la seule Sentinelle qui existe, indiqua-t-elle.

— C'est surtout que tu n'en as toujours fait qu'à ta tête. Tu n'as pratiquement jamais suivi les ordres ! De plus, il n'y a jamais eu de Sentinelle. Je suis sûr que tu es encore allée modifier les bases de données d'Aivi pour te créer ta propre faction.

La bretteuse garda le contact visuel avec Magellan pendant de longues secondes avant de baisser la tête.

— Donc, pour résumer mon projet, je vous propose d'officialiser la faction des Sentinelles et d'en faire de vous les deux premiers membres, révéla le chef de la Résistance.

— Comme quoi, j'avais juste mieux anticipé l'avenir que toi, dit la guerrière. Il faut qu'on donne notre réponse maintenant, ou on peut y réfléchir ?

— Donnez-moi votre réponse dans trois heures. Sur ce, je dois retourner travailler, finit le balafré en retournant derrière son bureau.

— Attendez, intervint le nouveau sorcier. Je vais réfléchir à votre proposition, mais, à l'origine, j'ai fait ça pour avoir accès à la base de données d'Aivi. Avec tout ce qu'on a accompli, Kate et moi, je pense avoir prouvé que vous pouvez me faire confiance. Pouvez-vous me donner accès à ces informations ?

Le leader de La Forteresse se retourna vers lui, sans laisser transparaître aucune émotion.

— En effet, tu as prouvé que tu étais un ennemi du Consortium, fit-il. Aivi, Shadow a désormais un droit d'accès aux données de niveau alpha.

— Analyse en cours. Analyse terminée. Votre requête a été correctement traitée. Les droits utilisateurs de cette personne ont été modifiés selon votre demande.

— Merci, dit celui qui cherchait à en apprendre plus sur lui-même et son passé.

— Je ne sais pas si tu y trouveras les réponses que tu cherches. Peut-être que certaines informations nécessiteront un niveau d'accès supérieur. Si c'est le cas, nous en rediscuterons, conclut Magellan en rallumant ses écrans et en se replongeant dans son travail.

Les deux camarades sortirent du bureau et descendirent au rez-de-chaussée en utilisant l'élévateur qui y menait directement.

— Alors ? Tu penses quoi de sa proposition ? interrogea la jeune femme à son ami dès qu'ils furent dans l'ascenseur.

— Je sais pas. J'ai très envie d'accepter. On forme une bonne équipe, on s'entend bien et on a pu sauver beaucoup de vies. Et je pense qu'un poste avec autant de liberté me sera utile pour trouver qui j'étais. Mais, d'un autre côté ...

L'infirme finit sa phrase en pointant son bras arraché.

— Tu penses que tu seras inutile sans ton bras droit ? questionna l'épéiste en entrant dans le vif du sujet.

— Les combats qu'on a faits démontrent que j'ai besoin de mes deux bras pour me battre, ne serait-ce que pour tenir mon arme. Mais c'est pas tout. Je ... J'arrivais à utiliser mon pouvoir qu'avec la main droite. Depuis que je l'ai perdue, je n'arrive pra-tiquement plus à rien ... En résumant les choses sous cet angle, je me rends compte à quel point je suis inutile.

La résistante lui mit une claque.

— Ne dis jamais que tu es inutile ! s'énerva-t-elle en élevant la voix.

— Ouvre les yeux, Kate. Je ne peux ni me battre au corps-à-corps ni même tenir les adversaires à distance, répliqua l'apprenti sorcier en se frottant la joue.

— Tu ne peux pas te battre, et alors ? Magellan a bien dit que les Sentinelles pouvaient faire ce qu'elles voulaient. Tu pourrais très bien aider le Doc au labo, ou m'accompagner sur le terrain, mais me laisser me battre seule. Ou alors tu pourrais apprendre à te battre en utilisant plutôt tes jambes à la place de tes bras. Et pour finir, tu pourrais apprendre à utiliser ton pouvoir avec ton autre bras.

— Ouais mais-

— Ne baisse jamais les bras ! La dernière fois que je l'ai fait, tu as dû me sauver la vie, termina la guerrière.

Un silence s'installa durant quelques secondes.

— Très bien, capitula l'amnésique. Tu as gagné. Je vais devenir une Sentinelle. Par contre, je veux qu'on éclaircisse un point important.

— Qui est ?

— Où sont Régis et Fiona ? Je ne les ai pas vus depuis la libération de New Hope.

— Ils sont ici. Beaucoup de gens les perçoivent comme des héros maintenant. Du coup, Magellan leur a donné le titre de représentants du peuple. Ce sont eux qui l'informent des besoins des civils.

L'ascenseur s'arrêta au rez-de-chaussée. Les portes de l'élévateur s'ouvrirent et Shadow vit apparaître deux visages familiers. Là, dans ce grand hall de la tour, Fiona et Régis attendaient de pouvoir monter au bureau du leader de la Résistance.

— Hey. Comment ça va ? demanda joyeusement le mutilé en les voyant.

Il remarqua qu'ils avaient l'air un peu fatigués, mais ils n'avaient visiblement aucune séquelle physique et en fut soulagé.

— Très bien et toi ? sourit la blonde à son tour. Comment va ton bras ? s'empressa-t-elle d'ajouter.

L'artilleur se tourna vers l'invocatrice, surpris.

— Je ne t'avais pas dit qu'ils étaient passés te voir pendant que tu étais inconscient ? s'étonna-t-elle.

— Nope, tu as oublié de le mentionner, expliqua l'arcaniste novice.

— Il va bien, ça se voit. Il est toujours accompagné d'une belle femme, intervint le technicien en lui donnant une tape sur l'épaule gauche.

— Ça va merci, renseigna le blessé à Fiona. Mon bras ne me fait pas mal et la cicatrisation est en bonne voie. On vient de sortir du bureau de Magellan et de terminer notre rapport sur New Hope.

— On y allait justement. On doit lui faire notre rapport sur la situation actuelle de la cité. On a pas mal de boulot depuis qu'il nous a nommés comme responsables, raconta celle aux cheveux d'or.

— Et ça vous plaît ? interrogea Kate.

— Ce n'est pas le job de mes rêves. J'aurais voulu avoir plus de responsabilités. Mais, au moins, on n'est plus esclaves du Consortium, répondit la demoiselle aux yeux verts. À ce propos, je voulais encore vous remercier. Sans votre intervention et votre sacrifice, rien de tout ça n'aurait eu lieu.

— Ce n'est rien, c'était notre devoir, dit le manchot avec un nouveau sourire. Sinon, tout va bien avec le peuple de New Hope ?

— Aucun problème, révéla à son tour l'ancien travailleur. Mis à part le fait que la loi sur le port de bikini que je voulais instaurer n'est pas passée … C'est avec Zenosi qu'on a des soucis.

— Zenosi ? demanda le combattant aux cheveux noirs.

— La ville voisine de New Hope. Ma ville natale, enseigna Fiona. On a plusieurs personnes qui avaient été transférées de là-bas et qui disent avoir été témoins de phénomènes étranges …

— Quoi comme phénomènes ? s'intéressa le blessé.

— On ne sait pas trop … On a du mal à obtenir des rapports cohérents sur ce qu'il se passe dans cette ville, avoua le spécialiste en robotique.

— Je suis désolée, mais on doit vraiment y aller. Si on arrive en retard pour notre rapport avec Magellan … annonça la nouvelle responsable de la bourgade.

— Pas de soucis. Je comprends très bien, rassura le tireur d'élite. À la prochaine.

Régis et Fiona prirent l'ascenseur en direction du sommet de la tour. Kate et son binôme les saluèrent d'un signe de la main, avant de sortir du bâtiment et de se rendre dans un café pour patienter le temps de retourner voir le dirigeant de la ville pour lui donner leur décision.

CHAPITRE 47 :
PERSPECTIVES D'AVENIR

Après avoir accepté la proposition de Magellan et être officiellement devenus les premières Sentinelles de La Forteresse, l'apprenti sorcier et Kate retournèrent au laboratoire du Doc. Le blessé devait y faire un dernier check-up. Selon lui, cette vérification était inutile, mais la médecin avait été très insistante.

Lorsqu'ils arrivèrent à la fameuse cabane, l'artilleur s'aperçut que la planche sur laquelle il fallait dessiner un symbole avec son sang avait disparu. Il le fit remarquer à son amie qui lui donna des explications.

— Le Doc m'en avait parlé. Elle voulait changer le système de reconnaissance. Trop de monde se plaignait de devoir utiliser son propre sang. De plus, elle était obligée de stériliser le bois après chaque téléportation ...

La résistante posa sa main sur une pierre sur laquelle était gravé un sigle. Immédiatement, un scanner balaya la pièce. Une voix synthétique retentit dès que le laser arrêta son travail.

— Bienvenue, Kate. Bienvenue, Shadow.

Et ils furent transportés dans le laboratoire.

— Je vous attendais. Comment s'est passé votre entretien avec Magellan ? s'intéressa la soignante en les accueillant.

— Très bien. On a été promus, si on peut dire. Tu as devant toi les premières Sentinelles de la Résistance, annonça fièrement la sorcière.

— Tu es bien ma fille, je suis fière de toi ! Et même si ton père ne le dit pas, je suis sûre que lui aussi est fier de toi, félicita la scientifique.

— Votre fille ? Mais – je – que – quoi ? demanda l'amnésique, hébété. Mais ? Le Doc est ta mère ?

— Je ne te l'avais pas dit ? s'étonna la guerrière. Oui. Le Doc est ma mère.

Le tireur d'élite regarda attentivement les deux femmes à tour de rôle. Il ne les avait jamais comparées l'une à l'autre, mais il remarqua qu'elles possédaient effectivement de nombreux traits communs.

— C'est vrai qu'on reconnaît un air de famille. Vous avez exactement les yeux du même vert et la même couleur de cheveux, analysa le nouvel arcaniste. Attendez une seconde …

Un visage avec les yeux du même vert apparut dans la tête du manchot.

— Ne me dis pas que ton père est Magellan ?

— Hélas, oui, répondit la combattante en soupirant.

— Comment ça, hélas ? Ce n'est pas parce que nous sommes divorcés que ce n'est plus ton père, gronda le Doc.

— C'est pas ça. C'est juste que tout le monde dans la Résistance me compare sans arrêt à lui et j'en ai marre, expliqua l'invocatrice.

Son ami, toujours abasourdi par ces nouvelles, perdit rapidement le fil de la conversation.

— C'est pas tout ça, mais on a encore un examen à faire, toi et moi, recadra la médecin en se tournant vers l'artilleur.

— Je vous suis, confirma-t-il. Au fait, vous avez pu comprendre mes résultats du test de magie ? se renseigna le patient pendant qu'ils se dirigeaient vers une salle d'examen.

— Je dois bien t'avouer que, sur ce coup-là, je suis complètement dépassée. Il va me falloir un peu plus de temps pour comprendre ces analyses, révéla la mère de l'épéiste.

La soignante effectua une batterie de tests sur le handicapé qui visait à évaluer sa condition physique, ses liaisons nerveuses, ses réflexes, etc.

— Tout m'a l'air en ordre, annonça-t-elle à la fin de l'examen. Il faut simplement que tu continues à t'entraîner à tout faire de la main gauche. Je sais que c'est compliqué de réapprendre tous les gestes quotidiens avec sa mauvaise main.

— Mais ? demanda l'infirme.

— Mais quoi ? questionna le Doc à son tour.

— Je sais pas … En général, il y a toujours un mais après ce genre de phrase.

— Pas cette fois. Elle est stupide, ta règle, répliqua la femme de sciences. Je vais sans doute me répéter, mais je te conseille de prendre un mois complet de repos avant même d'envisager de sortir de ce laboratoire. Tu peux prendre la chambre que tu veux pour dormir. Maintenant, si tu veux bien m'excuser, je dois travailler sur un de mes projets.

— Je peux peut-être vous aider. Je promets de n'utiliser que mon cerveau, proposa Shadow en se voyant mal tourner en rond pendant un mois entier dans ce laboratoire.

Il est vrai qu'il allait enquêter sur son passé, mais, avec Aivi comme assistante, il serait surpris d'en avoir pour un mois avant de trouver une piste.

— Non. Je travaille sur un projet secret. De plus, tu n'as pas le niveau intellectuel pour m'assister.

— Le quoi ?

— Exactement.

Sur ce, la médecin quarantenaire partit travailler sur son projet. Le supposé mercenaire sortit de la salle d'examen à son tour et découvrit Kate qui l'attendait dehors.

— Alors ? Que dit le Doc ? s'intéressa-t-elle en rejoignant son ami.

— Que tu as sucé ton pouce jusqu'à l'âge de quatorze ans.

— Bien essayé, mais non, répondit l'épéiste en rigolant.

Le tireur d'élite soupira.

— Je dois me reposer pendant un mois entier.

— Tu t'en sors bien. De toute façon, un mois, ça passe vite.

— Tu dis ça alors que toi, tu n'écoutes jamais les recommandations du Doc.

— C'est pas comme si tu allais t'ennuyer. Entre les recherches sur ton passé et tes entraînements pour utiliser ta magie avec la main gauche, tu ne verras pas le temps passer.

— Comment tu sais ça ? s'étonna le sorcier inexpérimenté.

Depuis qu'il avait perdu son bras droit, il s'était exercé chaque nuit à utiliser son pouvoir de la main gauche. En fait, dès qu'il se retrouvait seul, il sortait un trombone de sa poche et essayait de le faire voltiger dans sa paume. De fait, il ne comprenait pas comment la bretteuse pouvait être au courant de son secret.

— Analyse en cours. Analyse terminée. Il semblerait que je sois la coupable qui l'ait informée de vos entraînements secrets.

— T'avais besoin de faire une analyse pour connaître tes propres discussions ? demanda sèchement l'homme au regard gris.

— L'historique de mes conversations est stocké dans les serveurs de la Résistance. D'une conversation à l'autre, je repars à zéro.

Shadow regretta d'avoir utilisé ce ton avec Aivi, mais il n'avait pas aimé que son secret ait été éventé de la sorte.

— Bref, intervint la bretteuse. Tu me fais une démo de tes pouvoirs ? s'impatienta-t-elle.

Le jeune arcaniste sortit le trombone qu'il gardait dans sa poche et le posa dans le creux de sa main gauche. Il ferma ses paupières et se concentra. Il visualisa les particules d'air entre sa paume et le petit objet métallique. Il les voyait comme si elles étaient toutes imbriquées ensemble. Puis, il renforça cette liaison et solidifia ainsi la masse d'air. Lorsqu'il rouvrit les yeux, le trombone volait à quelques centimètres au-dessus de sa peau. Comme à chaque fois qu'il utilisait sa magie, la vision du novice s'assombrit un peu et une légère douleur apparut dans sa main. L'invocatrice regarda le trombone qui lévitait puis observa son ami.

— Il n'y a pas à dire. La maîtrise du vent, ça a trop la classe, s'émerveilla-t-elle.

Ce commentaire fit rire le néophyte, ce qui le déconcentra un petit peu et le trombone ratterrit dans sa paume.

— Il y a encore quelques progrès à faire, commença la sorcière. Ça tombe bien, tu as un mois entier pour t'améliorer.

— Avant quoi ? questionna le nouvel arcaniste.

— Avant qu'on aille libérer une autre ville, sourit Kate en lui faisant un clin d'œil.

FIN